"루에라는 이름을 가진 아이지.
본디 귀한 신분이나 아비가 내게 빚을 져서 팔려왔다네."

그녀는 이 도시에 어울리는 이국적인 비단옷을 입었다.
환하게 드러난 허리에는 화려한 금제 줄을 둘렀고,
가슴골도 과감히 드러나 있었다.

드래곤과 정령의 피가 반반
섞인 그녀는 여신격 같은
아름다움을 갖고 있었다.

게다가 실로 농염하다고 할 수
있는 성숙한 여체의 소유자였다.

"부끄럽긴 하오나 마음의 준비가 됐으니
자, 어서 술을 머금고 제 입 안에…"

그리 말하며 칼리오네는 눈을 지그시 감고
아기새처럼 입을 내민다.

✒️ 박제후 🖌️ GAMBE

피도 눈물도 없는 용사 3

I. 세기의 연인

"주군, 새로 도착한 선물입니다."

막스가 시민들이 보낸 물건을 저택 곳곳에 늘어놓는다. 그것들은 너무 많아 복도에도 쌓이기 시작했고, 이윽고 화장실을 갈 때면 게걸음을 하고 지나다녀야 할 지경이었다.

"잘 쌓아놔."

나는 벽처럼 쌓인 선물의 틈바구니에 앉아 오늘 도착한 수백 통의 지지편지를 읽어나갔다.

- 우리 석공 길드는 백작님을 향한 열렬한 지지를 선언합니다.

- 어제 먼발치에서 백작님을 보았사옵니다. 소녀, 백작님께 한눈에 반했으나, 신분의 차에 눈물만 흘립니다. 부디 소녀를 메이드로 거둬주신다면…….

- 군문에서 10년을 보냈습니다. 호위가 필요하시다면 소인을 불러 주십시오.

"허허."

나도 사람이기에 이런 내용에 기분이 좋아지는 건 어쩔 수 없었다. 가뜩이나 자존심 강한 나는 사방에서 쏟아지는 찬사에 갈수록 콧대가 하늘을 찌르고 있었다.

방문자들도 이어졌는데 나는 이들과 대담한 내용을 정리해 벽보로 만들었다. 제목은 <행동하려는 용기에 대하여>였다. 그것은 교묘하게 시민의 봉기를 선동하는 내용이었다.

막스를 시켜 그 벽보를 도시 곳곳에 붙였다. 벽보의 후반부 내용이 재밌었는데, 참다운 지도자란 통치자이며, 전사이며, 외교관이어야 한다는 주장이었다.

그리고 내가 최근에 이뤘던 일련의 성과들을 소개한 뒤, 나야말로 이 도시의 부합하는 유일무이한 지도자가 될 수 있음을 강조했다.

평화로운 시기라면 씨알도 안 먹혔을 주장이었다. 오히려 겸손을 모른다고 욕을 먹었을 것이다.

하지만 불의 마왕 쟈케르와 트리어 선제후가 으르렁거리는 상황에는 그야말로 딱이었다. 영웅은 위기 속에서 탄생하는 법이다. 사람들은 내 노골적인 자기과시에 반색하며 호응했다.

"반응은 어때?"

막스에게 벽보에 대해 물었다.

"큰 반향을 일으키고 있습니다. 도시에서는 백작님을 새로운 지도자로 뽑자는 말이 대세를 이루고 있습니다. 도시 경비대가 벽보를 훼손하자 난투극이 벌어졌습니다. 현재 그 일로 성난 군중들이 시위를 벌이고 있죠."

"아주 바람직하군."

변화는 밖에서만 있던 게 아니었다. 저택 안에서도 일어났다.

"혹시 불편한 점이 있으시면 말씀해 주십시오."

저택의 경비대장이 내 편의를 봐주겠다고 나선 것이었다. 원래 그는 나를 냉랭하게 대했으나 도시의 분위기를 읽은 듯 태도가 완전히 달라졌다. 하루아침에 안면을 바꾸는 게 내일이면 자기 마누라도 갈아치울 놈이었다.

"자네들이 잘해주고 있는데 불편한 점이 있겠나."

별 관심 없다는 듯 고개를 돌리자 경비대장이 당황하는 기색이 역력하다. 이전의 일로 혹시나 내 맘이 상했을까 싶어 점점 허리가 굽어지고 있었다.

"그간 심기를 상하게 해드렸던 게 있었을지도 모르겠습니다."

"허허, 그저 자네들은 직무에 충실했던 거겠지."

표정은 웃고 있어도 내 말투에는 앙금이 묻어났다. 경비대장은 어쩔 바를 몰라했다.

"이후에 백작님의 심기를 어지럽히는 일은 없을 겁니다."

"알겠네. 가보도록."

내가 손가락으로 가리키며 앞으로 지켜보겠다고 하자, 물러나던 경비대장의 허리가 90도로 꺾인다.

"물론입니다. 편히 쉬시길!"

그가 떠나자 지켜보던 막스는 기가 막힌 얼굴로 말했다.

"마법이라도 부리시는 것 같군요. 어떻게 손가락질 한 번에 저 자존심 강한 경비대장의 허리가 90도로 꺾입니까?"

그 말에 나는 코웃음을 쳤다.

"마법은 마법이지. 권력이란 이름의 마법."

경비대장이 굴복하자 다음날부터 바로 변화가 일었다. 저택 앞에서 몰려든 시민을 상대로 연설을 할 수 있게 허락을 받은 것이다. 성에서 관료가 나와 막으려 했지만 이미 내 끄나풀로 전락한 경비대장에겐 씨알도 안 먹혔다.

"비텐바이어 백작님!"

"여기 좀 보세요! 사랑합니다!"

시민들 앞에 나서서 듣기 좋은 말만 해줬다. 통쾌하고 웃음이 터질 만한 것들로 말이다.

"여러분 성의 관료들과 맥주홀에서 술을 마실 때는, 탁자 밑에 술병을 몇 개라도 감춰두십시오. 그들이 개소리를 할 때마다 하나씩 던질 수 있게!"

"와하하하!"

이런 식이니까 연설은 언제나 대성공이었다. 이제 도시에서 내 명성은 모든 이를 압도하고 있었다. 점점 도시의 유력자들이 알랑방귀를 뀌며 접근해 왔다.

"큰일 하시려면 금화가 든든해야 합니다. 저희의 성의입니다."

도시의 상업길드에서 1만 플로린의 정치자금을 후원해 왔다.

"저희 십자궁수들은 백작님의 안전을 위해 만전을 기할 겁니다."

제노바에서 온 십자궁병들이 내게 충성을 맹세해왔다. 그들은 성벽 위에서 도시의 방위를 책임지는 자들이었다. 이로써, 성벽 밑을 지나가다가 십자궁에 맞을 일은 없어졌다.

"주군, 이 소식을 들은 리슐리외가 의자에 털썩 주저앉으며 허탈해 했답니다."

막스가 전해준 소식에 나는 킥킥 웃었다. 리슐리외와 그의 가신들은 기가 막히겠지만, 1614년의 늦여름의 상황은 완전히 내게 유리하게 돌아가고 있었다.

"리슐리외는 유능하나 이제 막 약관을 넘긴 애송이에 불과하다. 외교력을 발휘해서 두 거물이 당장 쳐들어오는 걸 하루하루 막는 게 고작일 게다."

이제 마지막 일격을 먹일 때가 왔다. 리슐리외는 이미 그로기 상태였다.

"막스. 소문을 퍼뜨려라."

"뭐라고 합니까?"

"황제의 특사가 온다고 해."

"정말 옵니까?"

"글쎄, 그건 중요한 게 아니다. 중요한 건 소문이 그리 돌고 있다는 거지."

다음날이 되자 황제의 특사가 도시를 찾아올 것이라 소문이 파다하게 났다. 그게 결정타였다. 그날로 성의 관료 중 일부가 내 저택으로 출근하기 시작했다.

"오로지 백작님께서만 이 바스토뉴를 구하실 수 있다고 생각해 이리 찾아왔습니다."

나는 리슐리외를 버리고 온 관료 일동을 인자한 웃음으로 맞았다.

"어서 오시게. 그대들이야말로 행동하려는 용기를 가진 자들이라고 생각하네."

대세가 기울고 있었다. 이제 나는 그저 황제의 특사가 진짜로 오길 기다리면 될 터. 하지만 세상 일이란 게 그리 만만하지만은 않은법인 것 같았다.

"주군! 큰일 났습니다!"

"왜 그리 호들갑이더냐?"

나는 막스를 타박했지만 과연 호들갑을 떨만한 내용이었다.

"불의 마왕 쟈케르가 대군을 이끌고 친정에 나섰답니다!"

"뭐라?"

현재 마왕 쟈케르가 2만 5,000명을 이끌고 이 바스토뉴 방향으로 진군해 오고 있다고 했다.

"이 무식한 놈이! 검문소 좀 부서졌다고 직접 오는 게 어딨나!"

놀라서 발을 동동 구르던 나는 한 가지 사실이 떠올랐다. 아차 싶었다. 설마, 지아꼬모 알비노가 불의 마왕의 지낭(智囊)이라는 울투투를 암살하는데 성공한 건가! 그래서 말릴 자가 없어진 마왕 쟈케르가 직접 나선 거고?

당연히 사전에 마녀 울투투를 암살 이후도 고민했었다. 그렇지만이렇게 즉각적으로 병사를 일으킬 줄이야. 기껏해야 검문소가 불탄것 아닌가.

"쟈케르 놈…. 내가 생각하던 것보다 훨씬 정신이 나갔네."

문제는 그걸로 끝이 아니었다. 마왕 쟈케르가 친정에 나서자마자기다렸다는 듯 트리어 선제후가 3만 대군을 이끌고 출병한 것이다.

그간 양쪽은 서로 싸울 준비를 충실히 하고 모병을 마친 상태였다. 그저 언제 붙느냐가 관건일 뿐이었다. 한데 바스토뉴에서 문제가 터지자 이참에 대판 붙을 생각인 것 같았다.

"망할 새끼들 싸우려면 딴 데 가서 싸우지 왜 여기서 지랄이야."

다음날 양 진영에서 사절이 도착했다. 나는 그들이 무슨 내용을 전할까 궁금해졌다. 그리고 저녁때쯤 궁금증을 풀 수 있게 됐다.

"리슐리외 성백이 주군을 찾습니다. 금일부터 연금을 해제하겠다는 말도 덧붙였습니다."

"급했구먼. 가자."

성에 도착해 보자 리슐리외가 내게 두 개의 친서를 내밀었다.

"보십시오. 백작님. 양 진영에서 보낸 것입니다."

"알겠네."

일단 마왕 쟈케르의 것부터 확인했다.

라임스의 지배자이고, 불의 민족의 보호자인 마왕 쟈케르께서 전하신다. 바스토뉴의 성백은 들으라. 그대가 본당을 지시해 준다고 맹세한다면, 도시를 향한 분노는 거두겠다. 또한 거만한 트리의 선제후의 군대 역시 불러저줄 테니, 그대는 룩셈부르크의 예를 떠올리며 현명히 판단하라.

상당히 묵직한 협박이었다. 특히 이곳 사람들에게 트라우마나 다름없는 룩셈부르크를 언급하다니.

"말 안 들으면 다 태우겠다는 소리 아닌가. 쯧."

내가 혀를 차자 리슐리외도 무거운 얼굴로 끄덕였다. 나는 다음으로 트리어 선제후의 친서를 살폈다.

제국의 일곱 기둥인 선제후이며, 제국 대법관, 트리어의 수호자라 명한다. 바스토뉴 세백은 황제 폐하의 영지를 지키는 신하로서 마땅히 어떤 배통도 있어서는 안 된다. 그대는 핀회 꽈인을 지지하도록 하라. 부디 대의는 거설하지 말도록.

이쪽은 거만함이 하늘을 찌르고 있었다. 마왕 쟈케르의 노골적인 협박과는 달랐지만 기분 나쁘기는 마찬가지였다.

"정말 이놈이나 저놈이나."

내가 고개를 절레절레 흔들자 리슐리외가 무거운 말투로 부탁해 왔다.

"도시를 구해주십시오. 방법이 있으시다 하셨습니다."

"물론 방법이야 있지."

일이 좀 꼬였지만 여전히 나는 이 일을 해결할 자신이 있었다. 사실 계책을 세우다보면 원래 의도대로 진행되는 일은 거의 없었다.

온갖 변수가 튀어나오기에 그에 맞춰 나아갈 법이다. 상대가 완전히 내 의도대로 놀아날 기대하는 건 탁상공론에 지나지 않는다.

인생은 실전이란 말이 괜히 있는 게 아니다. 그래서 나는 놀라긴 했지만 빠르게 여유를 되찾았다.

"대신 본인의 요구 조건을 알지 않나."

"물론입니다. 전권을 요구하신 거. 백작님께 드릴 테니 부디 도시를…."

리슐리외의 말에 나는 고개를 저었다.

"틀렸어."

"네?"

"그때는 전권요구로 충분했지만 이제는 사정이 바뀌었다. 추가 사항을 들어줘야 도시를 구해주겠다."

"아니! 어찌 그런!"

리슐리외의 항의에도 나는 천하태평했다.

"싫으면 그만두게. 본인이야 어차피 타향인이 아닌가. 다 그만두고 비텐바이어로 떠나면 될 일이지."

"실컷 도시를 휘젓고 그리 말씀하십니까! 어찌 그리 무책임한!"

온화한 리슐리외가 드물게 수염을 부들부들 떨었다.

"화가 나겠지만 오늘 일에서 교훈을 얻게. 원래 협상이란 이런 것이라네. 진작 전권을 줬으면 추가적인 요구사항 따위는 없었겠지."

"하아…."

한숨을 내쉰 리슐리외는 어쩔 수 없다는 표정이었다.

"무엇을 원하십니까?"

"일단 그대와 달타냥을 빼고 모두 내보내주게."

"알겠습니다."

방에 있던 다른 관료들이 떠나자 리슐리외와 달타냥만이 남게 됐다.

"좋아. 이제 요구를 말하지."

나는 리슐리외가 아니라 달타냥을 향해 걸어갔다.

"리슐리외. 달타냥을 내게 주게. 그녀를 내 가신으로 삼겠네."

"그게 무슨 소리입니까! 그리고 그녀라니요?"

이 요구에 리슐리외가 펄쩍 뛰었다. 달타냥은 말없이 인상을 찌푸렸다. 나는 대답대신 달타냥의 콧수염을 향해 손을 뻗었다.

"무례합니다!"

달타냥을 내 손을 쳐내려고 했지만, 귀신같은 손놀림으로 피해낸 뒤 수염을 잡아 뜯었다.

찌익!

짧은 소리와 함께 수염이 깔끔하게 떨어져버렸다. 그도 그럴 게 이건 연극 배우들이 쓰는 가짜 수염이었기 때문이었다.

그렇게 수염이 없어지자 미남자의 인상이 순식간에 미녀로 바뀌었다. 내 행동에 달타냥은 인형처럼 뻣뻣이 굳어버렸고, 리슐리외는 이마에 손을 짚는다. 그러거나 말거나 나는 과장된 몸짓으로 인사했다.

"마드모아젤(Mademoiselle) 달타냥."

그리고 숙녀에게 하는 예법에 따라 달타냥의 손등에 키스했다. 얼굴이 굳어버린 달타냥은 입술만을 깨물고 있었다. 리슐리외 역시 당혹감을 감추지 못한다.

나는 그런 그들을 보며 웃었다.

"표정들 푸시게. 거, 도시 앞의 개새끼 두 마리는 본인이 다 치워준다니까?"

리슐리외는 고개를 흔든다.

"그것보다 어찌 달타냥이 여자란 사실을 아셨습니까?"

과거에 달타냥을 고용해봐서 아는 거지만, 그리 대답할 수 없으니 허세나 부려야지.

"어렵지 않은 문제였다. 본인의 안목을 그 정도로 속이려 한 건가? 마드모아젤 달타냥."

"으윽!"

남자로 보이는데 상당히 자신이 있었던 듯 달타냥을 자존심 상한 표정이었다. 사실 그녀의 연기는 완벽했다. 누가 봐도 남자와 똑같이 행동하고 있었으니까.

어릴 때부터 남자로 키워진 게 아닐까 싶을 정도였으니, 첩자로서 그 능력이 얼마나 대단한지 알 수 있는 부분이다.

"꽤 실력에 자신하는 모양인데 아직 많이 부족하군."

내 지적에 달타냥의 얼굴은 수치로 붉게 물들었다. 허세를 부린 게 놀랄 정도로 먹히고 있었다.

"아무튼 달타냥. 내 휘하에 들어와 줘야겠어."

"어째서 입니까? 지적하신 것처럼 제 능력은 보잘 것 없습니다만."

그럴 리가 있나. 달타냥도 리슐리외와 마찬가지로 아직 애송이에 불과하나, 매우 성장 가능성이 큰 영웅이다. 아직 나이도 어린데 벌써 검술 대가의 경지에 올라 있을 정도다.

"혹시 제가 여자인 걸 알고 성적으로 희롱하려 하십니까?"

"걱정하는 바는 알겠네만 그건 아니야. 본인은 마음에 둔 여성이 있다네. 나는 그분께 최선을 다할 생각이네."

"…음, 백작께서는 뱀과 같으신데 가슴에는 어울리지 않는 순정을 품고 있군요. 혹시 그 숙녀분께서 상속받을 재산이 많습니까?"

뜨끔.

역시 첩보원이라 그런지 날카롭구나. 하지만 내가 발푸르기스를 마음에 둔 건 재산 때문이 아니다. 언제나 함께 싸웠던 기억 때문이지.

물론 외형도 취향 직격이긴 하다. 아름다운 금발에 여신격을 닮은 미모, 그리고 언젠가 흉갑을 열었을 때 본 광경은 엄청났었지. 뭐랄까, 젖과 꿀이 흐르는 어머니 대지를 본 기분이었다. 그 향기와 따뜻함에 얼굴을 묻고 영원히 쉬고 싶단 생각이 들 정도였다.

"흠… 그녀가 이것저것 남들보다 많이 가지고 있는 건 사실이네. 하지만 그것 때문은 아니야. 본인 재산과 작위가 어디 가서 꿀리는 이는 아니니까."

"그리 말하신다니 알겠습니다."

일단 내게 불순한 의도가 없다는 걸 알고 달타냥은 안심한 듯했다. 하지만 그렇다고 내가 마음에 든다는 건 아니다. 그래서 그녀는 한시적인 신종을 제안해 왔다.

"도시를 구해주시면 백작님께 5년간 봉사하겠습니다. 그 이상은 불가능합니다."

그 말에 나는 선선히 고개를 끄덕였다.

"좋네. 그렇게 하지."

거절할 이유가 없었다. 앞으로 같이 지내면서 마음을 얻는 수밖에. 나름 나는 늪 같은 군주라고 자부한다. 일단 내 품에 들어온 유능한 신하는 이후 빠져나간 사례가 없다. 온갖 수작질을 다해서 곁에 있게 할 테니 달타냥은 사실상 끝난 거나 마찬가지였다.

"지금 바로 신종을 맹세하게."

내 말에 달타냥이 한쪽 무릎을 꿇었다.

"정의의 신격 루우벤께 맹세코 앞으로 5년간 비텐바이어 백작님을 주인으로 섬기며 봉사할 것을 약속드립니다."

"좋네. 일어나게 달타냥."

나는 만족하며 리슐리외에게 말했다.

"그대가 증인이네. 리슐리외."

"알겠습니다. 자, 이제 전권을 드리겠습니다. 부디 성을 위난에서 구해주시죠."

리슐리외는 아마 내가 군대라도 데려와서 상황을 해결해 줄 거라 기대하는 모양이었다. 하지만 내 해결책은 그런 게 아니다. 그저 역사를 알고 있기 때문에 할 수 있는 방법이었다.

원래 역사에서 마왕 쟈케르와 트리어 선제후가 같이 폭사한 뒤에 깜짝 놀랄 일이 일어났었다. 나는 그 사건을 알고 있기에 미리 이용할 작정이다.

"일단 며칠만 기다리게. 계책을 실행하기 위해 필요한 사람이 있네."

지아꼬모 알비노라면 이번 일을 매끄럽게 해결해 주겠지. 시간상 슬슬 돌아올 때가 됐다.

"달타냥. 그대 역시 나를 도와야 하네."

"알겠습니다. 주군."

그녀는 영 내키지 않는다는 표정이었지만 어차피 정의의 신격의 이름을 걸고 맹세한 후다. 무리한 부탁이 아니면 따라줄 거다.

"하지만 이미 양측의 대군이 도시 근처에 접근했습니다. 며칠을 기다릴 여유가 없습니다. 백작님."

"걱정은 이해하네, 리슐리외. 아마 내일쯤은 최후통첩이 올 거야."

"알면서 그러십니까?"

"시간을 벌 방법이 있네. 본인이 시키는 대로 하게."

"허어!"

리슐리외는 이제는 모르겠다는 듯한 얼굴이었다. 그리고 다음날 양 진영에서 정말로 최후통첩이 도착했다.

> 본방은 관대한 조건을 제시했다. 하지만 그대들은 신속히 답변하지 않았으니 본방의 심기를 거스른 그 죄가 크다고 하겠다.
> 이에 마지막으로 말하겠다. 확답을 주지 않으면 본방이 저 거만한 선제후를 주저를 후에 견고 도시에 자비를 베풀지 않을 것이다.

트리어 선제후의 협박도 점입가경이었다.

> 과인은 그대가 갖고 있다는 황제 폐하에 대한 충성이 의심스럽다.
> 인류 대령인 이함이 저 앞에 왔는데 어찌 과인의 손길를 거절하는가?
> 속히 결단을 내리지 않는다면 후일 선처를 기대하기 어려울 것이다.

역시 바스토뉴의 시민들이 학을 떼며 싫어할 법하다. 물론 그런 감정적인 이유만으로 두 거물을 거부하는 게 아니다.

안토니 백작 사후에 이곳은 자유도시와 비슷한 입장을 얻게 됐다. 현재 리슐리외는 성백이긴 하나 시장과 비슷한 포지션을 갖고 있었다.

그러니 다시 군주권 밑에 무릎 꿇기란 싫을 터. 특히 두 거물 다 영지민을 강력한 권위로 찍어 누르는 스타일이니까.

"이제 정말 시간이 없습니다. 백작님."

리슐리외의 재촉에 나는 별 것 아니라는 듯 대답했다.

"저들이 원하는 대로 해주게."

"네? 그게 무슨?"

"양 진영 모두와 협정을 맺으라는 말이야."

나는 마왕 쟈케르에게 가서 기꺼이 도시를 바치며, 트리어 선제후를 토벌하는 일을 지원하겠다고 약속하라 했다.

"그것만으로는 부족하지. 마왕군에 부족한 군량을 지원하겠다고 하라."

"백작님!"

"일단 계속 듣게. 그 뒤에는 트리어 선제후에게 같은 약속을 하도록."

트리어 선제후에게도 기꺼이 도시를 바치며, 마왕 쟈케르를 토벌하는 일을 지원하겠다고 약속하는 것이다.

"트리어 선제후는 군량보다는 전비가 부족하다고 하니, 금화를 지원하겠다고 하라."

"어찌 이 일을 감당하려고 그러십니까? 양쪽 모두와 협정을 맺은 게 들통나면 저들이 가만히 있지 않을 겁니다."

"뭐가 걱정인가? 당분간 안 들키면 그만인 것을."

"백작님!"

"대신 조건이 있다. 그들과 협정을 맺는 건 본인이 아니라 현재 도시의 지배자인 리슐리외 그대다."

리슐리외는 곧 내 의도를 파악했다.

"설마, 후일 협정의 무효를 주장하시려는 겁니까?"

"그렇다. 수도에 연락해 보니 황제의 특사가 출발했다고 한다. 황제 폐하의 의지에 의해 이미 이 도시는 나의 것이 됐다."

즉, 리슐리외와 맺은 협정은 모두 무효가 되는 거다. 애초에 그는 협정을 맺을 주체로서 자격이 없으니까.

"미안하지만 리슐리외, 그대가 모든 책임을 져줘야겠다. 도시를 구하기 위해서 그 정도는 해줄 테지?"

"흐… 물론 그럴 수는 있습니다만."

"앞길을 너무 걱정할 거 없어. 비텐바이어에서 새출발하게 해줄 테니까. 작위도 올려주지."

"그건 두고 볼 일입니다. 한데 결국 백작님께서 이 도시를 접수하겠다면, 지금 진군해 온 저 거물들에게 넘기는 것과 무엇이 다릅니까?"

트리어 선제후에게 먹히나, 비텐바이어 백작인 내게 먹히나 군주권에 굴복하는 건 마찬가지니까.

"시민들은 백작님을 해방자로 생각하고 섬기고 있습니다. 하지만 또 다른 도적에 지나지 않는다면 누가 진심으로 따르겠습니까?"

"그건 걱정할 것 없네. 현재 도시의 자유를 보장하는 것만으로도 끝나지 않고. 황제 폐하께 주청하여 제국 자유시로 만들어주지. 그거면 충분하지 않나?"

"정말이십니까!"

지금 바스토뉴가 얻고 있는 자유는 그저 우연에 불과하다. 하지만 내가 그 권리를 황제의 이름으로 인정해 주겠다고 하니 놀랄 수밖에.

"허언이 아니네."

"하면 시민들은 절대적으로 백작님을 지지할 것입니다."

"도시는 자유를 누릴 걸세. 그저 형식적이나마 본인을 군주로 인정하고 약간의 세금을 내면 돼. 하면 일절 바스토뉴에 간섭하지 않겠네."

나는 그런 도시의 앞날에 대한 청사진을 제시한 후 일단 명령에 따라줄 것을 요구했다.

"시간을 끌고자 하는 의도는 알겠습니다. 하지만 이후에 정말 양 진영을 물리치실 수 있으신 겁니까? 제가 실각한 후 협정이 무효임이 밝혀져도, 저들의 분노가 사라지는 게 아닙니다."

법적으로 따질 수 없지만, 폭력적으로는 따질 수 있단 소리였다.

"걱정 말게. 양 진영은 화해할 수밖에 없을 테니."

내 확답에 리슐리외는 길게 한숨을 내쉰 뒤 허리를 숙여 보인다.

"알겠습니다. 그리 말씀하신다니 따르겠습니다. 부디 백작님의 계책이 하늘에 닿기를 기대합니다."

"납득해줘서 고맙군."

"그래도 어떤 방법을 쓰실지 귀띔이라도 해주실 수 없는지요?"

"간단하네. 이번 사태는 사랑이 해결해 줄 걸세."

내 대답에 리슐리외는 실로 기괴한 걸 들었다는 표정이 됐다.

"사랑이요?"

리슐리외는 내가 명령한 대로 양 진영 모두와 비밀스럽게 협상을 맺었다. 바스토뉴에선 양측으로 막대한 뇌물이 전달됐다. 물론 그쪽에서도 이중협정을 맺은 게 아닌가 하는 의심이 있었다.

하지만 크게 상관없는 문제라 여긴 듯했다. 어차피 도시를 바치겠다고 약속이 있었다. 이제 눈앞의 대적만 무찌르면 원하는 결과를 얻을 수 있다는 사실은 변함없다고 판단했겠지.

안타깝게도 그들은 이미 도시의 지배자가 바뀐 걸 모르고 있었다. 그 사이 나는 차분하게 지아꼬모 알비노가 도착하길 기다렸다.

성 밖의 넓은 평지에선 마왕 쟈케르와 트리어 선제후의 군대가 대치를 시작했다. 양 진영 사이는 최후통첩과 막판 협상을 위해 사절이 부지런히 오갔다.

"저래봐야 부질없지. 한 판 붙는 수밖에. 안 그런가? 달타냥."

내 물음에 달타냥은 고개만 끄덕일 뿐이었다. 이거, 어지간히 안좋게 보이고 있구먼. 그녀는 명령대로 날 따라다니고는 있지만 필요한 말이 아니면 입을 열지 않았다.

하긴 뭐 지금 내 인상이 좋을 리가 없지. 이해할 수밖에. 후일 그녀의 충심을 천천히 얻어가면 된다. 그럴 자신도 있고.

"달타냥, 우리 목표는 요인 납치다."

"납치요?"

오늘 처음으로 그녀가 입을 열었다.

"그래."

"설마 불의 마왕이나 트리어 선제후를 납치하실 생각이십니까?"

"농담이 지나치군. 하하하."

"하면 그들 휘하의 요인을 납치하려는 것 같은데, 그 정도로 그 둘이 흔들릴 리가 없습니다."

맞는 말이다. 인질이 잡혔다고 성격 불같은 그들이 멈출 리가 없으니까.

"하지만 그게 세기의 커플이라면 어떨까?"

"세기의 커플이요?"

달타냥은 점점 더 알 수 없다는 표정을 짓고 있었다.

"일단 기다리면 알아. 아마 세뇨르 까삐딴이 오늘이나 내일 밤이면 돌아올 거야."

과연 내 계산대로 지아꼬모 알비노는 다음날 밤에 도착했다.

"주군. 임무를 완수했습니다."

그는 힘든 여정의 흔적 탓인지 옷이 온통 지저분해져 있었다. 핏자국 역시 잔뜩이었다. 하지만 얼굴은 밝았다. 나는 고개를 끄덕이며 그의 어깨에 손을 짚었다.

"세뇨르 까삐딴."

"네, 주군."

"임무를 끝내자마자 이런 부탁해서 미안합니다만, 저랑 같이 할 일이 있습니다."

"이번에는 뭡니까?"

"세상에서 가장 아름다운 아가씨를 납치하는 일입니다."

호기심을 보이던 그는 내 대답에 아연실색한 표정이었다.

"네?"

"아, 그것만이라면 재미없겠지요. 기왕 하는 거 세상에서 제일 잘생긴 청년도 같이 납치합시다."

"세뇨르 까삐딴. 쉬운 일이 아니었을 텐데 고생하셨습니다."

"사전에 알려주신 정보가 워낙 확실해서 어렵지 않았습니다. 다시 생각해도 정말 대단하더군요. 어찌 그걸 다 파악하셨는지 일을 실행하면서도 감탄을 금치 못했습니다."

마녀 울투투은 마왕에 준하는 강자라 정면충돌을 해서 좋을 게 없었다. 그래서 지아꼬모 알비노는 내가 알려준 대로 마법의 함정을 회피한 뒤에, 잠든 그녀를 노렸다고 한다.

"확실히 마녀는 마녀더군요. 심장을 찔러도 죽지 않아서 깜짝 놀랐습니다."

지아꼬모 알비노는 무용담을 늘어놓으면서, 비밀의 방에서 가져왔다는 보물을 쏟아냈다.

와르르르.

엄청난 물량이었다.

"참으로 많은 금이군요."

울투투가 갖고 있는 재산은 실로 대단했다. 마왕 쟈케르의 총애를 받으며 엄청나게 축재한 것 같았다. 이 정도면 내 가장 큰 골칫거리인, 전비 문제를 당분간은 걱정 않아도 되겠다.

"대략 50만 플로린 정도 돼 보입니다."

내가 슥 보고 판단하자 지아꼬모 알비노가 깜짝 놀란다.

"그게 짐작이 되시는 겁니까?"

"한 번 보면 대강 알겠더군요."

"눈썰미가 대단하십니다."

아무래도 그럴 수밖에. 나는 과거에 돈 관리에 엄청 힘을 썼으니까.

이 세계에서 싸우기 위해 제일 중요한 건, 전설의 검 같은 게 아니라 바로 금이다. 영웅이든 용병이든 고용하기 위해선 돈이 든다. 내 옆에 있는 지아꼬모 알비노도 공짜로 봉사하는 건 아니다. 당연히 대가를 지불해야 한다.

세상 모든 일에는 돈이 필요했다. 돈이야 말로 훌륭한 군주의 자격이었다.

성질이 개 같아도 돈이 있으면 성군이고, 인의가 넘쳐도 돈이 없으면 암군이다. 고용된 전사들은 제때 봉급을 주는 자를 원한다.

"세뇨르 까삐딴. 3만 플로린을 성공보수로 지급하겠습니다."

"어찌 이 큰 돈을! 저는 주군께서 알려주신 대로 다녀왔을 뿐입니다."

"어찌 그게 말처럼 쉽겠습니까? 말은 안 하시지만 온갖 위험이 있었음을 짐작하기 어렵지 않습니다."

50만 플로린 중 3만 플로린 떼어주고 생색낸다고 여길 수 있겠지만 실상 그게 아니다. 나머지 47만 플로린은 나 자신을 위해 쓰이는 게 아니라, 우리 세력의 전비로 충당된다. 그러니 지아꼬모 알비노가 저런 태도를 보이는 거다.

"정말 통이 크시군요. 하지만 주군께서 전비의 충당에 고생하고 있으심을 모르지 않습니다. 신은 1만 플로린만 받겠습니다. 나머지 2만 플로린은 전비에 보태주십시오."

"아니, 그럴 순 없습니다. 어찌…."

"하하하. 아직 주군의 세력이 자리를 잡지 못했음을 알고 있습니다. 함께하기로 한 이상 열과 성을 다하고자 하니 제 마음을 받아주십시오."

이런 대인배를 보겠나. 단돈 1플로린의 원한도 잊지 않는 나 같은 소인배에겐 그가 너무나 빛나보였다. 쳐다보고 있자니 눈이 부실 정도다.

역시 지아꼬모 알비노는 보통 사람이 아니다. 넉넉한 몸매만큼이나 성격 역시 호방하구나.

"정말 감사합니다. 세뇨르 까삐딴."

"나머지 마법 물품도 온전히 주군께 바치겠습니다. 하사하신다고 해도 받지 않을 테니 그리 알아주십시오."

세상에, 이런 충신이 다 있나. 금화 다음으로 많은 건 엄청난 양의 마법 물약과 마법 시약이었다. 이것만 있으면 어지간한 마법사가 평생 연구를 할 수 있을 정도인데, 맨드레이크 한 뿌리 달라고 안 하다니.

"다양한 마법 물약이 있군요. 앞으로 마법 물약을 따로 사들일 필요가 없을 정도인데요? 허? 아니, 이것은!"

물약을 살펴보던 중 내가 놀라워하자 지아꼬모 알비노도 뭘 보고 그러는지 궁금해 했다. 나는 투명한 푸른색의 물약을 들어보였다.

"정령의 눈물이라 불리는 물약입니다. 온갖 영약을 갈아 넣은 것으로, 복용자의 마력과 지능을 올려줍니다."

"오오, 그리 귀한 것이! 어서 주군께서 복용하시지요."

거절할 이유가 없다. 바로 뚜껑을 따서 마셨다. 맑은 액체가 목구멍을 적시며 넘어갔다.

"하아……."

몸속이 차가워지는 것 같은 청량감이 퍼진다.

<정령의 눈물이 효능을 발휘합니다!>
<마력 +250, 지력+40이 됩니다!>

아, 이렇게 날로 먹다니. 정말 좋은데? 가뜩이나 마력 방패 때문에 마력이 많이 필요한 상황이라 아주 적절했다.

그 외에 쓸만한 마법 물품은 두 가지였다.

<상태 이상 방지의 목걸이.>
<불의 정령 소환의 화로.>

목걸이는 10회의 제한이 있긴 하지만 온갖 상태이상을 막아내는 능력을 가졌다. 아주 쓸모 있는 것이었기에 바로 착용했다.

특히 이것만 있으면 물의 마왕 아문데의 석화광선도 무효화할 수 있다. 그 여자를 두들겨 팰 계획을 차곡차곡 진행 중인 내 입장에선 아주 딱이었다.

"보물은 다 정리된 것 같으니 말씀하셨던 임무에 대해 듣고 싶습니다. 세상에서 가장 아름다운 아가씨와 세상에서 가장 멋진 청년이 대체 누군지 궁금하군요."

"짐작하시는 게 있습니까?"

내 말에 그는 고개를 끄덕였다.

"주군께선 마왕 쟈케르의 딸 율리아와 트리어 선제후의 아들 레온을 납치하려 하시는 게 아닙니까?

"정확히 말하면 두 선남선녀의 맞선 자리를 주선해 주고 싶은 거지요. 현재 그들은 자기 아버지를 따라와 진중에 머물고 있습니다."

대략 사흘 뒤가 결행일이 될 거라고 했다.

"어째서 사흘 뒤입니까?"

"양측은 지금 그야말로 일촉즉발. 잔뜩 긴장해 엄중히 진지를 경계하고 있으니 적당하지 않습니다. 하지만 몇 번 치고받은 뒤에는 어수선해질 수밖에 없습니다. 우리는 그때를 노리겠습니다."

"알겠습니다. 주군."

다음날이 되자 양진영을 바쁘게 오가던 사절이 끊겼다. 그리고 정오에 회전이 시작됐다. 나는 바스토뉴의 성벽 위에 올라 앞마당에서 벌어진 그 장대한 싸움을 구경했다.

부우우웅!

둥! 둥! 둥!

뿔나팔 소리와 전고를 두들기는 소리가 멀리까지 요란하다. 양 진영은 망설임도 없이 정면으로 충돌했다.

"백작님, 전투의 승패를 어찌 보십니까?"

나와 함께 성벽에 올라 있는 리슐리외는 근심 가득해 보였다.

"양측이 팽팽합니다. 오늘 하루의 싸움으로 승패가 갈리지 않을 겁니다."

"그런데 우리는 이렇게 태평하게 있어도 되는 겁니까?"

"그럴 리가 있겠습니다. 우리도 이제 움직여야지요. 성백, 도시에서 가장 유능한 장인들을 성으로 모아주십시오. 할 일이 있습니다."

"네?"

"자세한 건 막스가 말해줄 겁니다."

그 뒤 전투는 몇 시간이고 계속 됐다. 비등한 싸움이었으나 트리어 선제후의 군대가 밀려났다. 그렇다고 패퇴한 건 아니고, 질서정연이 후퇴했다.

그의 용병들은 얼마나 훈련도가 높은지 물러나는 와중에도 사격을 가하고 있었다. 일렬이 사격하고 물러나면, 이열이 사격하고 물러난다. 하여 마왕의 군대는 물러나는 적을 상대로도 별다른 재미를 보지 못했다.

오늘의 결과는 마왕 쟈케르의 근소한 우세로 끝이 났다. 나는 구경을 끝내고 성으로 향했다. 가보니 내가 미리 요구했던 온갖 부류의 장인들이 모여있었다.

"백작님, 대체 무얼 하시려는 겁니까?"

"성의 일부를 개조할 겁니다. 리슐리외."

"네? 대체, 점점 알 수 없군요."

나는 성의 일부를 신방처럼 꾸미게 했다. 또한 정원의 구조를 변경해 그 방에 머무는 이만 거닐 수 있게 했다. 임시로 나무 벽이 사방에 설치됐다.

"분위기가 중요하다. 화단에 꽃을 새로 심도록."

"꽃은 충분한데 조경용 나무가 부족합니다."

정원사의 말에 나는 고민했다. 그러다 도시의 어떤 부자가 사는 집에 멋진 나무가 많은 걸 떠올렸다. 나는 가서 그걸 뽑아오게 시켰다.

"달타냥. 사람을 끌고 가서 되는대로 뽑아오도록."

"하지만 그는 도시의 명사입니다. 귀족이고요!"

"얼어 죽을! 니미럴 귀족이면 단가? 도시의 명사면 도시의 위기를 타개하기 위해 협조해야할 것 아닌가? 끝나고 다시 돌려준다고 해."

날이 어두워지자 사방에 횃불을 밝히게 했다. 나는 장인들을 독려했다.

"밤새서 일하라! 쉬지 말고 일해!"

다음날이 되자 다시 싸움이 시작됐다. 어제 밀려난 것 때문에 트리어 선제후의 군대가 수세에 몰려있었다.

하지만 밤새 병사를 동원해 목책을 세운 그의 군대는 잘 버텨냈다. 오후 3시가 될 무렵에는 오히려 마왕군을 밀어내기 시작했다. 사기가 오른 트리어 선제후의 군대가 함성을 질러댔다.

결국 그날 싸움은 마왕군의 후퇴였다. 결국 서로 한 번씩 주고 받은 셈으로 스코어는 1:1이었다.

"좋다. 작전을 실행할 때가 되었다."

양 진영이 격전으로 지친 이때가 딱이다. 나는 달타냥과 지아꼬모 알비노를 데려가기로 했다.

"새벽 1시에 결행한다. 먼저 마왕 쟈케르의 딸인 율리아를 납치한 뒤, 이어서 트리어 선제후의 아들인 레온을 납치한다."

우리는 어떻게 하면 조용히 납치할 수 있는지 논의했다. 여러 가지 얘기가 나왔는데 내가 준비한 방법이 제일 깔끔할 것 같았다.

"무색무취의 물약이 있네. 병이 깨져 액체가 공기와 접촉하게 되면 연기가 피어나지. 한 번이라도 숨을 마시게 되면 기절하고 만다네."

나는 즉석해서 그 약을 제조해 보였다. 마녀 울투투에게서 빼앗은 마법 시약이 잔뜩 있었기에 재료 걱정은 없었다. 지아꼬모 알비노와 달타냥은 눈앞에서 만들어지고 있는 수상쩍은 약품에 큰 관심을 보였다.

"주군께서는 모르는 게 없으시군요. 언제 이런 기술을 익히셨습니까?"

"처음으로 모신 스승님께 약초학을 배웠습니다."

사실 이건 일종의 마취제였다. 약초학에서 외과수술을 위한 마취약을 만드는 건 중요한 부분이었다. 괴물사냥꾼 루드는 이걸 치료목적뿐만이 아니라 괴물을 사냥할 때도 쓰곤 했었다. 그래서 나 역시 공들여 배웠다.

그나저나, 스승님. 잘 지내고 계시려나?

"완성했습니다."

나는 지아꼬모 알비노에게 무색무취의 마취제를 내밀었다. 그는 두 손으로 조심히 그걸 받아서는 감탄을 금치 못했다.

"마취제를 만드는 건 아주 어려운 기술이지요. 의사들도 제대로 하지 못해, 사람의 생다리를 톱으로 썬다고 들었습니다. 한데 주군께서는 제대로 하시는군요. 주군의 솜씨에 의과대학의 교수도 놀랄 겁니다."

달타냥도 마음에 든다는 듯 고개를 끄덕였다.

"확실히 깔끔하게 데려올 수 있겠군요."

나는 즉석에서 마취제를 여러 개 만들어서 그들에게 세 개씩 지급했다.

<약초학이 숙련 6단계에 오릅니다!>

<더 어려운 약물을 만들 수 있게 됩니다!>

마취약을 여러 개 만들었더니 뜻하지 않게 숙련도가 올랐다. 앞으로 이 기술은 유용하게 쓰일 것 같았다. 지금 마법 지퍼에는 온갖 귀중한 마법 시약이 넘쳐나고 있었으니까.

"이제 준비가 됐으니 맞선을 볼 선남선녀를 구하러 가세나."

우리는 야음을 틈타 바스토뉴를 빠져나왔다. 그리고 그림자처럼 은밀하게 마왕 쟈케르의 군막으로 미끄러져 들어갔다.

"다들 지친 기색이 역력하군요. 주군."

쥐 죽은 듯 쓰러져 잠든 병사가 여럿이었다.

"이틀간 격전을 벌였으니 그렇겠죠."

우리의 침투는 손발이 척척 맞았다. 그래서 들키지 않고 마왕의 딸인 율리아가 머무는 군막에 도착했다. 나는 막사의 천을 단검으로 살짝 찢어서 안을 들여다봤다.

그리고 생각지도 못한 광경을 보게 됐다.

"아가씨, 정말 떠나셔야겠어요? 제발 다시 생각하세요!"

"미안하지만 이 결심은 변함없단다. 앞으로 네가 마왕의 딸로 살 거라. 천출인 너는 언제나 고귀한 지위를 얻고 싶어 했으니 나쁜 제안을 아니라고 생각해.

천막 안에서는 똑같이 생긴 소녀 둘이 옥신각신하는 중이다. 한 명은 귀한 차림새였고, 다른 하나는 로브에 등짐을 짊어지고 있었다. 당장이라도 여행을 떠날 듯한 모습이었다.

"제발 다시 생각하세요. 모든 걸 버리고 홀로 떠나시다니요!"

"오늘로 부모도 지위도 버릴 거야. 더는 새장 속의 작은 새로 살 수 없어. 나는 내 욕망을 위해 살아갈 거야."

누가 봐도 율리아 공주로 보이는 소녀가 눈물을 지으며 상대에게 매달린다. 하지만 떠나려는 소녀도 옷차림만 다를 뿐 얼굴은 완전히 율리아 공주였다. 지켜보는 입장에선 영 혼란스러웠다.

로브를 입은 소녀가 상대의 손을 밀어내며 선언했다.

"내 이름은 더는 율리아가 아니야. 앞으로 나는 파탈레 몬스트룸이라 스스로 칭하겠어."

뭐?

몰래 얘기를 엿듣던 나는 깜짝 놀라서 눈이 커졌다. 뭐? 파탈레 몬스트룸이라고? 그 별칭은, 이 세계에서 화염 마법의 극에 다다랐었던 대마법사를 말한다.

화염마법 하나만 놓고 보면 수호자도 마왕도 파탈레 몬스트룸에게 한 수 접어줘야 할 정도였다. 파탈레 몬스트룸은 여자란 점만 알려져 있지 자세한 정체는 끝까지 드러나지 않았다.

늘 가면을 쓰고 다녔기에 얼굴조차 아는 이가 없었다. 한데 저 여자가 파탈레 몬스트룸이라고?

그렇다면 내가 알고 있던 율리아 공주는 누구란 말인가. 원래 역사에서 마왕 쟈케르와 트리어 선제후가 폭사한 뒤, 두 세력의 그야말로 최악으로 치닫는다.

그리고 그걸 진정시킨 게 세기의 연인이라 불리는 레온&율리아 커플이다. 둘의 전격적인 결혼동맹은 제국 서부의 파국을 기적적으로 봉합한다.

한데 그 율리아가 가짜였단 말인가?

살짝 몸이 떨렸다. 지금 내 앞에, 여태 알지 못했던 역사의 비밀이 펼쳐지고 있었다.

"아가씨께서 그리 확고하시니 소녀도 더 말리지 못하겠네요."

"응원해주니까 정말 다행인 걸."

"아가씨, 포기랑 응원은 다른 단어랍니다…."

"아무렴 어때!"

로브를 입은 소녀는 만면에 미소를 머금고 있었다. 드디어 결론이 나서 기쁜 듯했다. 하지만 공주 복장의 소녀는 여전히 침울하다.

"제가 진짜가 아니라는 게 들키면 어떻게 하죠?"

"호호호! 걱정할 거 없어. 너는 날 때부터 내 여분으로 만들어진 복제품이잖아. 내 망할 아버지조차 구분하지 못할 정도라고. 그러니 이제 그만 진짜가 되렴."

"아가씨……."

"그래도 너에게만은 어디로 갈지 알려줄게. 절대로 비밀로 해줘?"

"어디로 가시는데요?"

"우선 린다우의 노예 시장으로 갈 거야."

"거긴 왜요?"

"비밀!"

린다우라고 하면 물의 마왕 아문데의 영향권이다. 그럴 수밖에 없는 게 그녀의 영지인 보덴 호 옆에 붙어 있는 도시가 린다우이기 때문이다.

그곳은 마족 도시로, 노예 시장으로 유명하다. 린다우의 마족 지배자들은 보덴 호의 마왕 아문데에게 정기적으로 상납을 하며 도시의 통치를 인정받고 있었다.

"그 후에는 어디로 가시려고요?"

"글쎄, 한동안은 거기에 머물거라 아직 계획이 없네. 그렇지만 궁금해 하지 않아도 알 게 될 거야! 내 명성이 제국에 퍼질 테니 그때까지 얌전히 기다리고 있어!"

그 말을 한 로브를 입은 소녀는 공주 복장의 소녀에게 작별 인사를 했다.

"자, 그럼 잘 있어. 나의 자매, 나의 시녀, 나의 클론!"

로브를 입은 소녀는 갑자기 사라졌다. 그러나 곧 막사 입구가 열렸다 닫힌 걸 보니 투명화 주문이라는 걸 알 수 있었다.

어떻게 하지? 따라갈까?

파탈레 몬스트룸은 할 수만 있다면 동료로 끌어들여야 한다. 폭파 마법으로 대량학살에 특화되어 있기에 적으로 만나면 우울해진다.

하지만 지금 율리아 공주를 납치한다는 중요한 일이 있었다. 정황상 저 공주 복장 소녀가 가짜임이 확실하지만, 그건 중요한 부분이 아니었다.

가짜라도 간파하는 이가 없다면 진짜나 다름없다. 내 입장에서도 그녀가 진짜인지 가짜인지 중요하지 않았다. 그저 진짜의 역할을 수행할 수 있나가 관건이었다.

"쯧."

나직이 혀를 찬 나는 파탈레 몬스트룸을 따라가지 않기로 했다. 투명화 마법으로 사라졌기에 쫓아가기도 어렵다. 일단 행선지는 파악했으니 후일을 기약하는 수밖에.

"주군, 왜 그러십니까?"

정확한 사정을 모르는 지아꼬모 알비노의 물음에 나는 고개를 저었다. 일단은 세기의 연인 작전에 집중해야 한다. 이 일을 잘 처리하면 그 재수 없는 물의 마왕에게 한 방 먹여줄 수 있다. 반면 실패했다가는 개망신도 이런 개망신이 없다.

큰소리 빵빵치고 왔는데 바스토뉴가 탈탈 털려봐라. 리슐리외랑 달타냥을 무슨 낯으로 보겠나. 그 두 걸출한 영웅을 고용하는 것도 물 건너간다고 보면 된다.

"아닙니다. 계획을 진행하겠습니다."

"알겠습니다."

나는 막사를 찢고 안에 마취제를 굴려 넣었다.

"응?"

뭔가 돌아보던 가짜 율리아 공주. 하지만 이미 물약병에서는 연기가 치솟고 있었다.

치이익.

그걸로 끝이었다. 가짜 율리아 공주가 혼절하자 우리는 그녀를 보쌈해서 성으로 튀었다. 도중에 몇 명에게 들켰는데, 내 곁에 있는 두 검술 대가가 나서 순식간에 제압했다.

"서두르지요. 레온까지 잡아오려면 시간이 빠듯합니다."

그 뒤 우리는 트리어 선제후의 진영에 잠입해 잠든 레온까지 납치해 왔다. 뭐랄까, 우리 셋은 도둑질에 손발이 척척 맞았다.

"도적길드라도 만들어야 하는 것인가."

꽤나 영업이 잘 될 것 같은데….

밤새 작전을 끝내고 아침이 왔다.

"선남선녀는?"

내 물음에 리슐리외가 각자의 방에서 잘 자고 있다고 대답했다.

"철통같이 지키고 있습니다. 걱정 마십시오."

"좋군. 그러면 리슐리외. 주교복 한 벌만 빌려주시게."

"네?"

리슐리외의 얼굴에 이 인간이 또 무슨 해괴한 짓을 하나 걱정이 가득했다. 하지만 난 단호했다.

"도시를 구하고자 함이네. 어서 내놓게."

"이건 신성 모독입니다."

"천벌이 내리면 본인 혼자 받을 테니 걱정하지 말게."

"끄응……."

그는 앓는 소리를 냈다. 그리고 결국 울며 겨자먹기의 심경으로 자신의 주교복을 줬다. 나는 익숙하게 그걸 입었다.

"주교복을 전에도 입어보셨습니까? 처음 입는 손놀림이 아닌데… 과거 성직에 계셨습니까?"

성직자 행세라면 수호자 중 하나인 구마축사의 대주교로 징그럽게 해봤으니까.

"글쎄. 신께서만 아실걸세."

"…백작님은 참 모를 분입니다. 대체 어떤 과거를 보냈는지 짐작도 안 됩니다. 아직 젊으신데 이렇게 비밀이 많아 보이는 분은 처음입니다."

리슐리외가 지켜보는 가운데 나는 순식간에 그럴 듯한 주교로 변신했다.

"본인이 이 옷을 입고 있을 때는 앞으로 로렌스 주교라고 부르게."

"로렌스요?"

"그렇네."

로미오와 줄리엣에서 둘을 이어주려고 노력했던 성직자의 이름이 로렌스 신부였다. 그래서 즉석해서 따왔다.

"이 옷을 입은 이상 젊은 연인을 위한 사랑의 가교로써 노력할 작정이네."

"자꾸 그러시면 벌 받습니다. 백작님."

리슐리외가 눈을 가늘게 뜨며 헛짓거리 하지 말아달라고 부탁해왔다. 어지간히 수상쩍게 여겨지는 모양이었다.

"다 도시를 위해서네. 내 다녀오지."

헛기침을 한 번 하고는 트리어 선제후의 아들인 레온이 자고 있는 방으로 향했다. 이미 마취가 풀릴 시간이었다. 방 안으로 들어가자 레온이 누워 있었다.

"공자. 일어나시지요."

"으으음⋯⋯."

흔들어 깨주자 레온이 눈을 부비면서 일어난다. 그러다 주변 풍경을 보고 화들짝 놀라서 물러난다.

"헉! 누구십니까? 여긴 어디고?"

그 말에 나는 인자하게 웃었다. 그리고 일단 입에 침을 발랐다.

"진정하십시오. 저는 정의의 신격 루우벤을 섬기는 주교 로렌스라고 합니다."

아예 확실히 하기 위해 나는 메피스토펠레스의 연기를 발동했다.

<악마와 같은 연기로 상대를 속입니다!>

그러자 시커먼 기운이 일어나 레온을 파고들었다. 잠시 몽롱해진 그는 이내 납득한 표정이 됐다.

"아, 주교님이시군요. 대체 여기가 어딥니까?"

<메피스토펠레스의 연기가 성공했습니다!>
<메피스토펠레스의 연기가 숙련4단계로 오릅니다!>

그간 틈나는 대로 계속 썼더니 숙련도 상승까지 있었다. 이 기술은 숙련도가 오를수록 거물을 속일 수 있게 된다. 기회가 될 때마다 올려놓는다면 나중에는 마왕도 갖고 놀 수 있겠지.

"여기는 바스토뉴의 성입니다."

"주교님. 어째서 제가 여기에 있는 것입니까? 어제 분명히 진중에서 잠들었거늘."

"공자께서는 진정하고 들어주십시오."

"주교님의 말씀이시라면 듣겠습니다."

아무래도 정의의 신격 루우벤의 주교라고 한 게 잘 먹힌 것 같았다. 트리어 선제후령은 정의의 신격 루우벤을 섬기는 이가 절대다수니까.

"불미스러운 일입니다만, 공자께서는 지난밤에 이 성으로 납치되셨습니다."

"아니! 세상에! 그런 무도한!"

레온을 펄펄 뛰었다. 고귀한 선제후의 아들로서 이런 대접은 처음이었겠지.

"용서할 수 없습니다. 사람을 납치하다니요! 주교님도 알고 계셨습니까?"

"진정하십시오. 공자. 하지만 이들은 어쩔 수 없었다는 걸 알아주십시오."

"그게 무슨 말입니까?"

"이 도시의 주민들은 공자와 진심으로 대화하길 원하고 있습니다. 하지만 방법이 없으니 결례를 범하고 말았습니다."

"그래도 그건⋯."

"공자께서는 언제든 돌아가실 수 있습니다. 그건 제가 주교의 지위를 걸고 약속드리겠습니다."

주교직을 걸자 그는 적잖이 안도하는 기색이었다. 대번 자기가 갇힌 게 아니라고 판단한 것이다.

"하지만 공자. 떠나시기 전에 이 성의 주민들과 대화를 나눠주시지 않겠습니까? 얼마나 절박하면 이렇게까지 공자를 보자고 하겠습니까? 제가 그중 몇을 알고 있습니다."

내가 점잖이 말하자 레온은 납득해줬다.

"주교님께서 그리 말씀하신다면 알겠습니다."

히죽.

나는 입가에 피어오른 썩은 미소를 감추느라 고개를 살짝 숙였다. 하지만 상대에겐 감사하는 걸로 보였나 보다.

"주교님, 그 정도로 고개 숙이지 마십시오."

"감사합니다. 공자."

역시 레온은 좋은 아이야. 걱정마라, 레온. 협력의 대가로 네게 세상에서 가장 예쁜 신부를 선물해 줄 테니까. 분명히 행복할 거라 장담하지.

"그러면 제가 나가서 사람들을 불러오겠습니다. 잠시 기다려 주실 수 있겠습니까?"

"물론입니다. 주교님."

나는 레온에게 인사를 하고 나와서는 미리 대기 시켜둔 인원들을 만났다.

"준비 됐나?"

"물론입니다. 백작님."

"백작이 아니라 로렌스 주교다. 이 멍청한 돼지새끼들아."

"실례했습니다. 로렌스 주교님."

내가 준비한 인원은 도시의 연극 배우들이었다. 노파와 중년의 사내, 젊은 처녀로 모두 노련한 연기자들이었다. 이들은 이제 레온의 앞에 가서 눈물 뿌리를 연기를 펼칠 예정이었다.

"가서 잘해. 지켜본다."

"물론입죠. 헤헤헤. 맡겨주십시오."

"잘하면 금화를 더 줄테니까."

"어이쿠! 감사합니다!"

이들의 역할은 간단하다. 레온이 바스토뉴에 동정심을 갖을 수 있게 하는 거다. 나는 이미 감정 연기에 들어가고 있는 셋을 데리고 돌아왔다.

"인사드리시길. 레온 공자님이십니다."

내 말에 연극배우 셋이 부복하며 벌써 눈물을 쏟아내기 시작했다.

"흑흑흑."

"아이구, 공자님!"

"미천한 쇤네를 만나주셔서 영광입니다."

셋이 동시에 울자 레온은 당혹감을 감추지 못했다. 서둘러 손수건을 꺼내 노파의 눈물을 닦아줬다. 이 녀석, 정말 성격이 괜찮다.

"무슨 일로 우는 것이냐? 어서 말해 보거라."

"사실은 제 하나뿐인 아들놈이 분쟁에 휘말려서 얼마 전에 숨이 끊어졌습니다. 어흐흐흑!"

"아니? 어찌해서?"

노파의 손을 잡아주며 달래는 레온. 귀족답지 않게 다정다감한 소년이었다. 하지만 이어진 노파의 말에 말문이 막혀버렸다.

"트리어 선제후님의 병사들이 제 아들을 죽였답니다."

"뭐……?"

하지만 이건 시작에 불과했다. 다른 두 명의 연기자 역시 연기에 들어갔으니. 이들의 공통적인 점은 이번에 일어난 두 거물의 알력으로 소중한 것을 짓밟혔다는 점이었다.

물론 다 거짓말이긴 하지만 도시에 그런 사연이 없는 건 아니다. 실제로 바스토뉴의 상황이 녹록하지는 않다.

"어찌 그런…."

"공자, 안 좋은 얘기를 들려드려 죄송할 따름입니다. 하지만 현재의 전쟁 때문에 이 작은 도시는 큰 고통을 겪고 있습니다. 그저 평범한 삶은 바라는 이들이 가족조차 지키지 못했습니다."

"…제가 어떻게 해야 하죠?"

착한 레온의 얼굴에 수심 가득한 그늘이 졌다. 나는 한손으로 배우들에게 나가라고 슬쩍 손짓을 하고 레온의 어깨를 감싸 안았다.

"그 마음씀씀이가 참으로 의젓하십니다."

"아아! 주교님. 너무 고통스럽습니다. 아버지께선 권력과 땅에 정신을 빼앗기셨어요. 제가 몇 번이고 말씀드렸지만 세상 물정을 모르는 애송이 취급을 할 뿐이었습니다."

트리어 선제후가 불같은 폭군이라면 레온은 성군의 자질을 타고났다. 어떻게 그런 고약한 성품의 아버지 밑에서 이런 비단결 같은 애가 나온 건지 모르겠다.

개인적으로 나는 레온에게 호감이 있기 때문에 후일 그를 지지해줄 작정이었다. 난세에 어울리는 자는 아니었지만 그래도 자기 백성은 따뜻하게 돌봐줄 수 있는 위인이었다.

"자신을 비하하지 마십시오. 공자. 공자께서는 충분한 힘이 있습니다."

"저는 아무 것도 할 수 없습니다. 주교님. 주교님께서 지혜를 빌려 주세요."

그 말에 나는 기다렸다는 듯 말했다.

"사실 성에 공자와 비슷한 처지의 분이 와 있습니다. 가서 함께 대화해 보면 방법을 찾을 수 있지 않을까요?"

이번 맞선의 포인트는 동병상련을 느끼게 하면서 자연스럽게 가까워지게 하는 거다.

"그게 정말인가요! 로렌스 주교님!"

물론이지. 나는 로미오와 줄리엣을 이어주는 착한 로렌스 주교니까. 흐흐흐….

"그렇습니다."

"그분은 누구시죠?"

"저를 따라오시면 알 수 있습니다. 두 분께서 분명히 좋은 의견을 교환하실 수 있을 겁니다."

지금쯤 율리아 공주쪽도 얘기가 끝났겠지. 그쪽에는 달타냥과 다른 연극배우들을 보내 놨다. 그쪽에서도 실컷 눈물을 뽑아내며 동정심을 자극했을 거다.

그러고 보면 그 가짜 율리아 공주가 어진 성품으로 보이긴 했다. 반면 진짜 율리아 공주는 왈가닥 같았다. 아무래도 역사 속의 결혼동맹을 했던 것도 가짜 율리아 공주가 아니었을까?

"정원에서 그분을 만나기로 했습니다."

나는 아름다운 꽃과 나무가 가득한 정원으로 레온을 이끌었다. 며칠 간의 공사로 마치 동화 속의 장소처럼 꾸며져 있었다. 그리고 그 정원에 놓인 대리석 탁자 위에서 그림 같은 자태의 미소녀가 차를 마시고 있었다.

"아아……."

레온의 입에서 감탄사가 터졌다, 그는 율리아 공주를 소개하기도 전에 이미 시선을 빼앗기고 있었다. 그리고 고개를 든 율리아 공주 역시 레온을 뚫어져라 쳐다본다. 그녀는 볼을 붉힌다. 하지만 그러면서도 눈을 떼지 못하고 있었다.

"자, 공자께선 여기 앉으시지요."

그렇게, 세기의 연인이라 불리는 소년과 소녀가 만났다.

나, 선량한 로렌스의 축복 하에.

2. 자식 이기는 부모 없는 법

나는 일단 서로를 소개해 준 뒤 덧붙였다.

"저는 후계자인 두 분만이 이 무익한 싸움을 끝낼 수 있다고 생각합니다. 부디 도시를 구해주십시오."

그리고 돌아가고자 한다면 언제든 돌려보내주겠다고 덧붙였다. 하지만 이미 둘은 서로를 바라보느라 정신이 없었다. 돌아갈 생각 따위는 없어 보인다. 아무래도 이만 방해꾼은 사라져야 할 것 같다.

"그러면 저는 이만. 필요한 게 있으시면 부르시길."

"아… 예."

레온은 제대로 대답도 하지 않고 탁자에 앉는다. 과연 연리지라 불릴 만한 커플이구나. 보는 순간 서로 첫눈에 반할 운명을 타고난 건지도 모르겠다.

나는 방으로 돌아와서는 수정구를 꺼내서 누군가를 호출했다. 그들의 결혼을 도와줄 명망있는 성직자가 필요했으니까.

- 저, 마법진을 타고 오시면 반나절이면 가능합니다. 와주실 수 있

을까요?

- 응? 대체 무슨 일이양?

어쩐지 애교있는 그녀의 목소리에 살짝 웃은 나는 그간의 사정을 자세히 설명하기 시작했다.

"뭐라! 이런 미친!"

불의 마왕 쟈케르의 고성과 함께 일대가 요란하게 터져나갔다.

콰아아앙!

이 폭발에 휩쓸린 부하 수십여 명이 목숨을 잃었다. 하지만 마왕 쟈케르는 그런 건 조금도 신경 쓰지 않았다. 오히려 노호성이 커질 뿐이다.

"네놈들이 경계를 어떻게 서고 있었기에 율리아가 진중에서 납치를 당해!"

"죄송합니다! 전하."

폭발에서 살아남은 건 마왕군의 간부들 정도 밖에 없었다. 하지만 그들도 온몸에서 연기가 피어오르는 게 상태가 좋지 않았다.

"죄송하다면 다인가! 본왕의 딸은 지금 어디에 있나!"

"신이 알아보니 현재 바스토뉴 성에 있다고 합니다."

"뭐라! 바스토뉴 그 개새끼들이 공주를 납치했다는 것이더냐!"

마왕 쟈케르은 그야말로 머리끝까지 화가 났다. 바스토뉴와는 밀약을 맺고 트리어 선제후를 상대하기로 했다. 한데 이렇게 딸을 납치했다니 그야말로 자신을 농락한 셈이 아닌가.

"그 떨거지들이 정신이 나갔구나! 내 당장 군을 몰고 가서 그 작은 성을 잿더미로 만들겠다!"

"전하, 진정하십시오."

"진정하게 생겼나! 이놈!"

마왕 쟈케르를 급기야 조아리고 있던 신하를 걷어차 버렸다. 분노로 숨을 몰아쉬는 마왕의 입에서 시커먼 연기가 계속 흘러나왔다. 마치 혈통의 반절은 불의 정령이 섞여있는 것 같이 보였다.

"전하, 군대를 움직였다가는 저 트리어 선제후가 가만있지 않을 것입니다."

"이런 빌어먹을! 본왕이 자기 군대조차 맘대로 움직일 수 없다니!"

마왕 쟈케르가 쉽게 흥분해 일을 자주 그르치지만 아주 바보는 아니다. 트리어 선제후가 있는 한 저 무도한 바스토뉴의 벌레들을 징치할 수 없음을 잘 알았다.

그렇게 그가 한 풀 꺾이자 간부 하나가 나서 조아린다.

"전하. 바스토뉴에서 말하길 자신들은 납치한 게 아니며 정중히 공주님을 초대했다고 하옵니다. 공주님께서 원하시면 언제든 돌려보내겠다고 했습니다. 또한 자신들의 말이 맞는지 확인하기 위해 성으로 사절을 보내도 좋다합니다."

"뭐라?"

바스토뉴가 딸을 인질을 잡고 협박할 줄 알았던 마왕 쟈케르는 의아한 기분이 됐다. 초대라니?

"또한 신이 연락받기로는 이번 초대에 응한 게 공주님뿐만이 아니랍니다."

"누가 또 있는가?"

"트리어 선제후의 아들인 레온 공자도 성으로 갔다고 합니다."

"허?"

이쯤되자 마왕 쟈케르는 고개를 갸웃거릴 수밖에 없었다. 그는 바스토뉴의 의도를 알 수 없어 이맛살을 찌푸렸다.

'빌어먹. 울투투가 있었다면 반드시 답을 알려줬을 터인데….'

울투투는 얼마 전 암살당했다. 흉수를 찾지는 못했지만 아마 신하들 간의 권력 다툼일 거라고 마왕은 여겼다.

'아마 지금 이 앞에 있는 신하 중 하나가 죽였겠지.'

신하들은 언제나 내부적으로 치열하게 다퉈왔다. 그는 그 사실을 잘 알았지만 신하들을 견제하기 위해 모른 척해왔다. 게다가 그의 성격상 암살당할 정도로 나약한 신하는 필요 없다고 생각했다.

'멍청한 년. 한 가닥 한다고 여겨 중용했건만 자다가 칼을 맞고 죽다니. 결국 그 정도 밖에 안 되는 년이었던 거다.'

머리 쓰는 게 아쉽긴 했지만 마왕 쟈케르는 더 신경 쓰지 않기로 했다. 대신 다른 신하들에게 대책을 마련하라 엄포를 놓았다.

"이 사태를 제대로 해결하지 못하면 본왕은 무능한 너희를 싹 물갈이 할 것이다. 알겠느냐!"

"여부가 있겠습니까. 전하. 신들이 최선을 다할 것입니다!"

그날 불의 마왕과 트리어 선제후는 임시로 휴전하게 됐다. 그리고 함께 바스토뉴에 사람을 보내 상황을 파악하기로 논의했다. 싸움질도 중요하지만 일단 자식의 일이 우선이었다.

"납치 사실에 양 진영에서 난리가 났습니다. 엄청난 항의와 협박이 쏟아지고 있습니다."

리슐리외는 하룻밤 사이에 10년은 늙어버린 모습이었다.

"걱정할 것 없네. 두 거물은 자기 자식을 아끼니까 경거망동하지는 않을 걸세."

물론 그 이유는 자식에 대한 사랑보다는, 안토니 백작의 영지 때문이었다. 애초에 이번 싸움은 레온과 율리아 중 누가 안토니 백작령을 계승하느냐로 벌어진 다툼이다. 자식을 잃어버리면 계승을 주장할 수 없으니 아낄 수밖에.

"성으로 양측의 사절이 오기로 했습니다."

"적당히 상대해 주게. 나는 그 사이 선남선녀를 만나보겠네."

정원으로 찾아가자 둘은 행복한 얼굴로 나란히 걷고 있었다. 여타 복잡한 문제는 깡그리 잊어버린 모양이다. 연이어 웃음소리가 들리는 게, 보기에 좋았다.

"안녕하십니까?"

내가 사람 좋은 얼굴로 다가가 인사를 하자 레온이 인사를 해 온다.

"주교님. 어서 오세요."

"지내는데 불편함은 없으십니까?"

"배려해 주신 덕에 괜찮습니다."

나는 이들에게 성 밖의 상황을 전했다.

"두 분을 모셔온 방법이 문제가 있어 마왕 전하와 선제후 전하께서 크게 화를 내셨습니다. 하여 저희가 다 죽게 생겼습니다. 부디, 두 분께서는 초대를 받아 자발적으로 왔다고 말씀해 주실 수 있겠습니까?"

"당연히 그래야지요! 걱정하지 마십시오."

레온은 흔쾌히 허락했다. 옆을 보니 율리아도 조신하게 고개를 끄덕인다. 둘은 서로를 만나게 해준 것만으로도 모두 용서한 기색이었다.

"두 분께서 그리 말씀해주시니 정말 감사하군요. 한데 이 도시를 구할 방법은 찾아보셨습니까?"

"그게……."

내 물음에 레온은 대답이 궁한 사람처럼 당황한다. 아마 제대로 생각해 보지 않았을 거다. 둘이 함께 노느라 다 잊어버린 모양이니까.

나 역시 이들이 뭔가 기발한 방법을 내 주길 기대한 건 아니다. 그건 내 취향도 아니고.

방법은 내가 제시해야 한다.

이들은 그걸 따르는 거고.

"공자, 제가 모자란 사람이긴 하나 한 가지 말씀드려도 되겠습니까?"

"오! 주교님께서 지혜를 빌려주신다면 더없이 기쁘겠습니다."

난처해하던 레온은 반색했다.

"이 모든 상황을 해결할 한 가지 방법이 있습니다."

"그게 정말이십니까!"

"네, 하지만 두 분께서 어찌 받아들이실지 모르겠군요."

"아닙니다. 말씀해 주십시오. 주교님."

"그리 말씀하신다니 털어놓겠습니다."

나는 두 사람의 손을 서로 마주잡게 했다.

"아니?"

"아!"

그들은 놀라서 볼을 붉혔지만 거부하지는 않는다. 그대로 서로의 손을 잡고 있었다.

"신격들께선 인간에게 말씀하셨습니다. 너희가 서로 사랑하라고요. 저는 사랑을 믿습니다. 공자. 작금의 이 힘겨운 다툼을 해결할 건 오로지 사랑뿐입니다."

내 말에 율리아가 볼을 붉히며 되묻는다.

"사랑이요…?"

꿈 많은 소녀의 음성에, 나는 확신을 주듯 고개를 끄덕였다.

"맞습니다. 사랑입니다."

"사랑을 위해서는 어떻게 해야 할까요?"

"간단합니다. 두 분께서 결혼하신다면 이 모든 문제가 해결될 겁니다."

"그런!"

"아아!"

레온과 율리아는 깜짝 놀라서 어쩔 바를 몰라했다. 하지만 싫은 기색은 아니었다. 오히려 율리아는 미소를 감추느라 입술을 깨물고 있었다.

"예로부터 다툼을 방지하기 위해 결혼 동맹을 해왔습니다. 두 분이 평생을 함께하기로 한다면 아버님들께서도 더는 무의미한 싸움을 멈추실 겁니다."

이것이야말로 둘이 바라마지 않는 대답이리라. 이미 한 눈에 반한 상태다. 게다가 현재의 골치 아픈 문제까지 해결할 수 있다. 이보다 명안이 없으리라.

"할게요! 기꺼이 레온 공자님의 아내가 되겠습니다!"

의외로 소녀 쪽에 더 과감했다. 그러자 레온은 크게 감격해서는 어쩔 바를 몰라한다. 나는 그런 그에게 성직자다운 따뜻한 웃음을 지어보였다.

"공자께선 사내대장부이십니다. 소녀의 용기를 받아들이시지 않을 겁니까?"

"아닙니다! 저도 기꺼이 율리아 공주를 아내로 맞이하겠습니다!"

현재 레온이 18세고, 율리아가 16세다, 제국법상 부모 동의가 없이도 결혼이 가능한 나이였다. 나는 그런 그들에게 제안했다.

"두 분의 숭고한 뜻, 이 로렌스는 감동했습니다. 신들께서도 오늘 이 아름다운 부부를 축복하실 것입니다."

소년과 소녀는 부부란 말에 잔뜩 상기됐다. 이들은 이후 행복하게 살 것이다. 원래 역사에서도 결혼 동맹 이후 잉꼬부부로 유명했다.

둘의 결혼으로 이 껄끄러운 분쟁도 끝낼 수 있다면, 세상에 이보다 축복받을 만남도 없을 거다. 개인적으로도 이 어린 부부를 지켜줄 작정이었다.

"마침 성에 고귀한 두 분을 결혼을 집전해 주기 적당한 명망 높은 사제님이 계십니다. 그분께 결혼식을 부탁해 보는 게 어떨까요?"

"좋습니다."

"저도 좋아요."

둘의 허락이 떨어지자 나는 미리 마련해 놓은 자그마한 성소로 그들을 데려갔다. 그곳에는 마법진을 타고 날아온 마르가레타가 있었다. 나는 그들에게 마르가레타를 소개했다.

"이분은 발푸르가 수녀회의 전 대수녀원장인 마르가레타님이십니다. 두 분의 결혼식을 맡아주시기 부족함이 없으십니다. 겉으로는

아이로 보이나 이는 신격의 축복을 받아 그렇습니다. 명망 높은 사제님이니 두 분 다 예를 갖추세요."

내 말에 레온과 율리아는 주눅이 들은 표정을 지었다. 그러자 마르가레타가 쾌활하게 웃는다.

"뭘 어렵게 말하느냐. 본인은 이제 일개 수녀일 뿐이다. 안 그런가, 로렌스 주교? 푸웃!"

잠깐? 마리가 날 비웃은 거 같은데. 아무래도 로렌스 주교라고 한 게 너무 웃긴 모양이었다.

"두 사람 다 반갑다. 본인은 자애의 여신격을 섬기는 마르가레타라고 한다!"

마르가레타가 활짝 웃자 삽시간에 분위기가 화기애애해졌다. 곧바로 단출한 예식이 진행됐다. 꽃다발에 면사포 밖에 없는 약소한 결혼식이었지만 둘은 세상에서 제일 행복해 보였다.

그들은 너무나 달콤하고 빛나고 있었기에 내심 질투심이 피어오를 정도였다. 나도 언젠가 발푸르기스와 저렇게 웃을 날이 올까?

"신랑은 평생 신부를 지켜줘야 한다. 이건 발푸르가 여신격께서 부여한 신성한 결혼의 의무다. 그리 하겠나?"

"물론입니다."

레온은 씩씩하게 대답했다.

"신부는 평생 신랑을 사랑하고 아껴야 한다. 이건 발푸르가 여신격께서 부여한 신성한 결혼의 의무다. 그리 하겠나?"

"네, 그리 할 것입니다."

율리아는 귀엽게 볼을 붉히며 대답했다. 그러자 마르가레타는 웃으며 신성한 하얀 천으로 둘의 손목을 묶어줬다.

"자애의 여신격 발푸르가의 이름으로 이 결혼은 성립하였다. 이제 죽음도 둘을 갈라놓을 수 없으니 평생 서로를 사랑하거라."

약식으로 진행된 결혼식이 끝났다. 솜사탕처럼 달콤한 광경이었다. 나는 서로를 보며 웃고 있는 그들에게 말했다.

"뭐하십니까? 맹세의 키스가 없으면 끝난 게 아닙니다."

"아!"

그 말에 둘은 기다렸다는 듯 서로를 향해 키스했다. 이제 진짜로 부부가 된 것이다. 둘이 그렇게 모든 걸 잊고 키스 삼매경에 빠져있을 때 마르가레타가 머리를 긁적였다.

"이거 원… 나도 아직 시집을 못 갔는데 저 어린 것들은 벌써… 부러워서 죽겠구나. 끄응."

양 진영에서 사절이 도착했다. 하지만 견원지간이니 고운 말이 오갈 리가 없었다.

"거! 영 말귀를 못 알아 듣네! 늙은 인간 놈!"

"이런 썩을 마족! 확 그냥 성수에 담궈버릴까보다!"

성직자와 불의 마족이 서로 입에 걸레를 물고 으르렁거렸다.

"그 이마에 얼마 안 남은 머리칼을 마저 태워줄까? 대머리 새끼들아!"

"뭐? 대머리라고! 마족 네놈들은 해서는 안 될 말을 했다! 아무리 적이라도 넘지 말 선이 있는 법! 진정 성물로 이마에 구멍을 뚫어줘야 정신을 차리겠느냐!"

"자라나라! 머리머리!"

"으아아! 이것들이! 신격이시여! 저놈들도 대머리의 저주를 내려주소서!"

"신성력이 아무리 강해도! 머리카락 한 줄기 자라게 하지 못하니 다 헛거 아닌가!"

죽어라 다투는 양진영을 보면서 리슐리외는 혼백이 달아나는 느낌을 받았다. 여긴 어디고, 난 누군가 그는 진지하게 고민했다.

"성백! 대체 우리 공주님은 언제 오시는 거요!"

"맞소. 우리 공자께서는! 혹시 다른 꿍꿍이가 있다면 절대 용서할 수 없소이다!"

아까부터 원 패턴이었다. 사절로 온 두 집단이 아웅다웅하다가, 쿨타임이 찰 때마다 리슐리외를 갈궜다. 그리고 다시 서로 말다툼하길 반복했다.

'제발 어서 오십시오. 비텐바이어 백작.'

리슐리외는 잘 우는 남자가 아니었지만, 지금만큼은 울고 싶은 기분이었다. 그런데 그때, 그의 간절함에 응답하기라도 한 것처럼 기다리고 있던 인물들이 도착했다.

레온과 율리아, 그리고 로렌스 주교로 가장하고 있는 비텐바이어 백작이었다.

"오오! 공주님!"

"무사하셨군요! 레온 공자!"

신하들이 호들갑을 떠는 와중에도 레온과 율리아는 서로의 손을 잡고 차분히 나아간다. 그러자 지켜보는 이들은 뭔가 이상한 느낌에 몸을 흠칫 떨었다.

왜 원수의 아들딸이 서로 저리도 다정히 손을 잡고 있단 말인가?

누군가 의문을 제기하려 입을 열려던 그 순간, 젊은 부부가 재빠르게 선언했다.

"우리 결혼했어요!"

그 외침에 양 진영의 신하들은 귀신이라도 본 것 같은 표정이 됐다.

"어억…!"

"끄어어…….."

어떤 성직자는 손가락을 앞으로 내민 채 부들부들 떨기만 했고 어떤 마족은 벌린 입에 손가락을 넣은 채 조각상처럼 굳어버렸다.

하지만 세상에서 제일 행복한 이 어린 부부는 그딴 건 신경도 쓰지 않았다. 대신 율리아는 비텐바이어 백작이 사전에 알려준 대로 모두에게 말했다.

"뱃속에 새 생명이 자라고 있답니다. 가서 아버님께 전해주세요. 아이의 이름을 지어달라고."

당연히 거짓말이다. 만난 지 하루 밖에 안 됐는데 애가 생길 리가 없다. 하지만 상황이 하도 엄하다 보니 다들 머리가 제대로 돌아가지 않았다. 충격이 배가 됐다.

"그아아악……."

풀썩.

급기야 마왕군 고위 신료 하나가 기절해서는 바닥에 쓰러져버렸다.

레온과 율리아의 결혼 소식은 그야말로 파란을 일으켰다.

"이를 어쩐단 말이오. 전하께서 우리를 가만두지 않을 거요. 차라리 도망쳐서 살 길을 도모하는 게……."

"허허… 선제후 가에 마족의 공주가 시집오다니. 이 무슨 참담한……."

양 진영은 그야말로 머리를 쥐어뜯고 있었다.

"곤란한 마음은 이해합니다만, 일단 가서 보고하는 게 우선 아니겠습니까."

내 말에 그들은 어두운 안색으로 떠났다. 그리고 정확히 두 시간 뒤, 성의 관료 하나가 사색이 되더니 뛰어 들어왔다.

"마왕 쟈케르와 트리어 선제후가 직접 오겠다고 합니다! 거부한다면 둘이 합동해서 성을 가루로 만들어 버릴 테니 각오하라는 전언입니다!"

드디어 거대한 폭탄 두 개가 오는군. 여기서 처신을 잘해야 한다. 만약 잘못했다가는 열 받은 둘이 폭주할 거고, 원래 역사처럼 모든 게 증발해버리는 대폭발이 일어날지도 모른다.

"이제 어떻게 합니까?"

리슐리외는 몸을 들썩이며 어쩔 바를 몰라 했다. 나는 그런 그에게 핀잔을 줬다.

"자네는 아직 배움이 부족하군. 냉엄한 정국을 헤쳐 나가다 보면 이런 일은 부지기수야."

"저는 도무지 백작님처럼 될 수 있을 거 같지 않습니다."

"자네는 누구보다도 음흉한 정치인이 될 거니까."

"어찌 그리 태평하십니까?"

"다 잘 될 거니 걱정말게. 어제 기다리던 손님도 왔잖는가?"

"마침 딱 오긴 했습니다. 온다, 온다 말은 있었지만 이렇게 간신히 맞춰서 올 줄은 몰랐습니다."

"인생과 정치란 원래 그런 걸세. 이 스릴을 즐기게나."

폭탄들을 기다리며 차를 한 잔했다. 그때 밖에서 천둥이 치는 것 같은 소리가 들렸다.

"비켜라!"

"네놈이 비켜!"

그리고 요란한 소리와 함께 두꺼운 문이 터져나갔다.

쿠아앙!

그와 함께 거대한 덩치를 가진 인물 둘이 서로의 어깨를 밀며, 한 걸음도 양보 안 하겠단 기세로 들어왔다.

불의 마왕 쟈케르와 트리어 선제후였다.

마왕 쟈케르는 부리부리한 인상에 검은 수염이 풍성하고 붉은 피부를 가진 거한이었다. 숨 쉴 때마다 검은 연기가 입에서 흘러나왔다.

트리어 선제후는 키가 2미터는 될 거 같은 장대한 덩치를 가진 늙은이로, 하도 상체가 커서 평범한 그의 다리가 부러질 듯 보일 지경이었다.

흰 수염을 멋지게 기른 그는, 풍성한 사제복으로 감출 수 없는 꿈틀꿈틀한 근육을 자랑하고 있었다.

둘 다 당장이라도 폭발할 것 같은 느낌을 주는 거한들이었다. 서로 성정까지 비슷해 보기만 해도 숙적이란 느낌을 줬다.

"본왕의 딸을 내놓거라! 잿더미가 되기 싫으면!"

"과인의 아들을 내놓거라! 신의 징벌을 받기 싫으면!"

함께 들어온 그들이 합을 맞춘 듯이 외치자 정말 정신이 하나도 없었다. 그리고 뒤따라온 그들의 가신들은 두 거물을 중심으로 두 패로 갈라져서 대치했다.

"어서 오십시오. 두 분."

이 괴물 같은 자들을 상대하는 건 내가 맡았다. 아직 애송이인 리슐리외에겐 무리한 일이었다.

"네놈은 누구냐!"

마왕 쟈케르의 말에 나는 여유롭게 응대했다.

"저는 비텐바이어 백작입니다. 전하."

"비텐바이어?"

잠깐 생각하던 마왕 쟈케르는 알았다는 듯 손뼉을 쳤다.

"비텐바이어면 라인 강 너머가 아니냐. 어찌 그곳의 백작이 여기 있느냐!"

물어보는 것조차 호통을 치는 듯 하다. 진짜 기차화통을 삶아먹은 것 같구나.

"작금의 사태를 중재하기 위해서 왔습니다."

"뭐라!"

이번에는 트리어 선제후가 목소리를 높였다.

"어디 감히 백작 따위가 과인의 일을 중재하느니 마니 나서는 것이냐! 주제도 모르고!"

아무리 선제후라도 기본적으로는 성직자인데, 말본새가 도저히 신을 모시는 자로는 안 보였다.

"주제도 모르고 나서서 죄송하나, 사랑스러운 부부의 부탁을 받앉으므로 이 자리에서 물러날 수는 없습니다.”

그 말에 마왕과 선제후가 동시에 격분한다.

“부부라! 네 이놈!”

“누구 마음대로 부부더냐!”

그와 함께 거대한 힘이 일대에 꿈틀거리는 게 느껴졌다. 실로 둘 다 늙은 괴물들이로구나.

“과인이 허락도 하지 않았는데 어찌 내 아들이 결혼할 수 있다는 말이냐!”

“본왕의 생각 역시 같다. 율리아의 아비로서 허락한 기억이 없다.”

이들에게 자식은 자기가 관리해야할 재산이었다. 멋대로 결혼하는 걸 용서할 수 있을 리가 없었다. 하지만 나는 고개를 가로 저었다.

“성년의 남녀가 서로 맹세했습니다. 더 무엇이 필요하겠습니까?”

급기야 마왕 쟈케르가 참지 못하고, 내게 화염을 토해냈다. 그의 입에서 드래곤의 숨결처럼 불길이 뿜어져 나왔다.

화르르르륵!

극렬한 화염 마법이 작렬하자 주변에 있던 자들인 비명을 지르고 도망치기 바빴다. 트리어 선제후 역시 가신을 데리고 물러나 방어막을 전개했다.

“이런 미친 마왕이!”

“시끄럽다! 늙은 선제후놈! 말이 안 통하면 이게 제일이다!”

마왕 쟈케르는 나를 완전히 통구이로 만들 작정인 것 같았다. 눈앞이 온통 불길로 가득했다.

“크흐흐흐! 이 정도면 되었다.”

내가 잿더미가 됐겠거니 생각한 마왕 쟈케르는 만족해서는 웃는다.

"전하, 아직 난방이 필요한 계절은 아닌 듯합니다."

하지만 내가 아무렇지도 않다는 듯 의복을 털자 그는 깜짝 놀라서 눈이 휘둥그레졌다.

"아니? 이 무슨!"

제법 매서운 불길이었다. 하마터면 진짜 로스트 치킨이 될 뻔했다. 하지만 내겐 얼마 전에 얻은 마력 방패란 스킬이 있었다.

- 1,000의 피해를 본다면 생명력 대신 마력이 - 1,000이 줄어들게 하는 능력이다. 마력이 남아 있는 동안은 피해를 볼 일이 없으니 나는 털끝 하나 상하지 않았다.

"전하 때문에 성의 살림살이가 남아나지 않겠군요."

주변에 있던 물건들은 온통 타서 쓰레기더미로 변했다. 돌바닥조차 일부가 끈적하게 녹아버렸으니 새삼 마왕 쟈케르의 힘을 실감할 수 있었다.

"네놈! 평범한 놈이 아니구나!"

그제야 경계의 기색을 보이는 마왕 쟈케르. 트리어 선제후는 꽤 놀랐다는 듯 나를 쳐다본다. 나를 보는 그의 눈에 이채가 어렸다.

"그게 뭐 중요하겠습니까? 그저 저는 레온 공자와 율리아 공주의 결혼이 적법하게 선포됐다고 말씀드릴 뿐입니다."

"인정할 수 없다!"

쩌렁쩌렁 울리는 마왕의 목소리. 트리어 선제후 역시 반대하는 건 마찬가지였다.

쿵!

묵직한 발소리와 함께 그가 앞으로 나섰다.

"마찬가지다! 쓸데없이 버텨봐야 좋을 게 없을 것이다. 백작! 어찌

한 번은 견딘 듯하나 과인까지 나서면 과연 무사할 수 있다고 보는가!"

트리어 선제후의 손에 섬뜩한 빛이 어리기 시작했다. 세상에, 분명 신성력일 텐데 저리 흉엄한 기운이 어릴 수 있다니? 놀랄 지경이다.

마왕 쟈케르 또한 이번에는 진심으로 하겠다는 듯 두 눈에 힘을 준다. 정말 목숨이 간당간당한 위기 상황이었다. 한 명도 못 당하는데 둘이 동시에 달려들려고 하다니.

"피를 보기 싫으면 물러나라!"

"당장 빠지지 않으면 이번에야 말로 용서치 않겠다!"

마치 분노한 드래곤 두 마리를 보는 것 같다. 누구도 이런 상황에서 평정을 유지하지 못할 거다. 다른 이들은 이미 저 멀리 도망간 상황이다. 하지만 나는 믿는 구석이 있었다.

"뭐라? 용서를 하지 않아?"

갑자기 들려온 높고 날카로운 목소리에 마왕과 선제후의 고개가 확 돌아간다. 분노로 일렁이는 그들은 무엄하게 구는 이를 단번에 박살내겠다는 표정이었다. 하지만 이내 흠칫 놀라서는 눈이 휘둥그레진다. 전혀 생각지도 못한 인물이 등장한 것이다. 그들은 경악을 감추지 못하고 소리쳤다.

"폭풍과 몰살의 마르가레타!"

"저 재앙을 뿌리는 여자가 여길 왜!"

무한 신성력의 소유자 마르가레타의 등장에 두 거물이 당혹해하며 한 발자국을 물러났다. 마르가레타는 내 옆으로 오더니 팔짱을 끼고는 선언한다.

"그 아이들의 결혼은 내가 집전했다. 자애의 여신격 발푸르가 님

의 이름으로 맹세했으니, 이를 부정하겠다는 건 본인과 한 판 붙겠다
는 소리나 다름없다!"

그 말에 마왕과 선제후가 낭패를 감추지 못했다.

"뭐라! 왜 남의 집안사에 끼어드나!"

"원하는 게 뭐냐! 이 악마 같은 여자!"

그런 모습에 마르가레타는 깔깔 웃기만 한다.

"원하기는 뭘 원해! 그저 결혼하겠다는 아이들을 도와줬을 뿐이
다! 너희들! 끝까지 반대하겠다면 각오하거라! 이 폭풍과 몰살의 마
르가레타를 무시하고도 밤 잠 편히 잘 수 있을 것 같나!"

마르가레타의 박력은 두 거물을 압도하고 있었다. 특히 그녀가 허
리춤에서 과거 자기가 죽인 드래곤의 뼈로 만든 쌍검을 뽑아 보이자,
마왕과 선제후가 찔끔했다.

심지어 그들은 식은땀을 흘리고 있었다.

"이 무슨 황당한⋯."

"빌어먹을. 일이 꼬이는군."

나한테는 그렇게 소리를 지르더니 마르가레타가 윽박지르자 대
번에 상황이 바뀌었다.

아아! 마리! 든든해!

너무나 든든합니다.

나는 신이 나서 마르가레타 뒤에 숨어서 소리쳤다.

"거 보십시오! 이래도 반대입니까!"

갑자기 기가 산 내 모습에 마왕과 선제후는 분한 표정을 감추지
못한다.

"으윽! 백작!"

"저 빌어먹을 놈이 기세등등해져서는!"

하지만 마르가레타의 눈치를 보느라 뭐라 하진 못한다. 나는 그 모습에 감격해서는 속삭였다.

"마리, 사랑해도 됩니까?"

"훗! 여자 엉덩이 뒤에 숨지 않게 되면 고려해 보겠다."

말하는 게 너무 멋져서 마르가레타에게 반할 뻔했다. 하지만 지금은 여자 엉덩이 뒤에 숨을 때다. 나는 마르가레타를 앞세우고 그들을 압박했다.

"발푸르가 여신격의 이름과 제국법, 그리고 마족의 관습법에 의해 레온 공자와 율리아 공주의 결혼은 적법하고 한 치의 문제도 없이 성립했습니다. 이래도 이 결혼이 무효라 우기시겠습니까!"

마왕과 선제후는 꿀 먹은 벙어리가 됐다. 죽일 듯 나를 쏘아보고 있었지만 마르가레타가 있어서 무섭지 않았다.

"부부는 바스토뉴를 가엾게 여기어, 이 도시의 평화를 원하고 있습니다. 둘이 결혼을 결심한 것도 양 진영의 화해를 바라기 때문입니다. 부모 된 입장에서 자식의 뜻을 존중해 줘야 맞을 것입니다."

내 말에 트리어 선제후가 발끈한다.

"백번 양보해서 결혼의 성립을 인정한다 치자. 한데 백작은 무슨 자격으로 이 일에 끼어든 거야!"

그 말에 마왕 쟈케르도 동조한다.

"맞다! 관계없는 놈은 빠져라! 중재를 부탁받았다는 것만으로는 자격을 인정할 수 없다! 제국법과 마족의 관습법을 논하려면, 네놈의 자격도 제국법이나 마족의 관습법에 의해 인정받아야 한다!"

세상에! 살다보니 이들이 한 목소리를 내는 걸 다 볼 줄이야. 이 눈치 빠른 노괴들은 내가 빠지면 마르가레타도 물러날 거라 짐작한 것 같았다.

딱 봐도 우리 둘은 무척이나 친밀해 보였으니까. 내가 마르가레타를 끌어들인 장본인이라 알아챈 거겠지.

"또한 결혼 따위로 성 밖의 전투를 멈출 수는 없다! 백작!"

"본왕 역시 동의한다. 출진했으면 끝을 봐야한다! 감히 아이들의 시시한 소꿉놀이로 어른들의 일을 그르칠려 들어!"

세상에 이런 속물들을 보겠나. 이들은 역시 자기 야망 외에는 아무런 가치가 없다고 여기는 것 같았다.

당연하지만 이런 자들은 말로 설득하는 게 불가능하다. 오로지 힘과 권력에 의해서만 제압이 가능하다. 마르가레타로 입을 다물게 했던 것처럼 말이다.

다행히 내게는 한 가지 카드가 더 있었다. 사실 어제 황제의 특사가 바스토뉴에 도착했다. 리슐리외와 얘기했던 기다리던 손님이 바로 황제의 특사였다.

나는 결정적인 때 사용하려고 황제의 특사가 도착했다는 사실을 감추고 있었다.

"지금 제가 자격을 물으셨습니까? 두 분 전하?"

내가 자신만만하게 나서자 그들은 눈가를 찡그린다. 뭔가 불안한 느낌이 들었나 보다.

"그렇게 말씀하시니 두 분께 그 자격을 입증하겠습니다."

나는 대기하고 있던 달타냥에게 손가락을 튕겨보였다. 그러자 그녀가 고개를 끄덕이고는 외친다.

"황제 폐하의 특사가 입장하십니다!"

마왕과 선제후이 그 외침에 당황해서는 허둥댔다.

"뭐? 폐하의?"

"아니! 인간의 우두머리가 왜?"

내 부탁으로 대기하고 있던 황제의 특사가 안으로 들어왔다. 제국 지존의 명을 전하는 이라 그런지 발걸음도 당당했다. 그리고 큰 소리로 외친다.

"축복받은 루아크 왕관의 주인이자, 제국의 수호자이시며, 보헤미아의 왕이자 브라티슬라바의 왕, 합스부르크 가문의 수장이신 프란츠 4세 황제 폐하의 명을 여기에 전한다!"

이 갑작스러운 등장에 마왕과 선제후는 완전히 허를 찔리고 말았다. 그들이 미처 대처하기도 전에 황제의 특사가 칙서를 읽어 내려간다.

"짐이 이 사태를 중재하고자 하니 말메디는 트리어 선제후의 아들인 레온이, 호슈포흐는 마왕 쟈케르의 딸인 율리아가 상속 받도록 하라. 그리고 바스토뉴는 짐의 충성스러운 신하인 비텐바이어 백작에게 하사하겠다. 이는 짐의 확고부동한 뜻이니 그대들은 충성으로 받들라."

그러자 나는 기다렸다는 듯 외쳤다.

"성은이 망극하나이다! 폐하!"

마왕과 선제후는 갑자기 난입한 황제 때문에 완전히 닭 쫓 개 신세가 됐다. 설마 이렇게 갑자기 황제가 나설 줄은 몰랐겠지.

물론 이 칙서에 반항할 수는 있겠지만, 뒷감당을 하기 힘들 거다.

트리어 선제후는 만약 그랬다가는 반역자가 되니 엄두도 못 낼 거다. 마왕 쟈케르는 황제의 신하는 아니지만, 황제가 갖는 영향력을 무시하지 못한다.

만약 황제의 중재를 거부했다가는 무슨 짓을 당할지 모르니까. 실제로 황제는 오드가쉬의 아들을 경제봉쇄령으로 굴복시킨 바가 있다.

나는 특사에게서 칙서를 받아서는 트리어 선제후 앞에 섰다. 그리고 칙서를 내밀었다.

"폐하께서 그렇다고 하시는군요."

트리어 선제후는 얼굴이 벌겋게 달아올라 있었다. 그는 수염을 부르르 떨면서 입술을 깨문다. 하지만 별 다른 방법이 없을 거다. 아무리 선제후라고 해도 황제의 신하니까.

결국 이 늙은 거물은 한쪽 무릎을 꿇고 말았다.

"트리어의 선제후, 삼가 폐하의 명을 받드옵니다."

나는 무릎을 꿇은 채 양손을 내민 그에게 칙서를 건네주며 미소 지었다.

"선제후 전하께서는 참으로 만고의 충신이십니다."

칙서를 받아들고 일어난 트리어 선제후가 이를 갈더니, 이마가 닿을 정도로 얼굴을 들이밀며 으르렁거렸다.

"백작. 필히 나와 독대를 좀 해야겠군."

"얼마든지 그러겠습니다."

내가 유려한 동작으로 허리를 숙여보이자 트리어 선제후가 울컥한다.

"고얀!"

트리어 선제후는 그대로 몸을 돌려 퇴장해 버렸다. 그러자 그의 가신단 역시 우르르 따라갔다. 뭔가 폭풍처럼 등장해서 폭풍처럼 사라졌다.

남은 건 이제 마왕 쟈케르. 그는 아직 따질 생각인 것 같았다.

"분명 이곳의 성백과 약속이 되었다! 함께 힘을 합쳐 저 트리어 선제후를 토벌하기로! 한데 이제 와서 수작을 부려!"

그 말에 리슐리외가 나섰다.

"마왕 전하. 일이 이렇게 된 건 저희로써도 실로 의외였습니다. 하지만 분명 전하께 약조를 드린 건 사실. 응당 그에 대한 책임을 져야 맞겠습니다."

"말은 그럴싸하구나! 그래, 무슨 책임을 질 텐가!"

"제가 성백 위를 반납하고 바스토뉴를 떠날까 하옵니다."

"뭐? 뭐라!"

밀약을 맺은 당사자인 리슐리외가 실각하게 되는 것이다. 그리고 이 도시는 이제 황제의 칙령에 의해 나의 것이다. 하니 일전에 맺었던 밀약은 공수표가 된 셈이다.

마왕 쟈케르가 무식하다고는 하나 이런 사정도 모를 리가 없었다.

"으아아! 이런 황당한 일이!"

그는 자기 머리를 쥐어뜯었다. 무투파인 그로써는 지금의 복잡한 상황 자체가 짜증스러운 것 같았다. 그래서 나는 법률적으로 그를 압박하기 시작했다.

"칙령에 의해 권한이 승계될 때, 비공식 조약의 성립여부에 관해 다투길 원하신다면, 전하께선 제국법정에서…."

"됐다! 이놈!"

뭔가 알 수 없는 소리를 해대자 결국 그는 후퇴를 결정했다.

"좋다! 오늘은 이대로 물러나주지. 하지만 이걸로 완전히 끝이라고 생각하지는 말라!"

"살펴 가시지요. 전하."

내 말에 그는 삿대질을 하며 콧김을 성대히 내뿜는다.

"이런이런, 뻔뻔한 놈! 트리어 선제후 말고 이런 철면피가 또 있을 줄이야! 에이! 내가 이제 인간 놈들이라면 학을 뗄 것 같구나!"

그리 외친 뒤 마왕 쟈케르가 떠나자 가신단이 우르르 따라나섰다. 방금까지 일촉즉발이었던 이곳에 평화가 찾아왔다. 무사히 두 개의 핵폭탄을 치워낸 것이다.

"후우……."

안도의 한숨이 절로 나왔다. 주변을 돌아보니 모두 날 쳐다보고 있었다. 그래서 씨익 웃어줬다.

"우리가 이겼습니다."

그 순간 사방에서 열렬한 박수가 터져 나왔다.

"비텐바이어 백작 만세!"

"만세! 바스토뉴의 새로운 주인 만세!"

"마리이이-!"

일을 끝내고 돌아오자마자 마르가레타를 힘껏 껴안았다. 그러자 그녀는 화들짝 놀라서 발버둥 쳤다.

"이, 이 무례한 놈! 성직에 있는 수녀를 갑자기 껴안으면 오똑게 해!"

"지금만큼은 불한당이 되고 싶습니다! 사랑합니다! 마리!"

"이, 이놈! 뺨을 부비지 말란 말이다! 히잉. 기분이 이상하다!"

결국 한참이나 부비부비한 뒤에야 마르가레타를 풀어줬다. 온몸에 마리의 냄새가 가득 묻은 기분이었다. 그녀는 얼굴이 잔뜩 붉어져서는 흐트러진 옷매무새를 단정하게 한다. 어쩐지 숨결이 거칠었다.

"하아, 하아. 세상에, 이런 무법자를 보겠나. 수녀의 옷을 이렇게 반쯤 벗겨버리다니. 이런 성범죄자 같은 놈!"

"확실히 마리를 건드리면 가중처벌이란 느낌이 있긴 하죠. 합법임에도 불구하고요."

"뭐? 이게 또 알 수 없는 소리를 하는구나!"

퍽!

"아이쿠!"

정강이를 한 번 까인 후에야 호들갑을 떠는 걸 그만뒀다. 하지만 그 정도로 고마운 마음이었다. 마르가레타가 와준 덕에 이번 일이 술술 풀렸으니까.

"마리, 하루 묵고 가시죠. 마리가 좋아하는 간식은 다 가져다 바치겠습니다."

"팔자 좋은 소리를 하는구나, 녀석. 간식이라니 혹하긴 하지만 얼른 돌아가 봐야 한다. 라인 강의 사정이 그렇게 호락호락하지만은 않으니까."

"아쉽네요⋯."

내가 정말 아쉬워하자 마르가레타는 킥킥 웃으며 내 뺨을 어루만져 준다.

"공짜가 아니니 나중이 이 빚을 받아낼 것이다."

"기쁜 마음으로 보답하겠습니다."

나는 마르가레타를 성 밖으로 배웅했다. 그녀는 수행해서 온 수녀와 말을 나란히 탔다. 너무 땅꼬마라 말을 혼자 탈 수 없어서 태워줄 사람이 필요하단다.

"로렌스 주교! 쿡쿡! 라인 강변의 일이 모두 끝나면 작은 천사와 셋이서 오붓하게 식사라도 하자꾸나."

"이제 그냥 발러라고 부르십시오."

"왜? 잘 어울리는데 계속 로렌스 주교라 하고 다니지!"

"제가 주교로 보이겠습니까?"

"아니, 어린 수녀를 노리는 범죄자로 보인다."

"윽!"

내게 한 방 먹인 마르가레타는 작은 손을 흔들며 떠났다. 석양빛 아래의 그녀가 저 멀리 점이 될 때까지 나는 제자리에서 배웅했다.

"당신이 죽지 않아서 참 다행이군요."

그녀는 늘 때 이른 죽음을 맞이했었다. 하지만 이번에는 생생하게 살아있다. 마르가레타가 저렇게 철벽처럼 건재한 것만으로도, 이번은 과거와 다르다는 확신이 들었다.

성으로 돌아오자 황제의 특사가 날 찾아왔다.

"이번 일에 협조해 주셔서 감사합니다."

"뭘요, 폐하의 뜻대로 움직였을 뿐입니다."

공치사를 사양한 그는 반지 하나를 내밀었다. 통신 반지였다. 어쩐지 갈수록 연락처가 늘어나는 느낌인 걸.

"폐하와 직통으로 연결된 물건이십니다. 백작님과 하실 말씀이 있다하시니 받으시지요."

반지를 건넨 황제의 특사가 떠나자 나는 바로 사용했다.

- 존귀하신 폐하. 제국의 수호자께 비텐바이어 백작이 인사 올립니다.

- 슬슬 연락이 오지 않을까 하던 참이었네. 지루한 재정담당관에 붙들려 있었는데 자네 핑계를 대고 빠져나가야겠어.

- 신이 도움이 된 것 같아 기쁘옵니다.

- 잠시 기다리게.

조금 뒤에 황제 쪽에서 연락이 왔다.

- 특사에게 듣긴 하겠지만 이번 일의 경과를 알고 싶군.

- 네, 폐하.

나는 그간 있었던 일을 차례로 보고했다.

- 호오. 그 골치 아픈 물의 마왕 때문에 거기까지 쫓아간 것이구먼?

- 그러하옵니다.

- 자네가 한 방 먹다니, 물의 마왕은 보통이 아니군.

- 그래서 신이 폐하께 청이 하나 있습니다.

그 말에 황제는 혀를 찬다.

- 자네, 나를 너무 편리한 하인 부리듯 하는 거 아닌가? 슈바르체토이펠의 소개로 도움을 주고 있네만 이러면 곤란해.

- 어찌 신이 폐하의 하해와 같은 은혜를 모르겠나이까. 하오나 미력한 신을 도와주신다면 제국의 앞날에 반드시 도움이 될 겁니다.

- 내키지 않지만 일단 들어보지. 하지만 한 가지 알아두게. 짐은 이번 사태로 불의 마왕과 트리어 선제후가 서로 소모전을 펼치길 바랐네.

황제는 제국 서부의 세력이 너무 강성하다고 여겼다. 그래서 양측이 치고받으며 힘을 빼길 원했다. 다툼이 커질 때까지도 전혀 중재하지 않았던 게 그런 이유였다. 하지만 내 부탁으로 뜻을 바꾼 것이다.

- 실제로 준비하던 방책도 있었고……

그 말에 나는 한 가지 생각이 떠올라 깜짝 놀랐다. 원래 역사에서 불의 마왕과 트리어 선제후가 폭사하는 게 혹시 황제의 농간이 아니었을까?

확인해 볼 필요를 느꼈다.

- 폐하, 혹시 둘을 함께 죽일 작정이셨습니까?

그러자 황제가 재밌다는 목소리로 물어왔다.

- 호오, 어찌 그리 생각했는가?

- 제가 폐하라면 어떻게 할까 짐작해 봤을 뿐입니다.

- 그거 참 재밌군. 하면 짐이 구체적으로 어떤 방법을 썼을 것 같나? 자네의 대답이 참으로 기대되는군.

원래 역사를 알고 있기에 짐작하기 어렵지는 않다.

- 일단 둘이 만나게 해야겠습니다. 전쟁이 지지부진할 때를 노려 황제 폐하께서 권위를 보이시면 둘을 협상 테이블로 끌어들일 수 있을 거라 사료되옵니다. 그 뒤, 직접 대면한 둘을 이간질하는 건 어렵지 않을 겁니다.

어쩌면 황제는 내가 모르는 그들의 역린을 알고 있었을지도 모르고.

- 하하하. 정말 그럴 듯하게 추측해 내는군. 자세한 방법이야 그대가 짐작할 수 없겠지만, 대략적인 과정을 통찰해 내는군. 과연 그 마룡이 추천한 인재답구나.

황제는 양쪽을 처리하는 계획에 대해 가타부타 인정하지는 않았다. 하지만 나는 정황상 그가 그런 마음을 먹었음을 짐작할 수 있었다.

무서운 자였다. 비록 마룡의 소개가 있다지만 필요하다면 나도 언제든 처리해 버리려고 하겠지.

- 과찬이십니다. 폐하.

하지만 나는 일이 이렇게 된 이상 둘의 힘을 적극적으로 활용해야 한다고 주장했다.

- 현재 라인강 서쪽의 위협은 상상을 초월합니다. 폐하께서는 물의 마왕의 진정한 힘을 아시는지요?

- 무언가 짐이 놓친 게 있단 말이더냐? 그녀는 그저 물을 다루는 게 특기인 늙은 메두사가 아닌가?

역시 황제라도 모든 걸 아는 건 아닌 모양이다. 현재 제국에서 마왕 아문데의 위험을 제대로 인지한 인물은 거의 없는 것 같았다.

시간을 주면 마왕 아문데는 30만 대병을 만들어낼 것이다. 그때가 되면, 이 제국의 역량으로는 도저히 당해내기란 불가능하다. 이 나라는 말만 제국이지 사분오열된 수백 개의 소국이 뭉쳐있는 형상이니까.

- 폐하, 신이 라인펠덴에서 본 것을 말씀드리겠습니다.

나는 마왕 아문데의 진정한 힘에 대해 황제에게 알렸다. 그리고 제때 손을 쓰지 않으면 걷잡을 수 없단 점도.

- 허허… 역시 마왕이라 그건가. 쉽게 믿기지는 않지만 분명히 가능성이 있다고 생각하노라. 어둠의 대군에게 후원을 받으면 그런 힘도 가능할 터.

- 폐하, 제국의 안위를 위해서는 반드시 물의 마왕은 소탕되어야 합니다. 그리고 마침 군대를 일으킨 거물 둘이 있잖습니까?

병사란 움직이는 돈 덩어리다. 군을 일으켜서 아무 것도 하지 못한다면 손해가 매우 크다. 그들이 움직일 동기는 충분하다.

- 폐하, 이번 일로 그들의 군대가 찌를 적을 잃어버렸습니다. 이대로라면 군이란 조직은 자칫하면 폭주할 수 있습니다. 특히 마왕의 군대는 본거지로 돌아가지 않고 주변의 영지를 약탈할 위험이 큽니다.

기왕 칼을 뽑았으니 집에 가기 전에 순회공연 하겠다는 거다. 황제 때문에 바스토뉴를 건들지 않는다고 해도 나머지 도시야 마왕의 알 바 아니니까.

- 정확한 지적이구나. 비텐바이어 백작.

- 또한 일이 이렇게 싱겁게 끝나면, 자존심 하나로 죽고 사는 마왕과 선제후의 체면이 상할 수 있습니다.

- 빌어먹을 놈들. 짐도 자중하거늘, 마왕이나 선제후 따위가!

- 폐하의 분노는 이해하옵니다. 하지만 원래 그들은 분수를 모르고 큰 소리를 내는 자들이 아닙니까?

잠시 황제를 달랜 나는 해법을 제시했다.

- 그래서 제가 폐하께 청이 있다고 한 것입니다.

- 그대의 뜻은 알겠군. 그 혈기왕성한 군대를 마왕 아문데를 토벌하는데 쓰자는 거로군?

- 영민하시옵니다. 폐하.

- 실로 좋은 방책이다.

내가 원하는 건 마왕 아문데를 토벌하라는 황제의 새로운 칙서다.

- 현재 그들은 아들딸의 문제를 정리하기 위해 한동안 이곳에 머물 것 같습니다. 기왕 이렇게 된 거, 조금이라도 자신에게 유리한 협정을 맺기 위해 기싸움을 할 테니까요.

- 칙서가 도착할 시간은 충분하겠군.

- 그러하옵니다.

황제는 내 계획에 수긍하면서도 우려를 표했다.

- 위험하기 짝이 없는 마왕 아문데를 효과적으로 정리할 수 있다는 건 좋지만, 그 둘을 너무 키워주는 거 아닌가 모르겠군. 애초에 위협적인 세력이라 상잔하게 할 속셈이었다. 한데 라인강 서쪽까지 먹어치우면 짐도 감당하기가 어렵노라.

- 그 점은 걱정 마시옵소서. 신이 있지 않사옵니까.

나는 현재 모병을 계속하고 있다. 사실 내년이 되면 전비 감당이 안 될 지경이지만, 추가적인 수익을 희망하며 그냥 지르는 중이다.

- 불의 마왕과 트리어 선제후가 침공하면 물의 마왕은 영격하기 위해 북상할 것입니다. 신은 그때를 노리고 군사를 움직일 것입니다.

- 요컨대, 큰 싸움은 그들끼리 하게하고 그대는 알토란 같은 도시를 냘름 먹어치우겠다는 것이냐?

- 그러하옵니다. 폐하.

- 라인 강 상류의 서쪽을 혼자 다 먹겠다고?

- 그러하옵니다. 폐하.

- …….

어째서인지 황제는 말을 잃어버렸다. 그리고 조금 뒤 힘겹게 덧붙였다.

- 짐은 드래곤이라 오래 살았느니라.

- 네, 폐하.

- 그런데 짐이 평생 그대 같이 탐욕스러운 돼지 새끼는 본 적이 없노라.

- 충정으로 폐하를 섬길 것이옵니다.

- 얼씨구! 저, 저 혓바닥 뻔뻔한 것 좀 보게.

황제는 기가 막히다는 감정을 감추지 않았다.

- 많이 먹으면 체하는 법이다.

- 돼지 새끼라 체하지도 않습니다.

- 불의 마왕과 트리어 선제후가 나중에 화내면 어떻게 감당하려고?

- 그건 신이 해결할 것이옵니다.

- …….

결국 황제가 질렸다는 듯 한 마디 했다.

- 사기꾼이 따로 없구나.

그래서 나도 대꾸해줬다.

- 폐하, 어찌 신이 기쁨을 나누지 않겠습니까? 칙서 한 번 내려주시면 폐하를 향한 제 충성이 상자 가득히 빈으로 향할 것입니다.

- 짐은 반짝이는 게 좋다.

- 이를 말이옵니까? 신은 그저 성심을 헤아릴 뿐입니다.

그렇게 합의가 되자 더 이상 대화는 필요 없었다. 그저 군신간의 음험한 웃음소리만이 울려 퍼질 뿐이었다.

　- 키키키키키킥!

　- 크크크크크큭!

　과연 마왕 아문데는 자기 땅에 늙은 괴물 둘이 쳐들어 오면 무슨 표정을 지을까?

　아! 빨리 보고 싶구나, 그 얼굴!

3. 책략 이상의 것

마왕 쟈케르와 트리어 선제후는 결국 결혼 동맹을 승낙했다. 이로써 제국 서부에 평화가 찾아오게 되었다. 나는 이번 일을 멋지게 해결한 주인공으로 엄청난 명예를 얻었다.

"주군! 바스토뉴 시민위원회에서 주군의 동상을 세우겠다고 합니다."

그건 시작에 불과했다. 비텐바이어 의회에서는 내게 최고의 지지를 표해왔다. 세련된 말로 써진 그 편지를 요약하면 간단하다.

- 우리 영주님이 최고시다!

나는 흐뭇한 표정으로 고개를 끄덕였다.

"돼지 새끼들, 충성심 기특한 것 좀 보게. 흐흐흐."

그 외에도 제국 곳곳에서 찬사를 담은 편지와 선물이 도착했다.

- 검 한 번 휘드르지 않고 평화를 이룩한 당신의 업적에 감탄했습니다.

(발라르 기사단)

- 마법 이상의 지혜에 찬사를!

(헤센의 마법길드)

- 원로들은 그대의 이름을 기억하겠소.

(제국 원로회의)

유능하고 아름다운 여인들의 구애 편지 역시 끊이질 않았다. 저녁 식사에 초대하고 싶다, 당신을 위해 노래하고 싶다, 함께 강에서 배를 타고 유람하자 등등 다양했다.

이 서부의 문제는 워낙 제국 전역에 관심을 끌고 있던 일이라, 나는 그야말로 스타로 떠올랐다. 하지만 지금은 할 일이 많아 그런 성원에 응해줄 수 없었다.

일단 레온을 만나러 갔다. 그는 현재 바스토뉴에서 율리아와 함께 머물고 있었다. 신혼의 달콤한 꿈에 빠져 헤어 나오질 못하는 모양이었다.

"로렌스 주교님. 아니, 비텐바이어 백작님이라고 불러야할까요?"

"편하신 대로 부르십시오. 공자."

신분은 속인 일은 얼마 전에 사과했다. 다행히 레온은 이해해줬다.

"합방은 착실히 하고 있으십니까?"

"물론입니다. 하루 종일 붙어 있는 걸요."

"많은 이들이 사랑의 열매를 기다리고 있습니다."

내 말에 레온은 부끄러운 듯 얼굴을 붉힌다.

"노력 중입니다."

"아내에게 많은 사랑을 퍼부어 주십시오. 두 분의 아이는 평화의 상징이 될 겁니다. 공자께선 정말 큰일을 해주셨습니다."

레온은 그렇지 않다는 듯 고개를 저었다.

"그럴 리가요. 모두 비텐바이어 백작님께서 하신 거지요. 솔직히 이번 일로 크게 감탄했습니다."

레온은 내 손을 잡아왔다.

"평화를 지켜주셔서 감사합니다. 감정적으로 충돌했다면 돌이킬 수 없는 피해를 입었을 겁니다."

"그리 말씀해주시니 기쁘군요."

"이 은혜는 잊지 않겠습니다. 혹시라도 제가 도울 일이 있으면 말씀해 주십시오."

"그렇다면 말씀드리고 싶은 게 있군요."

레온은 내가 무슨 말을 꺼낼지 궁금하단 표정이었다.

"제가 공자께 드리고 싶은 부탁은 한 가지입니다."

"그게 무엇입니까?"

"친구가 되어 주십시오."

"아!"

레온은 크게 기뻐했다.

"정말이십니까?"

"물론입니다. 제가 공자의 우정을 기대해도 좋겠습니까?"

"기꺼이요! 안 그래도 비텐바이어 백작님과 어떻게 친해질 수 있을까 고민하던 차였습니다! 그런데 이렇게 손을 내밀어 주시다니요."

당연히 내밀어야지. 그는 선제후의 위를 계승하고 광활한 땅을 다스리게 될 테니까. 우의를 다져두면 앞으로의 행보가 유리해진다.

"앞으로 공자와 굳건한 동맹이 되었으면 합니다. 난세를 함께 헤쳐 나갑시다."

"저 역시 바라마지 않습니다! 비텐바이어 백작님의 일이라면 발 벗고 도와드리겠습니다."

우리는 다시 한 번 서로의 손을 굳세게 잡았다. 이렇게 점점, 제국 내에 나의 동맹 세력이 늘어가고 있었다.

일주일 뒤 새로운 칙서가 도착했다.

슬슬 결혼 동맹에 관한 합의가 마무리 단계라 마왕 쟈케르와 트리어 선제후의 진영은 비상한 관심을 나타냈다.

그런데 칙서가 나와 트리어 선제후, 불의 마왕 쟈케르까지 셋에게 내려왔다는 사실이 전해지자 우리는 다시 한 번 모일 수밖에 없었다.

"이런 빌어먹을! 가뜩이나 억지로 딸자식 시집 보내느라 짜증나는데 인간의 우두머리가 본왕에게 또 이래라 저래라 하는 것인가! 감히!"

마왕 쟈케르는 여전했다. 당장이라도 주변을 불태울 것처럼 으르렁댔다.

"좀 조용히 하게. 시끄럽군."

트리어 선제후가 수염을 쓰다듬으며 핀잔을 주자 마왕 쟈케르가 분통을 터뜨렸다.

"이 늙은이가 사돈이라고 기고만장해졌구나! 본왕은 파혼을 하고 이대로 전쟁을 벌여도 상관없다!"

"저런 무식한! 끌끌."

이제 가족이라고도 할 수 있는데 하는 짓은 예전과 다를 바가 없었다. 아니, 멱살은 안 잡으니 다행이라고 해야 할까. 그렇게 한동안 티격태격하던 그들은 황제의 특사가 나타나서야 입을 다물었다.

"비텐바이어 백작은 들으라!"

특사의 늠름한 목소리에 홀에 있던 사람들 모두의 시선이 쏠린다.

"최근 제국 서부에 다시 찾아온 평화는 짐에게 커다란 기쁨이다. 하여 비텐바이어 백작을 치하해 새로운 관직을 내린다. 금일부로 비텐바이어 백작을 제국의회(Reichstag)에 출석할 수 있는 제국의원으로 임명한다!"

주변에서 박수와 축하의 목소리가 쏟아졌다.

"큰 영예입니다! 축하드립니다!"

"폐하께서 백작님의 공을 알아주셨군요."

하지만 아직 특사의 말이 끝나지 않았기에 나는 가볍게 웃으며 손바닥을 들어보였다.

"또한 짐은! 제국의회의 의원이 된 비텐바이어 백작에게 특별하고 명예로운 존칭인 각하(Erlaucht)의 사용을 허한다!"

다시 축하가 쏟아졌다.

"이제부터 각하라고 불러야겠군요!"

"감축드립니다!"

나는 사방에서 쏟아지는 축하에 감사를 표했다. 그때 마왕 쟈케르가 귀를 후비며 심드렁하게 말한다.

"흥! 그깟 의원이며 각하가 뭐가 중요한가! 차라리 본왕에게 오라. 이 세상 최고의 쾌락과 부를 베풀어주지. 아리따운 마족 처녀를 수도 없이 주마. 네놈은 제법 쓸모가 있어 보이니 본왕이 특별히 권하는 것이다."

맙소사. 설마 불의 마왕 쟈케르에게 영입 제의를 받을 줄이야. 과거 여러 차례 그와 만났지만 이런 일은 처음이었다.

인간을 쓰레기 취급하는 그의 성격을 미뤄볼 때, 저 제안은 실로 파격적이었다. 아닌 게 아니라 지금 그의 가신들은 놀라서 술렁이고 있었다.

아무래도 그에겐 이번 사건의 일처리가 꽤나 인상 깊었나 보다.

"흥! 어림없는 소리!"

그때 잠자코 듣고 있던 트리어 선제후가 거대한 덩치를 일으키며 끼어든다. 저 노인네의 떡대는 사람인지 오거인지 헷갈릴 지경이다.

"비텐바이어 백작은 귀한 신분을 가진 제국의 귀족이네. 한데 어디 근본도 알 수 없는 마족 여자를 붙여주려 하나? 적어도 율리아 공주랑 비슷한 처자는 데려와야지!"

마왕은 혈통을 잇는 게 매우 어려워 후계자가 귀하다. 마왕 쟈케르는 하렘에 많은 여자를 뒀지만, 율리아 공주처럼 정치적 패로 써먹을 딸이 더는 없었다.

"뭐, 뭐라! 이놈이!"

그래서 발끈하는 그를 보며 트리어 선제후는 씩 웃었다.

"사돈과 다르게 이쪽은 파릇파릇한 딸아이가 하나 있지. 어떤가? 비텐바이어 백작. 올해 12살이니 바로 데려가면 될 걸세. 벌써부터 그 미모가 범상치 않아 다들 트리어 최고의 미녀가 될 거라고 얘기하고 있지."

이런, 트리어 선제후까지 내게 관심이 있는지 몰랐다.

"어찌 저 같이 별 볼일 없는 자가 전하의 따님과 혼인하겠습니까?"

"겸양할 것 없네. 비텐바이어 백작. 그대야말로 떠오르는 신성과 같으니 딸이 있는 자라면 누구든 사위로 얻고 싶어할 걸세. 또한 황제 폐하의 총애가 가득하니 이 얼마나 전도유망한가."

트리어 선제후는 나를 칭찬하면서도 매섭게 쏘아본다.

"솔직히 이번 일은 그대에게 놀아났다는 생각을 지울 수 없다. 비텐바이어 백작, 그러니 이 무례는 내 딸을 데려간다면 용서해주지. 어떤가? 과인의 사위가 될 텐가? 아니면 과인과 척을 질 것인가?"

이쪽은 압박이 엄청난데. 난처해하자 마왕 쟈케르가 끼어들었다.

"이 늙은이! 본왕이 눈독들이고 있으니 얌전히 물러나라!"

"흥! 그저 딸을 내주겠다는 것뿐이다. 물량으로 밀어붙치는 누구와 다르게!"

그들은 서로 이마를 들이밀며 으르렁댔다. 흡사 성난 황소 두 마리를 보는 기분이었다.

"두 분 전하. 칙서의 내용이 우선입니다."

나는 일단 말리며 어물쩍 넘어가려 했다. 하지만 늙은 괴물 둘은 역시 만만치 않았다.

"좋다. 하지만 조만간 트리어에서 딸아이를 데려올 테니 만나 봐야 할 걸세!"

"이렇게 된 거, 본왕의 아내들 중 원하는 여자를 골라도 좋다!"

…누구의 제안이든 버거운 것이었다. 당분간은 받아들일 듯 간만 보면서 좋은 관계를 유지하는 수밖에. 내가 조만간 다시 얘기하자고 한 후에야 특사가 입을 열 수 있었다.

그의 표정을 보니 이 상황이 지긋지긋한 듯 얼른 떠나고 싶어 하는 기색이 역력했다. 그래서인지 칙서를 빠르게 읽어갔다.

"트리어 선제후는 들으라. 현재 라인강 상류의 서쪽 도시들이 물의 마왕에 의해 도탄에 빠졌다. 하여 짐은 그대에게 군을 이끌고 출병하여 제국의 신민들을 구할 것을 부탁하노라. 또한 그렇게 수복한 도시들은 과인이 그대에게 할양할 것을 약속하겠다."

"음!"

생각지도 못한 내용인 듯 트리어 선제후의 눈이 커졌다. 특히 마왕을 친다는 명분 하에 라인강변의 도시를 차지할 기회란 역시 혹하겠지.

마왕 쟈케르에게 내려온 황제의 칙서도 같은 내용이었다. 다만 마왕인 그의 신분을 고려해 정중히 요청하고 있었다. 또한 그에게도 동일하게 점령한 도시의 통치권을 인정하겠다고 했다.

"호오…."

마왕 쟈케르도 흥미가 동하는 모양이었다. 아무래도 인간의 땅을 정당한 명분을 갖고 점령할 기회는 흔치 않을 테니까.

뭣보다, 물의 마왕을 공격할 수 있다는 게 매력적인 것 같았다. 그에게 물의 마왕은 불구대천의 원수였다.

"좋다! 인간 우두머리의 뜻을 받아들이지! 마침 할 일을 잃고 밥만 축내는 군대가 본왕에게 있지 않는가! 하하하핫! 가서 그 고약한 메두사의 군대를 격파해 주겠다!"

한 번 결정하자 마왕 쟈케르의 행동은 매우 빨랐다.

"군대를 움직일 준비를 하라!"

"네! 전하!"

그와 그의 가신들은 새로운 공격 목표로 향하기 위해 우르르 몰려나갔다. 마왕 쟈케르의 군대는 강한 데다가 숫자도 충분하다. 껄끄러운 트리어 선제후와의 관계도 정리했으니 마음껏 날뛸 작정인 것 같았다. 나는 아직까지 생각 중이던 트리어 선제후에게 말했다.

"전하. 전하의 군대가 저들에게 뒤질 게 무엇이겠습니까? 게다가 이번 일은 대의명분뿐 아니라 이득이 확실합니다."

"크흠…."

고민하던 그는 결국 결정을 내렸다.

"좋다! 우리도 참전한다! 저 마왕 놈에게 뒤져서는 안 된다! 최대한 많은 도시와 마을을 물의 마왕의 압제에서 해방해야 한다!"

"알겠습니다! 전하!"

트리어 선제후 역시 가신들을 이끌고 사라졌다. 나는 애써 미소를 억누르며 그들의 뒷모습을 쳐다보았다.

마왕 쟈케르와 트리어 선제후의 군세는 막강하다. 하지만 마왕 아문데 역시 라인펠덴에서 막대한 수의 수서 마족을 부화시켰다. 또한 오크장군이 이끌던 페자무트의 군대도 흡수했고.

엄청난 난타전이 될 것 같았다. 그야말로 라인 강에는 핏물만이 흐르겠지.

"모든 게 계획대로군."

하지만 승리를 자신하던 그때, 생각지도 못한 변수가 발생했다. 파펜하임이 갑자기 연락해 왔던 것이다. 그는 제국 서남부 여기저기에 뿌린 데이워커들을 총괄하고 있다. 필시 뭔가 중요한 정보를 얻은 듯했다.

- 주군! 큰일이 났습니다.

- 왜 그러느냐?

- 물의 마왕 아뮨데와 팔츠 선제후 프리드리히가 전격적으로 동맹을 맺었습니다.

- 뭐라!

생각지도 못한 일에 나는 제자리에서 벌떡 일어났다.

- 그게 무슨 황당한 소리야! 왜 아뮨데랑 프리드리히가 동맹을 맺어!

이해가 안 되는 관계였다. 팔츠 선제후 프리드리히는 마왕 페자무트와 동맹이었다. 지난 하르프하임 전투에서 프리드리히는 조카인 필립을 배신하고 새로운 팔츠 선제후가 됐다.

당시 모든 계획은 마왕 페자무트와 함께 이뤄낸 것으로, 이후에도 둘은 원만한 관계를 유지하고 있었다. 그런데 팔츠 선제후 프리드리히가 갑자기 마왕 페자무트와 적대관계인 마왕 아뮨데와 동맹을 맺은 것이다.

당연히 이상했다.

- 아뮨데가 라인강 상류 서쪽을 홀랑 먹어치웠다. 페자무트의 뒤통수를 거하게 친 행동이지. 이제 둘은 돌이킬 수 없는 관계인데 어찌 프리드리히는 동맹인 페자무트를 버리고, 그의 원수인 아뮨데와 손을 잡은 거란 말이냐?

정말 궁금했다. 팔츠 선제후 프리드리히가 동맹을 갈아치운 이유가.

- 저희가 조사한 바로는 금전 문제라고 합니다.

- 금전?

- 맞습니다. 지난 하르프하임 전투 때 페자무트는 프리드리히에게 막대한 전비를 빌렸다고 합니다.

팔츠 선제후 프리드리히는 엄청난 부자다. 마왕도 손을 벌린다고 해서 이상한 일은 아니다.

- 문제는 그 전비를 페자무트가 갚지 않고 떼어먹었다고 합니다. 정확히 따지자면 갚을 여력이 없는 것 같습니다.

현재 페자무트는 인스부르크에서 오도 가도 못하며 시간과 돈을 낭비 중이다. 빚을 갚기에 여력이 없을 터.

- 그래서 프리드리히가 격분한 건가?
- 맞습니다.
- 돈 문제로 둘의 감정이 생각 이상으로 많이 상한 것 같습니다.

세상에 이런 일이. 생각지도 못한 암초를 만나고 말았다.

"페자무트, 이 멍청한 놈!"

나는 머리를 쥐어뜯었다. 그 바보 같은 놈이 돈 관리를 제대로 못해서 팔츠 선제후라는 강력한 동맹을 적으로 돌아서게 하다니! 밀려드는 황당함에 말문이 막힐 정도였다.

뭐랄까, 상대가 너무 병신이라 내 예측을 뛰어넘고 있었다.

바스토뉴에서 모든 일이 끝났다.

앞으로 이 도시는 내게 충성을 맹세하고 매년 3만 플로린의 세금을 바치기로 했다. 그걸로 나는 도시의 자유를 허락해 줬다. 바스토뉴의 시민들은 이 결정에 열광했다.

"비텐바이어 백작 각하 만세!"

"도시의 구원자 만세!"

바스토뉴는 제국 자유시는 아니지만, 앞으로 그와 차이 없는 권리를 누리게 됐다. 도시의 주인인 내가 허락했으니까.

"리슐리외. 실업자가 됐으니 나와 함께 가세."

"저 같은 게 도움이 되겠습니까?"

그는 이번에 자신의 무력함을 절감한 모양이다. 자신감을 크게 잃어버린 얼굴이었다. 하지만 나는 그게 성장통이라는 걸 안다.

"자네의 재능을 믿네."

"각하께선 참 모를 분입니다. 하지만 그 자신감이 싫지 않군요. 부족한 제가 각하께 의탁해도 되겠습니까?"

"이를 말인가."

달타냥에 이어 리슐리외까지 얻은 나는 희희낙락했다. 그와 함께 비텐바이어로 돌아오자 그간 영지를 보호하던 발푸르기스, 틸리의 환영을 받았다. 바스토뉴 건이 마무리 되어 연회라도 열고 싶었지만 당장 상황이 급해 그럴 수 없었다. 곧바로 군사 회의를 열었다. 각종 정보를 수집하고 있는 파펜하임의 보고로 회의가 시작됐다.

"현재 불의 마왕의 군대는 모젤 강을 도강한 뒤, 무아앵비크와 낭시를 공략할 준비 중입니다. 트리어 선제후는 트리어에서 곧장 남하하여 차베른으로 향하고 있습니다."

서로 진군 방향을 달리하는 걸 보니, 두 거물 사이에서도 나름대로 합의가 있는 모양이군.

"물의 마왕은?"

"현재 슐레트슈타트에서 출병 준비 중입니다. 대략 5만 대군이 북상할 것 같습니다."

"물의 마왕이 세게 나오는 걸. 프리드리히는?"

"프리드리히는 팔츠령의 수도인 하이델베르크에서 모병 중입니다. 출병하려면 아직 시간이 필요합니다."

탁자 위 거대한 지도에는 각 군의 상황을 표시한 말들이 잔뜩 놓여있었다.

"중요한 건 아군이 어디로 향하냐인데…."

내 고민에 틸리는 말을 밀었다. 제국 서남부 경계선 너머에 있는 도시인 브장송이었다. 바로 마왕 페자무트의 영지이다.

"각하. 아예 인식을 바꿔 페자무트의 본진을 치는 게 어떻겠습니까? 그는 인스부르크에서 묶여 있는 상황입니다."

"확실히 좋은 의견입니다. 장군. 라인 강 서쪽에서 거물들이 치고받는 사이에 우리는 실리를 챙길 수 있겠지요."

"또한 로엘린 전하와 연계해 페자무트의 군대를 섬멸할 수도 있을 것입니다."

본진이 공격받는 걸 알면 페자무트는 무리해서라도 인스부르크에서 물러나겠지. 그러다 로엘린에게 후미를 탈탈 털릴 터.

"아군을 일부 떼어내 페자무트의 도주로에 잠복하고 있으면 그야말로 완벽합니다. 제게 맡겨주시면 차질 없이 수행해 보겠습니다."

틸리는 자신감을 드러냈다. 확실히 좋은 작전이었다. 하지만 나는 고개를 저었다.

"어찌 불가한지 신이 들을 수 있겠습니까?"

"지금은 말할 수 없습니다. 후일 밝힐 수 있을 테니 페자무트의 본진을 치는 일은 제외하십시오."

그 이유는 간단하다. 페자무트가 나와 같이 '무덤에서 웅크리고 있는 자'의 후원을 받는 마왕이기 때문이다. 내가 그의 세력을 일소하면 무덤에서 웅크리고 있는 자가 좋아할 리가 없다.

상황에 따라선 페자무트만 죽여버릴 수는 있겠지. 후계자가 마왕의 위를 이으면 되니까. 하지만 그의 세력 자체를 없애려 한다면 무덤에서 웅크리고 있는 자가 나설지도 모른다.

같은 후원자를 둔 입장상의 문제였다.

"역시 도강해서 라인 강 서쪽을 공격하는 게 좋겠습니다. 어디가 좋겠습니까? 장군?"

틸리라면 아마 미리 꼼꼼히 조사했을 거다.

"각하께서 바스토뉴에 가 있는 동안 결정을 내렸습니다."

"실로 궁금하군요."

"페자무트의 본진을 치는 계획이 거부된 이상 저는 이곳이 최선이라고 생각합니다."

이번에 틸리는 아군의 말을 바젤로 옮겼다. 바젤은 마왕 아문데가 쓸어버린 라인펠덴과 가까운 도시다. 라인펠덴에서 라인 강을 도하한 뒤 서쪽으로 가면 나온다.

"호? 바젤입니까?"

"현재 바젤의 시민들은 라인펠덴의 참극을 보고 공포에 떨고 있습니다. 어쩔 수 없이 마왕 아문데에게 굴복해 거짓 충성하고 있지만, 언제 자신들도 그런 처지가 될지 모르니 좌불안석일 겁니다."

얼마 전 틸리는 바젤의 핵심인사들과 비밀리에 접선에 성공했다고 한다. 그는 아군이 도강하면 도시 내에서도 호응하기로 약속했다는 것.

"바젤은 대도시며 전략적인 요충지입니다. 하여 마왕 아문데가 많은 군사를 배치해 놓긴 했습니다만, 내부의 주민들이 협력해주면 공략해볼만 하겠습니다."

"훌륭합니다. 장군."

게다가 바젤은 물의 마왕, 불의 마왕, 트리어 선제후가 한판 어우러질 전장과 꽤 거리가 있다. 그들끼리 치고받는 동안 일을 도모하기 딱 좋았다.

"좋습니다. 이틀 뒤에 출병하도록 하겠습니다."

이미 틸리는 개전을 염두에 두고 출병 준비를 끝낸 상태였다. 내지시대로 이틀 뒤, 아군은 야음을 틈타 몰래 비텐바이어의 성문을 나섰다.

초가을이라 선선해져 행군하기 딱 좋았다. 우리는 혹시나 모를 습격을 대비해 정찰병을 뿌리며 천천히 나아갔고, 이틀 뒤 라인펠덴 근교에 도착했다.

"각하. 저쪽이 제가 말씀드린 지점입니다. 섬이 두 개가 있어 가교를 건설해 도강하기 유리합니다."

틸리의 제안에 나는 고개를 끄덕였다.

"도강에 관해서는 장군께 일임하겠습니다."

아군은 추가로 모병이 이뤄져 방어병력을 남겨두고도 1만 3,000명이나 출진하게 됐다. 특히 기병이 많이 늘어 4,000명이나 됐다.

이 많은 인원을 일사분란하게 움직이게 하는 건 결코 쉽지 않은 일이다. 틸리 같이 경험 많은 장군의 힘이 꼭 필요했다.

"맡겨주십시오. 각하."

우리는 바로 가교 건설에 들어갔다. 최대한 빨리 도강하기 위해서 밤에도 불을 밝혀놓고 계속 작업했다.

"서둘러라! 고약한 놈들이 몰려오기 전에 강을 건너야 한다!"

사방에서 병사들을 다그치는 하사관들의 목소리가 크게 울렸다.

뚝딱뚝딱.

망치로 목재를 두들기는 소리도 요란했다. 근방에는 총을 든 병사들이 모여서 강을 타고 수서 마족이 나타날까 경계 중이었다. 경포들 역시 강가로 조준해 놓고 포탄을 날릴 준비를 해놨다.

우리는 그렇게 이틀을 지체했고 마침내 강을 건너기 적당한 임시 가교를 만들었다.

"바로 도강한다!"

나는 우선 기병대부터 넘어가게 했다. 어두운 밤이었으므로 사방에 횃불을 밝혔다. 기병들은 천천히 말을 몰아갔다.

촤아아아아!

한데 그때 갑자기 비가 쏟아 붓기 시작했다. 나는 옷깃을 여미며 인상을 찡그렸다.

"가을비가 차군."

"좋지 않습니다. 각하. 이런 비가 내리면 강변에 안개가 끼곤 합니다."

"별 일이 없어야 할 터인데."

아무리 대비해도 갑작스러운 기상 변화까지는 어쩌지 못하는 법이다. 불안감을 느꼈으나 도강을 중단할 수도 없었다.

"다리 위가 미끄럽다. 조심히 나가도록 하라."

나는 전체적인 통솔은 틸리에게 맡긴 뒤, 기병대와 함께 도강했다. 아군의 기병 중 반수 가량이 바이에른의 귀족과 그들의 부하로 이뤄진 정예 창기병들이었다. 모두 발푸르기스를 따라온 자들이다.

팅! 팅! 팅!

빗방울이 경쾌하게 그들의 중갑을 때려댔다. 하지만 빗방울은 그

칠 줄을 몰라, 두 시간에 거쳐 약 4,000여 명이 도강했을 무렵에도 계속됐다.

나는 강가에서 발푸르기스와 나란히 상황을 지켜보고 있었다. 혹시라도 수서 마족이 도강을 방해하려 나타나면 번개로 격퇴하기 위해서였다. 그러다 이상한 점을 발견하고는 옆에 있는 발푸르기스를 툭툭 쳤다.

"왜 그러느냐? 발러?"

"저것 좀 보십시오. 뭔가 시커먼 그림자가 강물을 타고 내려오는 것 같지 않습니까?"

그리 묻긴 했지만 확신이 없었다. 밤인 데다가 비까지 내리고 있어 시야가 무척이나 안 좋았다.

"보이지 않는구나. 뭔가 좀 신경 쓰이긴 하는데…."

발푸르기스가 고개를 갸웃거리는 그 순간, 갑자기 강물 속에서 시커멓고 거대한 무언가가 솟아올랐다.

촤아아아!

마치 물속에서 잠수함이 부상해 올라오는 것 같았다. 그 거대한 검은 실루엣은 셋이나 됐다.

"저게 무슨!"

그것은 어두운 피부를 가진 덩치 큰 거인이었다. 키는 7미터는 될 듯했고, 손가락 사이에는 물갈퀴가 있었다. 또한 쇄골 주변에는 아가미가 달렸다. 나는 그제야 그들의 정체를 알 수 있었다.

"호수의 거인!"

틀림없이 마왕 아문데의 근거지인 보덴 호에 살고 있는 호수의 거인이었다. 그들은 주로 마왕 아문데의 친위대로 활동하는 힘꾼들이었다.

"으아앗!"

"저게 뭐야!"

차분히 도강을 하고 있던 병사들이 깜짝 놀라서 어쩔 바를 몰라 한다. 허둥지둥하다가 임시 가교에서 굴러 떨어지는 자들이 속출했다.

"침착해!"

장교들이 소리치는 게 들려왔으나 속수무책이었다. 갑자기 튀어나온 호수의 거인들을 보고 놀란 병사들이 도망가려고 아우성이었기 때문이다.

그다지 넓지 않은 가교에서 서로 밀치니 그야말로 아수라장이 됐다. 그 사이 호수의 거인들은 이미 임시 가교에 접근해 있었다.

몇몇 용감한 병사들이 장창을 찔러댔으나 거인에겐 마치 수수깡 같았다. 게다가 비오는 날씨라 화승이 꺼지고 화약도 젖어 총을 쏠 수도 없었다. 속수무책이었다.

"빌어먹을!"

나는 즉각 검은 번개 두 줄기를 하나의 거인에게 집중해 떨어뜨렸다. 내가 알고 있는 호수의 거인은 맷집이 강해, 번개 한 줄기로는 어림없었기 때문이다.

번쩍!

빛이 작렬하자, 찰나의 순간 주변의 모습이 선명하게 드러났다.

"!"

놀랍게도 강에서 솟구쳐 오른 호수의 거인은 셋이 아니라 무려 일곱이었다. 방금 떨어진 번개를 맞고 하나가 뒤로 쓰러졌으나 아직 여섯이나 남았다.

그들은 앞뒤 보지 않고 전력으로 임시 가교로 돌진해 왔다. 아무리 나라도 이러자 대책이 없었다. 설마 보덴 호에서 움직이지 않는 호수의 거인이 여기까지 올 줄은 상상도 못했다.

번쩍!

다시 한 번 번개가 작렬하자 거인 하나가 눈을 까뒤집고 휘청거린다. 그러다 물보라를 일으키며 뒤로 쓰러졌다.

촤아아아아!

하지만 직격한 것 외에는 효과가 없었다. 근처에 있던 호수의 거인들은 강물로 퍼진 번개에 움찔하긴 했으나 견뎌냈다.

그들은 한꺼번에 임시 가교를 공격했다. 호수의 거인이 깍지를 낀 손을 머리 위로 들어 올리더니 그대로 내리찍는다.

콰아앙!

요란한 소리와 함께 한순간에 모든 게 박살났다. 병사들과 부서진 목재가 폭탄을 맞은 것처럼 사방으로 튀어 올랐다. 그들은 임시 가교를 닥치는 대로 때려 부쉈다.

물론 우리도 반격에 들어갔다. 비에 맞지 않게 천막을 쳐 강변에 배치해 놨던 경포가 불을 뿜었다.

콰앙!

운 좋게 초탄이 바로 명중했다.

퍼억!

둔탁한 소리와 함께 호수 거인의 머리가 수박처럼 터져나갔다. 이어진 탄들은 애꿎은 수면만 때렸지만 기선을 제압하긴 충분했다.

경포의 화력에 내 번개까지 더해지자 결국 호수의 거인 일곱은 줄줄이 쓰러졌다.

"구워워어!"

결국 마지막 호수의 거인이 구슬프게 울부짖으며 쓰러져, 강변에 긴 몸 와불처럼 뉘었다. 하지만 지금 그건 전혀 중요한 일이 아니었다.

"임시 가교가 끊겼군."

강 건너에는 9,000명이 남아있었다. 부서진 다리를 보수하고 합류하는 데는 꼬박 하루가 걸릴 터였다. 그 사이 무슨 일이 터지지 말아야 할 텐데.

하지만 다음날 아침 내 우려가 현실이 됐다. 비가 그치고 태양빛이 떠올랐을 때, 전방 1킬로미터에 1만이 넘는 적의 대군을 발견한 것이다.

아무래도 밤새 비가 내리는 틈을 타 행군해 온 모양이다. 그러니 코앞까지 오는데도 까맣게 모를 수밖에.

"발러, 어쩔 것이냐?"

"당연히 싸워야지요."

"적이 세 배는 되지 않느냐?"

"앞으로 이것보다 더 어려운 싸움도 많을 겁니다."

겨우 이 정도를 가지고 징징거릴 수는 없다. 나는 기병 위주의 편제를 가지고 세 배가량 되는 적을 어떻게 하면 무찌를지 골몰했다.

"그나저나 적의 지휘관이 누군지 궁금하군요. 아마 바젤에서 출병한 군대 같은데."

"바젤의 지휘관 말이더냐? 본녀가 들은 게 있다."

"오? 누구입니까?"

내 물음에 그녀가 답해줬는데 전혀 생각지도 못한 인물이었다.

"발렌슈타인이라는 마족이더군. 원래 페자무트 휘하에 있었으나 이번에 소속을 옮긴 자라고 하네."

발푸르기스가 들은 바에 따르면 상관의 무능에 질려서 이탈한 후 마왕 아문데에게 의탁한 자라고 했다.

"세상에 이럴 수가…."

발렌슈타인이라면 후일 마왕이 되는 영웅으로, 군략에 있어서 틸리보다도 한 수 위라는 평가를 받는다. 그야말로 천재 중의 천재다.

원래라면 지금 시점에서 부딪힐 적이 아닌데 페자무트의 삽질로 인해 일이 이렇게 된 것이다.

"설마 다 작전이었나."

호수의 거인을 동원해 아군의 허리를 끊고, 비 내리는 밤을 이용해 이렇게 진격해 온 이 일련의 과정들이 말이다. 소름이 돋는 얘기긴 했지만, 군략의 천재인 발렌슈타인이라면 충분히 가능한 부분이었다.

그 때문에 나는 현재, 세 배나 많은 적과 한 판 붙어야만 하는 상황이 된 것이다.

"페자무트, 시발 새끼가 진짜…."

아무래도 무덤에서 웅크리고 있는 자가 뭐라 하든, 조만간 놈을 강판에 갈아버려야겠단 생각이 들었다.

4. 피기 전에 짓밟아야지

후일 페자무트를 어찌하든 지금은 눈앞의 적부터 처리해야 했다. 세 배의 숫자, 지휘관은 그 유명한 발렌슈타인. 그야말로 암담한 상황이었다.

과연 이길 확률은 있는가?

고민이 이어졌다.

"흠……. 어쩌면….."

암담한 상황이었지만 잠시 뒤 나는 이길 수 있다는 결론을 내렸다. 생각해 보면 발렌슈타인이라는 위명에 너무 겁을 집어 먹은 게 아닐까 싶었다. 분명 발렌슈타인은 대단하다. 하지만 아직 그는 마왕이 되기 전이다.

심지어 일군을 이끌어 보는 건 이번이 처음일 터. 아무리 천재라도 처음부터 잘할 수는 없는 법이다.

반면 나는 지난 세월 동안 전장을 구른 백전노장이다.

"좋아. 애송이 새끼. 짬밥의 차이라는게 얼마나 무서운지 가르쳐

주지."

발렌슈타인과 내 경험의 차는 크다. 저놈이 워낙 천재니 빠르게 따라잡히겠지만, 지금은 내가 더 지휘관으로서 뛰어나단 생각이 들었다. 게다가 내가 지닌 특별한 힘들은 그가 예측하기 어려운 변칙적인 요수였다. 충분히 해볼만 했다.

그렇게 결론을 내리자 자신감이 충만해졌다.

"발푸르기스. 우리가 가진 최고의 카드는 바이에른 귀족 기병대입니다."

태반이 황금쌍두사자 기사단에 속해 있는 자들이다. 귀족과 귀족의 가신들로 구성된 그들의 수가 물경 2,000명이었다.

"그들이 강력한 돌파를 해줘야 이 난국을 해결할 수 있습니다."

"본녀에게 돌파를 맡겨다오. 반드시 적에게 충격을 주겠다."

"믿겠습니다. 기병이 오늘 싸움의 주인공이 될 겁니다. 아군의 보병은 겨우 1,000명 밖에 안 되니까요."

현재 우리의 전력은 이랬다.

- 바이에른 귀족 기병대 2,000명.
- 총기병 500명.
- 경기병 500명.
- 보병 1,000명(장창병 500명, 총병 500명).

반면 적은 1만 2,000여 명이나 됐다. 그나마 다행인 건 적의 기병은 2,000명 정도로 아군보다 열세란 점이다.

"기병 대결에서 우위를 점하면 충분히 승산이 있습니다."

이미 해가 높이 떠올랐다. 병사들은 젖은 화약을 말리며 결연한 표정을 짓고 있었다. 현재 우리는 라인 강을 옆에 끼고 대치 중이었다. 아군의 오른쪽으로 강이 유유히 흐르고 있었다.

"흠? 적이 수비 진영을 취하고 있구나."

발푸르기스가 대형을 갖춰가는 적을 보며 고개를 갸웃거렸다. 적군은 우월한 숫자에도 불구하고 언덕 위에 자리 잡은 단단히 버티는 진영을 구축했다.

"이쪽의 기병 돌격을 염두에 두고 있는 게 틀림없습니다."

아군은 중앙에 보병, 양익에 기병이라는 정석적인 배치였다. 중앙에서 싸우는 사이 기병이 양쪽 측면에서 적을 감싸기 위한 진영이다.

"재밌군요. 수가 많은 적은 수비적인 배치고, 수가 적은 아군은 포위 공격을 노리고 있으니."

발푸르기스는 상대 진영을 쳐다보며 한숨을 내쉰다.

"고슴도치처럼 자리를 잡고 대포랑 총으로 우리를 상대할 모양이구나. 골치 아프다. 저러면 건드릴 재간이 없다."

언덕 위에서 수비 진영을 치고 있으니 바이에른 기병들이 아무리 뛰어나도 어림없었다. 들이받는 건 자살행위였다.

"아무래도 꾀어내야겠네요."

나는 즉석해서 떠오른 방법을 발푸르기스에게 설명했다. 그녀는 신중히 설명을 듣더니 재밌어 하는 기색이었다.

"본녀가 구하러 가면 된다 그거지?"

"맞습니다. 우선 휘하의 지휘관들에게 이 작전을 설명해서 진짜가 아니라 연기임을 알리겠습니다."

"아군까지 오해하면 큰일이 나겠지."

적을 꾀어내려면 속여야 한다. 그리고 누군가를 속이는 건 내게 꽤 솜씨가 있다고 자부하고 있었다. 휘하의 장교들에게 명을 내려놓고 홀로 적진으로 향했다.

"가자, 필리."

적도 언덕 위에 자리 잡고 있었지만, 아군도 언덕 하나를 차지하고 있었다. 나는 필리를 타고 유유히 언덕을 내려가 적과 아군의 중간지점을 향했다.

수많은 적의 시선이 내게 쏟아졌다. 압박감이 굉장했지만 나는 태연하게 대처했다. 그리고 중간 지점에 도착하자 필리에서 내려 확성마법이 걸린 마법물품을 꺼내들었다.

"본인은 비텐바이어 백작인 발러슈테드 폰 비텐바이어다!"

일단 자기소개를 한 뒤, 곧장 상대를 도발했다.

"오늘 그대들에게 넘치는 감사를 표하러 이곳에 왔다. 이렇게 승리의 제물이 되고자 찾아와 줬으니 어찌 감사하지 않겠느냐! 밤새 비 맞으며 온 노고, 그 멍청한 대가리를 잘라 보답하마!"

공용어로 말하는 내 외침에 적이 일순간 술렁였다. 야유가 격렬하게 쏟아졌지만, 이번에는 아예 오크어로 외쳤다.

"너희 명예로운 전사들이 좋아하는 죽음을 오늘 실컷 선사해 주마. 아침은 지상에서 먹었으니 저녁은 저승에서 너희 비루한 조상들과 함께 먹거라!"

귀가 따가 울 정도의 야유가 터져 나왔다. 하지만 나는 전혀 신경쓰지 않았다. 이번에는 고블린어로 소리쳤다.

"너희 난쟁이 똥자루 같이 생긴 놈들은 늘 수다스럽기 짝이 없지.

내 군대에 너희 참새처럼 조잘거리는 놈들을 위한 특등석이 있으니, 바로 교수대이다!"

그러자 고블린들이 격분해서 소리를 질러댔다.

탕! 탕! 타당!

화승총을 들고 있던 고블린들이 분을 못 이기고 사격을 해왔다. 하지만 거리가 멀어 소용이 없었다. 아무래도 나는 사기뿐 아니라 도발에도 꽤 재능이 있는 것 같았다.

급기야 저쪽에서도 확성 마법으로 욕설이 날아왔다. 하지만 그 원색적인 비난에는 세련됨이 없었다. 나는 다시 그들에게 외쳤다.

"너희 마족은 주둥이만 나불대는구나! 어찌 도끼를 들고 나서는 용자가 하나 없는 것이냐. 자, 어떠냐! 본격적인 전투에 앞서 결투의 여흥을 즐겨보는 것이!"

멍청한 오크 놈들은 이런 걸 굉장히 좋아한다. 그래서 일부러 오크어로 외쳤다. 그러자 우람한 근육질을 가진 오크 전사들이 못 참겠다는 듯 들썩거렸다.

하지만 이런 결투는 빼어난 전사만이 나설 수 있는지라 자기들끼리 누가 나갈지 다툼이 벌어지고 있었다. 아마 이런 흐름은 발렌슈타인이라고 해도 어쩔 수 없을 터.

만약 제지하면 오크들의 반감을 살 테니까. 나는 그걸 알고 일부러 도발을 계속했다. 그리고 그때 천둥 같은 포효가 터져 나왔다.

"좋다! 이 아문드의 아들 아무란이 입만 산 네놈을 상대해 주마!"

오크 하나가 다이어울프를 타고 언덕 아래로 질주해 오는데, 진짜 강해보이는 오크였다. 흉터 가득한 다부진 상체에 땋은 수염이 성성한 얼굴과 강철조차 찢어버릴 것 같은 육중한 쌍도끼까지.

그야말로 숙련되고 경험 많은 전사라고 온몸으로 외치는 비쥬얼이다. 확실히 보통이 아닌 것 같았다. 거의 다 와서는 달리는 다이어울프에서 뛰어올라 공중제비를 돌며 착지해서 날 깜짝 놀라게 했다.

그야말로 폭풍 같은 간지를 자랑하는 오크였다. 그냥 걷기만 해도 영웅의 풍모가 가득한데 언변까지 심장을 쿵 울려왔다.

"두려워하라! 이 도끼와 만난 순간, 네놈의 운명은 정해졌다!"

대사가 꽤 좋았다. 오크란 놈들은 세련됨이 없어서 보자마자 죽어, 라고 외치는 게 고작이건만, 운명이 정해졌다니.

필히 낭만을 아는 놈이 틀림없었다. 그래서 나도 어울려주기로 했다. 류블라냐를 뽑아 겨누며 외쳤다.

"오직 우리 검과 도끼가 이끄는 대로 될 것이다!"

그러자 오크가 깜짝 놀라는 표정이 된다. 생각보다 내 대사가 멋있었나 보다.

"크크크, 제법 운치가 있는 인간이로다."

"자! 오라! 심판은 각자의 무기에 맡기고!"

우리 둘은 그대로 충돌했다.

카앙!

쇠가 부딪치는 높은 소리가 멀리까지 울려 퍼졌다. 그러자 양 진영은 우렁차게 응원을 시작했다. 그렇게 모두가 바라보는 가운데 오크와 공방을 벌였다.

확실히 이 오크는 강했다. 하지만 뭐랄까, 내겐 어려운 적이 아니었다. 그동안 늘 규격 외의 존재들과 싸워온 탓이다.

얼마 전 마왕 쟈케르가 불을 토했을 때도 옷만 툭툭 털었던 나다. 이 오크 전사가 날고 기어봐야 소용없었다.

나는 일부러 류블라냐를 놓친 척했다. 그러자 아무란이 크게 흥분하며 도끼를 내리찍어왔다.

"끝이다!"

퍽!

하지만 둔탁한 소리와 함께 내 손이 그의 도끼날을 잡아버렸다. 그러자 그의 눈이 찢어져라 커진다.

"어찌! 손바닥으로 도끼를!"

나는 끓어오르는 심연의 가호로 강력한 물리 저항력을 갖고 있다. 이깟 도끼날 잡는 건 일도 아니었다.

"미안한데 슬슬 놀아주는 건 그만해야겠네."

나는 오른손으로 아무란의 배를 강타했다.

퍼억!

내 힘 수치는 무려 532. 오거의 5배나 된다. 이 한 방으로 아무란의 내장이 뒤집어졌을 거다.

"크악!"

놈의 입에서 피가 쏟아져 나왔다. 나는 그걸로 그치지 않고 멱살은 잡은 뒤 그의 가슴팍을 마구 강타했다.

퍽! 퍽!

몇 방 때리자 급기야 아무란은 심장이 멎어버렸다. 흰자위가 드러났고, 크게 벌린 입에서 침이 질질 흘러나왔다. 정말 한순간에 죽은 것이다. 하지만 내가 붙잡고 있어 쓰러지지는 않았다.

멀리서 보면 아직도 서로 드잡이질을 하는 걸로만 보이겠지. 나는 즉각 언데드 소환 기술을 사용해 아무란을 데이워커로 만들었다.

구우웅.

시커멓고 사이한 기운이 일어나더니 아무란의 코와 입을 파고들어갔다. 그리고 잠시 뒤 그가 다시 눈을 떴다. 언데드화의 힘에 굴복한 그는 죽기 전과 완전히 다른 존재가 되어 있었다.

　"나의 주인이시여!"

　"일단 나는 밀어 쓰러뜨린 뒤 걷어차라."

　아무란은 당황하는 기색이었으나 복종했다. 녀석은 나를 힘껏 밀친 뒤에 옆구리를 걷어찼다. 마력 방패 때문에 아무런 고통은 없었지만 나는 일부러 비명을 지르며 데굴데굴 굴러갔다.

　"크아아악!"

　"괜찮으십니까! 주군!"

　"싸우는 척 연기하라."

　우리는 그때부터 공방을 주고받으며 대화했다.

　"이 결투는 내가 패퇴해서 볼썽 사납게 도망가는 걸로 끝낼 작정이다. 기회를 봐서 저기 뒤에 있는 말을 타고 도주할 터이니, 그대는 다이어울프를 타고 쫓으라."

　"알겠습니다!"

　"그러면 내 진영에서 기사들이 나와 구출하고자 할 것이다. 그대는 적당히 응하다가 다이어울프를 돌려 도망치라. 그리고 오크들에게 가서 크게 승리를 외치고 싸움을 선동하거라."

　나는 아무란에게 오크 전사들이 수비진영을 벗어나게 하는 게 중요하다고 강조했다.

　"오크의 특성상 수비진영을 갖추고 기다리는 건 내키지 않을 터."

　"실로 그렇습니다."

　"결투에 이긴 그대가 가서 외친다면 오크들이 동요할 테고, 결국 발렌슈타인도 움직일 수밖에 없을 거다."

그런 결심이 들게끔 아군은 후퇴하는 듯한 연출을 할 생각이다.

"그리고 아무란, 그대에게 제일로 중요한 일이 하나 있다."

"말씀하십시오. 죽은 목숨이었으나 주군의 자비로 다시 태어났습니다. 모든 걸 바쳐 이뤄낼 것입니다."

그리 말하면서 그는 도끼를 휘둘러 왔다.

"크악!"

나는 크게 얻어맞은 듯 뒤로 굴렀고 그대로 도망가기 직전 외쳤다.

"발렌슈타인을 암살하라! 전공을 세웠으니 만남을 청하면 그가 응할 것이다. 기회를 봐서 반드시 죽여버려라!"

그 말을 끝내고 나는 비명을 지르며 도망쳤다. 필리에 올라 박차를 가하자, 아무란이 다이어울프에 타더니 노호성을 지르며 쫓아온다.

"주군의 말대로 하겠습니다!"

지금 이를 지켜보는 양 진영에선 저 말이 제대로 들릴 리가 없으니, 도망치는 적을 보고 분노해 소리치는 것 같겠지. 나 역시 뒤를 돌아보며 외쳤다.

"그를 살려두면 후환이 될 자다. 필히 죽여야 한다!"

그때 아군 진영에서 발푸르기스를 선두로 십여 명의 기사들이 우르르 몰려나왔다. 그들은 아무란을 공격했고, 결국 그는 몇 합을 겨루다 쫓겨갔다. 그러자 발렌슈타인의 진영이 분노로 들썩이며 야유를 쏟아냈다.

"이제 됐습니다."

나는 약속대로 와준 발푸르기스에게 고개를 끄덕여 보였다.

"발렌슈타인이 암살되면 적군이 혼란에 빠질 것입니다. 그때 바이에른의 최정예를 이끌고 언덕 아래로 돌격해 주십시오."

"본녀가 적들을 버터처럼 뭉개버릴 것이다."

나는 본대에 돌아가자마자 위장으로 후퇴할 준비를 하게 했다.

"최대한 질서정연하게 퇴각한다. 낚시가 아니라 정말로 후퇴하려는 기색을 보여야 한다!"

이미 상황을 전달받고 있던 장교들은 병사들에게 철수 명령을 내렸다.

자, 애송이를 낚아볼까.

"적이 철퇴할 준비를 하고 있습니다."

부관의 보고에 발렌슈타인은 전방을 주의 깊게 관찰했다. 인간들 특유의 장창 방진이 해체되어 행군 대형으로 바뀌고 있었다. 정말로 이 싸움을 포기하고 물러나려는 것 같았다.

"무모하게 지휘관이 날뛰다 부상을 입더니 그대로 빠지려나 보군."

"무척이나 어리석은 인간이었습니다."

그 말에 발렌슈타인은 고개를 저었다.

"아마 적의 총대장도 어쩔 수 없는 심경이었을 거다. 우리가 세 배나 많으니 도발이라도 해서 빈틈을 만들어 보고 싶었겠지."

"그러다 실패해서 망신까지 당했으니 이 싸움을 피하고자 하는 것이군요."

"아무래도 시작부터 초를 쳤으니까."

의심스러운 점이 없는 건 아니었으나 이미 오크들의 진영이 앞으로 슬글슬글 나가고 있는 상황이었다. 괜히 의심암귀에 빠져 공격의 적기를 놓치면 곤란하다.

결국 발렌슈타인은 전군의 전진을 명했다.

"도망가는 적을 두들겨서 최대한 이득을 보겠다."

그리 결정하고 진영을 변경하던 중 부하 하나가 보고해 왔다.

"무훈을 세운 오크족의 아무란이 장군님을 뵙고자 청합니다. 전투에 관해 드릴 말씀이 있다고 합니다."

그 말에 발렌슈타인은 흔쾌히 고개를 끄덕였다. 초전부터 큰 공을 세워줬기에 안 그래도 불러서 포상하려 하던 차였다.

"좋다. 내 직접 만나 치하하지."

"옵니다!"

부관 달타냥의 보고에 나는 고개를 끄덕였다.

수비 대형이었던 적의 진영이 변하고 있었다. 보병이 중앙에, 양익에 기병이 전개하는 정석적인 모습이다.

적의 우익은 오크 멧돼지 기병들이었는데, 그들은 달아오른 열기를 참기 힘든 듯 가장 돌출된 상태였다.

"틸리 장군, 아군의 진영을 재편하십시오!"

원래 틸리는 강을 건너오지 못했지만, 이 싸움이 시작된 탓에 급하게 호위대 몇과 군마를 타고 도강해 왔다. 온몸이 홀딱 젖어 있었지만 이 늙고 열정적인 장군은 전혀 신경쓰지 않고 있었다.

"알겠습니다!"

내 명령에 틸리가 지휘봉을 들고 앞으로 나섰다. 그리고는 재빠르게 일부 행군 대형으로 변했던 아군을 다시 장창 방진으로 재편하기 시작했다.

그는 벌써 반년이나 모병한 연대들을 훈련시켜왔다. 명장 밑에서 고된 훈련을 받아온 병사들은 놀랄 만큼 신속히 장창 방진으로 되돌아갔다.

그것은 장창병이 큰 사각형을 이루고, 그 주위를 총병이 만든 작은 네 개의 사각형이 둘러싸고 있는 형태였다. 테르시오라 불리는 전술로, 그 기원은 지아꼬모 알비노의 고향인 이베리아 반도에서 온 것이다.

인간이 가진 군사 예술의 극치이며, 현재 마족들은 어설프게 흉내 내며 제대로 따라하지 못하고 있었다.

"대단하군!"

나는 4,000명이 넘는 아군이 살아있는 유기체처럼 꿈틀거리는 광경에 감탄을 금치 못했다.

"역시 틸리 장군이다!"

명성에 어울리는 솜씨였다. 후일 그는 이런 지휘 능력을 인정받아 전장의 지휘자라고도 불리곤 했다.

"적이 움찔하는데요?"

달타냥이 손으로 가리키는 곳을 보니 진군해 오던 적이 주춤거리는 게 보였다. 갑자기 우리가 전투대열을 갖추니 당황한 모양이다.

하지만 이미 기호지세이다. 전진을 시작한 이상 어쩔 수 없는 일.

적군은 다시 힘차가 이쪽으로 몰려오기 시작했다. 그들의 걸음은 차분하면서 힘이 있어, 새삼 발렌슈타인의 용병술을 느끼게 했다.

"훈련시킬 시간도 별로 없었을 터인데. 역시 무서운 자로다."

"적 지휘관이 그렇게 대단합니까?"

달타냥의 물음에 잠자코 고개를 끄덕일 수밖에 없었다. 대단하지. 이 세계 최강의 지휘관 중 하나니까.

"하지만 아직 내가 한 수 위란다. 애송이."

나는 바로 포격 명령을 내렸다. 그러자 언덕 위에 배치되어 있던 중포가 적을 향해 불을 뿜었다.

콰아앙!

포격이 귀청을 찢었다. 날아간 포탄은 적의 방진 한 가운데 꽂힌다. 그러자 장창들이 일제히 부러지며 나무파편이 비산하는 게 멀리서도 보였다.

콰앙! 콰앙!

호수 거인의 습격 때문에 미처 도강하지 못했던 아군도 강 너머에서 대포를 쏴줬다. 적도 이에 질세라 포격을 개시해 온다.

쿠아앙! 콰앙!

아군은 묵묵히 견디고 서있었지만, 포탄이 떨어질 때마다 희생자들의 애처로운 비명이 곳곳에서 울려 퍼졌다. 병사들은 숨 막히는 포연 속에서 두려운 듯 장창을 쥔 손을 파르르 떨고 있었다.

하지만 훈련받은 대로 누구도 움직이지 않았다. 설령 머리 위에 온갖 마법과 포탄이 떨어진다고 해도 장창 방진은 흔들려서는 안 되니까.

"모두 제자리! 제자리를 사수하라!"

틸리 장군이 흰 수염을 휘날리며 부대 사이로 말을 달렸다. 위험천만한 포격 속에서도, 이 지체 높은 대리장군은 모범을 보이고 있었다. 그러자 병사들은 그에 보답하듯 미동도 하지 않았다.

그는 역시 지휘관의 모범이었다. 틸리가 함께한다는 사실만으로 다들 정신적으로 큰 안정을 얻고 있었다. 이럴 때는 한 손 거들어줘야지.

나는 검을 뽑아들고 외쳤다.

"비텐바이어 만세!"

그 외침은 일시에 아군의 사기를 머리끝까지 치솟게 했다. 포격으로 인한 공포는 순식간에 사라지고 곧 모든 병사들이 목청껏 소리쳤다.

"비텐바이어 만세!"

적은 이제 500미터 앞까지 다가왔다. 아군이 자리 잡은 언덕 위로 오르길 시작했다. 그러자 아군의 기병대 역시 당장이라도 튀어나갈 듯 몸을 들썩였다. 군마들도 흥분했는지 연신 발을 구르고 성난 콧김을 내뿜는다.

"자리를 지켜라!"

나는 결코 돌격을 허락하지 않았다.

"비텐바이어 백작 각하!"

바이에른의 기사 하나가 참지 못하고 나를 불렀다. 하지만 나는 고개를 저었다. 그는 당장이라도 마상창을 들고 뛰쳐나갈 기세였다.

솔직히 그 마음을 이해하지 못하는 건 아니다. 이대로 언덕 아래로 달려 적을 받아버리면 엄청난 피해를 줄 수 있을 터.

하지만 그것만으로 부족하다. 적의 수는 많다. 아무리 기병 돌격이 잘 먹힌다고 해도 무리였다. 그 이상의 무언가가 필요했기에 나는 바이에른의 기사들 앞으로 나아가 검을 겨눈 채 외쳤다.

"멋대로 나가면 교수대에 매달겠다!"

최고 사령관이 직접 앞을 막자 더는 튀어나가려는 자는 없었다. 하지만 다들 공격의 적기를 놓치는 건가 싶어 불안감을 감추지 못하고 있었다.

"적이 400미터 앞까지 왔습니다!"

속이 바짝 타들어 가긴 나도 마찬가지다. 차라리 그냥 돌격해 버려야 할까? 솔직히 참기가 어려웠다.

하지만 그때.

멀리 보이는 적의 본진이 술렁이는 게 보였다. 병사들이 엉켜 난투극이 벌어지고 있었다. 뭔가 적의 지휘부에 혼란이 벌어진 게 틀림없었다.

"됐다!"

분명히 암습이 이뤄진 것이다. 발렌슈타인이 죽었는지 살았는지는 모르겠다. 하지만 이게 기회라는 건 확실했다.

"니더바이에른 백작!"

내 외침에 발푸르기스가 고개를 끄덕이며 제일 선두로 나섰다. 그러자 그녀에게 충성하는 바이에른의 화려한 기병들이 기다렸다는 듯 움직인다.

나는 재빨리 그들의 돌격로에서 물러났다.

"바이에른의 전사들이여 돌격하라!"

언덕 위에서 마상창을 든 발푸르기스의 목소리가 쩌렁쩌렁 울렸다.

"승리를 향하여!"

제일 먼저 발푸르기스가 튀어나갔다. 그러자 바이에른 기병대가 우르르 따라서 언덕 아래로 내려갔다. 그 수가 1,000기.

두두두두.

말발굽 소리가 어찌나 웅장한지 언덕 위가 지진이라도 난 것처럼 울려댔다. 바이에른 특유의 흰색 바탕에 하늘색 다이아몬드가 가득한 군기 수십 개가 언덕 아래로 내려가고 있었다.

적 역시 고성을 터뜨리며 서둘러 대비하는 게 보였다. 장창을 세우고 이쪽으로 머스킷 총을 겨눈다.

아군의 기병대는 150미터가 남자 최고 속도로 돌격하기 시작했고, 적은 머스킷 총을 쏴왔다.

타다다다당! 타다다당!

일순간 적의 모습이 화약 연기에 가려서 사라져버릴 정도였다. 돌격했던 아군의 선두 상당수가 총격에 무너져 내렸다. 덩치 큰 군마들이 총에 맞아 언덕에서 구르는 게 생생히 보였다.

하지만 그 정도로 바이에른의 기병들은 멈추지 않았다. 2열에 있던 기병들이 속도를 올려 구멍 난 1열을 메웠던 것이다. 그리고 최고 속도로 돌격했던 그들이 적의 방진을 들이받았다.

콰직! 퍼억! 우지끈!

끔찍한 충돌이었다. 나도 모르게 일순간 고개를 돌려버렸을 정도였다. 사방에서 피와 비명이 난무했다. 제대로 찌른 기병은 한 번에 네 명의 오크를 창으로 관통해 버리기도 했다.

"적이 흔들리고 있습니다!"

믿기 어렵게도 무려 1만의 적 보병이 아군 기병 1,000명의 돌격에 우왕좌왕하고 있었다.

"역시 마족이라 훈련도가 떨어져. 게다가 적 지휘부가 혼란에 빠진 게 크군."

"설마 각하께선 이걸 예상하신 겁니까!"

놀란 달타냥의 말에 그럴 리가 있겠냐고 시치미를 뗐다. 그때 틸리 장군이 양익으로 기병대를 나눠 전개했다. 우익과 좌익에서도 적과 난타전이 벌어졌다.

놀랍게도 아군은 세 배나 많은 적을 상대로 우세를 점하고 있었다. 하지만 이대로는 이긴다고 해도 아군의 피해 역시 클 터. 적을 한 번 더 흔들 결정타가 필요했다.

나는 유심히 전장을 관찰하다가 적의 지휘부에서 창검이 난무하고 있음을 발견했다. 일단의 오크 무리가 발렌슈타인의 근위대와 패싸움 중이었다.

"호오."

아마 아무란의 암살로 뭔가 오해가 생긴 모양이었다. 오크 입장에선 갑자기 자기들의 전사를 불러들인 뒤 죽였다고 여긴 것이겠지.

"이거 기회인데?"

적 지휘부를 지키는 근위대가 굳건하다면 달려들 생각은 없었다. 내가 아무리 강해졌어도 한계가 있는 법이다. 숫자 앞에 장사 없다는 말이 괜히 있는 게 아니니까.

전쟁터에서 괜히 영웅심리에 빠져 날뛰다 죽은 강자를 한두 번 본 게 아니다. 하지만 지금 상황을 보니 한 번 공격해 봐도 좋겠단 생각이 들었다.

"달타냥. 틸리 장군을 호위하게. 그가 쓰러지기라도 하면 이번 전투는 패전이다.”

내가 뭔가 하려는 기색이 보이자 그녀는 서둘러 말려왔다.

“어디로 가시려는 겁니까! 최고 지휘관이!”

“지휘통솔은 어차피 대리장군인 틸리가 해주고 있지 않은가. 본인은 본인만이 할 수 있는 일을 하려고 하네.”

그 말만 남기고 말을 달렸다. 그러자 기다렸다는 듯 지아꼬모 알비노가 따라붙었다.

“저는 각하를 끝까지 따라가겠습니다.”

“하하하, 그대라면 뒤를 안심하고 맡길 수 있겠지요. 세뇨르 까삐딴.”

우리는 질풍처럼 언덕을 내려가서는 적의 보병 방진에 부딪쳤다.

“각하! 설마 적을 정면으로 뚫고 지나가실 겁니까!”

나는 대답대신 검을 머리 위로 들어올렸다. 그러자 하늘 위에서 웅대한 마력이 뭉치기 시작하더니 적진 한 가운데 검은 번개가 작렬했다.

콰앙!

떨어진 번개는 적의 휘황찬란한 군기 하나를 직격했다.

“으아아악!”

군기 주위에 있던 십여 명이 비명을 지르며 우르르 쓰러졌다. 또 한 번개 맞은 군기는 불이 붙어서 타올랐다.

“세뇨르 까삐딴. 이대로 적을 관통해 발렌슈타인을 쓰러뜨리겠습니다.”

지금 돌아가는 상황을 보니 암습이 이뤄졌지만 발렌슈타인이 죽지는 않을 것 같았다. 적의 근위대가 누군가를 둘러싸고 오크들의 공격을 막고 있었다. 이렇게 된 이상 직접 가서 확실히 끝내줄 작정이었다.

"차원을 건너는 빛이여. 베어 죽이고, 꿰어 죽이고, 썰어 죽이는 빛이여. 여기 그대를 바라는 검객의 손에 깃들라."

내 속삭임에 류블라냐가 진신을 드러내며 새하얀 빛을 뿜어냈다. 나는 말 위에서 거침없이 검을 휘둘러 적을 쓰러뜨리며 나아갔다.

"비켜라! 이 검에 맞설 자신이 없다면!"

사자후 같은 내 외침이 일대에 쩌렁쩌렁 울렸다. 놀란 적병들이 일순간 장창을 우르르 놓칠 정도였다. 적의 지휘관들은 당황해서 제대로 대처하지 못하고 있었다.

"막아라! 저 괴물은 대체 무엇인가! 막아!"

하지만 그는 이내 자기편에게 목이 잘리고 말았다. 바로 내가 사방에 뿌리기 시작한 데이워커들이었다. 류블라냐로 적을 죽이자마자 은밀히 언데드 소환을 사용해 데이워커로 만들었다.

적들은 부상을 입고 쓰러졌던 동료가 일어나 자신들을 공격하자 혼란스러워 하는 기색이 역력했다. 데이워커는 겉으로 봐서는 살아 있는 것과 아무 차이가 없었기에 당장 그들이 언데드라고 여기는 자는 없었다.

"이럇!"

그 틈에 방진을 가로질렀다. 나는 이 많은 적을 이기려는 게 아니다. 돌파하려는 것이다.

적들이 똘똘 뭉쳐 한마음으로 버틴다면 아무리 나라도 어림없겠지만, 지금 이들은 혼란에 빠져있다. 지휘부랑은 연락이 안 되는 데다가 바이에른 기병대에게 시달리고 있었다.

"물러서라!"

내가 휘두른 검에 장창이 우르르 잘려나가자 적은 더이상 막을 엄두를 내지 못했다. 나는 두려워하며 좌우로 갈라지는 적의 틈새로 말을 몰아갔다.

　앞을 막는 건 아무 것도 없었다.

　그때 저 앞의 적 지휘부에서 발렌슈타인을 발견할 수 있었다. 역시 아직 살아있었군! 피투성이에 휘청거리는 게 아무래도 정상이 아닌 것 같았지만.

　"발렌슈타인!"

　내 외침에 그가 움찔하는 게 느껴졌다. 하지만 이를 악물고는 병력을 지휘하려 애를 쓰고 있었다. 그의 곁에 있던 근위 기병대가 나를 막기 위해 우르르 몰려나왔다.

　"비켜라!"

　나는 일렬로 검은 번개를 연달아 떨어뜨렸다.

　콰가가가가강!

　무수한 흙먼지가 흩날리며 적의 근위대가 줄줄이 쓰러졌다. 마치 검은 번개가 나를 인도하듯 앞에 길을 열어주고 있었다. 나는 검은 든 채 그 길을 따라 맹렬히 돌격해 들어갔다.

　"막는 자는 베겠다!"

　그리고 마침내 발렌슈타인이 있는 지휘부에 뛰어들었다. 그러자 온몸에 가시 돋은 갑옷을 입은 오거가 성난 얼굴로 나섰다.

　"이 천둥벌거숭이 같은 놈! 네놈은 이 카르카손님이⋯."

　퍽!

　말 위에서 휘두른 일격에 오거의 머리가 하늘로 날아올랐다.

　피슈슈슉!

마치 터진 수도관처럼 머리 없는 오거의 몸에서 피가 뿜어져 나왔다.

쿠웅!

오거가 뒤로 쓰러지면서 자욱한 흙먼지를 일으켰다. 이제 발렌슈타인과 참모들을 지켜줄 존재는 없었다. 그는 부상 탓에, 붕대로 응급처치를 하고는 할버드에 의지해 간신히 서 있었다.

발렌슈타인은 나를 보며 고개를 절레절레 흔들었다.

"기가 막히군. 비텐바이어 백작. 아무리 아군이 혼란에 빠져있다지만, 단기필마로 돌파해 오다니. 마왕급의 무위가 아니오."

대답 대신 나는 안장에서 권총을 뽑아 쐈다.

타앙!

그러자 몰래 내게 권총을 쏘려고 했던 발렌슈타인의 부관이 이마가 뚫려 쓰러졌다. 나는 총구의 연기를 입으로 불며 너스레를 떨었다.

"총질은 마왕보다 좀 더 낫다오."

5. 린다우 노예시장

필리에서 내린 나는 근처에 떨어져 있던 검을 주워 앞으로 걸어갔다. 그러자 남은 참모와 근위대 몇이 무기를 들고 달려든다.

"사령관님을 지켜라!"

"와아아아!"

그 의기는 칭찬 할만 했지만 힘의 차이가 너무나 컸다.

콰앙!

그림자 폭파를 사용하자 무기를 꼬나들었던 자들이 비명과 함께 십여 미터 이상 날아가 흙바닥 위를 굴렀다. 그들은 잠시 부르르 떨더니 다신 움직이지 않았다.

"쯧, 차라리 적당히 챙겨서 튀지."

이제 거칠 게 없었다.

바로 발렌슈타인에게 가서 목덜미에 칼을 가져다댔다. 그러자가 그의 몸이 움찔하며 굳는다. 이대로 내리 누르듯 그어 베면 발렌슈타인은 끝이다.

"크…."

발렌슈타인은 입술을 깨물고는 있었지만 목숨을 구걸하지는 않았다. 패장으로서 담담히 죽음을 받아들이려는 것 같았다.

이대로 죽여서 데이워커로 활용하면 괜찮을 듯했다. 그래서 바로 칼을 내리그으려는데, 발렌슈타인의 목에 걸린 굵직한 사슬 목걸이가 신경 쓰였다.

"음?"

검끝으로 그걸 살짝 들자, 그의 옷 안에 들어가 있던 서펜트 두 마리가 꼬여있는 모양의 펜던트가 딸려 나왔다. 나는 그걸 보고 혀를 찼다.

"이런, 이런. 형언할 수 없는 암흑이군."

"…이걸 알아보는군?"

발렌슈타인의 물음에 검을 거두고 고개를 끄덕였다. 그 펜던트는 어둠의 대군인 '형언할 수 없는 암흑'의 비밀결사인 '뱀 형제단'을 상징하는 것이었다.

스토리상 몇 번 부딪친 적이 있기에 모를 리가 없다. 한데 발렌슈타인도 그 비밀결사 소속이었나. 그렇다면 후일 그가 마왕이 된 이후에는 형언할 수 없는 암흑의 후원을 받았던 거로군.

"일단 좀 쉬고 있으시게. 발렌슈타인."

검의 면으로 그의 관자놀이를 강타했다. 그러자 발렌슈타인이 게거품을 물고는 뻗어버렸다.

나는 쓰러진 그를 내려다보며 고민에 빠졌다. 발렌슈타인은 이미 비밀결사에 들 정도로 형언할 수 없는 암흑과 관계를 맺은 상태다.

그렇다면 언데드화 할 수 있을 리가 없다. 발렌슈타인이 죽으면 그의 영혼은 형언할 수 없는 암흑의 옥좌로 빨려 들어갈 테니까.

내 사령술로 그걸 잡아챌 수도 없고, 만약 그랬다가는 형언할 수 없는 암흑에 대한 도전 행위가 된다. 가뜩이나 발버둥치는 죽음 쪽과 죽네 사네 하는 관계인데 적을 하나 더 늘릴 수는 없지.

"그를 등용하고자 하십니까?"

남은 녀석들을 정리한 지아꼬모 알비노가 물어왔다.

"아무래도 그래야 할 것 같습니다."

데이워커로 쓸 수 없으니 잘 꼬드기는 수밖에.

"이 발렌슈타인이라는 작자는 합리적인 성품을 가지고 있습니다. 충분한 이득을 제시하면 가능성이 있습니다."

결론은 내린 나는 발렌슈타인의 지휘관 깃발을 뽑아 땅바닥에 던져버렸다. 그리고 크게 외쳤다.

"발렌슈타인이 죽었다! 발렌슈타인이 죽었다!"

가뜩이나 흔들리는 상황에서 지휘관의 사망 소식까지 듣자 적은 크게 동요했다. 상황이 이렇게 되자 훨씬 많은 숫자에도 불구하고 더 싸우려는 마족은 없었다. 적의 보병대가 무질서하게 후퇴하기 시작했다.

일부는 거추장스러운 장창을 버린 채 달렸고, 또 일부는 한 몫 챙기려는 듯 본대에 쌓여있던 보급품을 약탈하고 있었다.

"들고 나르자!"

"염병! 이렇게 된 거 살 자는 살아야지!"

본대의 마족 장교들은 펄쩍 뛰며 그것을 막으려 했다. 결국 그들끼리 싸움이 벌어졌다.

"아주 개판이구먼…. 쯧쯧."

내가 혀를 차는 사이 아군의 양익 기병대는 적을 팔로 끌어안는 것처럼 포위했다. 워낙 적병이 많아 반 이상은 빠져나갔지만, 거의 4천여 명에 달하는 마족 병사들이 포위망에 갇혔다.

"살려주십시오!"

"자비를! 무조건 항복하겠습니다!"

그들의 사기는 이미 최악이다. 다들 싹싹 빌며 목숨을 구걸하는 상황이었다. 일이 이렇게 되자 달타냥이 포위된 적의 처리를 물으러 말을 달려왔다.

"저들을 어찌해야 좋겠습니까! 틸리 장군께서 각하의 의향을 묻습니다."

"잠시 기다리게."

일단 근처에 있는 포도주병을 따서 시원하게 한 잔 들이켰다. 호화롭게도 냉장마법이 걸려있었다. 이 더운 날 목구멍으로 서늘하게 넘어가는 느낌이 좋았다.

"놈들이 가진 장비와 재산을 모조리 압류한다. 그리고 이마에 노예 낙인을 찍도록. 4천 명을 여기저기 다 팔아버리겠다."

4천 명이면 그게 다 얼마냐.

받은 금화를 세는 것도 한 세월이 걸리겠는 걸.

"알겠습니다."

달타냥이 떠나자 나는 죽은 오거의 시체에 등을 기대고 느긋하게 전장을 바라보았다.

"아아, 포도주가 달구나, 달아."

이게 바로 승리의 맛이구나.

강변에서 벌어진 전투는 아군의 완승으로 끝이 났다. 어느 정도였냐면 세 배나 되는 적과 상대했음에도 아군의 사상자는 800명밖에 되지 않았다.

　이것도 대부분 전투 초반에 바이에른의 기병들이 정면 돌격했을 때 발생했고, 이후에는 일방적으로 두들기는 수순이었다.

　"대승입니다. 주군."

　달타냥은 발렌슈타인의 진지에서 획득한 군자금을 보고해 왔다. 무려 50만 플로린이었다. 그 외에도 화약, 식량 등의 보급품과 각종 무구류의 가치를 따지면 대단한 이익을 얻었다.

　"역시 전쟁만큼 좋은 장사는 없다니까."

　잡은 노예를 생각하니 콧노래가 절로 나왔다.

　"당분간은 전비 걱정이 없겠군."

　나의 군대는 이번 승리로 말미암아 한동안 생명 연장을 하게 됐다.

　일단 노예 중 500명은 이번에 큰 활약을 한 바이에른 기병들에게 나눠줬다. 그리고 남은 3,500명 중 2,000명은 리슐리외에게 보냈다. 라인펠덴을 재건하라는 명령과 함께.

> 라인펠덴은 현재 버려진 도시라네. 도시의 귀족들 역시 전멸했지. 이참에 재건을 빌미로 우리가 흡수하면 알맞다고 생각하네. 노예들을 부려 도시를 수복하고 자연스럽게 흡수하도록 하게.

리슐리외라면 수완을 발휘하겠지.

이제 1,500명이 남았는데, 난 이중 1,000명은 로엘린에게 판매하면 적당할 것 같았다. 상냥한 그녀지만 그건 자신의 백성들에게만 해당하는 말이다.

로엘린이 워낙 나긋나긋하고 예뻐서 사람들이 착각하곤 하는데, 그녀도 엄연히 마왕이다. 그것도 매우 서열이 높은. 전쟁에 패한 노예들은 설령 같은 마족이라고 해도 상관하지 않을 게 뻔했다.

인간이 인간을 노예로 부리 듯.

마족도 마족을 노예로 부린다.

돈이 엮인 곳에선 원래 인권은 무시되는 법이다. 나는 반지를 통해 연락을 넣었다.

- 로엘린, 노예 1,000명 사시겠습니까?

- 갑자기 무슨 소리인가요? 물론 소녀는 노예라면 언제든 관심이 있답니다.

- 아, 사실은 말이죠.

로엘린에게 라인 강변에서 있었던 전투를 설명하자 그녀는 감탄했다.

- 비텐바이어 백작님. 용병술에도 참으로 조예가 깊으시군요! 어떻게 세 배나 되는 전력을 상대로 압승하실 수 있나요!

- 운이 좋았습니다.

- 그런 말을 소녀는 믿지 않는답니다.

로엘린의 칭찬에 기분이 나쁘지 않았다. 그녀 같이 대단한 마왕의 감탄을 이끌어 낸다는 건 확실히 어깨를 으쓱하게 하는 부분이 있었다.

- 얼마를 드리면 되나요?

- 돈 대신 군대를 보내주십시오.

- 호?

로엘린이 눈앞에 있다면 아마 고개를 갸우뚱 거리지 않았을까.

- 군대요?

- 네, 최근 페자무트와 슬슬 정전 분위기가 연출되고 있다고 들었습니다.

- 맞아요. 언제까지고 인스부르크에서 자존심 싸움만 할 수 없으니까요. 그와 저는 앙숙이지만 지금만큼은 답도 없는 싸움에 진력이 난 건 같답니다. 특히 페자무트는 아문데의 배신 때문에 어서 회군하고 싶어 하죠. 유리한 조건으로 협상 중이랍니다. 후훗! 그래서 요즘 그자의 얼굴이 매일 썩어가고 있다고 해요.

생글생글 웃는 로엘린의 말투에서 진득한 악의가 느껴졌다. 역시 로엘린이랑은 싸우지 말고 계속 사이좋게 지내야겠단 생각이 들었다.

- 마침 타이밍이 좋네요.

정전만 되면 로엘린의 군대는 여유가 생긴다. 나는 노예의 대가로 그녀의 군대를 고용하고자 하는 것이다. 이런 점을 설명하고 대리장군은 칼리오네로 삼겠다고 했다.

- 아!

- 제 의도를 아시겠습니까?

- 네, 역시 서남부에 공주님의 영지를 만들어 주고자 하시는군요?

- 맞습니다. 벨포르, 젠하임 일대를 할양할 계획입니다.

과거 서열 1위 마왕의 딸인 칼리오네에게 영지를 만들어 주는 일에 관해서 로엘린과 내 이해가 일치하고 있었다. 그녀는 과거의 사랑과 부채감 때문에 칼리오네를 후원하고 있다. 나 같은 경우에는 정치적인 입장 때문이다.

황제에게 라인 강 상류의 서쪽을 다 먹겠다고 했지만 그게 군사적인 부분을 떠나서 정치적으로 쉬운 일 아니다. 그래서 생각해 낸 게, 꼭 그 땅을 내 이름으로 다 먹을 필요가 있냐는 것이다.

칼리오네는 내게 충성하고 있다. 그러니 그녀에게 라인 강 상류 서쪽 일부를 떼어주고 통치하게 하면 된다.

- 한 가지 의견이 더 있습니다. 칼리오네를 황제에게 청해, 변경백으로 상신할 예정입니다.

- 헤에? 마왕의 딸을 인간의 귀족으로요?

로엘린은 매우 재밌다는 목소리였다.

- 안 될 게 뭐가 있겠습니까? 벨포르, 젠하임을 영지로 삼으면 바로 페자무트의 영지와 대치하게 됩니다. 인간의 영토 끝에서 마왕을 상대하는 자야 말로 변경백에 어울리지 않겠습니까?

- 호호호. 아주 참신하네요. 미래의 마왕 후보인 공주님을 제국 변경백으로 삼아 마왕을 막게 하다니.

- 이제 점점 제국에서 마족이니, 인간이니 하는 구분은 무의미해지고 있습니다. 그저 적과 아군이 있을 뿐이지요.

- 소녀도 동의해요.

그런 점에 관해서 제일 먼저 깨우친 마왕 가운데 하나가 로엘린이다. 그녀는 진작 미래의 바이에른 선제후인 발푸르기스에게 줄을 댔으니까.

- 이번 기회에 저 역시 변경백작의 위를 청할 작정입니다.

나는 기존의 비텐바이어령 외에 라인펠덴과 바젤시를 얻게 될 예정이다. 바젤 시는 전장의 정리가 끝나는 며칠 뒤에 입성하기로 했고, 이미 그쪽 시의회에서 나를 군주로 인정하기로 협의가 된 상황이었다.

하면 나는 남쪽으로 물의 마왕 아문데와 대치하게 된다. 영지의 위치나 크기에서 변경백이 되기 부족함이 없었다.

- 변경백이 되는 제 힘은 더 거세질 것입니다. 이후 대리장군 칼리오네가 지휘하는 군대와 합세해 이 일대를 평정할 작정입니다.

로엘린은 내 계획이 마음에 드는 것 같았다.

- 자, 어떻습니까? 로엘린.

내 말에 로엘린은 잠시 숙고하더니 진지한 목소리로 대답해 왔다.

- 아까 마족과 인간의 구분은 무의미하다고 하셨죠? 적과 아군만이 있을 뿐이라고요.

- 그렇습니다.

- 비텐바이어 백작 발러슈테드님. 소녀는 당신의 편이랍니다.

장미의 마왕 로엘린은 페자무트와 정전 협정이 이뤄지는 대로, 과거 서열 1위 마왕의 딸인 칼리오네를 대리장군으로 삼아 2만을 보내기로 약속해왔다.

사실 노예값으로는 과한 지원이었지만, 단기 고용인 데다가 그녀가 칼리오네를 개인적으로 돕는 부분도 반영된 것이었다.

칼리오네와 나의 군대를 합치면 3만 2,000명의 대군이 된다. 이제 라인 강 상류 지역은 그야말로 아비규환의 지옥도로 변해가고 있었다.

비텐바이어 백작		물의 마왕 아문데
트리어 선제후	VS	
불의 마왕 쟈케르		팔츠 선제후 프리드리히

이미 다섯 명의 실력자가 각축을 벌이는 전장에 둘이 새로 끼어들게 됐다.

칼리오네를 대리장군으로 내세운 로엘린.
정전협정 이후 회군한 페자무트.

그야말로 화약고 대폭발의 상황. 승자는 엄청난 부와 명예를 얻을 것이지만, 패자는 완벽한 몰락만이 남을 것이다.
"이런 거 정말 좋단 말이지."
사람이 많으면 그만큼 판돈도 커지는 법이니까. 물론 피해자도 많아지지만, 그거야 내 알 바 아니고.
"낄낄낄낄!"

사로잡힌 발렌슈타인과 면담을 하게 됐다. 군막 안으로 찾아가자 그는 칭칭 묶여서 앉아 있었다. 볼품없는 모습이었다. 그의 곁에는 스프와 빵이 있었는데 입에 댄 흔적이 없다. 파리만 윙윙거리며 맴돌고 있었다.

"무슨 일인가? 비텐바이어 백작. 승자의 얼굴을 당당히 쳐들고 패자에게 침이라도 뱉으러 왔나?"

아무래도 이번 패배로 자존심이 크게 상한 모양이었다.

"발렌슈타인, 자네도 잘 알겠지만 전쟁은 폭력적인 일이야. 좀 더 신사적으로 만나고 싶었지만 그게 잘 안 되는 걸 어쩌겠는가?"

"흥!"

나는 의자를 하나 가져다 그의 앞에 앉으며 사람 좋은 미소를 지어보였다.

"침을 뱉다니. 그럴 리가 있겠는가? 이번 승리로 난 아주 기분이 좋다네. 패자는 승자를 배부르게 만들어주지. 발렌슈타인, 자네 덕에 많은 재산을 얻게 됐는데 어찌 침을 뱉겠나? 절이라도 해주고 싶은 심경이니 부디 헤아려 주게나."

결국 그는 발끈했다.

"지독한 자로다! 비텐바이어 백작! 그대는 어미 돼지의 배에 들은 새끼까지 꺼내갈 자야!"

"알뜰하다는 칭찬으로 생각해주지."

발렌슈타인은 으르렁대며 좀 더 시간이 있었다면 결과가 달랐을 거라고 자신했다.

"내 군대는 조각나 있었지. 엉망이었다고. 그때 그대의 군대가 쳐들어온 거야."

"참으로 적절했군. 앞으로 스스로를 신속과 정확함이라 부르고 싶네."

"말은 아주 잘하는군!"

발렌슈타인은 이를 갈았다. 그래서 나는 어깨를 으쓱여 보였다.

"하하하, 때때로 검술보다 언변을 갈고 닦아야 일이 잘 된다네. 그래서 이 주둥이에 매일 기름칠을 하고 있지. 자네 군영에서 얻은 소가 아주 기름이 많더군. 흐흐흐."

"……."

결국 발렌슈타인은 나와 말싸움을 포기한 채 고개를 돌려버렸다. 그의 얼굴이 뭐 이런 놈이 다 있냐는 듯한 기막힘이 가득했다.

"언젠가 그대의 잔도 넘칠 것이다. 지금 승리를 충분히 즐기도록 하게."

"고마운 말이군. 하지만 오늘은 그 때문에 온 게 아닐세. 자네가 왜 졌는지 알려주고 싶어서 왔지."

"뭐라?"

"사실 이번 전쟁의 승리는 본인이 뛰어나서가 아니야. 애초에 나는 승리할 생각이 없었네. 첫 기병돌격으로 자네의 군대를 혼란에 빠뜨린 뒤 도망갈 작정이었지."

당연히 거짓말이다. 하지만 발렌슈타인은 관심을 드러냈다.

"정말인가?"

"그렇네. 하지만 뜻밖에 자네의 지휘부에서 갑자기 싸움이 일어났지. 그 덕에 결국 승리할 수 있었던 거야."

"빌어먹을 아무란 놈! 갑자기 날 습격하다니!"

발렌슈타인은 고개를 흔드는 게 다시 생각해 봐도 이해가 안 된다는 태도였다.

"본인도 뜻하지 않은 승리를 얻고 나서도 그게 영 이상하게 느껴졌지. 왜 나를 물리쳤던 그 오크가 그대를 공격했는지. 결국 이유를 알아냈다네."

"말해주게!"

나는 고개를 끄덕이고는 박수를 쳤다. 그러자 막사 밖에 대기하고 있던 병사들이 아무란의 시체를 갖고 왔다.

"발렌슈타인. 그대는 뱀파이어에 대해 얼마나 알고 있나?"

"음? 설마 아무란이 뱀파이어였다고 주장하는 것인가? 전투는 한낮에 벌어졌다."

그 말에 나는 고개를 가로 저었다.

"데이워커라는 존재가 있다. 낮에도 활동할 수 있는 고위 뱀파이어지. 외형상으로는 보통 생명체와 차이가 없다. 심지어 뱀파이어 특유의 송곳니도 없고 죽는다고 재로 변해서 사라지지도 않지. 신성력이 아니라면, 오로지 한 가지 방법에 의해서만 구별이 가능하다네."

"무엇인가!"

발렌슈타인은 언데드란 말에 표정이 변하고 격해졌다. 좋아, 내 의도대로 되어가는군.

"바로 은검으로 찔러보면 알 수 있지. 뱀파이어의 피는 부정하기 때문에 은검이 피에 검게 변한다네. 설령 데이워커라고 해도 예외는 아니야."

"찔러보게."

나는 그의 눈앞에서 아무란의 시체를 은제 단도로 찔렀다. 그러자 단검의 날이 검게 변했다.

"어떤가?"

발렌슈타인은 놀란 얼굴이었지만 이내 고개를 가로저었다.

"그 정도로는 믿을 수 없어. 중독일지 어찌 아는가!"

나는 성직자에 의한 구별법을 제시했다.

"지금 포로가 된 자 중에 그대의 휘하에 있던 성직자도 몇 있지. 그들이 확인해 주면 믿겠나?"

"좋다."

결국 포로로 잡힌 성직자를 불러 확인하자 아무란이 뱀파이어란 사실이 드러났다. 발렌슈타인은 허탈함을 감추지 못했다.

"이런 빌어먹을….."

지금 무슨 생각을 하는지 뻔하다. 그래서 그의 의심을 부추겼다.

"데이워커를 만드는 건 사령술의 높은 성취에 다다른 자만이 소환할 수 있다네. 이 위험한 존재에 대한 방비가 허술한 것도 그만큼 데이워커를 소환할 수 있는 자가 없다시피하기 때문이야."

"……."

"누가 이런 짓을 했는지 잘 생각해 보게. 사령술에 정통하고 그대나 아문데에게 원한을 품을 자를 말일세."

답은 하나였다. 발렌슈타인은 괴로운 듯 그 이름을 내뱉었다.

"페자무트……."

나는 당연하다는 듯 고개를 끄덕였다.

"용의선상에 올릴 존재는 오로지 페자무트 밖에 없지. 아마 그가 자네를 몰락시키려고 수작질을 한 것이야. 그대가 그를 버리고 떠났으니, 그 옹졸한 마왕은 흉계를 꾸미고도 남지."

"역시 그랬던 건가. 이 저주 받을 마왕!"

발렌슈타인은 분노로 돌아버릴 것 같은 표정이었다. 내가 사령술을 쓰는 게 알려지지 않은 이상 모든 개연성이 페자무트를 향하고 있었다.

나는 피식 웃으며 자리에서 일어났다.

"뭐, 본인이야 페자무트 덕을 보긴 했다만."

"으아아아아아!"

격분한 발렌슈타인은 마구 소리를 질러댔다. 나는 속으로 고소를 감추지 못한 채 그 모습을 지켜봤다. 아주 잘 속아 넘어갔다.

그래, 원망해라. 하면 너는 페자무트에게 복수하기 위해 내 손을 잡을 수밖에 없을 테니까.

"그를 어떻게 할까요?"

발렌슈타인과 면담을 끝내고 나오자 달타냥이 묻는다. 나는 그를 당분간 비텐바이어에 연금하라고 했다.

"자책하며 나락으로 떨어지게 둬야지. 밑바닥까지 내려가면 결국 내가 내민 손을 잡을 수밖에 없을 걸세."

"으아… 정말 각하다운 수법이시네요."

달타냥은 이번 사건의 전말을 모른다. 그녀도 페자무트가 데이워커로 수작질을 부렸다고만 생각한다. 그저, 내가 그 사실을 일부러 알리고 발렌슈타인이 고통의 구렁텅이에 떨어지게 했다는 점에 질린 듯했다.

"날 얼마나 봤다고 그런 소리를 하는가?"

"뱀을 오래 봐야 뱀이라는 걸 알겠습니까?"

"허!"

의외로 달타냥도 말을 하기 시작하니 혓바닥이 매끄럽게 돌아가는구나. 이거 한 방 먹었네. 복수를 해줘야겠구나.

아무래도 원치 않게 내 밑에서 봉사하게 된 점에 아직 앙금이 남았나 보다. 하지만 내가 달타냥의 과거사를 아는 이상 그녀는 내 상대가 아니다.

"달타냥."

"네."

"내가 얼마 전에 소문을 하나 들은 게 있네. 트리어에 가끔 정체 모를 귀부인이 나타난다고 하지. 푸른색 드레스를 자주 입은 그녀는 놀랄 만한 미녀라는 거야. 주로 트리어의 고급 식당에서 미식을 즐긴다고 그러더군."

순간 달타냥의 표정이 굳었다. 빠르게 본래 얼굴을 되찾았지만 날 속일 순 없었다.

"그렇습니까?"

천연덕스럽게 되묻는 그녀에게 계속 얘기했다.

"하지만 그 귀부인의 본래 정체는 검객이자 첩자라네. 그녀의 일상은 남자나 다름없는 거친 삶 속에 있지. 하지만 놀랍게도 그녀는 귀족의 생활이나 고급스러운 것들을 동경하고 있더군."

"……"

"정말 귀엽지 않나? 검을 쓰는 여자가 사실 다른 인생을 꿈꾸고 있다는 사실이. 나는 그녀가 참 사랑스럽다고 생각한다네."

달타냥은 지그시 입술을 깨물었다. 이미 볼은 붉게 변해있었다.

당연히 내 이야기 속의 주인공은 달타냥이다. 그녀는 탁월한 변장 능력을 갖고 있다. 그래서 때때로 귀부인으로 변해 주변의 도시를 돌아다니며 상류층의 삶을 흉내내곤 했다.

동경했던 모습대로 또 다른 인생을 사는 것이다. 물론 정보 수집을 위한 목적도 있겠지만, 그게 그녀 나름대로의 유희라는 점은 부정할 수 없는 사실이었다.

"어째서 그런 이야기를 제게 하시는 건지 모르겠습니다. 각하."

그녀의 항변에 나는 빙긋 웃으며 대꾸했다.

"뭐, 말에 항상 의도가 있겠는가?"

"크……."

"다만 본인이 말하고 싶은 건 하나라네. 자신의 정체가 들킨 줄도 모르는 애송이가 감히 남을 판단하는 건 참 섣부른 느낌이 아닌가 해서 말일세. 본인은 첩보나 공작 활동에 대해 잘은 모르네. 하지만 그게 바른 자세 같지는 않군."

이제 달타냥의 얼굴은 수습할 수 없을 지경이 돼 있었다. 수치로 그녀의 전신이 파르르 떨린다. 미녀가 반쯤 울 것 같은 표정을 지으니 이건 또 멋진 그림이구나.

나는 그녀의 날카로운 턱을 손가락으로 어루만졌다.

"말보다는 실력을 보였으면 좋겠군. 밤시중이나 드는 여자로 전락하기 싫으면."

일부러 그녀의 상의 단추 두 개를 차례로 풀렀다. 그러자 붕대로 동여맨 하얀 가슴골 일부가 드러났다. 나는 그녀의 젖무덤에 노골적인 시선을 두며 비아냥거렸다.

"본인은 그것도 괜찮긴 하네만."

탁.

달타냥이 내 손을 쳐냈다. 그리고 수치로 엉망이 된 얼굴로 간신히 내뱉는다.

"두고 보십시오. 누구보다 뛰어난 능력을… 크… 보여드릴 테니.

5년 뒤에 제 앞에 무릎 꿇고 제발 계속 있어 달라고… 붙잡게 해드릴… 테니까!"

그 말만 남기고 달타냥은 몸을 돌려 달려가 버렸다. 마지막에 보니 눈가에 눈물이 그렁그렁했다.

"에효."

가볍게 한숨이 나왔다. 달타냥도 아직 리슐리외처럼 애송이다. 내가 과거 기억하던 완성된 영웅과 거리가 멀었다.

현재 자기 위치에 불만을 갖고 투덜대기만 하기에, 일부러 속을 뒤집어준 것이다.

이제 정말 밤낮으로 일하고 최선을 다하겠지. 내가 아는 달타냥의 성격이라면 그러고도 남는다. 나는 그녀가 떠난 곳을 보며 중얼거렸다.

"5년 뒤에 누가 매달리는지 지켜보면 알 걸세."

내 품에 들어온 이상 빠져나갈 길은 없다네, 달타냥.

특히 그대처럼 뛰어난 인재는 절대 안 놔주지.

전장의 정리가 끝난 뒤, 군을 이끌고 바젤 시로 향했다. 제국 남서쪽에선 가장 큰 도시 가운데 하나다. 이 도시는 부유한 곳이었기에, 강경파 마왕인 아뮨데와 페자무트도 파괴하지 않은 곳이다.

강경파 마왕조차 부수기보단 세금을 걷게 하는 곳이 이 바젤 시였다. 이 굴곡 많은 도시가 이번에는 내 손에 들어오게 된 것이다.

"어서 오십시오. 바젤 시는 한마음으로 비텐바이어 백작 각하의 방문을 환영합니다!"

시장을 필두로 도시의 중진들이 마중 나왔다. 뒤로는 시민들도 가득이었다. 마왕에게 압제받던 이들은 같은 인간 군주가 나타나자 무척이나 반색하고 있었다.

아무리 군주란 존재가 종족과 무관하게 다 압제자라지만, 그래도 말이 통하는 인간이 좋겠지. 마왕 아문데 같은 경우는 잔인한 데다가 사고 구조가 달라서 그 뜻을 제대로 헤아리기 쉽지 않았으니까.

"이렇게 모두 맞으러 나와 줘 기쁘군."

나는 말에서 내려 시장을 끌어안았다. 그러자 그는 크게 감격하며 도시 성문의 열쇠를 두 손으로 공손하게 내게 바쳤다.

"바젤 시는 비텐바이어 백작 각하께 신종하겠습니다. 받아주시겠습니까?"

"그대들을 수호하는 이 중임을 기꺼이 받아들이지. 자, 이제 함께 마왕의 군대에 대항해 보세나."

"바젤이 각하의 은덕에 실로 감격할 것이옵니다!"

주변에서 박수가 터졌다. 그러자 백성들이 기쁜 듯 크게 소리치며 꽃가루를 뿌렸다.

"비텐바이어 백작 각하 만세!"

"비텐바이어 백작 각하 만세!"

그때 어여쁜 소녀 하나가 내게 꽃으로 만든 화관을 씌워줬다.

"고맙구나, 얘야."

나는 소녀의 머리를 쓰다듬어주고 슬쩍 금화를 건네줬다. 이후 화관을 쓴 채 바젤 시의 거리를 개선장군처럼 행진했다. 나의 군대 역시 환한 얼굴로 뒤를 따랐다.

도시는 온통 축제 분위기였다. 병사와 시민이 어울려 춤을 추며 술을 마시기 시작했다.

"이런 날도 있구나."

나는 사방에 웃음이 가득한 도시의 모습을 보며 뿌듯한 기분을 감출 수 없었다.

하지만 냉정한 현실 역시 깨달았다. 과거에도 이런 광경은 몇 번이고 봤던 것이다. 그러나 결국 내가 지키고자 했던 아름다운 도시들은 모두 파괴됐다.

아버지는 죽고.

어머니와 아들은 노예로 팔려간다.

끔찍한 광경이었다. 더는 그걸 반복할 수 없었다. 이번에는 달라야 한다. 그래서 나는 시장이 연회를 베풀겠다고 제안해 온 것도 거절하고 바로 작전 회의를 열었다.

"샬츠 대위. 보고하게."

현재 트리어 선제후, 불의 마왕, 물의 마왕이 벌이는 삼파전은 그야말로 삼국지처럼 박진감 넘치는 전황을 연출하고 있었다.

"최근 불의 마왕은 라인 강 서쪽을 헤집으며 마을을 마구잡이로 약탈했습니다. 무려 수레 600개 분량이라고 합니다. 이에 물의 마왕이 약탈품에 정신이 팔린 불의 마왕을 기습했습니다. 그게 어제의 일입니다."

"어떻게 됐나?"

"불시에 당한 불의 마왕은 약탈품을 반을 빼앗기고 병사 2,000여 명을 잃었습니다. 하지만 불리한 상황 속에서도 약탈품 300수레를 챙겨서 그럭저럭 잘 탈출했다고 합니다."

그렇다면 비겼다고 볼 수 있겠다. 어쨌든 양쪽 다 손해를 봤으니.

"트리어 선제후는 물의 마왕과 소규모 접전으로 서로를 찔러보고 있습니다. 또한 트리어 선제후는 분견대 8,000명을 파견해 팔츠 선제후 프리드리히의 모병을 방해하고 있습니다."

이어진 군사회의에서는 일단 상황을 관망하는 걸로 방향을 잡았다. 거물들끼리 좀 더 치고받도록 내버려 두는 게 현명해 보였던 것이다.

하지만 그로부터 닷새 뒤 상황이 완전히 달라져버렸다.

"남은 노예 500명은 린다우 노예시장에 팔겠다."

나는 공공연히 그렇게 선언했다.

"마치 소문이 나라는 것처럼 말씀하시는군요. 각하."

달타냥의 말에 한 번 웃고 말았다. 나는 그대로 채비를 해서 린다우 노예 시장으로 떠날 준비를 했다.

가는 김에 보덴 호에서 중요한 공작을 할 작정이다. 아무리 마왕 아문데가 대단하다고 해도 본진이 탈탈 털리면 정신을 못 차리겠지.

드디어 반격의 때가 온 것이다. 한데 그때 긴급한 소식이 도착했다.

"각하! 각하, 큰일 났습니다!"

파펜하임이 날 찾아 뛰어왔을 때 뭔가 일이 터졌음을 직감했다.

"불의 마왕과 트리어 선제후 쪽에서 일이 터졌습니다!"

"차분히 얘기해 보게."

급보는 불의 마왕 쟈케르가 오늘 새벽에 대패했다는 내용이었다.

"열심히 모은 약탈품을 털린 이후 불의 마왕이 벼르고 있었던 모양입니다. 야음을 틈타 물의 마왕을 공격했는데….'

"사실 대비가 되어 있었고, 함정이었다 그건가?"

"잘 아시는군요?"

"쯧쯧."

나는 혀를 찼다. 정말 물의 마왕 아문데답단 생각이 들었다. 그 고약한 마왕은 언제나 그런 식이니까.

"아마 그 야습 자체도 아문데가 유도했을 게다. 역시 불의 마왕은 힘은 세긴 한데 무식한 대가리가 어떻게 안 되나 보다."

미안하지만 불의 마왕은 물의 마왕의 상대가 아니다. 이번에는 트리어 선제후도 있으니 괜찮겠지 싶었는데 역시나군.

"트리어 선제후는?"

"그쪽은 팔츠 선제후에게 파견해 놨던 분견대가 전멸했습니다."

"이번에도 아문데야?"

"네, 라인 강을 타고 수서 마족들이 내려가 야밤에 진지를 급습했다고 합니다."

"아이구야…."

이제 팔츠 선제후 프리드리히는 견제하던 병력이 사라졌으니 맘 편히 모병하겠구먼.

"제국 서부의 최강자들이 아주 잘하는 꼬라지다."

결국 양진영에서 연락이 왔다. 마왕 쟈케르, 트리어 선제후, 나 이렇게 셋이서 회담을 하자는 것. 거절할 이유가 없어서 응했다. 연락은 미리 주고받은 수정구를 통하면 된다.

- 안녕하십니까? 두 분 전하.

내 인사는 명백히 비꼬는 것이었다. 굴욕을 당한 둘에게 특별히 어감에 힘을 줘 안녕하냐고 물었다.

- 크흠.

- 흠!

둘은 체면이 상한 탓인지 헛기침만 한다. 하지만 내 비아냥은 아직 안 끝났다.

- 어쩌면 그렇게 두 분 다 탈탈 털리셨습니까?

결국 마왕 쟈케르가 발끈한다.

- 이놈! 감히 본왕을 능멸하려는 것이냐!

역시 불같은 성격이었다. 하지만 지금 내겐 웃기지도 않았다.

- 사실이 그렇잖습니까.

- 뭐라!

- 전하께서는 물의 마왕과 한두 번 붙어본 사이도 아닌데 항상 그런 식으로 당하시는군요. 이러니 물의 마왕이 전하를 우습게 아는 겁니다.

- 크…….

마왕 쟈케르는 할 말이 없는지 침통한 신음을 흘린다.

- 제가 바젤 시를 점령한 이후 전황은 유리했습니다. 삼면에서 아문데를 포위하는 형국이 됐으니까요. 한데 이것 참 곤란하지 않겠습니까. 두 분 전하께서 호응해 주지 않으니 말입니다. 싸움도 손발이 맞아야 하는 것인데!

이 노골적인 비난에 둘은 제대로 대꾸하지도 못했다. 패배란 이렇게 무서운 것이다. 이 지체 높은 자들조차 일개 백작에게 혼나는 처지로 될 정도로.

- 백작의 말이 맞다. 하지만 지금은 좀 더 건설적인 얘기를 했으면 좋겠군.

- 알겠습니다.

이 둘이 패하긴 했지만 전황이 뒤집어진 건 아니다. 여전히 우리는 마왕 아문데를 삼면에서 둘러싸고 있다. 팔츠 선제후 프리드리히는 아직 본격적으로 뛰어들지 못한 상황이고. 갈궜으니 대안을 제시해 줘야겠지.

- 사실 방법이 없는 게 아닙니다.

내 말에 둘이 반색했다.

- 그게 정말인가!

- 어서 말해보라. 본왕은 이 패배를 설욕하지 못하면 잠들 수 있는 밤이 오지 않을 테니.

재촉해 오는 기색에 나는 한쪽 입꼬리가 절로 올라갔다. 누군가 내게 매달린다면 이것저것 뜯어내기 좋으니까.

- 두 분 전하도 아시다시피 마왕 아문데가 가장 큰 문제입니다. 전략과 전술에 뛰어난 그 늙은 메두사가 우리를 농락하고 있지요. 하면 가장 먼저 할 일은 그 문젯거리를 치우는 게 아닙니까?

트리어 선제후는 내 말에 미심쩍은 어투로 물어왔다.

- 설마 암살이라도 하자는 건가? 과인이 몰라서 안 하는 게 아니다. 자기 진중에 있는 마왕을 조용히 죽이기란 불가능하다.

나는 죽이는 게 아니라고 대답했다.

- 아문데가 자기 진영을 이탈하게 만들어 보이겠습니다.

내 말을 둘은 믿기 어렵다는 반응이었다.

- 뭐라? 아문데는 지금 점령지를 방어하느라 힘을 쓰고 있는데 어찌 이탈한다는 말인가?

- 본왕 역시 같은 생각이다. 그 탐욕스러운 년이 자기 땅을 버리고 어딜가?

- 그건 제가 처리할 테니 걱정하지 마십시오. 두 분 전하께서는 아문데가 진중을 비우면 그때 적을 쓸어버리면 됩니다. 아문데가 이탈하면 그 많은 군세도 별 볼일 없을 겁니다.

그들은 내가 도대체 어떤 방법을 쓰려는 건지 궁금해했다. 하지만 알려줄 생각은 없었다.

- 어차피 두 분 전하께 나쁜 제안은 아닐 겁니다.

심지어 나는 그들이 미끼를 물도록 담보까지 제시했다.

- 만약 제가 장담한 대로 아문데를 이탈하게 하지 못한다면 두 분 전하를 기만한 대가를 치를 것입니다. 제가 가진 도시인 브라이자흐와 푸라이부르크를 담보로 걸겠습니다.

실패하면 귀중한 도시를 내놓겠다고 하니 둘은 내 말을 가볍게 받아들이지 않았다.

- 반드시 할 수 있습니다. 일의 성취 전에 발설하기 어려워 그러니 믿고 맡겨주십시오. 어차피 실패해도 두 분 전하께 피해가 가는 일은 없을 것입니다.

설득에는 꽤 시간이 걸렸다. 하지만 결국 둘은 내 제안을 받아들였다. 어차피 지금 상황에 뾰족한 해법도 없는 그들이다. 지푸라기라도 잡아보고 싶은 심정이겠지.

- 좋다. 대체 무슨 짓을 하려는 건지는 모르지만 성공하길 바라지.

- 본왕 역시 마찬가지다.

자, 그러면 해결책을 제시했으니 대가를 받아보실까. 원래라면 그냥 내가 먼저 하려고 했던 일이었으나 이 바보 둘이 패하는 바람에 상황이 달라졌다.

지금 그림 자체가 내가 나서서 문제를 처리해 주는 느낌이다. 그러면 당연히 청구서가 따라가야지.

- 제가 말씀드린 부분에 대해서는 목숨을 걸고 지킬 것입니다. 결국 최종적인 승리는 두 분 전하의 차지가 될 것이니 심려하지 마십시오.

나는 듣기 좋은 말로 승리를 약속하고는 대가를 요구했다. 일이 성공한다면 라인 강변에 위치한 슐레트슈타트를 할양에 달라는 것이었다.

- 그곳만 허락해 주시면 이번 전역에서 그 이상 욕심을 내지 않겠습니다.

내 말에 둘은 솔깃한 눈치였다. 사실 나 역시 이번 전역의 강력한 경쟁상대 가운데 하나다. 한데 슐레트슈타트만 주면 알아서 빠지겠다고 하니 기꺼울 수밖에.

- 두 분 전하께서는 황제 폐하의 칙서를 받고 도탄에 빠진 제국 서남부를 구하고자 출병하지 않으시겠습니까. 하니 제가 어찌 함부로 끼어들겠습니까. 하지만 일으킨 병사로 가산을 탕진한지라 도시 하나 정도는 얻고자 하는 마음입니다. 헤아려 주십시오.

- 크흠! 그리 말한다면야.

- 본왕 역시 그 정도는 이해해줄 수 있지.

- 하면 제게 맡겨주십시오. 일주일 안에 해결하겠습니다.

아마 이들은 전혀 모르겠지. 내게 할양하기로 약속한 슐레트슈타트가 큰 폭탄이 될 거란 점을.

마왕 아문데라는 눈앞의 사건을 보고 움직이는 건 분명 중요하다. 하지만 마왕 아문데를 치운 이후에는 어떻게 할 것인지도 고려해야만 한다.

슐레트슈타트는 그때를 위한 지뢰였다.

두 거물과 맺은 밀약을 맺은 뒤 나는 바로 노예 500명을 데리고 린다우로 출발했다. 노예들을 감시할 기병 500명에 보병 500명도 함께였다. 총 1,500명의 인원이었다.

"샬츠 대위. 미리 린다우로 가서 알리게. 비텐바이어 백작이 노예 500명을 팔러 간다고. 도시의 지배자들이 어떻게 나오는지 보자고."

어차피 내가 가고 있다는 걸 알 테지만. 나는 그를 위해 일부러 린다우에 노예를 팔겠다고 떠들어 왔으니까.

"알겠습니다."

노예매매로 부를 이룬 도시 린다우는 총 5명의 거친 용병대장에 의해 관리됐다. 마족이 셋에 인간이 둘로, 종족에 상관없이 자신들의 이득을 위해 똘똘 뭉쳐 있었다.

내가 린다우에 도착하자 수백여 명의 병력을 이끌고 도시의 지배자 중 하나가 마중을 나왔다. 그는 '라모'라는 이름의 마족으로 머리털은 없고 배가 올챙이처럼 튀어나와 있었다.

호화로운 비단으로 몸을 감싼 그는 강력한 마법사다. 도시의 다섯 지배자 중 하나인데, 속은 음흉하지만 겉은 예의바르고 눈치가 빨라

손님을 맡는 역할을 주로 한다.

"비텐바이어 백작 각하. 최근 그 영예로운 이름을 제국에 떨치시고 계심을 소인이 알고 있습니다. 각하께서 미천한 자들의 도시에 와주시니 감읍할 따름입니다."

"하하하. 겸양이 지나치군. 본인은 평소 린다우의 실력자들이 얼마나 대단한 존재인지 알고 있네."

내가 추켜세워 주자 그는 기분이 괜찮은 것 같았다.

"말씀 감사합니다. 하온데 소인이 송구한 말씀 하나만 드리겠습니다. 각하께서 이끌고 온 병력은 각하의 위엄에 어울리나 방침상 도시 외곽에 머물러야 합니다. 그렇게만 해주신다면 저희가 병력들의 식사를 책임지겠습니다."

"이를 말인가. 그리 할 걸세."

저건 당연한 요구다. 병력만 1,000명이다. 이들을 도시 안으로 들였다가 깽판을 치면 어떻게 되겠는가. 내가 까탈스럽게 굴지 않고 순순히 응하자 그의 표정은 밝아졌다.

"관대한 결정 감사드립니다. 물론 호위를 위해 100명의 병사들을 대동하고 도시로 오실 수 있습니다."

"고맙네. 일단 도시 밖에 군막을 치고 병사와 노예를 머물게 할 걸세. 노예상인들은 본인의 군막으로 와 흥정하는 게 어떤가."

"합리적이라 생각됩니다."

나는 이들의 생리와 규칙을 잘 알고 있었다. 우리는 술술 얘기가 잘 됐다. 그래서 그는 흡족한 기색이었다.

"때때로 귀족분들은 도시의 규칙을 무시하려 하거나 고압적인 태도를 보이시죠. 하지만 각하께서는 전혀 그런 점이 없으시니 실로 감탄할 뿐입니다."

감탄했다고 하니 조금 미안한 생각이 들긴 했다. 왜냐하면 나는 이들의 도시를 통째로 태우러 왔기 때문이었다.

라모는 특별히 장대 높이 매달아 자기 도시가 타는 걸 잘 보게 해 줘야지.

"각하. 오늘 각하를 위해 연회를 베풀고자 하오니 초대에 응해주 시겠습니까?"

"고마운 말이로군. 내 기꺼이 응하도록 하지."

그날 밤 바로 연회가 열렸다. 린다우는 제국의 도시답지 않게 이 국적인 기풍의 도시였다. 연회장을 지키는 전사들은 머리 위에 두건 을 말아 올렸고, 무희들은 속이 비치는 반라의 옷을 입고 다녔다. 또 한 사방에 이색적인 향료의 냄새가 코를 찌른다.

내가 연회장에 들어가자 뻐끔뻐끔 물담배를 피며 무희들을 희롱 하던 사내들이 우르르 일어나 반겨왔다.

"비텐바이어 백작 각하!"

"귀하신 분을 뵈어 영광입니다!"

나는 웃으며 인사를 받았다. 한데 그들은 곧 내 옆에 있는 여자에 게 시선을 빼앗겼다.

"각하. 동행하신 분은 대체 누구십니까?"

"참으로 대단한 미녀군요! 제 평생 아름다운 계집은 많이 봤지만 각하의 곁에 있는 분만큼의 미색은 처음입니다."

"부디 소개해 주십시오."

현재 내 옆에는 저들의 눈길을 사로잡고 있는 늘씬한 미녀가 있었 다. 그녀는 이 도시에 어울리는 이국적인 비단옷을 입었다. 환하게 드러난 허리에는 화려한 금제 줄을 둘렀고, 가슴골도 과감히 드러나 있었다.

몰랐는데 제법 풍만했네.

"이 여자 말인가?"

나는 일부러 천박하게 웃으며 그녀의 엉덩이를 때렸다.

찰싹!

조신하게 있던 여자가 움찔하더니 나를 죽일 듯 쏘아보고는 다시 고개를 숙였다. 부들부들 떨리는 걸 억지로 참고 있는 게 보였다.

"루에라는 이름을 가진 아이지. 본디 귀한 신분이나 아비가 내게 빚을 져서 팔려왔다네. 아직 하룻밤도 보내지 않은 처녀라네."

"오오!"

주변에서 탄성이 터졌다. 역시 귀족집에서 팔려온 처녀라는 클리셰는 노예상인들을 달아오르게 하는 게 있는 모양이었다.

"내 이 아이를 데려온 이유는 간단하다네. 자네들에게 우정의 징표로 선물하고 싶어서야."

내 말에 연회장의 사내들이 들썩이며 기뻐했다.

"오늘 자네들의 대접을 기대하고 있다네. 가장 즐거움을 준 자에게 이 아이를 선물로 주지."

이 약속에 주변이 시끌벅적해지며 연회장의 분위기가 한껏 달아올랐다. 나는 드러난 루에의 허리를 감싸 안고는 자리로 향했다. 맨살이 닿자 가늘게 떠는 게 느껴졌다. 그녀는 내 귓가에 남몰래 속삭여왔다.

"아무리 임무라지만 심하신 거 아닌가요? 각하."

"더 투덜거리면 가슴을 주물러 버리겠다. 닥치도록."

"윽!"

루에의 정체는 달타냥이었다. 평소의 남장을 버리고 여자 본연의 모습을 하자 정말 놀랄 만큼 아름다웠다. 나도 처음 보는 모습이라 깜짝 놀라서 한참 넋을 놨을 정도다. 수많은 여자 노예들을 취급했던 노예상들도 감탄시켰으니 말 다했다.

그녀는 내 곁에서 억지로 웃으면서 술을 따라왔다. 나는 달타냥을 끌어안고 속삭였다.

"저길 봐라."

최근 달타냥과 한 번 투닥거린 이후로 그냥 편하게 하대하는 식으로 말투를 바꿨다.

"저 자가 도시의 지배자 중 우두머리인 이븐이란 자다. 너를 저 자에게 보낼 작정이다."

"만약 저 개새끼가 제 몸 한 곳이라도 멋대로 주물러댄다면 이 광대 같은 짓도 끝입니다. 으득."

달타냥은 겉으로는 내게 아양을 떨면서 이를 갈고 있었다. 무섭다. 내 입에 과일을 넣어주면서도 은은한 살기를 뿜어내고 있어.

"딱히 참을 필요 없으니 걱정 마. 침실로 가자마자 죽여 버려. 네가 저 이븐의 목을 따는 순간, 이 도시를 쓸어버릴 작정이니까."

참고로 내가 데려온 노예 500명의 이마에는 노예 낙인이 없었다. 즉, 발렌슈타인과 전투에서 사로잡은 자들이 아니란 거다.

그렇다면 노예라고 데려온 자들은 누굴까?

"각하께선 처음부터 린다우를 속일 작정이셨군요. 정말 교활하십니다."

"칭찬으로 알지. 그나저나 달타냥. 아까 엉덩이 감촉이 정말 근사하더군. 한 번 더 만져 봐도 되겠느냐?"

"좋습니다. 어디 해보십시오. 각하의 남성을 잘라버릴 테니까."

암사자처럼 으르렁대는 달타냥의 태도에 나는 황급히 다리를 오므렸다. 하지만 한소리 들었더니 화딱지가 나서 달타냥을 더욱 품에 끌어안았다.

"흐응!"

그것마저는 어찌지 못하고 달타냥이 갸냘픈 신음을 흘렸다. 하지만 곧 자기 입에서 그런 소리가 나왔다는 게 믿기 힘든 듯 화들짝 놀란다. 나는 가식적인 애교를 부리는 그녀를 품에서 희롱하며 주변의 유력자들과 대화를 나눴다.

"혹시 파탈레 몬스트룸이란 여마법사를 알고 있는 자가 있나? 내 그녀에게 볼 일이 있는데 린다우로 향한다고 들었네."

이 물음에 주변 반응이 재밌었다. 설마 내 입에서 파탈레 몬스트룸이 나올 줄 몰랐다는 느낌이었다.

"아이쿠."

내가 도시에 도착했을 때 맞아줬던 올챙이배 마법사 라모가 손바닥으로 자기 이마를 때렸다.

"각하. 각하께선 그 마법사와 어떤 관계십니까?"

흠, 여기선 어떻게 대답해야 할까?

눈치를 보니까 뭔가 골치 아프다는 기색이 느껴졌다. 사실 파탈레 몬스트룸은 사고뭉치다. 그 성격이 어디서 왔는지 늘 궁금했는데, 이번에 불의 마왕의 딸이란 점을 알게 되고는 엄청 납득하고 있었다.

아마 린다우에서도 주변의 신망보다는 원망을 샀을 확률이 높다. 그래서 적당한 답을 골라 대답했다.

"그년이 내 돈을 떼먹고 튀었네. 찾고 있으니 아는 게 있으면 말해주게."

"역시 그렇죠!"

라모가 두 주먹을 불끈 쥐고 동의한다. 아무래도 파탈레 몬스트룸은 여기서도 사고를 친 것 같다. 그녀의 지인이나 친우라고 대답하지 않길 잘했다.

"쓴웃음을 짓는 자가 여럿이군. 다들 아는 것 같은데 얘기를 들려주게나."

"네네, 물론 각하께 말씀드려야지요. 아 글쎄, 그년이 사흘 전에 제 연구실을 통째로 날려버리지 않았습니까요!"

사연인즉, 파탈레 몬스트룸은 린다우에서 지내다가 뜬금없이 라모를 찾아왔다고 한다.

"세상에, 그렇게 무례한 여자는 처음이었습니다. 다짜고짜 값비싼 마법 시약들을 내놓으라는 거 아니겠습니까?"

"구매한다고 그런 건가?"

"아닙니다! 칼만 안 들었지 완전 강도였습니다. 마치 지가 왕후장상이라도 되는 것처럼 고압적인 태도더군요! 허허! 참!"

아무래도 세상물정을 모르는 공주님이 평소 궁전에서 하던 대로 했던 모양이다.

"그래서 어찌되었나?"

"대판 싸움이 났습죠. 곧장 그 무례한 여자를 징치하려고 했는데… 아, 글쎄 보통 년이 아닌 겁니다. 제가 전력을 다해 겨우 쫓아버렸지만 그 과정에서 연구실이 통째로 날아가 버렸습니다. 이년이 다시 보이기만 하면 성노예로 만들어 오크들에게 팔아버릴 작정입니다요.”

정말 분한 듯 라모는 이를 박박 갈았다. 그의 입장에선 날벼락이었겠지. 그건 그렇고 명불허전이구나. 저 라모는 이 도시의 터줏대감이나 다름없는 강력한 마법사다.

한데 이제 막 세상에 나온 파탈레 몬스트룸이 비등하게 싸우다니. 역시 언젠가 영입해야할 인재란 생각이 다시 들었다. 린다우를 떠나버렸다니 한동안은 어쩔 수 없겠지만.

“그렇군. 우리가 그년에게 볼일이 있는 건 같으니 후일 찾거든 연락 주게.”

“예예, 이를 말입니까. 각하.”

그때 근처에 있던 이 도시 최고의 실력자 이븐이 박수를 한 번 쳤다.

“자자, 본격적으로 연회를 즐겨봅시다.”

그는 아름다운 무희들을 불러들이며 내게 술을 권했다.

“모쪼록 각하께서도 즐겨주시길 바랍니다.”

확실히 헐벗은 미녀들의 춤사위는 볼만 했다. 하지만 나는 겉으로만 연회를 즐기고 있었다.

볼거리와 호화로운 음식이 넘쳐났다. 여기저기서 남녀가 난잡하게 엉켜 붙는다. 다들 미녀를 품에 끼고는 엉덩이고 가슴을 맘대로 주물러댔다.

“각하, 한 잔 받으시지요!”

“저도 올리겠습니다!”

흥청망청한 연회였다. 그리고 그런 연회도 끝나갈 때쯤 나는 일어나 잔을 들었다.

"오늘 멋진 볼거리를 제공해준 그대들에게 감사하지!"

박수가 터지면 참석자들이 잔을 위로 들어올렸다.

"위하여!"

"위하여!"

같이 건배를 한 뒤 나는 달타냥을 도시 최고의 실력자인 이븐에게 주겠다고 선언했다.

"그의 광대들이 보여준 서커스는 저 동방에서만 볼 수 있는 진귀한 것이었네. 하여 루에를 이븐에게 선물하지."

이븐의 얼굴에 함지박만한 미소가 지어졌다. 다들 아쉬워했지만 최고 실력자에게 여자가 가자 크게 불만은 없는 듯했다. 몇몇은 그럴 줄 알았다는 표정이었다.

"이븐."

"네, 각하."

"바로 그녀를 데려가게. 이런 사랑스러운 소녀를 기다리게 해서는 안 되네."

"이를 말입니까."

"부디 내일 아침에 그녀의 젖무덤을 헤맨 무용담을 들려주면 좋겠군."

"와하하하하!"

이븐은 승자처럼 당당하게 와서 달타냥을 공주님 안기로 안았다. 성난 숫소처럼 콧김을 내뿜고 있었다.

"꺄앗!"

달타냥은 믿을 수 없을 정도로 가녀리고 귀여운 목소리를 냈다. 기가 막히군. 저 여자도 연기에 들어가니까 아주 감쪽같네. 역시 최고의 첩자라 그건가.

"자, 제군들! 나는 오늘 밤 멋진 깃발을 누구도 발 딛지 못한 순백의 대지 위해 꽂을 것이오. 그리고 그곳에는 그저 한 줄기의 선혈만이 증거로 남겠지!"

이븐은 시적인 말을 던지고 떠나자 왁자지껄한 소음과 함께 박수가 터진다.

"와하하하!"

"정말 부럽군!"

나는 떠들고 있는 그들에게 한 번 박수를 쳤다. 그러자 모두가 주목한다.

"아직 내 용건이 남았다네. 그대들에게 해주고 싶은 재밌는 얘기가 있는데 들어주겠나?"

술자리에 재밌는 이야기라니 거절할 이유가 없다. 특히 내 이야기는 기분을 맞춰주기 위해서라도 들어주겠지.

"물론입니다!"

"말씀하십시오! 각하! 소인이 이년 엉덩이를 베고 경청할 준비를 끝냈습니다! 하하핫!"

나는 그들에게 즉석해서 지어낸 이야기를 시작했다.

"자네들은 내가 최근 열렬한 성공가도를 달리고 있는 것을 알 것이야. 그래서 다들 내게 묻는다네. 어떻게 그리 성공했습니까? 어떻게 그리 강해졌습니까? 정말 많은 사람들이 궁금해졌지. 나는 항상 그 비밀을 감춰왔지만, 오늘 기분이 좋아 여기서 털어놓고자 한다네."

대번에 연회장의 공기가 변해버렸다. 엎드린 여자의 엉덩이를 베고 있던 자도 벌떡 일어났다. 그의 표정을 한없이 진지하다. 다른 이들도 마찬가지였다.

방금까지만 해도 옆에 끼고 연신 주물럭거리던 무희들을 밀어서 치워버린다. 힘과 능력의 비밀이란 여자보다 훨씬 중요한 것이었다.

힘만 있으면 난세에 미녀는 얼마든지 빼앗을 수 있다.

"정말이십니까?"

누군가의 물음에 나는 크게 고개를 끄덕였다.

"물론이네. 5년 전의 일이었네. 나는 베른의 한 산지를 탐험하고 있었지. 하지만 그만 무서운 와이번들을 만나고 말았네. 시종들은 모두 죽고 나 혼자 남았지. 하지만 그마저도 간당간당한 목숨이었어."

이미 다들 말 한마디 안 하고 집중하고 있었다.

"놈의 잔혹한 발톱이 날 낚아채려는 그 순간!"

"오오!"

"나는 절벽 아래로 떨어졌던 거야. 그리고 기연을 만났지. 절벽에 보이지 않던 동굴이 하나 있더군."

소설에 자주 나오는 정말 뻔한 이야기였지만 여기서는 꽤 참신했나 보다. 다들 눈이 초롱초롱하다.

"본인은 거기서 엄청난 힘이 담긴 마법의 오브를 얻었네. 그걸 흡수한 이후 성공가도를 달리는 중일세. 한데 말이야. 그때 얻은 보물 중에 아직 갖고 있는 게 있어."

"정말이십니까!"

"그렇다네. 내 자네들에게 거짓말 하는 사람은 아니잖은가?"

"물론입니다."

날 얼마나 안다고 고개를 끄덕여. 멍텅구리 같으니라고.

"내 오늘 그때 얻은 진귀한 마법 물품을 오늘 갖고 왔다네. 자네들에게 보여주고자!"

"와아아아!"

환호가 터졌다. 내가 밖에 외치자 부하들이 커다란 상자를 안으로 갖고 들어왔다. 나는 그들에게 수고했다 말하며 속삭였다.

"최대한 멀리 떨어져있도록."

부하들이 나가자 나는 상자 주위를 돌며 주변의 관심을 끌어올렸다.

"여기 무엇이 들었을 것 같나? 맞추는 자에게는 오늘 이 물건을 선물해 주겠네! 어떤가!"

반응은 열광적이었다. 진귀한 마법 물품인데 공짜란다. 너도나도 외치기 시작했다.

"전설의 검입니까!"

"드래곤 하트가 틀림없습니다!"

"봉인된 정령이오! 그것도 매우 아름다운!"

"강력한 마법서임이 확실하오!"

하지만 그 중에 정답은 없었다. 나는 상자로부터 물러나서는 고개를 가로저었다.

"모두 틀렸네."

"그러면 무엇입니까!"

"지금부터 보여주지."

딱!

손가락을 튕기자 작은 불길이 일어났다. 손바닥 위에서 도깨비불처럼 넘실거리는 그것을 나는 입으로 훅 불었다. 그러자 불꽃이 상자로 쏘아졌다.

"무슨?"

누군가 그런 의문을 품는 순간 모든 게 엉망이 됐다.

콰아아아아아앙!

대폭발이 일어났다.

폭음과 함께 세상천지가 빙글빙글 돈다. 나는 폭발에 휘말려 데굴데굴 굴러갔다. 연회장에 있던 모두가 이 폭발에 집어삼켜졌다.

처음부터 상자에 보물 따위는 없었다. 엄청난 화약만이 들어있었을 뿐이다. 그리고 그게 터지자 모여있던 도시의 유력자들은 그야말로 갈기갈기 찢어져버렸다.

"끄응…."

무너진 건물 사이에 껴있던 나는 간신히 빠져나와 몸을 털었다. 마력 방패 덕에 무사했지만 하마터면 죽을 뻔했다. 역시 이런 대폭발은 위험하다니까.

주변을 보자 잘린 팔다리와 신체 부위만이 널려있었다. 나는 그들을 보며 안타까움을 느꼈다.

"답은 화약이라네. 이런, 친절하게 알려주고 싶어도 들을 이가 없구먼. 이건 누구 팔인가?"

근처에 떨어져 있던 팔 하나를 주위 살펴보다 영 알 수가 없어 도로 내려놓았다. 그때 작은 신음 소리가 들려왔다.

"네놈… 이 미친… 대체 무슨 짓을…."

돌아보니 라모였다. 그는 아직 숨이 붙어있었다.

"오! 라모. 살아있었는가. 잘 됐군!"

"어째서 이런… 잔혹한 짓을……."

라모의 물음에 나는 고개를 갸웃거렸다.

"이상한 걸 묻는군. 자네는."

"뭐라?"

"자네들이 잔혹하게 노예를 사고 파는 거랑 다르지 않다네. 그저 이득이 되니까 하는 거 아닌가?"

"이런 악마…."

"자네는 일이란 것에 대해 이해해 줄 거라 기대했네만 그리 말하니 섭섭하군. 그래도 내 자비를 베품세. 원래는 자네를 장대에 매달려 했지만 바로 죽여주지."

나는 옆에 있던 부서진 벽돌을 주워 라모의 이마를 내리찍었다.

퍽!

뇌수가 사방으로 튀었다. 그는 그렇게 허망하게 머리가 터져 죽었다. 이걸로 위협적인 마법사를 해결했으니 거칠 게 없었다.

나는 미리 폭발의 범위에서 피해있던 병사들과 합류해 성문으로 향했다. 그리고 성문을 지키는 자들을 단번에 쓸어버렸다.

"으아악! 뭐야 이놈들!"

기습을 당한 그들은 별다른 반항도 못하고 사방으로 흩어졌다. 나는 도개교를 고정한 사슬을 단 칼에 잘라버렸다.

촤르르륵! 콰앙!

사슬이 풀리며 해자 위로 도개교가 내려간다. 신호를 보내자 이미 대기하고 있던 내 병사들이 우르르 몰려왔다. 나는 그들에게 우렁차게 외쳤다.

"모조리 죽여라! 노예들은 해방하고 같이 싸우게 선동한다! 가라! 이 죄악의 도시를 불로 정화하라!"

"와아아아아아!"

내 병사들은 탐욕스러움을 감추지 않고 도시로 몰려갔다. 불시에 승냥이 같은 용병들이 성으로 들어오자 도시는 아무 것도 할 수 없었다.

그저 자신의 모든 걸 내어줘야만 했다. 내 명령대로 병사들이 노예를 해방하자, 그간 압제받던 그들은 울분을 터뜨리며 날뛰었다.

"죽여라! 주인들을 죽이고 재산을 뺏어!"

"당한 만큼 돌려주자!"

이 도시의 다수는 노예들이다. 그들이 폭도로 변하자 그야말로 파도처럼 모든 걸 쓸어버린다. 노예들은 주인의 머리를 잘라 장대 끝에 꽂고 다녔다. 그리고 주인의 금고를 털어 값진 것들을 챙겼다.

도시가 갑자기 지옥도로 변했다.

"자, 나도 좀 챙겨볼까."

이 도시에 대단한 보물이 하나 숨겨져 있다. 바로 제국 12대 명검 중 하나인 '물리에르 인제누아'다. 나는 도시의 중앙에 세워진 멋진 동상을 향해 나아갔다. 린다우를 만든 위대한 노예상인의 동상이었다.

"개새끼를 아주 그럴싸하게 만들어 놨구먼."

혀를 찬 나는 류블라냐를 소환했다. 그리고 크게 휘둘러 동상을 베어버렸다.

쿠웅!

청동 동상의 허리가 잘려 뒤로 넘어갔다. 그리고 나는 동상 안 쪽의 빈 공간에서 숨겨진 검을 찾아냈다.

"빙고."

이것은 류블라냐와 같은 제국 12대 명검에 드는 명품으로, 세월의 흔적이 전혀 느껴지지 않은 유려한 모습의 한손검이다.

물리에르 인제누아(Mulier Ingenua)란 이름은 현숙한 아내란 뜻이다. 검을 아나나 여인으로 취급하는 검객다운 작명이었다. 나는 검을 들고 주변에 있는 분수대에 앉아 느긋하게 주변을 구경했다.

도시에는 불길과 비명이 가득하다. 도망가던 주인이 머리를 잡혀 땅에 패대기 쳐 진다. 그리고 잔혹한 린치가 가해졌다. 아비규환이었다. 나는 손끝으로 분수대의 물을 튕기며 느긋하게 그걸 구경했다.

"이런 곳에서 신선놀음이십니까?"

누군가 내게 말을 걸어 돌아보니, 피를 뒤집어 쓴 미녀가 그곳에 있었다. 달타냥이었다. 그녀는 잘린 이븐의 머리를 들고 있었다.

"침대에 가자마자 처리했죠. 정말 간단했답니다."

달타냥은 내 발 앞에 잘린 머리를 던졌다. 나는 자리에서 일어나 그녀에게 손수건을 내밀었다. 아름다운 얼굴에 피가 잔뜩 튀어 있었다.

"예쁜 얼굴이 엉망이잖나."

"고맙습니다. 각하."

달타냥은 받은 손수건으로 피 대신 입술에 칠한 연지를 닦아냈다. 얼굴에 튄 피는 그냥 내버려 둔 채 손수건을 돌려준다.

"제겐 화장품보다 적의 피가 더 어울립니다."

내가 예쁜 얼굴이라 하는 것에 대한 질책이었다. 나는 정말 못 말리겠다는 생각이 들어 웃고 말았다.

"그게 네 매력인 것을 뭘 바라겠나."

마법 지퍼에서 보관하고 있던 그녀의 장비를 꺼내줬다. 그러자 달타냥이 내 앞에서 이국의 아름다운 옷을 망설임 없이 벗어 던진다.

생각보다 부풀어 오른 가슴과 탄력 넘치는 허벅지가 훤하게 드러났다.

하지만 달타냥은 피에 흥분한 건지, 전라를 드러내고도 전혀 부끄러워하지 않았다.

불타는 도시를 배경으로 피에 젖은 미녀의 하얀 나신은 황홀할 정도로 아름다웠다. 나는 결국 참지 못하고 감탄사를 터뜨렸다.

"오늘 이 도시를 태우길 정말 잘했군!"

이제 도시의 깊은 곳에 감춰진 봉인지로 향할 차례였다. 보덴 호 옆에 왜 이 도시가 있는지 그 진실을 아는 자는 없다. 그리고 린다우가 사실 마왕 아뮨데에 의해 인위적으로 조성한 도시라는 걸 아는 이도 없다.

마왕 아뮨데는 이곳에 괜히 도시를 세운 게 아니다. 오래 전, 자신이 봉인했던 존재의 흔적을 가리기 위해 도시를 만든 것이다.

그리고 그건 성공적이었다.

내가 오기 전까진 말이지.

6. 무조건 페자무트가 나쁜 걸

도시에 쌓인 부는 엄청났다.

병사들을 풀어서 긁어모은 재산만 무려 300만 플로린이었다. 그 외의 약탈품을 싣기 위해 도시의 수레를 모두 긁어 모아야했다.

"이놈들 진짜 많이도 모아놨구나."

도시의 지배자 5명의 재산은 모두 내가 차지했다.

"남 줄지도 모르고 아등바등 모았으니 인생이 참 허무하지 않나? 이븐."

나는 어젯밤 달타냥이 가져다 준 도시의 우두머리인 이븐의 머리에 물었다. 하지만 그는 눈을 감고 대답이 없었다.

"자네는 영 재미없는 남자로군."

어쩔 수 없이 근처 개에게 던져주자 놈이 물고 어디론가 사라져 버렸다.

"그래도 길가의 개새끼는 반겨주니 영 헛 살지는 않았네, 그려."

도시의 지배자들의 재산 외에는 병사와 노예들이 약탈하게 내버려뒀다. 기회가 될 때 그들도 한몫 챙기게 해준 것이다.

"노예들이 약탈한 재산을 갖고 떠나고자 청합니다."

"허가한다."

내가 제지하지 않자 달타냥은 의외라는 반응이었다.

"왜?"

"아니, 탐욕스러운 각하께선 어린 노예 손에 쥔 어미의 구리반지까지 수탈하실 거라 생각해서…."

대체 평소에 날 뭘로 보고 있는 거야.

"상대가 귀족이라면 그렇게 했겠지. 하지만 노예가 아니더냐. 그들이 겪었던 분노와 원한을 이해하기 때문에 보내주는 것이다."

"그렇습니까. 어쩐지 각하를 좀 알 것 같단 생각도 드는군요."

"그래?"

"각하의 몇 안 되는 장점이라고 할까요? 강자에겐 강하고 약자에겐 약하시더군요. 보통은 반대인데 말입니다."

생각해 보니 그렇네. 그냥 반골 기질이 아닐까.

"성격이 꼬인 거라 그럴 뿐이다."

내 변명에 달타냥이 살짝 웃는다. 어째 이번 일을 겪고 날 대하는 태도가 조금 부드러워진 것 같았다. 나는 그녀의 흘러내린 앞머리를 쓸어줬다.

"그래, 웃거라. 웃으니 꽃 같구나."

"윽!"

달타냥이 썩은 표정이 되기에 얼른 일처리를 하라고 쫓아냈다. 옆에 뒀다가는 자길 또 여자 취급했다고 잔소리를 할 것 같았기 때문이었다.

"물론 노예들을 보내준다고 했지만 아예 손 놓고 있겠단 건 아니지."

장사할 기회가 오면 놓치지 않는 게 좋다. 나는 떠날 준비를 하고 있는 노예 무리 앞에 나섰다.

"잠시 내 이야기를 들어다오!"

일제히 시선이 쏠렸다. 그들은 내가 누군지 들어 알고 있었다. 대부분 내가 새로운 주인이 될까 걱정하는 분위기였다.

"그대들은 어젯밤 스스로 자유를 얻었다. 비텐바이어 백작이 인정하노라."

노예들은 내 말에 반색하며 안도하는 표정이 됐다.

"고향이 있는 자는 돌아가도 좋다. 하지만 돌아갈 곳이 없는 자는 내 제안을 귀담아 들어다오. 만약 그대들이 본인의 영지인 비텐바이어에 정착하겠다면 두 팔을 들고 환영하겠다!"

이 제안에 그들은 뭔가 함정이 있나 두려워하면서도 혹하는 기색이었다.

"병사들을 동원해 가는 길을 보호해주겠다. 그대들은 잘 생각해보라. 이대로 재산을 갖고 분분히 흩어지면 어찌될지를! 각지에 창궐하는 도적들에게 목숨을 잃거나 탐욕스러운 영주에게 붙들릴 게 뻔하다. 미안하지만 그대들은 힘없는 착취의 대상일 뿐이다."

모두 자신들의 처지가 얼마나 불안한지 알고 있는 터라 울적한 얼굴이 됐다.

"하지만 내 영지에 정착하겠다고 약속하면 자유민으로서의 권리를 보장하며 5년간 세금을 면제해 주겠다!"

이 제안에 노예들은 꽤나 매력을 느끼는 것 같았다. 그때 한 노인이 손을 들고 묻는다.

"각하께 묻고 싶은 게 있습니다. 무식한 노인의 무례를 용서하소서. 그 제안에 관심이 절로 동합니다만, 혹시 저희를 잡아가기 위한 함정이면 어떻게 합니까?"

그 말에 달타냥이 빽 소리를 지른다.

"무례한 놈! 감히 각하께 무슨 말이냐!"

달타냥의 일갈에 노인은 놀라서 움찔한다. 그래서 나는 달타냥을 말린 뒤 웃는 낯으로 노인에게 다가갔다. 그러자 노예들이 좌우로 갈라졌다. 노인은 두려운 듯 다리를 떨며 간신히 서있었다. 그때 노인의 앞을 작은 아이가 막아섰다.

"우리 할아버지를 혼내지 마세요!

6살이나 되었을까? 아직 아무 것도 모를 나이였다. 나는 이 귀여운 아이를 품에 안고는 달랬다.

"그럴 리가 있겠느냐. 걱정하지 말거라."

나는 아이를 노인의 품에 돌려준 뒤 말했다.

"노인장. 걱정은 이해한다. 하지만 그대들을 노예로 잡고 싶었으면 간밤에 얼마든지 할 수 있었다. 자, 주변을 보라. 내게는 훈련받은 병사들이 저리 많다. 하지만 그 누구도 그대들에게 창검을 겨두고 족쇄를 찰 것을 강요하지 않는다."

그러자 노인은 안심하는 표정이 됐다.

"손자인가?"

"네, 아들 내외는 얼마 전에 질병으로 죽었습죠. 이 아이가 유일한 희망입니다."

"똑똑해 보이는군. 내 약속하지. 그대의 손자는 노예로 자라지 않을 것이다. 내 관청에서 글을 가르쳐 주겠다. 후일 서기로 뽑을 것을 약속해주지."

그 말에 노인은 크게 감격해서는 눈물을 왈칵 쏟아냈다. 하나뿐인 손자의 미래를 약속 받았기 때문이었다.

"고귀하신 분. 참으로 그 은혜가… 크흑…."

노인이 무릎 꿇고 발등에 입을 맞추려 하자 나는 고개를 저으며 말렸다.

"그대는 이제 노예가 아니네. 이런 과례는 필요 없어. 내 영지의 자유민으로 오겠다면 기꺼이 받아들이겠네."

"감사합니다. 감사합니다."

노인이 연신 허리를 숙이며 감사를 표했다. 그리고 이 모습 때문에 분위기가 완전히 달라졌다. 누가 봐도 지금 내 모습은 인정 많은 군주였기 때문이다.

역시 돼지 새끼들 다루는 게 이렇게 쉽군. 아니, 돼지라고 하긴 너무 말라깽이들이다. 참으로 쓸모없는 놈들이 아닌가.

내 영지에서 한 5년은 배불리 처먹게 해줘야겠다. 그래야 앞으로 세금도 잘 내는 돈줄이 되겠지. 기왕이면 밭도 나눠줘서 새끼 돼지도 쑴풍쑴풍 낳게 해야겠군.

"자! 어떤가! 나의 영지로 와 자유를 누리지 않겠나! 비텐바이어의 규칙을 따르겠다고 하면 무엇이든 허락하겠다! 그리고 너희 자식은 너희와 같지 않을 것이다! 능력이 있는 아이는 내 군인과 관료가 될 거라 약속하겠다!"

쩌렁쩌렁 내 목소리가 울리던 그때 누군가 외쳤다.

"비텐바이어 백작 만세!"

그 말이 신호였다. 사방에서 만세가 터져 나왔다. 그리고 수천의 노예들이 일제히 내 앞에 엎드려 조아렸다. 우르르 숙이는 게 흡사 거대한 물결이 치는 것 같았다.

"비텐바이어 백작 만세! 와아아아아!"

노예들은 무릎 꿇은 채 양손을 머리 위로 올리며 열광했다. 나는 환하게 웃으며 주변의 노예들을 하나씩 껴안아줬다. 귀한 내 비단 옷에 더러움이 묻었지만 개의치 않았다.

"이제 모두 사람답게 살 것이다. 마족이라고 해도 환영하겠다."

내가 다정하게 말하자 노예들은 그간의 서러움이 폭발하는 듯 울음을 터뜨리는 자가 많았다.

"흐으윽! 각하!"

"이제 저희가 각하를 어버이처럼 따르겠습니다! 흑윽!"

사방에서 뻗어온 손이 내 팔을 붙잡는다. 말라 비틀어져 힘이 하나도 없는 손길이었다.

"걱정말라. 이제 굶주림도 학대도 없다."

주변이 완전 울음바다가 돼버렸다.

"흐으윽! 흑흑!"

어쩌면 이럴 수 있나. 그간 이 노예들에게 따뜻한 말 한 마디 해준 주인이 없었단 말인가.

약탈한 재산을 소중히 끌어안고 비텐바이어로 향하겠다고 한 이가 무려 8,000명이었다. 나는 병사 1,500명에게 그들을 호위하게 했다.

"8할이 각하에게 의탁해 왔습니다. 나머지는 돌아갈 곳이 있다고 합니다."

달타냥의 보고에 나는 흐뭇해졌다. 백성이 늘어난다는 건 기쁜 일이다.

"달타냥. 전군을 지휘해서 책임지고 저들을 안전히 데려가도록. 이후 리슐리외에게 맡기면 잘 처리해 줄 것이다."

"알겠습니다. 각하."

고개를 끄덕인 달타냥은 그대로 떠나지 않고 뭔가 말하려는 듯 머뭇거렸다. 그러다 작은 목소리로 입을 열었다.

"각하."

"응?"

"솔직히… 좀 다시 봤습니다."

아무래도 노예들에게 관대한 처사가 그녀의 마음에 들었던 모양이다.

"좋게 봐줘서 고맙군. 이번에 힘든 일을 시켜 미안하다."

"아닙니다. 각하."

"달타냥. 그대는 충분히 능력을 보여주었어. 앞으로도 기대하겠다."

"감사합니다."

나는 그녀를 격려한 뒤 마법지퍼에서 검을 하나 꺼내 내밀었다.

"이건?"

"받아라. 제국 12대 명검 가운데 하나인 물리에르 인제누아다. 너라면 이 검에 충분히 어울리겠지."

그녀는 깜짝 놀란 표정이 됐다. 드물게 여자처럼 입을 손으로 가리고 눈이 동그래졌다.

“이런 귀한 걸!”

“본인은 능력있는 부하에게는 인색하지 않다. 받아다오. 아니, 내 직접 채워주지.”

나는 달타냥의 허리의 소드벨트를 풀러낸 뒤 직접 물리에르 인제 누아를 매달아줬다.

“하윽!”

그러자 달타냥이 볼을 붉히며 불안한 듯 허벅지를 움츠린다.

“왜 그러나?”

“아니. 소드벨트긴 합니다만… 벨트를 풀어내니 남자가 제 바지를 벗겨내려는 것 같아서 부끄러워서…….”

“허허, 간밤에 황홀한 나체를 보여줬으면서…. 으악!”

달타냥이 갑자기 내 눈을 손가락으로 찔러왔다.

“그런 건 잊어버리십시오!”

“지금 실명할 뻔했거든! 이 못된 년이! 볼기를 때려버릴까 보다!”

결국 한참 다시 티격태격했다. 아무래도 이 녀석과는 그럴 수밖에 없는 관계인 것 같았다. 그래도 허리춤에 찬 명검이 잘 어울렸다. 어차피 난 류블라냐가 있어 필요 없는 물건이었다.

“활약을 기대하마.”

“…제 나체가 어쩌고저쩌고 하신 주제에 이제 와서 군주답게 폼 잡지 마십시오.”

“크흠!”

헛기침을 하자 달타냥이 내 가슴을 툭 때리며 중얼거린다.

“그래도 이걸로 제 엉덩이에 필요 이상의 관심을 보인 점, 용서해 드리겠습니다.”

"아이 참, 그거 고맙군. 아직 눈이 얼얼하네만."

내 불평에 그녀는 환하게 웃으며 돌아섰다.

"주신 검 소중히 하겠습니다!"

바스토뉴에서 만난 이래 처음으로 보는 해맑은 웃음이었다. 정말 기쁜 표정인 게 역시 검객은 검객이구나 싶었다. 그녀는 그대로 뛰어갔다. 나는 그녀의 뒷모습을 배웅하며 중얼거렸다.

"이걸로 좀 친해졌으려나."

모두가 떠나고 텅 빈 도시에 나 혼자 남았다. 보는 눈이 사라지자 충실한 수하들을 불러들였다.

"병사로 온 죽음의 투사들이여, 그대들의 주인 앞에 진을 짜라!"

먼저 데이워커 50마리를 소환했다. 그리고 여태 한 번도 다뤄본 적 없는 존재를 불러냈다.

이번에는 평소와 상당히 달랐다.

꽈직. 철푸덕!

사방에 있던 시체들이 뭉치더니, 살과 뼈가 재조합되어 새로운 무언가가 만들어지고 있었다. 그리고 웅장한 포효와 함께 어둠의 마수 20마리가 깨어났다.

"크르르릉!"

언데드 라마수 20마리였다. 라마수는 대단히 강력한 몬스터로 황소의 몸, 독수리의 날개, 사람의 얼굴을 가진 존재다. 나의 힘으로도 최대 20마리를 부리는 게 한계였다.

1마리의 언데드 라마수를 위해 시체 50구가 소모되어야 했다. 주변에 널린 시체가 아니었다면 만들 엄두도 내지 못했을 거다.

"대단하군!"

녀석들의 웅장한 자태를 보니 소환하길 잘했다는 생각이 들었다. 체고가 3미터나 되는 놈 20마리가 날 둘러싸자, 누가와도 두렵지 않단 느낌이었다.

하지만 전투를 위해 불러낸 건 아니다. 중장비의 느낌이랄까. 나는 라마수들을 시켜서 건물 하나를 허물고 단단한 바닥을 파도록 했다.

"여기쯤이겠군. 이 돌바닥을 부숴라."

봉인지의 위치를 잘 기억하고 있었기에 입구를 뚫을 지점을 찾는 건 어렵지 않았다. 작업은 순조롭게 진행됐다. 그런데 그때 주변에 정찰병으로 뿌려놓은 데이워커가 허겁지겁 달려왔다.

"각하! 각하! 큰일 났습니다!"

"왜 그러냐? 뭣 때문에 그리 호들갑이야?"

차분하게 라마수들의 작업을 감독하던 나는 그들의 태도에 의아함을 느꼈다. 도시의 세력은 완전히 박멸됐다. 방해될 건 없을 텐데.

"보덴 호에서 수서 마족 2,000마리가 접근하고 있습니다."

"뭐라!"

생각지도 못한 보고에 나는 화들짝 놀랐다. 아니, 이럴 리가 없을 텐데?

보덴 호의 세력은 린다우에서 무슨 일이 벌어지든 상관하지 않는다. 실제로 린다우에서 공성전이 벌어진 적도 여러 차례 있었다. 하지만 보덴 호는 아무런 대응을 하지 않았다.

이유는 정확히 모르겠지만, 어차피 봉인지가 발견될 리 없다는 마왕 아문데의 자신감일지도 모르겠다. 그런데 갑자기 왜? 이맛살을 찌푸리던 주먹으로 손바닥을 때렸다.

"아!"

아무래도 한 가지 중요한 사안을 간과한 것 같았다. 린다우가 공격당해도 보덴 호가 가만히 있던 때는 공통적으로 마왕 아문데가 있던 때다.

반면 지금은 마왕 아문데가 본진을 비우고 멀리 떠나있는 상태. 즉, 그녀의 대리인에 의해 보덴 호가 통치되고 있다는 점이다.

요컨대, 마왕의 대리인이 그녀와 똑같은 판단을 내린다는 보장은 없단 얘기다. 대리인의 입장에서는 근처에서 난리가 나면 한 번 확인 차 와볼 수도 있겠지.

나는 즉각 전투를 결정했다.

"임시 바리케이드를 설치하라! 이 건물을 중심으로 농성에 들어간다!"

이에 데이워커들이 말리고 나섰다.

"각하! 저희는 수가 70여 명 밖에 안 됩니다! 적은 2,000이니 어찌 상대하시려 하십니까!"

"퇴각하는 게 현명할 거라 생각합니다!"

하지만 그들은 사령술사인 내 명령을 따를 수밖에 없었다.

"시끄럽다! 내 오늘 사령술의 끝을 보겠다!"

결국 그들은 황급히 부서진 건물의 석재를 쌓아올려 방벽을 만들기 시작했다. 그 사이 나는 정체를 감추고자 두건으로 얼굴을 가렸다.

"서둘러라! 이제 곧 적이 들이닥칠 터!"

우리가 도시의 중심부에서 한창 방어 준비를 하던 그때 수서 마족들이 성문을 지나 도시로 꾸물꾸물 들어오는 게 보였다. 그들은 조심스레 주변을 살피다 도시 중심부에 있는 우리를 발견하고 몰려왔다.

그들 중 두 발로 걸어 다니는 거대한 뿔 난 도롱뇽이 있었는데, 지팡이를 들고 다니는 것을 보니 마법사인 것 같았다. 그가 마족의 말로 내게 외쳤다.

"네놈은 누구냐! 어찌 마왕 아문데 전하의 속령인 이곳을 불태우고 한가운데를 차지하고 있는 것이야!"

부하 2,000명을 끼고 있어서인지 그 위세는 대단했다. 하지만 나는 전혀 주눅 들지 않았다.

"그러는 네놈이야말로 누구냐! 어찌 우리가 점령한 이곳에 와서 행패인가!"

"본관은 아문데 전하의 종복인 쿠루그리칼리그라다! 보덴의 관리자로서 이 상황을 그냥 넘어갈 수는 없는 일! 그러니 이제 네놈의 정체를 밝혀라!"

그의 요구에 나는 한 발 나아가 망토를 어깨 뒤로 넘긴 뒤 외쳤다.

"본왕은 페자무트! 피와 죽음의 다스리는 마족의 왕이다! 감히 본왕의 일을 방해하려 하다니, 오늘 네놈들을 죽여 언데드로 만들겠다!"

내 외침과 함께 시스템 메시지가 떴다.

<SS등급 스킬! 메피스토펠레스의 연기가 발동합니다!>

내 외침에 몰려든 수서 마족들이 깜짝 놀란다. 수천이 일제히 움찔하는 꼴은 정말 볼만했다. 신과도 같은 존재가 된 기분에, 손을 한 번 휘두르면 이들을 일거에 쓸어버릴 수 있을 것 같은 생각마저 들었다.

<악마의 연기가 성공합니다!>
<대인원을 속였습니다!>
<숙련 5단계에 오릅니다!>

한꺼번에 여럿을 속였더니 숙련도가 올랐다. 갈수록 내 연기력이 탄탄해지는구나.

몰려온 수서 마족의 우두머리를 필두로 앞에 있던 상당수가 속았다. 그러자 그들을 따르던 졸개들도 당연히 내가 페자무트라고 여기는 듯했다.

"믿을 수 없소! 어찌 마왕 페자무트가 여기에 있는 것이오!"

우두머리는 부인하고 본다. 연기 스킬이 먹혔기에 속으로 나를 페자무트라 믿고 있지만, 일단 아니라고 잡아떼는 것이다.

"네놈 같이 하찮은 존재가 믿든 말든 상관없다!"

"크윽!"

"정 못 믿겠다면 설명해주지. 이 아둔한 것들아! 며칠 전 인스부르크에서 그 장미의 창녀와 본왕의 정전 협정이 극적으로 타결된 걸 모른단 말이냐!"

당연히 거짓말이다. 인스부르크에서의 정전협정은 로엘린이 유리한 조건을 얻어내기 위해 시간을 끄는 중이니까.

"아니! 그런!"

인스부르크에서 이곳 린다우까진 멀지 않다. 정전 협정을 맺고 이쪽으로 들이쳤다고 하면 그럴 듯했다.

"고약한 늙은 메두사가 본왕을 속였음을 네놈들도 알 것이다! 하여 마땅한 응징을 위해 이곳에 왔다! 우선 린다우에게 충성과 전비를 요구했지만 그 건방진 놈들이 한칼에 거절하기에 이리 멸망시킨 것이다!"

이 역시 의심할 필요도 없이 자연스러웠다. 상대방의 영지를 칠 때는 부유한 곳을 약탈하는 게 기본이니까.

"당신이 마왕이란 건 알겠소! 하지만 수행하는 자가 별로 없건만 어찌 린다우를 이렇게 불태워 버렸단 말이오!"

"어리석은!"

내 일갈에 우두머리 녀석이 움찔한다.

"본왕은 마족을 다스리는 왕이다! 왕의 고고함과 위엄은 설명할 것도 없거늘, 그 무슨 무식한 질문이란 말인가! 오냐! 네놈들에게 똑똑히 보여주마! 본왕의 힘을!"

언데드 소환을 바로 발동했다. 린다우의 학살로 주변에 널린 게 시체. 나는 그들은 온갖 부류의 언데드로 소환해내기 시작했다.

구울 도살자.

언데드 스파이어.

데이워커.

듀라한.

언데드 라마수 등.

지금까지 익힌 언데드 총출동이었다. 그 수가 거의 400이었다. 첩자로 유지하고 있는 인원을 제외하고 한계까지 끌어낸 상황이다.

"크악!"

어둠 수치가 바닥을 드러내고 입에서 피가 토해져 나왔다. 하지만 바리케이드에 몸을 가려서 적에게 약한 모습을 보이진 않았다. 소매에 피를 닦은 뒤 허세를 한껏 부렸다.

"보아라! 본왕에게 군대란 언제든 불러낼 수 있는 것에 불과하다! 뭐? 수행하는 자가 별로 없어? 어리석구나! 이 도시에 잔뜩 쌓인 게 시체거늘 그게 본왕의 군대임을 모르고 하는 소리더냐!"

수서 마족들이 웅성대며 동요한다. 숫자는 그들이 훨씬 많았지만, 도시 곳곳에서 몸을 일으킨 언데드의 흉악한 몰골은 겁을 주기 충분했다.

"이길 수 있을 것 같은뎁쇼?"

옆에 있던 데이워커 하나가 자신감을 보인다. 갑자기 아군이 급격히 늘어난 탓이다. 내가 보기에도 그렇다. 정말로 치열한 전투가 될 것 같지만, 사령술의 한계까지 쥐어짠다면 승산이 있었다.

"흠…."

그런데 내 입에서는 고민스러운 신음이 흘러나왔다. 애초에 그냥 이기는 것만 생각했다. 짜증나는 아문데의 졸개들이니 이 기회에 박살내자 싶었다.

하지만 그게 최선일까?

뭔가 사기꾼의 직감이 내 결정을 붙잡는다. 그리고 더 좋은 방법이 있다고 속삭인다.

쉽게 답이 떠오르지 않았다. 그러다 나는 만약 여기서 패한다면 앞으로의 일이 어떻게 되는 걸까 생각해 보았다. 이건 비텐바이어 백작의 패배가 아니라 페자무트의 패배다.

페자무트의 패배는 어떤 영향을 미칠까?

그 물음을 떠올리자 갑자기 머리가 활발히 돌아가기 시작했다. 막혔던 게 뚫린 것 같은 기분이었다.

"아! 그렇도다."

결론이 내려졌다.

페자무트는 여기서 죽어야 한다고.

만약 페자무트가 사망했다고 소문이 나면 그의 영지 브장송에 엄청난 여파가 미칠 게 틀림없었다. 페자무트의 진영에는 그의 힘에 눌려있을 뿐, 야심만만한 간부들이 넘쳐난다.

과거 나에게 죽었던 간부 헤작스가 대표적이다. 그 녀석, 이상하게도 마왕조차 죽일만한 극악한 독을 갖고 있었다. 그것만 봐도 페자무트의 막하가 어떤 분위기인지 짐작 가능하다.

헤작스가 꾸몄던 음모까지야 모르겠지만 분명히 간부들 사이에 마왕을 암살하고자 하는 밀담이 있었을 것이다. 스토리에 보면 페자무트가 석연찮은 죽음을 맞이하는 경우도 발생하니까.

상황이 이런데 페자무트가 죽었다는 믿을만한 소문이 돈다면 본진인 브장송에 남아 있는 이들이 거병하지 않을까?

사실 그들에게 페자무트가 진짜 죽었는지 살았는지는 중하지 않을 것이다. 그저 거병할 명분이 중요하겠지. 거기에 로엘린이 비밀리에 지원을 약속한다면?

분명히 들고 일어날 확률이 높다. 마침 로엘린은 칼리오네를 통해서 2만 대군을 파견해 주기로 약속한 상황이다. 그들을 비텐바이어가 아니라 그냥 브장송으로 보내버리면 된다.

도와주겠다고 가서는 단숨에 페자무트의 본진을 먹을 수 있지 터.

내 입장상 같은 후원자를 뒀기에 페자무트를 칠 순 없다. 하지만 칼리오네를 이용한다면 문제없다.

나는 간접적으로 지원하면 된다. 검술 대가인 지아꼬모 알비노와 달타냥을 붙여주거나, 페자무트에게 원한을 불태우는 발렌슈타인을 파견해도 된다.

씨익.

입 꼬리가 절로 올라가서 주체할 수 없을 지경이었다. 마침내 페자무트의 영지를 쓸어버리고 칼리오네의 땅(내 땅)으로 할 수 있는 기회가 온 것이다.

"캬캬캬캬! 캬카하하하하핫!"

갑자기 입에서 미친 사람처럼 웃음이 터졌다. 황급히 두 손으로 틀어막았지만 수도관이 터진 것처럼 어쩔 수 없었다.

내가 갑자기 석재 바리케이드를 손바닥으로 때리며 웃자 적과 아군 모두 어리둥절한 표정이었다. 배가 너무 아파서 간신히 몸을 추스리고는 눈물을 슥 닦았다.

"짐의 충신들이여."

오랜만에 망자의 왕의 자격에 따라 스스로를 짐이라 칭하며 언데드들에게 물었다.

"오늘 짐을 위해 죽어줄 수 있느냐?"

"물론입니다."

어쩌면 이리 충성스러울 수가! 세상 모든 충신은 죽어 언데드라도 된단 말인가.

"키에에에엑!"

흥분한 언데드들이 기괴한 소리를 질러댔다. 그러자 수서 마족쪽도 지지 않기 위해 악을 써댔다. 아무리 내가 마왕이라고 해도 그 수가 2,000이나 된다. 싸워보지 않고 꽁무니를 뺄 수 없겠지.

"당신이 마왕이라 해도 상관없소! 모두 들으라! 위대한 물의 마왕을 위해 돌진하라!"

결국 전투가 벌어졌다.

쌔에엥!

"이크!"

갑자기 날아온 마법에 나는 몸을 숙여 피했다.

콰앙!

바리케이드로 쌓은 석재가 터지며 사방으로 돌가루가 튀었다. 하지만 나는 킥킥 웃으며 머리에 쏟아진 먼지를 털어냈다.

"충신들이여! 저 축축한 놈들을 박살내라!"

언데드들도 몸을 돌보지 않고 치열하게 응전한다. 나는 패사(敗死)를 가장할 계책을 세웠지만 그 전까지는 쉽게 밀려서는 곤란했다.

"너희를 돌보는 짐의 손길을 느끼라! 그리고 다시 일어나라!"

사방에서 싸우고 있는 언데드들을 위해 무차별로 언데드 회복을 사용했다. 어둠 수치가 이미 바닥을 보이고 있었기에 어둠을 회복시키는 앰플을 깨뜨려 계속 들이 부었다.

<언데드 라마수가 치명적인 부상에서 회복됐습니다!>
<듀라한이 치명적인 부상에서 회복됐습니다!>
<구울 도살자가 치명적인 부상에서 회복됐습니다!>

언데드 회복이 강력한 효과를 발휘하기 시작했다. 숫자만 믿고 들이치던 그들은 우리가 좀처럼 쓰러지지 않자 당황하는 기색이 역력하다.

"이 녀석들! 죽지 않고 회복합니다!"

"아니! 언데드가 회복을 다 한다고?! 역시 마왕은 마왕이로구나!"

언데드 회복은 극히 어려운 기술이다. 그렇기에 이제 내가 마왕 페자무트가 아니란 의심을 하는 이는 없어졌다.

<언데드 회복이 숙련3단계에 오릅니다!>

<회복과 함께 추가적인 버프를 제공합니다!>

<회복된 언데드는 힘+20, 물리저항+5%, 이동속도+5%를 얻습니다!>

"오!"

감탄사가 절로 터졌다. 버프까지 들어가게 되다니. 언데드 쪽 스킬들이 워낙 빠방하다보니 싸우는 맛이 있었다. 피도 눈물도 없는 자는 대규모 전투가 되면 특히 재미가 있는 것 같았다.

나는 회복 시키기에는 애매한 건 잠력을 폭발시키는 <무자비한 지도자>를 사용했다. 이걸 사용하면 일시적으로 언데드의 능력이 증가하며 죽는 순간 폭발을 일으킨다.

"키에에에!"

구울 도살자들이 마치 자폭 테러를 하는 것처럼 적에게 달려가는 폭발을 일으켰다.

콰아아앙!

무자비한 공격에 수서 마족들은 혼란을 일으키고 있었다.

"이제 슬슬 준비를 해볼까."

근처에 있는 데이워커 하나를 불렀다. 나와 체형이 비슷한 자였다.

"충신이여. 또 한 번의 죽음을 맞을 준비가 됐느냐?"

"영광으로 따르겠나이다. 전하."

내가 그에게 요구한 건 간단하다. 바로 옷을 바꿔 입는 것이었다.

"이제부터 그대가 페자무트를 가장해서 모두를 지휘한다. 그리고 최후의 순간에 장렬하게 산화하면 된다."

"저들이 믿겠습니까?"

"믿게 해야지."

나는 마법지퍼에서 과거에 얻었던 헤작스의 철퇴를 꺼내 주었다. 오거나 쓸 법한 큰 물건이지만, 초인적인 힘을 가진 데이워커에겐 무리가 없었다.

"강력한 무기니 이걸 들고 날뛰면 한동안 위엄을 보일 수 있을 것이다. 그리고 마력이 부족해 네놈들에게 당할 뿐이다! 원통하다! 뭐 이런 식으로 소리쳐 주도록."

그뿐 아니라 마왕다운 연출을 위한 아이템 역시 건넸다.

"시체가 남으면 금방 알아챌 것이다. 하니, 이것을 최후에 사용하라."

"이 화로는 무엇입니까?"

"강력한 불의 정령을 소환하는 화로다."

지아꼬모 알비노가 마녀 울투투를 암살하고 가져온 것이다.

"마지막 순간에 불의 정령을 불러 일대를 쓸어버리라. 마왕의 최후로 어울리겠지. 그리고 그대의 시체도 불탈 테니 쉽게 가짜인지 알아채기 어려울 것이다."

"신이 반드시 속여보이겠습니다."

이 데이워커는 생전에 강한 무사이기도 했다. 분명히 마지막에 위력을 보일 테니, 적을 속일 수 있으리라 기대됐다.

나는 그 자와 옷을 바꿔 입은 뒤 언데드 라마수 하나를 시켜 봉인지로 통하는 건물의 바닥을 마저 부수게 했다.

"짐이 들어가고 나면 주변의 석재를 사용해서 막으라. 아무도 눈치챌 수 없게 해야 한다."

"그리 하겠나이다."

일단 들어가기 전에 전황을 살폈다. 내가 이탈한 탓에 아군은 점점 밀리는 형세였다.

"마왕의 마력이 떨어졌다!"

"틀림없어! 더는 사악한 힘을 쓰지 못하는구나!"

저리 외치는 걸 보니 아마 저 무리는 진짜 마왕과 싸워본 적이 없는 것 같았다. 이대로라면 정말로 페자무트를 쓰러뜨렸다고 생각하겠구나.

"이놈들! 감히 본왕에게 덤비다니! 건방진!"

나와 옷을 바꿔 입은 데이워커가 헤작스의 철퇴를 무섭게 휘두르며 몰려든 적을 압도하고 있었다. 잘 모르는 이가 본다면 실로 마왕답게 보였다. 적은 거대한 철퇴를 피하느라 혼비백산하고 있었다.

"이대로라면 걱정 없겠군."

나는 언데드 라마수를 향해 고개를 끄덕인 후 바닥의 구멍으로 향했다. 아래에는 감춰져 있던 시커먼 터널이 있었다. 오래 전에 마왕 아문데가 이곳에 도시를 만든 이후 감춰진 장소였다.

"뒷일을 부탁하지."

터널 안으로 들어가자마자 위쪽에서 무언가 우르르 무너지는 소리와 함께 흙이 쏟아져 내렸다. 언데드 라마수가 입구를 석재더미로 막아버린 것이다.

일단 아래로 계속 내려갔다. 그렇게 걸으면서 품에서 수정구를 꺼내서 파펜하임에게 연락했다.

- 파펜하임!

- 각하! 찾아계시옵니까!

- 급히 해줘야 할 일이 있다. 데이워커들을 이끌고 브장송으로 가라.

- 브장송이라 하면 마왕 페자무트의 도시가 아닙니까? 제가 그곳에서 무엇을 하면 됩니까?

나는 그에게 소문을 내라고 했다. 린다우에서 페자무트가 포위되어 사망했다는 내용이었다.

- 이에 로엘린이 자신에게 호의적인 후계자 후보를 기꺼이 지원할 거란 얘기도 퍼뜨리라.

- 그들이 쉽게 믿겠습니까?

- 흐흐흐, 걱정하지 마라. 로엘린에게 지금 연락해서 연계할 테니까.

로엘린은 내 부탁에 의해 로제란트에서 페자무트의 사망을 공식적으로 발표하게 될 것이다.

비단 로엘린뿐 아니다. 비텐바이어 백작, 니더바이에른 백작, 바스토뉴, 트리어 선제후, 불의 마왕 역시 페자무트의 죽음에 유감을 발표하게 될 것이다.

- 페자무트는 인스부르크에 멀쩡히 살아있다. 하지만 사회적으로는 죽은 자가 될 것이다.

모두 그가 죽었다고 말하겠지.

설령 나중에 살아있다는 걸 알게 되더라도 상관없는 일이다. 권력에 미친 자들은 그런 사소한 문제는 무시해 버릴 테니까.

7. 호수의 인자한 어머니

페자무트는 조용히 술잔을 기울이고 있었다.

그의 얼굴에는 잔주름이 자글자글했고, 평소 잘 관리하던 턱수염도 쭈글쭈글하고 힘이 없었다. 인스부르크로 출전한 이후 10년은 폭삭 늙어버린 모습이었다.

"이번 전역은 뒤통수만 맞고… 정말 힘드네. 어서 집에 가서 쉬었으면 좋겠군."

멍한 눈으로 술잔을 바라보고 있자니 지난 세월의 영욕이 주마등처럼 스쳐지나갔다. 마왕이 된 이래 온갖 일이 있었다. 하지만 하르프하임 전투에서 승전 이후 줄곧 내리막길이었다.

"어디서부터 잘못된 걸까…."

요즘은 정말 사는 재미가 없었다. 하다못해 여자를 품는 것도 맘대로 안 됐다. 어젯밤에 휘하의 여간부에게 수청을 들게 했다. 하지만 물건이 맥을 못 췄다.

여간부도 당황해서 어떻게든 살려보려 했지만 픽픽 쓰러지기만

했다. 결국 여간부가 실망해서 살며시 한숨을 내쉬자 페자무트의 남성으로의 존엄은 박살났다.

"어째 요즘은 보고서를 읽어도 머리에 안 들어온단 말이지."

그것뿐 아니었다. 했던 명령을 또 해서 부하들이 은근히 짜증내는 걸 그도 안다. 명령을 내릴 때 부하들의 미간이 살짝 좁아지면, 차마 불호령도 내리지 못하고 속으로 아차 싶다. 내가 치매가 들어 했던 명령을 또 했구나 싶어서 말이다.

요즘 진중에서 페자무트가 얼마 못 갈 거라는 소문이 돌았다.

왕년이라면 그딴 소문을 낸 놈들을 모조리 잡아다 목을 친 뒤, 모두가 볼 수 있게 가장 높은 곳에 매달아 놨을 것이다. 하지만 소문에 대해 보고하는 부하 앞에서 그냥 아서라, 하고 말았다. 그리고 돌아서니 살짝 눈물이 났다.

서러운 것이다. 세월도 야속하기만 했다. 요즘은 가만있어도 공허한 게 마음에 구멍이 난 것 같았다.

"…다른 마왕들은 잘 나가는데 말이지."

페자무트는 자신이 강경파 마왕의 거목으로 치열하게 살아왔다고 자부해왔다. 열정도 있었고 목표도 있었다. 그야말로 마족을 낙원으로 이끄는 우두머리라는 긍지도 있었다.

하지만 어느새 많은 게 변했다. 동부의 마왕들이 대표적인 예였다. 인간과 교역을 하며 하하호호 잘 지낸다. 그리고 그들의 곳간에는 돈과 곡식이 넘쳐났다.

"뒤룩뒤룩 살 찐 온건파의 돼지 새끼들… 으득!"

아직 마음속에 남아있던 분노가 살짝 고개를 들었다. 하지만 곧 허무감이 무겁고 축축하게 젖은 천처럼 그 불씨를 금세 덮어버렸다.

"전하."

나날이 멍해지는 탓에 요즘 하루의 반을 어떻게 보내는지 잘 기억이 나지 않았다.

"전하."

나는 젊었을 적에 어떤 모습이었을까? 마법으로 보존된 당시의 화상을 보며, 이게 과연 자신인가 페자무트는 고개를 갸웃거리곤 했다.

"전하."

"음?"

그제야 페자무트는 누가 자신을 부르고 있음을 깨달았다. 가는귀가 먹은 걸까, 페자무트는 마음이 무거워졌다.

"무슨 일이냐?"

"로엘린과 협상을 하러 갔던 특사가 돌아왔습니다."

"오, 어떻게 됐지?"

로엘린과의 협상은 상당히 불리하게 진행됐다. 하지만 아쉬운 건 그였기에 수용하는 수밖에 없었다. 이제 페자무트는 그저 집으로 돌아가고 싶을 뿐이었다.

"안타깝게도 합의에 이르지 못했습니다."

"아니! 그게 무슨 소리야! 저쪽이 원하는 건 다 수용하기로 하지 않았더냐!"

"그렇습니다. 한데 갑자기 정전협정은 불가하다고 태도를 바꿨다고 합니다."

"이 무슨! 로엘린! 이 창녀가!"

페자무트는 오랜만에 성질이 폭발하며 길길이 날뛰었다.

"특사로 갔던 자를 불러와!"

"네! 전하!"

추궁하기 위해 특사를 불렀는데 그는 더욱 황당한 소리를 들려줬다.

"전하, 저쪽에서 일방적으로 정전협정을 거부한데 이어 괴상한 성명을 발표했습니다."

"무엇이냐?"

"그게… 말씀드리기 참으로 송구하옵니다만…."

"에이! 답답한! 속 시원히 말해보라. 상황이 지금보다야 더 나빠지겠느냐?"

결국 특사는 머뭇머뭇 말을 꺼냈다. 내용인 즉, 장미의 마왕 로엘린이 오늘 마왕 페자무트가 사망했다고 공식적으로 발표했다는 것.

"장미의 마왕은 이번 일에 유감을 느끼며, 비록 적이었지만 같은 마왕이었던 자의 죽음에 심심한 애도를 표한다고 했습니다."

"……."

순간 페자무트는 어이가 없어서 말문이 막혔다. 그러다 손가락으로 자신의 얼굴을 가리키며 되물었다.

"아니, 시팔. 본왕이 여기 멀쩡히 살아있는데?"

"그게 소신도 왜 그런지는 잘…."

"크하하하핫!"

갑자기 페자무트가 크게 웃었다. 그는 자기 허벅지를 치며 무척 즐거워했다.

"하하. 최근에 들은 소리 중에 제일 황당하고 재밌는 말이로구나. 필시 로엘린 그년이 더위를 먹어 정신이 나가버린 모양이다."

페자무트는 재밌는 이야기를 들었다는 듯 크게 신경 쓰지 않았다. 하지만 그는 이때까지만 해도 이게 무슨 여파를 일으킬지 짐작도 하지 못하고 있었다.

로엘린은 내가 시킨 대로 페자무트의 사망을 발표했다고 한다.

- 전하. 하지만 그걸로 그쳐서는 안 됩니다.

- 알고 있어요. 페자무트가 후퇴를 할 때 최대한 이득을 얻으라 그거죠? 소녀의 첩자들이 지금 페자무트의 진영을 온종일 감시하고 있답니다.

정전협정이 실패한 데다가 본거지인 브장송에서 반란이 일어나면 페자무트는 후퇴할 수밖에 없다. 그 뒤를 물어뜯으면 로엘린은 많은 이득을 볼 거다.

하지만 나는 그걸로 그치지 말고, 별동대를 파견해 페자무트의 퇴로에 매복을 시키라고 조언했다.

- 어머나. 그거 좋은 생각이네요.

- 인스부르크에서 브장송으로 돌아가는 길은 좌우로 산이 솟아있는 험로입니다. 매복할 곳이 많겠지요. 허겁지겁 후퇴하고 있는 페자무트군을 기다린다면 큰 피해를 줄 수 있을 겁니다.

- 지금 바로 군을 출발시켜야겠군요. 시간상 빠듯하네요.

- 할 수만 있다면 페자무트를 처리해 주십시오. 전하.

- 물론이에요. 소녀가 그와 앙숙이 된지 오래랍니다. 이 기회에 정리해 버릴 수 있다면 바라마지 않는 일이에요.

그야말로 차도살인의 계다. 내가 직접 페자무트를 해치울 수 없는 입장이니 로엘린을 쓰려는 것이다.

- 전하. 니더바이에른 백작, 트리어 선제후, 불의 마왕 등이 연달아 페자무트의 죽음에 유감을 표할 겁니다. 이제 그는 살아도 산 게 아니게 되겠지요.

- 기왕이면 소녀가 진짜 죽은 자로 만들어주면 되겠네요. 호호호.

로엘린과 협의가 끝난 뒤, 나는 봉인지의 깊은 곳으로 들어갔다. 그러자 마치 슈바르체토이펠의 둥지가 떠오르는 엄청나게 넓은 동굴에 도착했다.

그럴 수밖에 없는 게, 이곳에 봉인된 게 나이 많은 수룡이기 때문이었다. 원래 보덴 호의 지배자는 수룡 '베네볼렌스 제니트릭스(běnévŏlens génĭtrix)'였는데, 300년 전 마왕 아문데가 그녀를 봉인하고 이곳을 차지했다.

그 뒤 아름다웠던 보덴 호가 무법천지로 변하게 된 것이다. 현재 보덴 호는 그저 악의 둥지 그 자체다. 하지만 수룡이 봉인에서 해제되어 힘을 되찾는다면 그 추악한 존재들을 전부 몰아낼 수 있을 터.

"여기로군."

동굴 끝에 위치한 거대한 지하공동에 도착했다. 그곳에는 아름다운 지하호수가 있었다.

깨끗한 호수 위에는 수백 개의 평평한 바위섬이 있어 이곳저곳 옮겨 다니기 적당했다. 그리고 가운데 있는 가장 커다란 바위섬 위에 커다란 드래곤이 잠든 듯 누워있었다.

천 년이나 살았다고 하는 저 늙은 용은 슈바르체토이펠과 나이가 비슷했다. 하지만 외견은 깨끗하다. 푸른 비늘은 한 개도 빠지지 않고 촘촘히 몸을 감쌌으며, 날렵한 몸매는 마치 물속의 수달처럼 늘씬했다.

바로 저 드래곤이 베네볼렌스 제니트릭스다.

"이걸 깨우면 난리가 난단 말이지."

내가 봉인 해제에 들어가면 마왕 아문데는 이곳에 올 수밖에 없다. 아무리 라인강 상류의 서쪽이 탐난다고는 하나, 자기 본진만큼은 중요한 게 아니니까.

"어디서부터 할까."

나는 손바닥을 비비면서 주변을 살폈다. 수룡이 누워있는 거대한 섬 주위에는 평평한 바위섬이 수도 없이 많다. 그 중 다섯 개의 섬에 높은 크리스탈 오벨리스크가 세워져 있었다.

저게 봉인의 장치로, 적절히 조치하면 수룡이 풀려나게 된다. 나는 섬을 건너뛰어 가까운 크리스탈 오벨리스크로 향했다. 봉인을 해제하는 방법은 간단하다. 이 크리스탈 오벨리스크는 강력한 마력의 응집체인데, 잘 조작해 내부의 마력을 흩어지게 하면 된다.

우우우웅.

손바닥을 대자 웅장한 마력이 느껴졌다. 이것을 다루는 방법은 잊혀진 고대기술이지만, 나는 과거 몇 번이나 해봤다. 정신을 집중하고 내부의 마력회로를 조작하자 반응이 왔다.

기이이이잉!

크리스탈 오벨리스크의 꼭짓점에서 새하얀 빛무리가 뿜어지기 시작했다. 지금 내부의 마력이 출구로 분출되고 있었다. 사방에는 눈처럼 마력의 결정이 흩날렸다.

나는 섬을 건너가 다른 오벨리스크도 건드렸다. 총 다섯 개의 크리스탈 오벨리스크를 작업하는 데는 한 시간 밖에 걸리지 않았다.

"장관이네, 장관."

잠들어 있는 아름다운 드래곤 주위로 빛나는 오벨리스크에서 마력이 치솟고 있었다. 호수의 수면은 산란한 빛을 거울처럼 비춘다.

하지만 이걸로 끝이 아니다. 이제부터가 중요했다. 이 마력의 방출이 끝나서 봉인이 풀리려면 꼬박 하루가 걸린다. 그때까지 버텨야만 했다.

이걸 건드렸으니 마왕 아문데는 문제가 터졌음을 바로 알았을 거다. 이 오벨리스크들을 조절할 수 있는 건 오로지 그녀뿐이라 이 누수를 다시 잠그려면 직접 올 수밖에 없다.

"보스전을 치르기에는 더없이 근사한 장소로군."

마왕 아문데. 정말 징글징글한 적이었다. 그녀의 계략은 나보다 한 수 위일 때가 많았다. 하지만 결국 여기까지 해냈다. 이제 끝을 볼 시간이었다.

과연 나는 이길 수 있을까?

상대는 서열 9위의 마왕. 정상적인 싸움이라면 어림도 없다. 게다가 이 지하호수는 보덴 호와 연결되어 있으니까 수천의 부하들까지 끌고 올 터.

하지만 이 전장에는 변수가 있다. 나 역시 그래서 이곳을 결전의 장소로 삼은 것이고.

크르르릉.

잠들어 있던 드래곤의 주둥이에서 묵직한 울음이 토해져 나왔다. 잠꼬대라고 볼 수 없는 소리였다.

마왕 아문데는 지도를 보며 골몰히 생각에 잠겨 있었다. 불의 마왕과 트리어 선제후에게 한 방 먹이긴 했지만 그 이후에는 별 영양가 없는 소규모 접전이 다였다. 저쪽이 방어적으로 나오고 있었기 때문이었다.

"겁쟁이 같은 놈들."

마왕 아문데가 혀를 차자 그의 부하들이 연신 비위를 맞춰왔다.

"전하의 힘에 놀라 움츠릴 수밖에 없을 것입니다."

"맞습니다."

마왕 아문데는 고개를 끄덕이면서도 뭔가 미심쩍었다. 원래 의심이 많은 그녀다, 그래서 지금 웅크리고 있는 둘이 뭔가를 기다리고 있는 게 아닐까 싶었다.

"흐음……."

하지만 이상했다. 아무리 생각해 봐도 변수가 없었기 때문이다. 갑자기 하늘에서 수만 대군이 뚝 떨어지지 않는 이상 말이다.

"역시 그냥 겁먹은 것이란 말인가?"

몇 번이고 생각한 그녀가 그런 결론을 내리려던 그때, 갑자기 화들짝 놀라더니 안색이 창백해졌다.

"이런!"

"전하! 어쩐 일이십니까!"

부하들이 마왕 아문데의 얼굴빛이 변하자 서둘러 물어왔지만 그녀는 대답하고 있을 여력조차 없었다.

지금 그녀의 감각에 300년 전 봉인지의 봉인이 풀리는 게 느껴졌기 때문이었다. 시간이 많이 지나서 그녀 본인조차 반쯤 잊고 있었던 봉인이다.

분명 그 봉인은 아는 이도 없어야 정상이었다. 한데 분명히 봉인지의 마력이 흩어지고 있는 게 느껴졌다.

"꺼져라! 당장! 꺼져!"

마왕 아문데가 표독스럽게 외치자 모두 도망치듯 막사를 떠났다. 그러자 그녀는 서둘러 마법을 부렸다.

위이이잉.

허공에 영상이 떠오르더니 지하 봉인지의 모습이 드러났다. 그녀가 느꼈던 대로 크리스탈 오벨리크 위에서 마력이 분출되고 있었다. 마치 수도꼭지를 열어놓은 것 같은 느낌이었다.

"대체 누가!"

서둘러 영상을 조작해 살펴보니 누워있는 드래곤 근처에 한 명의 인물이 보였다. 영상을 얼른 확대하자 그의 정체를 알 수 있었다. 마왕 아문데는 깜짝 놀라서 뱀 머리칼이 일제히 곤두섰다.

"아니! 세상에!"

그건 자신의 인간 적수인 비텐바이어 백작이었다. 그 백작이라면 마왕 아문데가 가장 두려워하고 신경쓰는 상대였다.

발푸르가 수녀회 앞에서 멋지게 한 번 속이긴 했다. 하지만 그가 갑자기 바스토뉴로 가더니 불의 마왕과 트리어 선제후를 끌어들일 줄은 몰랐다.

마왕 아문데도 그때는 엄청나게 놀라고 말았다. 만만치 않은 인간 이라고 여겼지만 설마 그리 능력이 있을 줄은 몰랐다.

모든 게 완벽해지고 있던 그녀의 일을 망쳐버린 건 저 영상 속의 인간이었다. 마왕 아뮨데는 비텐바이어 백작이라면 자다가도 일어날 정도였다.

하지만 그런 그가 어찌 봉인지에 있는 걸까? 도저히 이해할 수가 없었다. 흥분은 애써 가라앉히고 이성과 지혜에 호소해 봐도 답이 나오지 않았다.

"이건 있을 수 없는 일이야."

영상 속의 비텐바이어 백작은 섬에 앉아 고기를 구워먹고 있었다. 술병까지 몇 개 비운 게 봉인지에서 혼자 거하게 즐기는 모양이었다.

빠득.

마왕 아뮨데는 이빨이 절로 갈렸다. 저 봉인이 해제되는 걸 막으려면 라인강을 타고 급히 보덴 호로 돌아가는 수밖에 없다.

돌아가서 막는 건 좋다. 하지만 그동안 자신이 진중을 비울 수밖에 없어진다. 마왕 아뮨데는 자신의 부재를 감출 수 있나 생각해 보았지만 이내 고개를 저었다.

지혜로운 마왕은 순간 모든 걸 깨달았다. 불의 마왕과 트리어 선제후가 겁쟁이였던 게 아니다. 바로 지금까지 자신이 자리를 비울 걸 기다리고 있었던 것이다.

"애초에 모든 게 약속되어 있었을 터."

마왕 아뮨데는 굴욕감에 몸을 파르르 떨었다. 그러자 그녀의 뱀비늘이 차르르하는 소리를 낸다.

"완전히 당했구나."

어찌 표현하기도 어려운 패배감에 마왕 아뮨데는 휘청이다 결국 옆으로 쓰러지고 말았다. 그 순간에도 영상은 계속 유지되고 있어

한창 포식 중인 비텐바이어 백작의 목소리까지 흘러나왔다.

- 꺼억! 이 돼지고기 맛있는 것 좀 보게!

- 각하. 아문데가 자기 군대를 두고 라인 강줄기를 탔다고 합니다.

파펜하임의 보고는 예상대로였다.

- 불의 마왕과 트리어 선제후 역시 움직이기 시작했습니다.

- 좋다. 계속 살펴보도록.

그쪽 싸움은 그쪽에 맡기고 나는 내 싸움에 집중해야 한다. 라인 강을 타고 상류로 오르면 보덴 호가 나오고, 보덴 호에서 지하 수로로 이 봉인지까지 금방 올 수 있다.

나는 내가 가진 능력을 모두 점검하며 차분히 기다렸다.

"딸꾹!"

아니, 그러려고 했다.

그런데 얼마 전에 바스토뉴에서 산 포도주가 달아서 꽤 취하고 말았다. 나도 모르게 흥취가 올라서 너무 달려버렸던 모양이다. 주변에는 술병이 잔뜩 뒹굴었다.

"아직 오려면 시간이 있으니 좀 더 마실까?"

나는 별로 개의치 않고 더욱 포도주를 들이부었다.

"좋구나. 이럴 때 마드모아젤 달타냥 엉덩이라도 한 번 쓰다듬으면 최고인데."

그렇게 얼마나 지났을까?

구우우우웅.

잠잠하면 지하호수의 수면이 요동치기 시작했다.

"손님이 오셨나!"

앉아있던 내가 포도주병을 앞으로 내밀며 웃던 그때 갑자기 폭탄이라도 터진 것처럼 수면이 폭발했다. 그리고 수많은 수서 마족이 물속에서 튀어나왔다.

촤아아아아!

그 때문에 머리 위에서 호수물이 비처럼 쏟아져 내렸다. 나는 황급히 포도주병의 입구를 손바닥으로 막았다. 다행히 술을 지킬 수 있었다.

"이런 무식한 놈들. 한 병 남았으니 조심하라고."

내가 혀를 차며 포도주를 다시 기울이려는 찰나 갑자기 병이 터져 나갔다.

카앙!

놀라서 손을 보니 슬프게도 병의 목 부분만 쥐어져있을 뿐이었다.

"이런….."

갑자기 울적한 기분이 됐다.

"누구냐? 이런 몹쓸 짓을 한 놈이!"

지하호수에 내 목소리만 쩌렁쩌렁 울린다. 일대에 튀어나온 수서 마족의 수는 무려 2,000이 넘어 보였다. 하지만 그들은 작은 소리조차 내지 않고 나를 포위하고 있었다. 그리고 그 가운데, 누가 봐도 왕의 고고함을 가진 존재가 날 노려본다.

"정말 실망스럽군. 백작. 본왕의 적수가 이런 주정뱅이였다니."

드디어 물의 마왕 아문데와 만나게 됐다. 나는 기쁜 마음에 그녀를 향해 두 팔을 벌리며 웃었다.

"하하하! 전하께서 직접 와주셨으니 실로 이 영광 표현할 길이 없 나이다. 다만 제 마지막 포도주를 깨신 건 섭섭한 처사시군요. 그리 고 저를 폄하하는 건 전부 동의하지는 못하겠습니다. 딸꾹!"

"그 꼴로?"

"비록 주정뱅이에 불과하긴 하옵니다만, 전하께서 얼굴에 핏기 없 이 일그러진 얼굴로 수하들을 줄줄이 달고 오게 하지 않았습니까!"

나는 재밌다는 듯 배를 잡고 깔깔 웃어댔다. 근처에 수서 마족이 하나 있기에 어깨동무를 하고 맞지 않냐고 물었다. 그러자 그 수서 마족은 미동도 하지 않은 채 나를 죽일 듯 노려본다.

"이거 참 지루한 친구로군."

어깨를 으쓱하며 떨어지자 마왕 아문데의 얼굴이 딱딱하게 굳어 있었다. 그러거나 말거나 더 주둥이를 놀렸다.

"본디 제가 듣기로 물의 마왕 전하께선 냉철한 이성의 괴물이라 하시더군요. 또한 분노 같은 소모적인 감정에 휘둘리는 일은 경멸한 다고도 들었습니다. 하온데 오늘은 전하께서 구겨진 얼굴이 펴질지 모르니 소문이 맞는지 참으로 헷갈리옵니다. 아니, 제가 취해서 사리 분별을 못하고 있는 것입니까?"

그리 말한 나는 마법지퍼에서 술병 하나를 더 꺼내보였다.

"짜잔! 사실 하나 더 있다옵니다! 킥킥킥!"

주변은 정말 지독할 정도의 침묵이었다. 오로지 내가 새 술병을 개봉하는 퐁! 하는 소리만 크게 울릴 정도였다.

꿀꺽꿀꺽.

술을 다시 넘기자 마왕 아문데가 완전히 가라앉은 목소리로 묻 는다.

"죽기 전에 더 나불거릴 말이 있느냐?"

"왜, 없겠습니까? 제가 좀 수다쟁이입니다. 하하핫!"

마왕의 뱀 같은 눈동자가 내 일거수일투족을 놓치지 않겠다는 듯 쏘아보고 있었다.

"대체 여길 어떻게 알게 된 거지?"

"원하신다면 그 의문에 답해드려야지요. 사실 저도 린다우에서 페자무트 전하의 휘하에서 싸우고 있었습니다."

"뭐라?"

"애초에 페자무트 전하가 린다우를 공격한 건 제 부탁 때문이었죠."

이건 거짓말이다.

하지만 나는 마왕 아뮨데를 도발하기 위해서 이리 말하고 있는 거다.

"린다우란 게 겉보기에는 도시의 지배자들에 의해 다스려지는 듯하나, 실상 그들은 전하께 막대한 금전을 상납하고 있지요. 그래서 제가 페자무트 전하께 말씀드렸습니다. 보덴 호 같이 물만 많은 곳은 어쩌기 힘드니, 메두사의 돈줄이나 박살내자고요. 그분께선 제 제안에 반색하셨습니다."

이제 마왕 아뮨데는 입을 다물고 나를 쏘아보기만 한다. 그저 그녀의 머리 위의 뱀들이 섬뜩한 소리만 내고 있었다.

"그리고 아시다시피 린다우에서 존나게 멋진 전투가 벌어진 겁니다. 저도 한 가닥 거들었죠. 그 전하의 군대가 개미떼처럼 몰려오는데…. 와, 더러운 새끼들이 징글징글 많더군요."

나는 마법지퍼에서 머스킷총을 꺼내서 총 쏘는 시늉을 했다.

"먼저 앞에 있는 놈 이마를 탕! 쏴줬죠. 그러니까 개구리처럼 벌러덩 자빠져서 뒤지는 게 아니겠습니까. 킥킥. 그리고…."

나는 자세를 바꿔 근처의 악어 인간에게 총 쏘는 시늉을 했다.

"옆에 또 다른 놈에게 탕!"

"그리고 그 뒤에 놈에게 탕!"

"마지막으로 타탕!"

과장된 연극배우처럼 모두가 지켜보는 가운데 총 쏘는 시늉을 한 뒤 머스킷 총을 똑바로 세웠다. 그리고 총구에서 마치 연기가 나고 있는 것처럼 코를 벌름벌름 거리며 말했다.

"그때 제 모습은 최고로 근사했습니다. 전하의 개구리들이 제 총 알에 맥을 못 추더라고요. 진짜 그 광경을 보셨어야 합니다. 보셨다면 아! 이 새끼가 진짜 대단한 총잡이구나 하셨을 겁니다요. 낄낄낄!"

수많은 눈동자가 나를 찢어죽일 듯 쳐다보고 있었다. 살면서 이런 경험을 해 보는 이는 없을 거다. 한꺼번에 쏟아지는 수천의 적의를 말이다. 하지만 나는 술기운에 계속 신이 나서 설명했다.

"그런데 말입니다. 갑자기 호수 거인 하나가 오더니 거대한 주먹 을 머리 위로 들어 올리더군요. 자기도 알아본 거죠. 전장의 존나게 멋진 주인공이 누군지. 그리고, 쿠아앙!"

나는 두 손을 벌리고 엄청난 폭발이 있었다는 듯한 시늉을 해보였 다. 관객들의 반응이 별로라 좀 서글프긴 했지만.

"정말 중포탄이 다섯 발은 떨어진 것 같은 충격이었죠. 마지막에 제 총알이 거인의 눈동자를 뚫어서 직격만은 피하긴 했습니다요. 하 지만 제 바로 옆에 거인의 주먹이 떨어졌죠. 그리고 어떻게 됐는지 아십니까?"

나는 양손 손바닥을 좌우로 흔들며 우르르르! 라고 외쳤다.

"글쎄 땅바닥이 꺼져버리는 게 아닙니까. 세상에 그런 경험은 또 처음이었죠. 그게 저 위쪽에서 일어난 일입니다."

머리 위로 손가락을 올리며 저곳에서 내려왔다고 했다.

"그 뒤에 동굴을 따라오다 보니 이 드래곤이 봉인된 장소에 오게 된 것입니다. 어떻습니까? 제 쩔게 멋진 무용담도 듣고 전하의 호기심도 해결하고, 완전 끝내주는 설명 아니었습니까? 하하하핫!"

나는 혼자 박수를 치며 좋아했다. 한 열 번은 쳤을까? 마왕 아문데가 차가운 목소리로 묻는다.

"지금 그딴 황당한 소리를 믿으라는 건가?"

"아니, 못 믿으실 건 무엇입니까?"

보란 듯 검지로 머리를 콕콕 두들기며 말했다.

"전하께선 딱 10플로린짜리입니다. 어차피 빡대가리라 진실이 뭔지도 모를 텐데 그냥 알려주는 대로 믿는다고 뭐가 문제겠습니까?"

결국 그녀의 곁에 있던 장수 하나가 참지 못하고 내게 달려들었다.

"이 찢어죽일 인간 놈이!"

키가 3미터나 되는 거대한 폴암을 든 이 수서 마족은, 웅장히 솟은 철탑처럼 그 기세가 대단했다. 필시 대단한 장수겠지.

"어어? 지금 그렇게 소리치면 위험할 텐데?"

"위험한 건 네놈의 목이다!"

"분명히 본인은 경고를 했다고?"

"죽어라!"

그야말로 엄청난 박력이었다. 영웅의 풍모가 가득한 장수가 격분해 돌격해 오는 꼴을 보면 누구라도 꼬랑지를 말 수밖에 없을 거다.

"히익!"

내가 몸을 돌려 달아나자 그는 더욱 크게 일갈했다.

"이런 비겁한……."

그리고 그게 그의 유언이었다.

쿠우우웅!

바위섬이 진동할 정도의 충격과 함께 돌격해 오던 자가 사라져버렸다. 남은 건 터진 핏자국뿐이다. 그가 원래 있었던 자리에는 집채만 한 거대한 앞발이 내리누르고 있었다.

베네볼렌스 제니트릭스, 호수의 인자한 어머니의 앞발이었다. 갑자기 내리찍어온 거대한 드래곤의 앞발이 돌격해 오던 수서 마족을 단번에 파리처럼 눌러 죽인 것이다. 단 일격이었다.

"쯧쯧, 그러니까 위험하다고 경고를 했건만."

혀를 차던 나는 뒤에서 크르릉 하는 소리에 화들짝 놀라 몸을 피했다. 돌아보니 반쯤 떠진 드래곤의 번들번들한 눈동자가 원한으로 가득하다. 하지만 봉인의 힘을 감당하기 어려운지 앞발을 거두고 눈을 다시 감았다.

"휴우."

안도의 한숨이 절로 나왔다. 주변에는 기이한 침묵만이 가득했다. 다들 말을 잃어버린 모양이었다. 심지어 마왕 아문데조차 입을 살짝 벌리고 있다.

"친구들. 이 덩치를 너무 무서워할 건 없어."

다들 얼어있기에 뒤쪽을 가리키며 설명했다.

"이 수룡은 억울하게 속아 봉인당한 뒤 완전히 미쳐버렸지. 오랜 봉인으로 이성은 날아간 상태야. 그래서 깨어나기만 한다면 무엇이든 눌러 죽일 기세라고."

크리스탈 오벨리스크에서 꾸준히 마력이 누수되어 봉인은 어느 정도 풀린 상태다. 수룡은 지금 맘대로 거동할 수는 없지만 주변에서 자극을 한다면 본능적으로 그에 반응을 한다.

"요컨대 잠자는 놈을 건드리면 짜증을 내잖아? 그런 상태지. 물론 이 거대한 드래곤이 짜증을 내면 결과는… 알지?"

내가 쥐포처럼 변한 수서 마족을 가리키자 다들 두려운지 몸을 파르르 떨었다. 기세 좋게 몰려왔을 때와 다르게 당황한 기색이 역력했다.

"전하, 졸개들을 많이 데려온 건 좋습니다. 하지만 제가 그런 점도 예상하지 못했겠습니까? 설마 가만히 술이나 처먹고 있다가 포위될 거라 기대하신 건 아니겠지요?"

나는 뒤쪽의 수룡을 가리키며 폭소했다.

"캬하하핫! 어찌하실지 빨리 결정하시는 게 좋으실 겁니다. 지금도 이 봉인은 점점 깨지고 있으니까. 뭐, 기왕 데려온 병력을 다 투입해 보십시오. 아주 재밌는 결과가 있을 테니까."

마왕 아문데는 들고 있던 지팡이를 쿵 내리찍는다. 어지간히 화가 난 모양이었다. 이미 그녀가 쓴 이성의 가면은 오래 전에 부서진 듯했다.

"그깟 반병신 같은 드래곤을 믿고 그리 설치는 것이냐!"

"하하하, 전하는 끝까지 저를 얕보시는군요."

나는 옆에 쥐포로 변해있던 수서 마족의 장수를 향해 손을 뻗었다.

"자, 페자무트 전하께서 제게 내린 힘을 보여드리죠!"

언데드 소환으로 그를 일으켰다. 데이워커로 만들었는데 워낙 처참하게 죽어 상태가 엉망이었다. 형체를 알아보기 힘든 끔찍한 살덩어리랄까.

"너희를 돌보는 짐의 손길을 느끼라! 그리고 다시 일어나라!"

하지만 언데드 회복을 사용해주자 그의 망가진 몸이 실시간으로 회복되어 온전해 졌다. 그러자 그는 내게 한쪽 무릎을 꿇고 충성을 맹세한다.

"죽음에서 일으켜 주셨으니! 이제 거짓된 주인을 버리고 진실된 주인을 따르겠습니다!"

이 광경에 지켜보던 모두가 큰 충격을 받은 얼굴이었다.

"어디 그 군대를 돌진하게 해보십시오. 사방에 시체가 가득해질 테니 제가 기쁘게 군대를 수확하겠습니다. 그야말로 아비규환일 터. 드래곤과 언데드가 날뛰는 전장이라니 생각만 해도 멋지지 않습니까?"

마왕 아문데는 전신의 비늘을 격렬하게 떨고 있었다. 그녀는 소리 지르고 싶은 심경을 간신히 참는 것 같았다.

"네놈! 페자무트와 얼마나 들러붙은 것이냐!"

그녀는 완전히 착각하고 있었다. 지금까지 사령술을 쓸 수 있다는 사실을 감추고, 진실을 호도하는데 쓸 페자무트 같은 존재가 있다는 게 이렇게 대단했다.

하지만 나는 실제로 페자무트랑 한 번도 만난 적이 없다. 그저 마음의 친구랄까. 같은 후원자를 둔 입장에선 언제나 멀리서나마 건승을 기원하고 있다.

"페자무트 전하와 저는 형제와도 같습니다. 하핫!"

대화는 이걸로 됐다. 그렇다면 선수필승이다.

구우우우웅!

지하호수가 있는 공동은 천장이 무척이나 높았다. 지금 천장에 마력이 마치 먹구름처럼 뭉치고 있었다.

"네놈!"

마왕 아문데는 당황한 듯 외쳤다. 내가 이리 다짜고짜 공격에 나설 줄 몰랐던 거겠지. 하지만 나는 혼전을 유도할 작정이었다.

콰앙!

번개가 작렬했다. 검은 번개가 강타하자 호수에 몸을 일부 담그고 있던 수서 마족들은 난리가 났다. 비명도 지르지 못한 채 통나무처럼 뻣뻣하게 굳어서 쓰러졌다.

"가만두지 않겠다!"

아문데가 대노해 특유의 석화 능력을 발휘해 왔다. 하지만 내겐 마녀 울투투에게 얻은 상태이상 방지의 목걸이가 있어 안 먹혔다.

"어찌!"

"전하! 설마 석화에 대한 대책도 안 세우고 왔겠습니까!"

이 상태이상 방지의 목걸이를 구하지 못했어도 어떻게든 방비를 해왔을 거다. 메두사랑 그냥 부딪치는 것만큼 바보짓도 없으니까.

퍼어엉!

강력한 폭발이 내 앞에서 작렬했다. 석화가 안 먹히자 파괴 마법을 날려 온 것이다.

"크아악!"

충격에 수십 미터를 떠올랐다.

부우웅!

덩치 큰 수룡이 아래 보일 정도였다.

"으윽!"

수룡의 등 위에 떨어진 나는 몸을 일으키려 했지만, 바로 떼굴떼굴 굴러 떨어졌다. 주변의 난동에 수룡이 반응하기 시작한 것이다.

쿠아아앙!

포효와 함께 수룡의 앞발이 여기저기를 내리찍기 시작했다. 사방이 수서 마족들의 고성으로 가득 찼다. 놈들은 이렇게 된 이상 아예 수룡을 죽이기로 결정했는지 맹렬히 공격 중이었다.

어리석은 판단이다. 마왕 아문데조차 힘이 딸려서 봉인하는데 그쳤다. 저 인자한 어머니는 초월적인 재생능력을 갖고 있어 수서 마족이 떼로 몰려왔다고 해서 어찌 할 도리가 없었다.

수룡을 죽이려면 막강한 힘, 마왕 아문데조차 뛰어넘는 위력이 필요하다. 그래야 수룡의 방어와 재생을 뛰어넘어 죽음에 이르게 할 수 있다.

아마 슈바르체토이펠 정도의 전설급 존재나 가능할 터. 아문데는 휘하의 졸개들 따위는 관심을 꺼버린 듯했다. 아마 그녀 역시 이 난장판을 이용하고자 하는 모양이었다.

일단 수룡이 수하들을 공격하는 동안에는 자유롭게 움직일 수 있을 테니까.

"이런!"

수룡의 몸 뒤쪽에 굴러 떨어진 나는 재빨리 옆으로 몸을 날렸다.

콰앙!

방금까지 내가 있던 자리에 수룡의 뒷발이 떨어졌다. 이미 오래전에 정신이 망가진 수룡이 본격적으로 날뛰고 있었다.

아직은 봉인 덕에 둔하기 짝이 없지만 그것만으로도 이미 재앙이었다. 사방에 수서 마족의 시체가 가득했다.

"병사로 온 죽음의 투사들이여, 그대들의 주인 앞에 진을 짜라!"

즉각 언데드를 불러 이 혼란을 가중했다.

쿠아아아앙!

분노한 수룡의 포효가 어마어마했다. 귀청이 찢어지는 것 같았다. 나는 이리저리 도망다니며 언데드를 계속 만들어냈다. 수서 마족과 수룡, 거기에 언데드까지 뒤섞이자 상황이 점입가경이었다.

"개판이군! 아주!"

그때 갑자기 물속에서 삐쩍 마른 손이 하나 튀어나오더니 발목을 잡아챘다.

"백작!"

마왕 아문데였다. 추악하게 생긴 늙은 메두사가 붙잡고 늘어지자 나도 모르게 비명이 터졌다.

"아악!"

"익사시켜 주마!"

발목을 잡고 끌어당기자 물속에 딸려들어갈 수밖에 없었다.

풍덩!

당황해서 손을 허우적거리는데, 마왕 아문데가 뱀 꼬리로 날 칭칭 감고는 나를 물속으로 내리눌렀다. 이대로라면 죽는다 싶었다. 볼 것 없이 검은 번개를 사용했다.

콰앙!

검은 번개가 수면으로 떨어지더니 아문데에게 작렬한다. 그녀는 격통을 느끼는 듯 몸서리를 쳤다. 그녀의 입 주변에서 물방울이 한꺼번에 터져 나왔다.

그르르, 그르륵!

괴상한 소리를 낸 아문데가 날 놓아두고는 도망쳤다.

"푸아!"

그 틈에 밖으로 나온 나는 바위섬에 올라와 숨을 헐떡댔다. 사방을 둘러봤지만 아문데의 흔적도 보이지 않았다. 더욱 언데드를 만들며 주변을 살피던 중 크리스탈 오벨리스크 중 하나의 마력 누수가 멈춘 걸 깨달았다.

"이 빌어먹을 년이!"

난전이란 게 내게만 유리한 건 아니었다. 난장판이 벌어진 틈을 이용해 아문데가 크리스탈 오벨리스크 하나를 조작한 것이다. 나는 그녀를 저지하기 위해 달렸다.

하지만 마력 누수가 멈춘 곳으로 가지 않고, 그 뒤쪽에 있는 크리스탈 오벨리스크로 향했다. 아문데가 두 번째 크리스탈 오벨리스크를 조작하려 할 것이라 짐작했기 때문이었다.

아니나 다를까, 가보니 아문데가 크리스탈 오벨리스크에 손바닥을 얹고 정신을 집중하고 있었다. 나는 바로 달려가 아문데의 뒤통수를 붙잡고는 그냥 오벨리스크에게 찍어버렸다.

콰앙!

어찌나 세게 찍었는지 크리스탈 오벨리스크가 일순간 맑은 소리를 내며 진동했을 정도다. 나는 그걸로 그치지 않고, 이번에는 양손으로 아문데의 머리를 잡고 오벨리크에게 계속 찍어댔다.

쿵! 쿵! 쿠웅!

깨끗한 크리스탈 오벨리스크의 표면이 피투성이가 된다. 아문데는 견디지 못하고 뱀의 하반신을 꿈틀거리며 도망가려 했다.

"어딜 가려고 그러십니까! 전하!"

악이 오른 나는 붙잡고 놔주지 않았다. 거대한 뱀이 앞으로 나아가려 하고 나는 꼬리를 붙드는 형국이다.

힘 수치만 놓고 보면 내가 아문데보다 훨씬 강력하다. 아문데는 허리를 돌려 마법을 난사했으나 내 마력 방패가 모두 상쇄해 냈다.

<마력 -1,303이 됩니다!>

아문데의 마법은 역시 위험했다. 이대로 계속 맞으면 꼼짝없이 당할 것 같았는데 마력 방패를 모르는 아문데는 무척 놀란 기색이었다.

"어찌 본왕의 마법에 당하고도 상처 하나 없는 것인가!"

대답해줄 이유는 없다. 나는 그녀의 꼬리에 류블라냐를 꽂아 움직이지 못하게 하고는 앞으로 달렸다. 그리고 있는 힘껏 뺨따귀를 때렸다.

짜악!

어찌나 세게 갈겼던지 아문데가 땅바닥에 풀썩 쓰러진다. 그걸로 그치지 않고 그녀의 몸통 위에 올라타서 마구잡이로 주먹을 내리찍었다.

내 힘은 무려 오거의 5배. 아무리 마왕이라고 해도 연달아 얻어맞으면 박살이 날 수밖에 없었다.

퍽! 퍽! 퍼억!

아문데가 황급히 손을 뻗어 막으려 했지만 아무 소용없었다.

퍼억! 퍽! 퍽!

피와 부러진 이빨이 얼굴로 튀었다. 아문데의 얼굴이 엉망진창이 되어버렸다. 하지만 그 와중에도 마법을 부려 날 공격해 왔다.

<마력 –1,523이 됩니다!>

정말 마법의 위력 하나는 끝내줬다. 그래서 나 역시 그녀의 위에 올라탄 채 번개를 떨어뜨렸다. 하지만 전혀 먹히지 않았다.

"크크큭! 본왕이 한 번 당했던 마법에 계속 당할 것 같은가!"

이빨이 다 날아간 꼴이었지만 아문데는 나를 한껏 비웃고 있었다. 새삼 그 말에 아문데가 왜 무서운지 생각이 났다. 그녀에게는 공격 마법을 한 번 사용하면 어떻게든 거기에 대한 방어나 파훼법을 찾아내는 재주가 있었다.

즉, 검은 번개는 더는 먹히지 않는다. 그래서 아문데를 상대로는 다양한 공격 마법을 갖추고 여럿이서 공격하는 게 좋다. 한 번 겪은 공격 마법은 실시간으로 무력화시키니까.

반면 이쪽에는 그런 능력이 없다. 아문데의 손바닥이 내 옆구리에 닿는 순간 끔찍한 일이 일어났다.

"크아악!"

얼음 마법이 옆구리의 철판을 뚫고 들어왔기 때문이었다. 머리끝까지 치솟는 격통에 하마터면 기절할 뻔했다. 하지만 나는 악을 쓰며 물러나지 않았다.

마법이 안 먹힌다면 답은 하나다.

"죽어!"

나는 아문데의 입에 두 손을 억지로 쑤셔 넣었다. 그리고 있는 힘껏 위아래로 벌리기 시작했다.

"크아아아압!"

기합과 함께 손에 힘을 주자 아문데가 난동을 부렸다. 하지만 나는 지지 않고, 기어코 아문데의 아래턱을 뜯어버렸다.

부우욱! 찌익!

살점이 찢어지는 소리와 함께 아문데의 아래턱이 떨어져 나갔다. 엄청난 피가 뿜어져 나왔다.

"구아아악! 키에에! 키에엑!"

턱이 날아간 아문데가 괴상한 소리를 내자 주변의 수서 마족들이 그녀를 돕기 위해 몰려왔다. 하지만 나는 금방 언데드들을 소환해 놈들을 막았다.

"넘치는 게 시체다! 도움 받을 생각은 버리도록!"

하지만 그 순간 나와 아문데, 그리고 주변에 있던 모두가 허공을 날아올랐다. 무슨 일이 일어난 건가 알 수가 없었다.

"크악!"

근처의 바위섬에 떨어지고 나서야 상황을 알 수 있었다. 수룡이 거대한 꼬리를 휘둘러 일대를 쓸어버렸던 것이다. 나무보다 두꺼운 꼬리에 마왕이고 뭐가 다 날아가 버렸다.

봉인이 점점 풀리면서 행동이 더 자유로워지고 있었다. 저 증오로 미쳐버린 수룡을 막으려면 아문데를 죽이는 수밖에 없다. 봉인의 주체를 죽여야 그녀의 노여움이 풀리면서 이성을 되찾을 터.

최악의 가정은 아문데가 도주해서 인자한 어머니가 미치광이 상태로 봉인이 풀리는 거지만 그럴 확률은 높지 않다. 미친 수룡이 봉인에서 풀리면 보덴 호가 작살 날테니 아문데는 포기하지 않을 거다.

그렇지만 이대로라면 못 쓰러뜨린다. 뭔가 결정적인 수가 필요하단 생각이 들었다.

꼬리치기에 맞은 후 아뮨데가 어디 갔는지 보이지도 않았다. 곧 다시 나타날 테지만 상처를 상당 부분 회복한 후겠지. 지금의 상황에선 설령 내가 유리하다고 해도, 아뮨데가 도망치기를 반복하면 끝장을 내기란 어려웠다.

"병사로 온 죽음의 투사들이여, 그대들의 주인 앞에 진을 짜라!"

언데드를 계속 만들어내면서 고민에 빠졌다. 뭔가 방법이 있을 텐데. 미간을 좁히던 나는 한 가지 가능성을 떠올렸다.

"역시!"

마왕을 잡는 건 용사라고 할까. 나는 용사직업의 능력에 도박을 걸어보기로 했다. 특이하게도 용사에게 1회성 스킬이 몇 개나 있는데, 써먹을 수 있을 것 같았다.

일단 그걸 위해서라면 아뮨데를 끌어들여야 한다. 어디 있는지 보이지는 않지만 숨어서 때를 노리고 있을 터. 내가 약해진 모습을 보인다면 반드시 나타날 것이다.

어떻게 해야 할까? 교활한 마왕을 단순한 연기로 속이긴 어렵다. 그렇다면 실제로 무리를 하자.

"병사로 온 죽음의 투사들이여, 그대들의 주인 앞에 진을 짜라!"

나는 주변의 시체를 사용해서 언데드 라마수를 순간 30마리나 만들어냈다. 이 강력한 언데드는 지금의 내 능력으로도 20마리가 한계였다. 한계보다 더 만들었으니 몸에 무리가 올 수밖에.

"끄으윽!"

입에서 피가 토해져나 왔다. 아닌 게 아니라 머리가 핑핑 돌 지경이다. 하지만 그걸로 그치지 않고 언데드 라마수 10마리를 더 소환하자 그야말로 견딜 수 없는 상황이 됐다.

"가라. 수서 마족들을 제압하라!"

강력한 언데드로 한꺼번에 밀어붙이자 주변의 수서 마족들이 주춤거리며 밀려나기 시작했다. 나는 그들을 수룡쪽으로 몰아붙였다. 놈들은 마왕 아문데가 자리를 지키고 있어서 그런지 누구 하나 도망가지 않고 수룡과 계속 싸우고 있었다.

"악바리들인 걸."

혼자 중얼거리던 그때 머리 위에 새하얀 마법진이 만들어졌다. 틈이 보이자마자 아문데가 손을 써온 것이다. 마법진에서 푸른빛이 쏟아져 내렸다.

"크아아아악!"

비처럼 무수히 내리는 저 빛들은 강력한 파괴의 힘을 지니고 있었다. 순식간에 내 생명력은 바닥을 드러냈다.

무방비한 상태로 강력한 주문을 피하지도 못하고 얻어맞았다. 남은 생명력은 겨우 143. 그야말로 빈사가 돼버렸다. 제대로 싸울 수 있을 것 같지도 않았다. 내 꼴이 이렇게 되자 아문데가 의기양양하게 나타났다.

"제법이긴 했다만 여기까지다."

아래턱은 어느새 회복한 상태였다. 그녀는 재생된 아래턱을 좌우로 움직이면서 뼈를 맞춘다. 으드득, 으드득, 하는 소리가 섬뜩했다.

역시 마왕은 마왕이구나. 조금만 여력을 주니까 저렇게 회복해 버리다니.

"꽤 애먹이긴 했지만 여기서 네놈을 죽이고 봉인을 다시 강화하면 되겠군. 남길 말이라도 있나?"

"어차피⋯."

푸욱!

마법지팡이 끝의 칼날이 흉부를 관통해 왔다. 역시 이럴 줄 알았다. 아문데의 성격상 순순히 유언을 남기게 해줄 리가 없지.

"크크크!"

이제야 끝났다는 듯 아문데는 웃음을 감추지 못했다. 실제로 내 시야는 어두워지고 있었다.

"⋯⋯."

입이 열리지도 않았다. 죽음이 찾아오고 있는 것이다. 하지만 아문데는 내 모습을 보면서 고개를 갸웃거린다.

"어찌 그리 죽음 앞에서도 침착한 거지?"

그거야 믿는 구석이 있기 때문이다. 용사에겐 일회성 스킬이 여러 개 있는데 그중에 가장 유명한 게 SS등급 '깨달음'이다. 그야말로 일발역전이 가능한 모든 마왕의 공포와도 같은 기술이다.

하지만 SS등급 스킬은 오직 용사 중의 용사인 '인류용사'만 사용이 가능하다. 나에겐 허락된 건 S등급 스킬이 한계다. 하지만 그 S등급에도 일회성 스킬이 있다.

바로 <각성>이다.

깨달음과 다른 점은 하나다. 깨달음은 스킬로 얻은 힘과 능력이 그대로 보존된다는데 있지만, 각성은 일순간 강해지지만 그 능력은 각성이 끝나면 모두 사라진다.

남느냐, 사라지느냐의 차이 때문에 스킬 등급이 갈라진 것이다.

하지만 일발역전이 가능하다는 데는 차이가 없었다.

우우우웅!

생명력이 0이하로 떨어지자 정해진 조건에 응해 스킬이 발동됐다.

<용사는 죽지 않습니다!>
<용사의 숨겨진 스킬, '각성'이 발동합니다!>

순간 시커먼 어둠이 내 주위를 일렁이기 시작했다. 세상에서 가장 어둡고, 추악하고, 끈질긴 힘이 있다면, 그게 바로 용사의 힘이다.

용사야 말로 어둠을 상대하기 위해 누구보다 어둠에 물든 자. 죽음조차 그들의 집념과 원한을 쉽게 꺾을 수 없다.

용사들은 세상에서 가장 집요한 존재다. 사악하고 끈질기기 말할 수 없기에 마왕의 악몽으로 군림한다.

"이 터무니없는 힘은 대체!"

마왕 아문데는 눈앞에 일어난 일에 경악을 금치 못했다.

<어둡고, 어두운 힘이 당신을 감쌉니다!>

나는 그야말로 어둠의 덩어리가 됐다. 암흑의 화신이라고 해도 좋을 정도라 완전히 다른 존재로 변했다. 두 손을 내려다보자 인간의 피부가 아닌, 일렁이는 어둠으로 이뤄져 있었다.

흉부를 찌르던 마법지팡이는 그대로 튕겨나간다. 그리고 구멍난 가슴은 순식간에 어둠으로 수복된다.

"크윽!"

아문데는 자기 손에서 날아간 마법지팡이에 놀라 움찔한다. 그녀는 황급히 공격 마법을 난사해 왔다.

<마법 저항력 +70%가 발동합니다!>
<팅겨냅니다!>
<마법 저항력 +70%가 발동합니다!>
<어둠의 육체가 피해를 흡수합니다!>

아문데의 자랑스러운 마법은 전혀 소용이 없었다.

"이런 말도 안 되는!"

그녀는 황급히 도망치려 했지만 모든 신체 능력이 극도로 올라간 내겐 그저 부처님 손바닥 안이었다.

"잡았다. 이년."

내가 양팔로 잡고 얼굴을 가까이 가져다대자 아문데는 공포에 질린 얼굴이 됐다. 이것 참 즐겁군. 이 냉철한 마왕이 이렇게 질려버린 얼굴을 하는 걸 볼 수 있다니.

"그건 무슨 힘인가? 네놈은 대체 정체가 무엇이냐!"

"아! 아직 마왕들이 용사를 모르는 시점인가."

재밌다는 생각에 웃음이 터졌다. 그렇다면 설명해 줘야지.

"이게 인류의 구세주인 용사의 힘이다. 네놈들의 어둠보다 더 깊은 어둠. 인간이 가진 최고, 최악의 힘이다."

나는 바로 아문데는 땅에 패대기치고는 압도적인 힘으로 그녀의 뱀 머리칼을 잡아 뜯기 시작했다.

"키에에엑! 어찌 감히 인간이… 이런 힘을!"

아문데는 내 폭력 앞에서 속수무책이었다. 나는 칼을 힘껏 휘둘러 그녀의 살가죽을 베었다. 하지만 아문데가 달라붙어 물어뜯어 대는 바람에 칼을 놓쳤다.

"이 빌어먹을 년이! 으아아!"

악을 쓰며 아문데를 밀어낸 뒤 주먹으로 마구 두들겨 팼다.

퍽! 퍽! 퍼억!

얻어맞은 그녀가 축 늘어지자 팔 한쪽을 단단히 잡았다. 그리고 그대로 뜯어 버렸다.

부욱!

"키에에엑!"

격통에 그녀는 어떻게든 도망치려고 난리법석이었다. 이 봉인지 안에서 순간이동이 불가능하다는 게 애석할 것이다.

봉인지나 성채 등 중요한 시설 대부분은 순간이동을 막는 장치가 되어 있다. 아문데 같은 마왕이라면 그걸 파훼할 수 있지만, 시간이 다소 걸린다.

카앙!

요란한 마력의 파열음과 함께 아문데의 주문이 깨졌다. 이유는 간단하다. 맨주먹에 얼굴을 쳐 맞았기 때문이다.

주욱.

10미터는 뒤로 길게 미끄러지며 날아간 아문데는 정신을 못 차리고 비틀거리더니, 기어코 몸을 일으켰다. 그녀의 얼굴에는 고통과 증오가 가득했다.

"도저히 네놈을 용서할 수 없다."

악이 바친 얼굴이었다. 후퇴를 포기하고 나와 끝장을 보겠다는 결의가 느껴졌다. 바라던 바였다.

"오라! 이 늙고 교활한 뱀이여!"

대개 모든 마왕이 그렇지만 아묜데에게도 비장의 힘이 있다. 각성이 발동한 이상 아묜데가 그에 대항해 힘을 끌어낼 걸 예상하던 바였다. 그걸 뚫으면 이기는 거고, 못 뚫으면 지는 거다.

"크아아아!"

기합을 내지르며 힘을 집중했다. 그러자 격렬한 검은 불꽃이 나를 감싸며 피어올랐다. 아묜데 역시 힘을 끌어내 새하얀 마력을 폭발시켰다.

어둠과 빛의 대결이었다. 이 명백한 대비 속에서 아묜데가 피를 토하며 외친다.

"용사라! 어디 스스로 그리 칭할 자신이 있으면 본왕을 이겨보라!"

"안 그래도 네년 머리통을 뽑아버릴 작정이다!"

콰아아앙!

우리 둘의 힘이 충돌하자 대폭발이 일어났다. 주변에 있던 수서 마족들이 고통스러운 비명을 터뜨리며 쓸려나갔다. 탄도 미사일이라도 한 발 터진 것 같은 충격파가 일어났다.

지하 호수는 갑자기 파도가 치는 것처럼 물결이 일어났고, 충돌로 일어난 격렬한 빛에 사방으로 퍼졌다. 우리 근처에 있던 마족은 시커멓게 탄 잿더미가 되었다. 수룡조차 움찔해서는 고개를 돌릴 정도였다.

크르르르릉!

"인간의 주제를 파악하게 해주마! 놀랄 힘이지만 이제 보니 한계가 명확하다!"

아문데는 자신의 지혜로 각성의 약점을 바로 파악해버렸다.

"어둡고 어두운 힘을 그 약한 인간의 그릇에 강림시켰으니 필시 얼마 버티지 못할 게 틀림없다. 반면 본왕을 보라. 무한은 아니지만 어둠에서 후원하는 이가 아낌없이 퍼부어 줌이라! 네깟 인간의 그릇으로 이겨낼 수 있겠느냐!"

점점 아문데의 힘은 위력을 더하고 있었다. 그 새하얀 마력에 눌려 내 어둠의 불꽃이 밀려난다.

"당할 것 같나!"

용사가 가진 힘의 근간은 원한과 증오, 분노에서 기원한다. 이것은 자신의 추악함을 드러낼수록 더욱 격렬하게 반응하며 강해진다.

"네년 머리를 잡아 뜯을 것이다! 그 머리를 잡아 뜯기 전에는 물러나지 않는다! 설령 전신이 갈가리 찢어질지라도!"

내가 악귀처럼 두 팔을 뻗으며 달려들자 아문데는 질린 듯 주춤한다. 그도 그럴 게, 그녀의 마력 때문에 온몸에서 타는 연기가 나고 있었음에도 멈추지 않기 때문이었다.

화르륵!

심지어 옷이 불타기 시작했음에도 내 집착과 원한은 더더욱 피어올랐다.

"추악한 놈!"

"원래 용사는 추악하다! 세상에서 제일 추악하니 네년 목을 잡아 뜯어야겠다!"

"본왕의 목을 뜯는 게 무엇이기에!"

마왕조차 식겁할 집념과 원한이었다. 아문데는 질렸다는 표정으로 물러났다. 심리적인 공포가 그녀를 움직인 것이다. 그럴수록 나는 사악한 웃음을 감추지 못했다.

"크하하하! 간단하다! 그건 내 트로피니까!"

"트로피?"

이해할 수 없다는 마왕을 보며 나는 두 손에 무언가를 드는 시늉을 하며 환하게 웃었다.

"생각해 보라! 뜯어낸 적의 머리를! 그것은 승리 후에 가질 수 있으며, 두 손으로 들어 올릴 수 있단 점에서 트로피가 아닌가!"

"이런 미친 자가! 완전히 실성한 존재가 아닌가!"

"아문데! 이리로 오라! 네년도 결국 내가 들어 올렸던 수많은 트로피 중에 하나가 될 것이다!"

용사는 하나 같이 미치광이다. 적을 미워하는 마음이 너무 커져 이성이 날아가고 악만 남는다. 그럴수록 어둠에 잠식되고 더더욱 강한 위력을 이끌어 낼 수 있다.

나는 이 세계에 온 이래 스스로 자제할 수 없을 정도의 폭주를 처음 맛보고 있었다.

이건 극히 위험한 행동이다. 하지만 한계를 부수는 짓이기도 했다. 과거 내가 인류용사로 최고의 성적을 거뒀던 건 모두 이런 이유 때문이다.

인류용사는 더더욱 깊은 광기와 어둠으로 마왕을 상대하니까. 어둠의 대군들이 내리는 어둠에 맞설 수 있는, 또 다른 성질의 인간이 가진 내면의 어둠인 것이다.

다만 플레이어의 정신은 보호되기에 일정 수준 이상의 흥분하지 않게 제한이 되어 있기는 한다. 한데 어째서 지금은 그야말로 제한없이 이성을 잃어버리고 있었다. 뭔가 이 부분에 관해서는 게임의 법칙이란 게 없어진 것 같았다.

"백작! 스스로를 보라! 쓰러뜨리고자 하는 마왕보다 어둠에 물든 자신을! 그렇게 승리하면 납득할 수 있는가?"

점점 휘몰아치는 광기에 놀란 아뮨데가 이성적으로 설득하려 나섰다. 시간을 조금만 더 끌면 그녀의 승리다. 지금 내 폭주는 그야말로 회광반조(回光返照)와도 같은 것.

각성의 힘은 애초에 오래가지 못한다. 아뮨데는 침착한 말로 의지를 꺾으려 했다. 하지만 그녀는 모른다.

내 마음 속에 뭉친 100년간의 아집을. 그딴 말로 나를 설득할 순 없었다. 오히려 아뮨데의 말은 이 폭주를 가중시켰다.

"물론이다! 승리! 승리만이 오직 고귀한 것일지니, 본인은 승리를 위해서라면 부모 앞에 고개를 들지 못하고, 자기 이름조차 말하지 못하는 자가 되더라도 상관없다!"

이미 내겐 내적갈등이나 같잖은 연민 따위는 없다. 그런 사치스러운 감정을 갖고 싸우기에는 이 세계가 지독히 험하다는 걸 잘 알기 때문이었다.

"망설이지 않는다!"

"자비를 베풀지 않는다!"

"필요하다면 모두를 죽일 것이다!"

계속된 외침에 아뮨데는 그야말로 질려버렸다 듯 창백한 얼굴이 됐다. 하지만 그것이야 말로 내가 원하는 간절한 틈이었다.

"죽어라! 네년이 죽어야 비로소 내가 웃을 테니까! 크아아아아!"

도저히 사람 입에서 나왔다고 할 수 없는, 악귀 같은 울림이 길게 동굴에 울려 퍼졌다. 그리고 마침내 양손이 아문데의 새하얀 마력을 뚫고 들어간다. 하나 그 순간 각성의 효과가 끝나는지 손끝부터 인간의 피부가 돌아오고 있었다.

화르르륵!

손끝부터 타올랐다. 하지만 물러나지 않는다. 억지로 팔꿈치까지 밀어 넣고, 어깨까지 넣는다. 전신이 불길에 휩싸인다. 내 살이 타는 냄새가 코를 찌른다. 하지만 기어코 아문데를 붙잡는 것에 성공했다.

나와 그녀는 코가 닿을 정도로 가까웠다.

"마침내 용사가 마왕에게 닿았다."

아문데를 감싸 쥐고는 탐욕에 가득차서 그 얼굴을 살폈다. 이미 그녀는 귀신이라도 본 것처럼 넋이 나가 있었다.

"대체 이것은……."

"크하하하하!"

나는 불에 타 엉망이 된 얼굴로 웃어댔다. 그리고 망설일 것 없이 아문데의 머리를 잡아 뜯었다.

두둑! 두두둑!

근육의 섬유질이 하나하나 끊기는 소리가 났다. 아문데는 마지막 힘을 쥐어짜내 격렬하게 반항해댔다.

"끼아아아악!"

이미 그녀에게 승산은 없었다. 주변에서 보던 수서 마족들이 비명을 지르며 도망친다.

콰아아아앙!

수룡이 사방으로 흩어지는 수서 마족으로 마지막으로 잔인하게 처 죽이고 있었다. 미쳐서 발광하는 수룡에 의해 지하 공동이 무너질 것처럼 흔들리고 있었다.

부우욱!

결국 아문데의 머리가 뜯어져 나왔다. 혈관과 척추 일부까지 딸려 나와 길게 늘어진다.

풀썩.

머리를 잃은 몸뚱이가 힘없이 쓰러져 널브러졌다.

"하하하!"

마침내 끝난 것이다. 나는 그 머리를 들고 미소지었다. 가슴 속에서 무언가 치솟아 오르는 감정에 몸을 파르르 떨며 극렬히 만족했다. 그러다 그것은 출구를 찾듯 방황하다가 터져나왔다.

"아아! 금보다도 아름답구나."

승리가 지금 내 두 손 안에 있었다.

마왕 아문데와의 전투 후 일주일이 흘렀다. 나흘 전에 의식을 되찾았는데 그 뒤로 꼬박 치료를 받았다.

"한동안 무리하시면 안 됩니다. 다행히 흉측했던 피부는 전부 복구했어요."

호수엘프 치료사가 거울을 보이며 설명했다. 과연 그녀의 말대로 엉망이 됐던 얼굴은 깨끗해져 있었다.

"정말 솜씨가 놀랍군."

"저희 호수엘프는 치료가 특기랍니다."

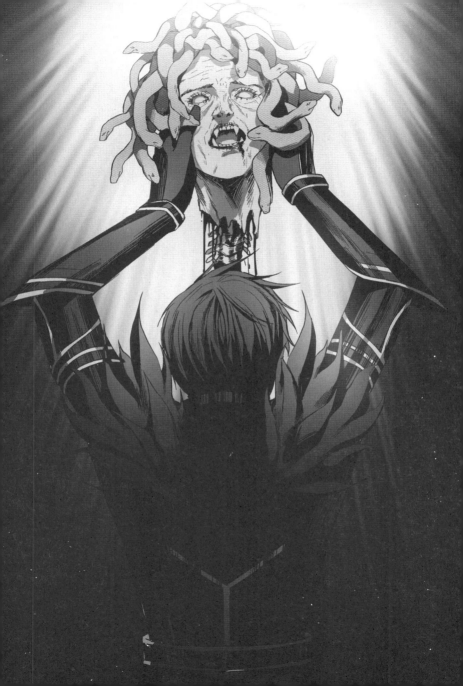

호수엘프들은 보덴 호로 돌아온 종족 중의 하나이다. 일주일 전 마왕 아문데의 죽음 후 베네볼렌스 제니트릭스는 보덴 호를 탈환했다.

봉인이 풀린 그녀는 마왕 아문데의 죽음으로 광기에서 벗어났다. 이성을 되찾은 그녀에게 가장 시급한 과업은 바로 복수였다.

아무리 그녀가 인자한 어머니라고 불린다고 해도 이때만큼은 분노한 드래곤 그 자체였다.

이틀 밤낮으로 대학살이 벌어졌다고 한다. 수룡은 넓은 보덴 호에 300년에 걸쳐 세워진 수서 마족의 수중 도시를 철저히 파괴했다.

그런 그녀의 화를 더욱 부추긴 건, 과거 그녀를 섬겼던 호수엘프나 호수인어 같은 백성들이 마족의 노예로 부려지고 있던 현장이었다.

인자한 어머니는 구출한 백성들을 규합해 수서 마족을 완전히 박살냈다. 마왕 아문데를 잃은 시점에서 일방적인 전투일 뿐이었다.

이후 나는 인자한 어머니가 파견한 호수엘프들에게 구출되어 치료를 받게 됐다고 한다. 현재 내가 있는 곳은 보덴 호 한 가운데 있는 작은 섬이다.

호수엘프의 치료사들은 이곳에 막사를 만든 뒤 나를 정성껏 돌봐주고 있었다. 그들은 인자한 어머니에게 내가 은인이란 사실을 들었다고 한다.

"비텐바이어 백작님이라고 들었습니다. 백작님께 어떤 감사를 드려야할지 모르겠습니다. 저희 일족과 호수 모두의 은인이십니다."

호수엘프의 치료사는 깊게 고개를 숙여보였다. 나는 그녀의 손등을 살짝 두들겨주며 감사했다.

"못난 얼굴인데 화상자국이 남았다면 끔찍할 뻔했네. 잘 돌봐줘서 고맙군."

"아니에요! 백작님께서는 잘 생기셨는걸요! 잠들어 계실 때 몇 번이고 살펴보… 어머! 내가 무슨 소리를!"

말하고서 민망한지 치료사가 귀를 쫑긋거리며 볼을 붉혔다. 아직 어린 편인 그녀는 풋풋한 시골처녀 같았다.

"귀여운 소녀가 그리 말해주니 기쁘군."

"어머, 백작님도 참!"

그 순박함이 사랑스러워 미소를 짓고 있자니 우르릉거리는 목소리가 들린다.

"맘에 드느냐? 원한다면 그 아이를 선물로 주지."

갑자기 들려온 목소리에 깜짝 놀랐다. 어리둥절 하다가 호수엘프가 막사의 천막을 거둔 뒤에야 정체를 알 수 있었다.

수룡인 인자한 어머니였다.

그녀는 섬 곁에서 몸을 반쯤 드러낸 채 이쪽을 내려다보고 있었다. 정신을 되찾은 그녀는 참으로 위엄있는 존재였다.

비록 과거 교활한 마왕 아문데에게 속아 고초를 겪긴 했지만 그녀가 위대한 존재라는 건 변함 없었다. 슈바르체토이펠과 또다른 위압감에 나는 감탄을 터뜨렸다.

"이제 괜찮으신 겁니까?"

"크릉!"

그녀는 같잖다는 듯 콧김을 내뿜는다. 그러자 근처에서 놀란 물고기들이 일제히 수면 위로 튀어 올랐다. 물고기들의 비늘이 햇빛에 반짝거렸다. 그 모습에 호수에 평화가 찾아왔음을 실감했다.

"다 죽어가던 인간 주제에 걱정해 주는 건가? 반은 정령의 피를 가진 드래곤인 이 몸을?"

"주제 넘는다 하지 마십시오. 당신을 돕고자 거기까지 갔던 거니."

"흥, 하여간 범상한 인간은 아니로다."

그때 빛이 번쩍이더니, 내 앞에 금빛 머리결의 눈부신 미녀가 등장했다. 여신 같은 고고함과 위엄을 가진 존재였다. 인간으로 변신한 인자한 어머니였다.

"말씀 나누세요."

호수엘프 치료사는 공손히 허리를 굽힌 채 뒷걸음으로 물러났다. 천막이 다시 쳐지고 막사 안에는 그녀와 나 단둘이 남게 됐다.

"비텐바이어의 백작이여. 그대에게 할 말이 있다."

인자한 어머니가 할 말이란 뭘까? 필시 중요한 얘기겠지.

"말씀하시지요."

"비텐바이어에 동맹을 정식으로 요청한다."

생각지도 못한 제안이었지만 이해할만 하다. 보덴 호는 이제 막 수복됐다. 인자한 어머니가 돌아오긴 했지만 아직은 여러 가지로 불안하다.

게다가 보덴 호라는 지역은 이 넓은 호수 하나만을 의미하는 게 아니다. 보덴 호부터 서쪽으로 뇌샤텔 호까지의, 여러 호수와 넓은 산지 전체를 세력권으로 한다.

마왕 아뮨데의 흔적을 일소한 건 아직 보덴 호 뿐이다. 인자한 어머니가 해야 할 복수는 아직 갈 길이 멀었다. 그 넓은 지역에 아직도 마왕을 따르던 잔당이 남아 있었다.

"남은 수서 마족들이 뭉쳐서 결사항전을 외치겠군요."

"맞다. 그렇다고 본인이 섣불리 움직일 수 없지. 무리하게 뇌샤텔 호로 원정을 간 사이에 아직 여린 내 백성들이 변을 당할지도 모른다."

그런 군사적 문제를 떠나서도 300년간 개판이었던 영지를 복구하는 데는 온갖 문제가 산적해 있었다. 당장 호수엘프나 호수인어들이 먹을 양식은 어디서 구해온단 말인가. 생필품은 어쩌고.

인자한 어머니에겐 도움이 필요했다. 드래곤이라고 뭐든 할 수 있는 건 아니니까.

"마침 이 자리에는 비텐바이어의 백작과 보덴 호의 주인이 있다. 얘기를 진행하기 수월하지 않겠느냐?"

"확실히⋯."

거절할 이유가 없는 동맹이다. 보덴 호는 내 영지의 바로 남쪽이다. 선량한 이웃과 친하게 지낼 수 있다면 환영할 일이지. 한데 인자한 어머니는 내가 생각하는 것보다 더욱 확실한 동맹을 원하는 것 같았다.

"비텐바이어 백작. 그대에게 결혼동맹을 제의한다."

"결혼동맹이요?"

의아한 기분이 들었다. 나는 자식이 없기 때문이다. 인자한 어머니도 마찬가지다. 이 드래곤은 여태 결혼한 적이 없다.

자기 백성을 자애로 돌봐 인자한 어머니란 별명이 붙었는데 그게 그냥 이름이 되어버렸을 뿐이다. 그것과 별개로 혼인한 적은 없다.

"서로에게 과년한 아이들이 없는데 어찌 그런 제안을 하십니까?"

"무슨 소리를 하는 것이냐? 그대와 나. 둘의 결혼을 얘기하는 거다."

"네?"

깜짝 놀라서 살짝 뒤로 물러났다. 그러자 인자한 어머니의 미간이 살짝 좁혀진다.

"무엇이냐. 그 반응은. 이 몸이 추하다고 여기는 것이냐?"

"그건 아닙니다."

"솔직히 지금 백작의 반응은 조금 속상하군."

"죄송합니다. 그 점은 정중히 사과드리겠습니다."

드래곤과 정령의 피가 반반 섞인 그녀는 여신격 같은 아름다움을 갖고 있었다. 게다가 실로 농염하다고 할 수 있는 성숙한 여체의 소유자였다.

또한 색정적 기운이 가득한 육체와 다르게 얼굴은 청초하고 깨끗하다. 행동 하나하나 기품과 위엄이 있어 여왕님 같다는 느낌이 물씬 풍겼다.

그나저나 이상하군. 인자한 어머니는 히로인이 아니다. 공략이 불가능한 캐릭터다.

다만 워낙 아름답다보니 문제가 있었는데 플레이어들이 멀쩡한 히로인을 버려두고는 인자한 어머니를 공략하려고 갖은 애를 다 썼던 것.

결국 개발사에서 루트 자체가 없다고 발표했었다. 오피셜인 거다. 한데 지금 상황은 뭘까? 이해가 되지 않았다. 어떤 방법으로든 인자한 어머니와 맺어지는 일은 없을 터인데, 받아들이겠다고 하면 결혼하게 생겼다.

"내 몸만으로는 부족한 것이냐? 그렇다면 숨겨놓은 마법 물품을 지참금으로 가져가지. 비록 아문데에게 금은보화를 강탈당했으나 귀한 고대의 보물은 따로 감춰놓아 무사하다."

"아니 그런 게 아니오라…."

고민하는 걸 보고 오해한 모양이군.

"그대는 욕심쟁이군. 아직도 부족한가? 좋다. 이 몸만이 아니라 마음까지 허락하겠다. 그대를 평생 남편으로 섬기고 순종하겠다. 드래곤의 입장에서는 받아들이기 어려운 일이나, 인간을 서방님으로 모시고 여필종부 할 걸 약속하마."

"아니, 아니."

"그것도 부족한가? 백작, 드래곤이 몸과 마음을 다 주겠다는 건 가벼운 약속이 아니다. 진심으로 백작을 사랑하는 아내가 되겠다는 것이다. 그리고 본인을 얻는 건 장기적으로 큰 이득이 될 것이다."

인자한 어머니는 자신의 영향권이 될 거대한 땅을 내게 맡기겠다고 했다.

"호수와 호수 근처에는 내 아이들이 살겠지만 그 외에 남는 땅이 넓고, 넓다. 그대가 맘대로 경영하게 할 터이니 힘을 기르는데 도움이 될 것이다."

그야말로 종합선물세트였다.

몸과 마음을 바쳐 사랑하겠다는 드래곤 신부+고대의 보물+광활한 영지까지. 더 바라는 게 나쁜 놈일 정도였다. 그녀의 제의에 감탄하면서도 내심 놀라고 말았다.

백성을 위해 이렇게까지 할 수 있다는 건가. 다시는 그들이 고초를 겪지 않게 드래곤의 자존심마저 접어가며 스스로를 거래품목에 올린 것이다.

역시 인자한 어머니구나. 하지만, 받아들일 수 없었다.

"오해십니다. 저는 마음에 품은 이가 있어서 그렇습니다."

"아, 그런가?"

"당신의 제안이 부족해서가 아닙니다."

"흠, 그녀는 어떤 여자인가?"

"그게….."

녹색 눈이 보석처럼 빛났다. 태양처럼 눈부신 금발을 가졌다. 고지식하고 용감해서, 물러나지 않고 싸우다 죽어버릴까 늘 신경 쓰인다.

내가 나타나면 주변의 모든 걸 잊어버리고 나만 바라본다. 그리고 갑옷을 입고 달려와 껴안길 좋아하는 소녀였다. 언제나 투구를 벗지 않는다.

나는 그런 점을 설명했다. 하나도 재미없는 얘기였을 텐데도, 예상보다 내 말이 길어졌는데도, 인자한 어머니는 묵묵히 들어줬다.

"참 별난 소녀구나. 그런 여자가 뭐가 좋다는 건가?"

"하하하."

별나다는 말에 반박할 수가 없어 웃을 수밖에 없었다.

"하지만, 백작이 그 소녀는 아끼는 것만은 알겠다."

"그렇습니까?"

"소녀의 이야기를 하며 그런 미소를 지으면 아무리 둔감한 여자라도 모를 수가 없다."

"윽!"

민망함에 살짝 입술을 깨물었다. 그러자 인자한 어머니가 처음으로 살짝 웃음 지었다.

"백작에게 짝이 있으니 결혼동맹은 무리겠구나."

"헤아려주셔서 감사합니다."

"백작의 사정보다 그 소녀의 마음을 헤아렸을 뿐이다. 여자의 의리다."

하지만 인자한 어머니는 곤란하다는 태도였다.

"본인은 서면에 의한 약속은 별로 믿지 않는다. 아니, 약속이니 계약이니 하는 것들에 대한 불신이 강하다."

그럴 수밖에 없다. 300년 전에 마왕 아문데에게 당했으니.

"진실한 마음으로 당신과 동맹을 맺을 겁니다."

"그렇다면 본인을 역시 아내로 취하라. 그 소녀에게 정실은 양보해 주지. 2순위로 인정하겠다면 받아들이겠다."

"…죄송합니다."

"흥! 까탈스러운 놈이 아닌가. 본인이 알기로 제국법이 300년 동안 바뀌지 않았다면 일부다처제든, 일처다부제든, 인간에겐 허용된 법률이 아닌가?"

그건 그렇다. 여자든 남자든 권력을 가진 자는 배우자를 여럿 둘 수 있었다. 그게 이 세계의 법칙이다.

"뭐, 좋다. 본인도 자존심이 강하다. 백작은 하늘이 내린 기회를 놓친 것이다. 흥."

"이 무례는 언제고 백배 사죄하겠습니다."

"좋다. 그렇다면 약속하라. 비텐바이어와 보덴 호의 동맹을 위해 본인에게 적극 협조하겠다고."

"어떤 걸 협조하면 됩니까?"

"글쎄, 아직은 떠오르는 게 없구나. 하지만 계약서 외에 뭔가 효과적인 조치가 필요함을 절절히 느낀다. 후일 본인이 적당한 걸 떠올리면 백작은 적극적으로, '절대로 거절 없이' 협력해 주면 된다."

담담히 말하고 있었지만 이 순간만큼은 인자한 어머니의 눈빛이 달라져 있었다. 뭔가 꾸미는 얼굴이다. 악의는 느껴지지 않지만 장난기가 가득했다.

"함정이란 기분이 강하게 듭니다."

"무례한 놈! 여기까지 양보했는데 거절하겠다면 동맹 제안은 철회하겠다. 본인이라고 백작뿐이 없는 줄 아느냐? 인간 중에 영주가 많거늘 자신감이 지나치구나."

그건 사실이다. 지금이야 막 깨어나서 무지한 그녀지만 조만간 드래곤의 지혜로 제국의 사정을 다 파악할 것이다. 그런 그녀가 팔츠 선제후 프리드리히랑 이권이 맞물려 손을 잡는다면 그야말로 끔찍한 일이다.

여기선 나도 고집부리지 말고 양보할 수밖에 없었다.

"알겠습니다. 제안을 받아들이겠습니다."

"호호호, 잘 생각했다."

인자한 어머니는 손뼉을 치며 즐거워했다. 웃으니까 정말 그 미모가 아찔해 살짝 고개를 돌렸다. 대체 후일 그녀가 어떤 요구를 할지 짐작도 안 됐다. 불안하지만 받아들일 수밖에.

"이것으로 양자의 동맹은 성립됐다. 귀찮은 건 부하들에게 맡기기로 하지."

"현명하신 의견이십니다."

"백작. 이번 일은 어찌 보답해야할지 모르겠군. 드래곤조차 고민하게 만들 큰 은혜다."

"보덴 호와 우호관계를 만들 수 있다면 더 바랄 게 없습니다."

"그렇지 않다. 이 은혜는 차차 그대의 영지와 협력해 갚아가겠다. 반드시 도움이 될 것이다."

인자한 어머니는 그리 말하면서 차고 있던 팔찌를 풀어 넘겨줬다.

"이것은 본인이 가진 강력한 마법물품이다. 부디 받아다오."

아름다운 푸른 보석이 박힌 팔찌였다. 나는 그것을 받아 상태창을 열어보았다.

[베네볼렌스 제니트릭스의 보석 팔찌] S+등급 마법 물품.

마력+1,500

마법저항력 +12%

지능+96

수서생물을 상대로 카리스마 +400

*수중호흡 주문.

*수중유영 주문.

*수서생물로 변신 주문.

*수서생물 소환 주문.

*수룡 소환 (조건이 확보된 이후에 가능).

*베네볼렌스 제니트릭스와의 통신.

"헉!"

S+등급의 마법 물품이라 그런지 옵션이 정말 엄청났다. 정말 천고의 보물이란 말이 아깝지 않았다.

"이런 귀한 것을."

하지만 그녀는 이런 대단한 물건을 주고도 아까워하는 기색이 없었다.

"백작의 도움에 비하면 아무 것도 아니다. 자, 그러면 쉬도록."

인자한 어머니와의 얘기는 끝났다. 나는 휴식을 위해 한동안 섬에서 머물며 융숭한 대접을 받았다. 그리고 슬슬 떠나려고 하는데 재밌는 일이 터졌다. 호수인어들이 숨겨져 있던 마왕의 보물창고를 발견한 것이다.

어마어마한 금은보화가 나왔다.

"백작, 반절을 나눠주지."

인자한 어머니는 기뻐하며 내게 200만 플로린 어치의 금은보화를 줬다. 들고 갈 수가 없어 영지에 이 엄청난 금전을 수송할 병력을 보내라 해야 할 정도였다. 요즘 금고에 금화가 넘쳐나는구나.

하지만 보물창고에서 가장 주목을 끈 건 금화들이 아니었다. 200여 개 가령의 정교한 석상들이 나온 것이다.

"이 석상들은 설마?"

"짐작하는 바가 맞다. 백작."

석상은 모두 극도로 정밀하고 생생한 모습이었다. 보자마자 메두사의 석화에 당한 희생자들임을 알 수 있었다.

마왕 아문데가 희생자들을 석화해서 수집한다는 건 알려진 얘기다. 하지만 실제로 어디에 그 수집품이 있는지 찾은 사람은 없다.

아니, 찾아 헤맨 사람도 없다. 그럴 실익이 없기 때문이었다. 나 역시 처음 보는 것이다.

"석화 해제는 가능하겠습니까?"

내 목소리는 회의적이었다. 석화란 일정시간 안에 풀지 않으면 다시는 풀 수 없다. 사망해서 진짜 돌로 돼버리기 때문이었다. 플레이어들이 그녀의 이 별난 수집품에 관심을 기울이지 않는 것도 그런 이유에서였다.

"끔찍하구나. 석화된 이들은 이미 다 사망한 상태다."

인자한 어머니는 안타까운 듯 혀를 찼다. 그래도 그녀는 희망을 버리지 않고 섬 위로 인양된 수많은 석상들을 하나하나 살폈다. 그러다 한 석상 앞에 멈춰 섰다.

"앗!"

"왜 그러십니까?"

"이것은 비교적 최근에 석화된 것이다. 아슬아슬하게 기한을 넘기지 않았구나! 성공을 확신하지 못하나 한 번 시도해 볼만하다."

잘됐다 싶었는데 이상하게 그 석상이 낯이 익었다. 그가 찬 장비들도 익숙한 것이었다. 전형적인 괴물사냥꾼의 장비였다. 고개를 갸웃거리던 나는 순간 놀라서 외쳤다.

"스승님!"

아니, 이게 어떻게 된 거야?

스승님께서는 분명히 하벨 강 늪지대에서 괴물사냥꾼 활동을 하고 계셨는데, 어째 생뚱맞게 보덴 호에? 황망한 마음에 다시 한 번 살폈지만 틀림없이 스승님이었다.

"아는 분인가? 백작."

"제 스승님이십니다."

"그런가. 이 또한 인연이자 운명. 걱정하지 마라. 본인이 백작의 스승님을 구해주겠다."

인자한 어머니는 앞으로 나아가 루드의 이마에 손을 올렸다. 그러자 아름다운 빛이 번쩍이더니 돌이 갈라지는 소리가 났다. 스승님과 할 말도, 물어볼 말도 많았다. 석화 해제 마법이 성공하길 바라며 나는 주먹을 꽉 쥐었다.

"스승님! 제발!"

8. 그저 한 번이라도

찌억.

돌에 실금이 가기 시작하더니 부스러기가 사방으로 날렸다.

"단단히 굳었구나. 조금만 더 늦었어도 그는 가망이 없을 뻔했다."

인자한 어머니 같이 심후한 마력을 가진 드래곤도 쉽지 않은 듯했다. 하지만 결국 그녀는 해냈다.

"스승님! 괜찮으십니까?"

루드를 보며 다가가려 하자 그는 놀라서 소리를 지르며 검을 뽑아든다. 그러다 주변을 보며 어리둥절한 표정이 됐다.

"이 무슨?"

아마 그는 갑자기 차원이나 시간을 건너뛴 느낌이겠지. 석화가 됐다는 건 마지막 순간 마왕 아뮨데와 대치했었다는 거다. 그런데 갑자기 마왕이 사라지고 전혀 모르는 장소로 왔으니 말이다.

"진정하라. 그대는 마왕의 석화에 당해 오랫동안 굳어 있었다."

인자한 어머니의 차분한 목소리에 루드는 주저하며 검을 내렸다. 그러다 날 발견하고는 깜짝 놀란다.

"발러! 자네는 슈판다우의 발러가 아닌가!"

"맞습니다. 스승님 접니다."

"아니, 이게 어떻게 된 거야! 자네가 날 구한 건가? 대체 여기는 어디고?"

나는 그에게 마왕 아문데가 죽고 보던 호가 옛 주인에게 돌아갔다는 사정을 설명했다. 그러자 그는 길게 안도의 한숨을 내쉬었다.

"위대한 호수의 드래곤이시여. 보잘 것 없는 제게 베푸신 은혜, 깊은 감사를 드립니다."

"그것 또한 그대의 운명. 석화되어 있던 탓에 몸이 약해졌다. 쉴 곳을 마련해줄 테니 정양하라. 제자와 할 말도 있을 테고."

인자한 어머니가 떠나자 우리는 밀린 이야기를 시작했다.

"이제 각하라고 불러야겠습니까? 여행을 하면서도 각하의 소식을 계속 들었습니다."

"스승님, 제발 그러지 마십시오. 한 번 스승님은 영원한 스승님입니다. 제가 연락을 제대로 못해서 책하시려는 겁니까?"

"하하하하!"

루드는 내 스승이자 생명의 은인이다. 예전처럼 대해 달라고 고집을 부리자 그는 어쩔 수 없다는 표정을 지었다.

"하면 각하와 둘이 있을 때만 그리 하겠습니다. 다른 사람이 있을 때는 각하의 지위와 체면을 생각해야 합니다."

"감사합니다. 스승님."

"허허… 자네는 정말 하나도 변한 게 없구먼."

그 말에 내 마음 속에 따뜻한 감정이 퍼져갔다. 루드와 지낸 시간은 짧았지만 꽤 즐거웠다.

"그나저나 스승님, 늪지대에 계셨던 분이 어찌 예까지 오신 겁니까?"

"아, 그게 말일세. 늪지대에서 할 일이 없어진 게 문제였네. 자네가 기지를 발휘해 늪지의 마녀를 쓸어버리자, 마녀를 따르던 마족들은 지리멸렬해 버렸지. 잔챙이 밖에 남지 않은 늪지에 굳이 남아있을 필요가 있나 싶었다네."

이후 여행에 나섰는데 우연히 흥미로운 정보를 접했다고 한다. 전설적인 괴물사냥꾼 야르하의 유품에 대한 얘기였다.

"유품이요?"

"그렇네. 리히텐슈타인의 험지에 그의 유품이 있다고 하더군."

"리히텐슈타인이면 보덴 호의 남쪽이 아닙니까. 그래서 여기까지 내려오신 거군요. 한데 마왕과는 왜 싸우신 겁니까?"

"여행 중에 마침 라인펠덴에 머물고 있었네. 라인 강 유역에 갑자기 수서 마족들이 나타난다는 얘기를 듣고 나선 거지. 그리고 그때 마왕이 쳐들어왔던 거야."

정의로운 성품의 루드는 언제나 괴물로부터 인간을 지키고 싶어 했다. 내게 기술을 전수하면서도 그 힘으로 백성을 하나라도 구할 수 있다면 그걸로 좋다고 했을 정도다.

"마왕에겐 상대가 안 되셨을 텐데 덤비신 겁니까?"

"그런 건 중요하지 않네. 괴물이 있으면 나가 싸울 뿐이야."

"정말 스승님다우시군요."

쓴웃음을 지으면서도 그 야르하의 유품에 대해 관심이 갔다. 야르하는 나도 이 세계에서 몇 번이고 들어본 전설적인 괴물사냥꾼이다.

"야르하라고 하면 마왕을 사냥하고자 했던 자가 아닙니까?"

"맞네. 우리 직종의 한계를 뛰어넘고자 했던 선각자지."

괴물사냥꾼이란 직업이 수호자의 반열에 들지 못한 건, 그들의 힘으로 마왕을 죽일 수 없기 때문이다. 하지만 그런 한계를 뛰어넘고자 했던 게 그 야르하다.

확실히 기억에 의하면 야르하는 그 해답을 찾아낸 뒤, 리히텐슈타인을 지배하던 마왕을 참살했다고 한다. 나는 그 유품이란 것에 큰흥미가 돋았다.

마왕을 죽인다고 하면 분명히 SS등급 스킬이 틀림없었다. SS등급 스킬은 하나하나 대단한 능력을 갖고 있다. 기회가 된다면 반드시얻어야 했다.

"스승님, 저도 참가해도 되겠습니까?"

"하하하, 자네라면 그리 말할 줄 알았네. 훌륭한 제자가 동행해 준다면 참으로 기쁘겠구먼."

역시 루드는 비급이니 뭐니하는 것 자체에 관심이 없어보였다. 무협으로 치면 전설의 무공이 나타났다는 건데 순순히 위치를 알려주고 동행도 허락해줬다.

"나는 야르하의 유품 자체를 탐내는 건 아닐세. 그저 괴물을 상대할 비기가 묻혀있는 게 안타까울 뿐이지. 내 실력으로 전설적인 괴물사냥꾼의 힘을 계승할 수 있을 것 같지도 않고."

루드는 매우 뛰어나다. 영웅급은 아니지만 준영웅이라고 봐도 좋을 정도다. 오크 열 마리가 덤벼도 유려한 칼솜씨로 그 자리에서 썰어버릴 실력자였다. 하지만 그런 그에게도 SS등급의 스킬은 성취할 수 없는 경지다.

"그런데 마침 자네가 나타나는구먼. 이 또한 운명이라고 믿네. 자네라면 분명히 그 힘을 올바르게 사용해주겠지. 자네를 떠나보낸 이후 언제나 자랑스러웠어."

루드는 내가 마왕으로 부터 비텐바이어를 지키고 바스토뉴의 분쟁을 해결한 일을 모두 들었다고 한다. 그 과정에 관하면 솔직히 양심에 켕기는 게 있지만 결과는 다 괜찮았다. 그래서 세간에서 날 보는 평판은 매우 좋다.

"자네가 내 제자라는 게 자랑스럽군."

"으……."

스승님, 그런 따뜻한 눈으로 보지 마십시오. 갑자기 손발이 저리고 고개를 들기 어려운 심정이 됩니다. 이 제자, 사실 불한당 같은 놈입니다만….

"스승님, 다만 제가 급히 처리해야 할 일들이 있습니다. 그 뒤에 리히텐슈타인 원정에 나서면 좋겠는데 어떠십니까?"

"좋네. 어차피 나도 한동안 쉴 필요가 있으니까."

스승님 덕에 뜻하지 않는 기연을 얻게 될 것 같았다.

페자무트의 영지인 브장송에서 드디어 반란이 일어났다. 로엘린이 반란을 지원하겠다고 한 게 결정적이었다. 페자무트의 야심만만한 간부들은 해볼만한 싸움이란 결론에 도달하자 여지없이 이빨을 드러냈다.

- 무능력한 마왕 페자무트는 물러나라!

- 권좌에 앉아 있는 동안 한 게 뭐냐?

간부들은 연일 원색적인 선전을 하며 페자무트를 신나게 비난했다. 그때 로엘린에게서 연락이 왔다.

- 비텐바이어 백작님. 마침내 페자무트가 후퇴를 결정했어요. 지금 소녀가 군을 움직여 그의 후미를 공격하고 있답니다.

- 드디어 시작됐군요.

- 이미 페자무트의 퇴각로에 병력을 배치했어요. 아마 그 마왕은 살아 돌아가지 못할 겁니다.

페자무트의 퇴각로는 무척 험난하다. 인 강의 지류를 따라 산지에 둘러싸인 협로를 타야한다. 매복하기 좋은 장소뿐이었다.

- 로엘린 전하. 저도 매복군에 끼고 싶습니다. 지금 보덴 호에 있으니 쉽게 합류할 수 있을 겁니다.

- 알겠어요. 비텐바이어 백작님까지 오신다면 든든하겠네요.

"저놈 잡아라! 저놈이 페자무트다!"

"와아아아!"

군사들이 사방에서 들이치고 있었다. 페자무트는 급하게 말을 몰아 도망쳤다.

"크윽…."

이루 말할 수 없는 대패였다. 후퇴할 때 로엘린이 후미를 물어뜯을 건 알고 있었다. 희생을 각오하고 후퇴를 결정했다. 하지만 설마 퇴각로에도 매복이 있을 줄이야.

'철저히 놀아났구나!'

브장송에서 반란이 일어났다는 소식에 발끈해서 서두른 게 문제였다.

"저 화려한 옷을 입은 놈이 페자무트다!"

"저놈을 잡으면 10만 플로린과 작위를 받을 수 있다! 쳐라!"

사방에서 적군이 개미떼처럼 달라붙는다. 페자무트는 이리 튀고 저리 튀고 산지를 정신없이 달렸다.

"전하! 신이 전하의 옷을 입고 적을 유인하겠습니다!"

곁에는 수십여 명의 늙은 오크들 밖에 안 남은 상황이었다. 그 많은 군사가 다 어디로 간지 알 수 없었다. 지금 따르는 자들은 젊은 시절부터 함께한 고참병이었다.

"그럴 순 없다!"

"전하! 부디!"

기어코 오크들이 달려들어 페자무트의 옷을 벗겼다. 아무리 마왕인 페자무트라지만 오랜 세월 함께한 이들의 억지를 당해낼 순 없었다.

"전하, 그러면 신은 여기서 인사드리겠습니다! 부디 대업을 이루소서!"

늙은 오크 십여 명이 크게 절하고 떠나자 페자무트의 뺨으로 뜨거운 물줄기가 흘러내렸다. 그는 서둘러 닦아내고는 그게 땀이었다고 생각했다.

"전하! 이제 브장송이 코앞이옵니다!"

"전하! 신이 지켜드리겠습니다! '

앞서가는 오크들의 말에 페자무트는 쓴웃음을 삼켰다. 산세가 어찌나 험하고 깊은지 그의 고향은 저 산 너머 어디에 있을지 짐작도 안 됐다.

첩첩산중인 게 그의 인생 같았다.

"저놈 잡아라!"

"저 턱수염이 난 놈이 페자무트다!"

적병은 다시 달라붙었다. 페자무트는 살아야겠다는 생각이 들었다. 늙은 오크들의 마음을 외면할 수 없었던 것이다. 그는 급기야 단검을 꺼내 자랑이던 턱수염을 반쯤 잘라버렸다.

"전하! 여긴 저희가 맡겠습니다!"

"전하! 전하를 모신 건 평생의 영광이었습니다!"

또 한 무리의 오크들을 남기고 페자무트는 말을 달렸다. 치욕스러웠다.

"이 창녀 같은 년이!"

원거리에서 집요하게 마법 방해를 걸어오는 로엘린의 엄청난 솜씨에 페자무트는 순간이동이나 힐링 같은 마법을 전혀 못 쓰고 있었다.

자랑인 권법이 남았지만, 지금 달려드는 적의 정예에게 둘러싸이면 끝장이었다. 개미떼처럼 적이 많았기에 점점 포위가 두꺼워질 테고, 결국 거기 갇히면 빠져나갈 방법이 없었다.

게다가 지금 이 산지에는 로엘린이 오랜 세월 등용해온 범과 같은 장수들이 날뛰고 있었다. 페자무트는 그들의 창끝이 두려웠다.

"허허…."

허탈한 웃음만 흘러나왔다. 나이를 먹으니 겁나는 게 많아졌다. 쫓겨 가면서도 그의 눈은 초점이 멀었다. 마치 안개 속을 헤매는 것만 같은 기분이었다.

'왜 이렇게 된 거지?'

분명히 그에게도 촉망 받던 시절이 있었다. 자신감이 가득했고 하루하루 내일에 대한 기대에 가득했다. 그런데 이제는 완전히 바람 빠진 공 같은 모습이다.

마도(魔道)로 천하를 재패한다는 거창한 꿈은 이제 됐다. 페자무트는 억지로 입술을 깨물었다. 서글퍼져서 다시 뺨에 땀줄기가 흐를 것 같았기 때문이었다.

말을 달리는데 가슴이 허전했다. 바람이 슝슝 통과해 버리는 것 같았다. 문뜩 정신을 차리고 보니까 주변에 아무도 없었다. 호위하던 오크들도 보이지 않는다.

"하하하!"

그는 땀투성이가 된 군마에서 내렸다. 그리고 근처의 바위에 앉아 그림 같은 산세를 물끄러미 바라보았다. 갑자기 도망가는 일 따위는 아무래도 좋단 생각이 들었다.

"어느새 이렇게 멀리 왔단 말인가…"

야심만만하게 달려오던 세월이었다. 하지만 지금은 뭘 위해 싸워 온 지 알 수 없었다. 진정 원하던 게 뭐였을까 자문해 봤다. 한참을 고민했지만 알 수가 없었다.

어째서인지 페자무트는 세상에 자기 자리가 없는 것 같았다. 부하들이나 가족도 그를 내심 무시하고 있음을 모르지 않았다.

물론 잘 나가던 시절도 있었다. 그때는 큰 소리 땅땅 치고 다녔다. 하지만 언젠가부터 마왕령에 쭈그리고 있으면 기가 팍 죽곤 했다.

사방에서 어지럽게 소식이 들려왔다.

어느 마왕이 새로 영지를 얻었다더라, 어느 마왕 자식이 이번에 출세했다더라, 그런 얘기였다. 마족의 미래를 위해 평생 뛴 자신과 다르게 그들은 자기 길만 잘 갔다.

그라고 멋진 마왕, 좋은 아버지가 되기 위해 노력을 안 해본 건 아니다. 그는 아들은 없고 딸부자였는데 모두 좋은 곳에 시집보냈다.

하지만 잘 나가는 남자를 문 딸자식들은 아비를 신경도 쓰지 않았다. 이제 늙고 볼품없는 그는 필요 없다 그거였다. 지들이 누구 덕에 그 남자를 물었는데…. 페자무트가 딸자식을 잘 시집보내려고 들였던 공은 오직 그만이 안다.

"지치는군…."

어디서부터 잘못된 건지는 알 수 없었다. 그렇다고 몸부림이라도 치고 싶은 이 마음을 토로할 수도 없다. 누가 알아주는 것도 아닐 뿐더러 나잇값 못한다고 손가락질이나 받을 뿐이다. 아침에 일어나면 공허하고 속이 쓰려 위액이 목구멍까지 넘어오는 기분이었다.

어디 조용한데 앉아 한숨만 고를 수 있으면 좋을 텐데.

어디 나무에라도 잠깐 기대어 새들에게 신세 한탄이라도 할 수 있으면 좋을 텐데.

페자무트의 눈에서 또르륵 눈물이 떨어졌다. 내려다보니 자기 손이 너무 쭈글쭈글해서 서러워졌던 것이다. 모든 게 물거품 같았다.

"어흐흐흑!"

아무도 없었지만 혹시라도 누가 들을까 페자무트는 숨죽여 울음을 터뜨렸다. 평생 아무도 들어본 적 없는 그의 울음소리였다. 지금은 떠난 아내나 딸도 모른다.

아직 쓸만할 텐데.

아직 잘 할 수 있는데.

스스로 그렇게 되뇌지만 알아주는 이는 없었다. 인생이란 길은 실패만이 계속되고 있었다. 페자무트는 그제야 자신의 진정으로 원했던 걸 알게 됐다.

"그래…. 그저 한 번만이라도 훌륭한 마왕이었다는 소리를 듣고 싶었다…….."

페자무트는 허리춤에서 단검을 뽑아들었다. 그리고 그 끝을 자기 목에 겨눴다.

더는 구차하게 버틸 이유도 없었다. 페자무트는 이미 자신을 향해 포위망이 형성되어 있는 걸 알고 있었다.

"이걸로 됐다."

그는 단검을 자기 목줄기로 찔러 넣었다.

"전하!"

그때 한 사내가 페자무트의 손을 붙잡았다. 페자무트는 놀라지 않을 수 없었다.

'설마 본왕이 누군가 접근하는 걸 모르고 있었다니!'

그렇다면 상대는 자신과 동수를 이루는 실력자일 확률이 높았다.

"자네는 대체 누군가?"

"무례를 용서하십시오. 저는 발러슈테드 폰 비텐바이어입니다."

"저놈 잡아라! 저놈이 페자무트다!"

"잡으면 귀족이 될 수 있다!"

사방이 시끄러웠다. 한때 제국 서남부의 패자였던 마왕이 마치 여우사냥을 당하는 것처럼 쫓기고 있었다.

"인생사 참 새옹지마로군."

나는 말 위에 올라 그 꼴을 물끄러미 보며 상념에 잠겼다. 이 세계에 처음 들어왔을 때만 해도 페자무트는 하르프하임 전투에서 강철 선제후를 박살내며 혜성처럼 떠오르고 있었으니 말이다.

"페자무트가 이 봉우리 중턱에 있다! 둘러싸라!"

마침내 페자무트는 포위됐다. 로엘린의 지휘관들은 병사들을 꼼꼼하게 배치한 뒤 정찰병으로 하여금 페자무트의 상태를 보고 오게 했다.

"보고 드립니다. 페자무트는 봉우리 중턱에 바위에 홀로 앉아 있습니다."

"뭐? 거기서 뭘 하고 있느냐?"

그 질문에 정찰을 다녀온 자는 난처하단 표정이 됐다.

"아무 것도 안 하고 있습니다. 그저 경치를 바라보고만 있습니다."

"허허! 그놈이 드디어 실성했나?"

주변에서 황당하다는 웃음이 터졌다

"아무래도 좋다! 가서 페자무트를 죽여 버려야 한단 점은 변함이 없다!"

"옳소!"

"놈의 목은 반드시 내가 치겠소!"

"어림없는 소리!"

로엘린의 휘하에서 일하는 강자들이 저마다 몸을 들썩이고 있었다. 큰 전공을 세울 기회가 왔으니 그럴 수밖에. 당장이라도 우르르 몰려갈 듯해서 내가 나섰다.

"모두 잠시만 기다리게."

나는 시간을 좀 달라고 했다. 페자무트에게 투항하도록 설득해 보겠다는 것이다. 그러자 다들 회의적인 반응이었다.

"사실 본인도 별로 가능성이 있다고 보지 않네. 하지만 이건 로엘린 전하의 체면과도 관련된 것이야. 관대한 장미의 마왕이 다른 마왕에게 투항도 권하지 않고 죽여 버렸다면 세간에서 어찌 보겠나?"

그렇게 말하자 모두 납득했다. 하지만 잔뜩 달아오른 모습을 보니 인내심을 오래 발휘해 줄 것 같지는 않았다.

"이런 상황에서는 오직 검만이 해결책입니다. 각하."

"내 모르지 않아. 잠시만 기다리게."

페자무트를 만나러 산을 올랐다. 강력한 기운이 느껴져서 그를 찾는 건 어렵지 않았다. 실제로 만나는 건 이번이 처음이지만 나름대로 인연이 깊은 인물이 아닐 수 없었다. 처음에 어떻게 말을 걸까 고민하던 나는 깜짝 놀라고 말았다.

"헛!"

페자무트가 단검으로 자기 목을 겨누고 있었기 때문이다. 나는 서둘러 달려가 그의 손을 붙잡았다.

"전하!"

페자무트는 놀란 기색이 역력했다.

"자네는 대체 누군가?"

"무례를 용서하십니다. 저는 발러슈테드 폰 비텐바이어입니다."

"음, 자네가 그 소문의 비텐바이어 백작인가?"

여전히 페자무트의 손에는 힘이 빠지지 않았다. 당장이라도 목을 찌를 기세였다. 그래서 은근히 그와 힘싸움을 하면서 대답했다.

"그렇습니다. 전하, 잠시만 저와 대화해 주실 수 있겠습니까?"

"흐음……."

"어찌 전하처럼 귀하신 분이 스스로 목숨을 끊으려 하십니까?"

"모순적인 얘기를 하는군. 자네는 분명 날 포위한 군대를 이끌고 온 것 같은데 어찌 자살을 막는 건가? 생포하고 싶은가? 아니면, 직접 목을 치고 싶은 건가?"

페자무트는 단검을 놓더니 내 쪽으로 몸을 돌린다.

"원한다면 내어주지."

이 마왕은 이제 더는 살 생각이 없는 것 같았다. 목을 치려면 치라는 식이다. 겁쟁이란 평을 달고 살던 그가 죽음을 앞두자 이렇게 대범할 수가 없었다.

나는 그의 처지를 애석하게 여겨 설득하기로 했다. 페자무트는 직접 나와 적대한 적은 없었다. 그저 내게 끝까지 휘둘러 실패의 구렁텅이로 굴러 떨어져 왔을 뿐이다. 그래서 나는 그에게 마음의 짐이 있었다.

"전하께 제안이 있습니다."

"일단 들어보기로 하지."

"전하께 살 길을 알려드리고 싶습니다. 마왕의 위를 포기하고 브장송을 로엘린 전하께 넘기십시오. 그리하신다면 반드시 구명해 드리겠습니다."

내 제안에 페자무트는 허허 웃을 뿐이었다.

"전하, 한적한 곳으로 가시지요. 지내시는데 어려움이 없도록 돌봐드리겠습니다."

"자네가 아주 재밌는 제안을 가져왔구먼."

말은 그렇게 해도 그의 결론은 빨랐다.

"하지만 거절하겠네. 최후의 순간에는 자존심을 지키고 싶군. 평생 마왕으로 살았어. 죽을 때도 마왕이고 싶다네."

"전하, 다시 생각해 주시지요."

"더 말하지 않겠네. 살펴가시게."

급기야 페자무트가 돌아 앉아버리자 입맛이 썼다. 어쩔 수 없었다. 죽음을 각오한 결심인데 어찌 설득하겠나. 일단은 보내줄 수밖에. 나는 그의 등에 인사를 하고는 돌아섰다.

"이보게."

열 걸음 정도 옮기는데 뒤에서 페자무트가 불렀다.

"그깟 브장송이야 힘으로 점령하면 그만인 것을. 그게 본왕을 설득하기 위한 핑계임을 아네. 마음 써줘서 고맙군."

현 상황에서 사실 그의 협조는 별로 필요가 없다. 하지만 나는 그의 자존심을 고려해, 일방적으로 자비를 베푸는 게 아니라는 모양을 갖췄다.

페자무트는 그걸 알아채고는 감사를 해온 것이다. 나는 자리에 멈춰서 그의 뒷모습을 살펴봤다. 뭐랄까, 분명 마왕일 터인데 약하고 힘이 없어 보였다. 세월이 그를 작게 눌러버린 것 같았다.

"평안하시길."

짧게 인사하고 봉우리를 내려왔다. 그러자 기다리고 있던 자들이 일제히 날 쳐다본다.

"시체를 잘 수습해 드리게. 적이지만 그 신분이 높으니 정중히 장사지내야 도리에 맞네."

"그리하겠습니다."

기다리고 있던 자들은 저마다의 무기를 들고 우르르 몰려갔다. 하나하나 강력한 자들이었는데 그 수가 거의 100여 명이다. 페자무트라고 해도 당할 도리가 없었다.

아니나 다를까, 곧 위쪽에서 폭음과 함께 커다란 웃음 소리가 터져 나왔다.

"이 페자무트! 비록 실패자이나 죽는 순간만큼은 마왕으로 죽겠다! 오라! 크하하하하하!"

광기에 찬 그 목소리는 정말로 마왕의 위엄을 담고 있었다.

페자무트는 사망했다.

그의 영혼은 길게 늘어져 차원을 가로질러 어둡고 깊은 곳에 도착했다.

어둠의 대군인 '무덤에서 웅크리고 있는 자'가 거주하는 세계였다. 암흑 속에서 수많은 망자들이 웅크린 채 끝없는 고통에 울부짖는 세계였다.

어찌나 끔찍한지 평생 사령술을 다뤄온 페자무트조차 겁이 날 정도였다. 수천, 수만의 징그러운 눈동자가 그를 주시했다.

- 왔다. 실패자가 왔어.

- 힘을 받고도 실패한 자가 왔어.

- 이제 그 대가를 치를 때. 영겁의 고통 속에서 살아갈 거야.

페자무트는 자신이 어디로 가야하는지 본능적으로 알았다.

- 무능한 자.

- 애초에 힘을 받을 자격이 없었다.

망자들의 비아냥을 들으며 페자무트는 거대한 어둠의 권좌가 있는 장소에 도착했다. 그 권좌에는 그 키를 짐작하기 어려운 어둠의 거인이 앉아있었다. 머리는 저 높은 밤하늘까지 솟아 있었다.

어찌나 거대한지 고개를 최대한 들어 올려도 그의 머리가 제대로 보이지 않을 정도였다. 페자무트는 그가 묘지기의 왕이라고도 불리는 무덤에서 웅크리고 있는 자란 걸 깨달을 수 있었다.

- 묘지기의 왕이여.

페자무트는 무릎을 꿇었다. 하지만 자신의 의지로 꿇은 건 아니었다. 무덤에서 웅크리고 있는 자의 압박이 어찌나 대단한지 서서 버틸 재간이 없었을 뿐이다.

- 페자무트!

목소리는 마치 천둥이라도 치는 것 같았다. 묵직하게 우르르 울리는 게 페자무트의 전신을 뒤흔든다.

- 너에게는 특별함 힘을 내렸다. 비루했던 네놈이 마왕의 위에 오른 건 오로지 내 도움 때문이다. 그런데 쓸모있는 일이라곤 조금도 하지 못한 채 죽어 나자빠져? 이 몸은 네놈에게 죽음을 다루라 했지, 본인이 죽으라 했느냐!

무덤에서 웅크리고 있는 자가 화를 내자 차원 전체가 요동쳤다. 자비는 없어 보였다.

이제 저 어둠에 집어삼켜져 끝나지 않는 고통 속에서 살아가야 했다. 자기 자신이란 기억은 사라지고 그저 절규하는 망령이 된다.

페자무트는 그런 끝도 나쁘지 않단 생각이 들었다. 아무 것도 기억하지 못한다면 지금 이 고통은 사라질 테니까.

- 뜻대로 하시오.

- 호오? 겁쟁이 놈이 마지막에 꽤나 기개가 좋아졌구나?

담담한 페자무트의 태도에 무덤에서 웅크리고 있는 자가 흥미를 보인다. 어찌나 높은 곳에서 내려다보던지, 그의 눈은 마치 하늘 위에 떠있는 흉흉하고 칙칙한 달덩이 같았다.

- 크하하! 알았다.

그는 웃기 시작했다. 그러자 밤하늘에 떠있던 별들이 그의 힘에 놀라 사방으로 흩어져갔다.

- 네놈에겐 특별한 벌을 내리마.

- 그게 무슨 말이오?

뭔가 상황이 달라진 것 같아서 페자무트는 의아했다. 자아를 잃어버린 망령이 되어 영원히 흘러 다니는 게 아니었나?

- 네놈의 죄는 실패다. 실패의 대가로 그건 적당하지 않지.

- 무슨 짓을 하려는 것이오!

- 앞으로 이 차원을 떠돌며 다른 마왕들의 성공을 보며 살아가라. 너는 그들의 가장 화려한 면만 보게 될 것이다. 실패자인 네놈이 결코 갖지 못했던 것을 가진 그들의 삶을!

무덤에서 웅크리고 있는 자는 페자무트가 제일 외면하고 싶어하는 걸 억지로 보여주겠다는 생각에 즐거워하는 기색이 역력했다.

- 어쩌면 이리 실패란 가혹한가! 그 대가로 파멸할 뿐만 아니라 남의 성공까지 봐야한다니! 크하하하!

- 그럴 순 없소! 나는 그저 끝을 원하오!

- 이게 네놈의 끝이다. 페자무트.

가질 수 없는 것을 영원히 부러워하고 영원히 질투하는 형벌이었다.

- 이제 그 이름의 사용도 금하겠다. 네놈의 이름은 이제 인수불룸(Insúbŭlum)이다. 이는 실패란 뜻이다.

- 안 돼에!

경악한 페자무트는 자기 머리를 쥐어뜯었다. 이 지옥과도 같은 세계를 한없이 떠돌며 적들의 승리를 계속 지켜봐야 한다고?

자신을 파멸시킨 로엘린이 승승장구하는 꼴을 계속 본다면 매일 피를 토하는 심경으로 살아가게 될 것이다. 로엘린뿐 아니었다. 그가 질투하는 적은 얼마든지 많았다.

- 거절한다! 묘지기의 왕! 이럴 순 없어!

심장이 터질 것처럼 뛰기 시작했다. 속이 울렁울렁거리며 토악질이 나왔다. 페자무트는 새삼 자신을 기다리는 운명의 가혹함에 현기증이 일어났다.

그저 죽음으로 모든 게 끝나길 원했다. 하지만 이승에 있을 때보다 더 가혹한 길이 남아 있을 뿐이다. 이승에선 아무리 처지가 바닥으로 떨어져도 언젠가 반격할 가망이란 게 있다.

하지만 이곳에 영원히 갇혀 있으면 하염없이 그들의 꼴을 바라보며 피눈물만 흘려야했다. 끝나지 않는 절규와 함께.

- 싫다아아! 실패한 내 인생이 싫다아아아! 으아아아아!

이마를 땅에 쿵쿵 찧는 페자무트의 꼴에 무덤에서 웅크리고 있는 자는 아주 유쾌하게 웃어댔다.

- 크하하하하하! 이 몸의 수발을 들었던 마왕이여! 네놈의 후회와 함께 영겁의 고통 속으로 들어가라.

무덤에서 웅크리고 있는 자는 가학적으로 웃었다. 물론 그의 형벌은 단순히 감정적인 것만이 아니었다.

- 이제 너의 적이 웃을 때마다 네놈 가슴을 찢어져 피와 눈물이 흐를 것이다! 너의 적이 금화 한 닢을 얻을 때마다 네 몸뚱이에 돌덩이가 들어찰 것이다! 네 적이 기름진 음식을 먹을 때마다 너는 오물을 처먹을 것이다!

그 저주는 끝이 없었다. 페자무트는 감정적 고통에 더불어 적이 사소한 기쁨을 얻을 때마다 가혹한 형벌을 받게 된 것이다.

- 이 개 같은 어둠의 괴물아! 마왕의 계약을 할 때는 이런 내용은 없었잖느냐! 크아아아아!

페자무트가 절규하며 있는 힘껏 마력을 끌어내더니 달려들었다.

- 우습군. 이 몸이 내린 힘으로 이 몸을 상해하려 하는 건가? 카하하하!

퍼엉!

무덤에서 웅크리고 있는 자는 미동도 하지 않았으나 페자무트의 몸 반절이 터져나갔다. 삽시간에 엉망이 된 페자무트는 피를 철철 흘리며 땅바닥에 뒹굴었다.

- 아아아악!

비명을 지르는 그는 점점 마왕의 모습이 무너져 그저 하찮은 망령으로 변해갔다. 무덤에서 웅크리고 있는 자는 페자무트를 집요하게 괴롭혔다.

- 네 이름은 이제 인수불룸^{실 패}이다! 영혼에 직접 새겨주지!

- 으아아아! 내 영혼에서 물러나!

페자무트는 자신의 영혼에 실패라는 이름이 새겨지는 것만은 피하기 위해 악을 썼다. 울음을 터뜨리며 비탄에 잠겨 소리쳤지만 어둠의 대군이 가진 힘에는 반항할 수 없었다.

- 내게 왜 이리 가혹한가! 묘지기의 왕!

- 네놈에게 가혹한 게 아니다. 그저 인생의 실패자에게 가혹한 것이다!

페자무트는 피눈물을 흘리며 소리쳤다.

- 다시 한 번만 살 수 있다면!

- 인생을 낭비하지 않을 것이다!

- 더이상 후회할 짓은 하고 싶지 않다!

궁지에 몰리자 잘 접어 마음속에 갈무리했던 미련이 폭주해서 튀어나왔다.

- 그때 부하들에게 모질 게 구는 게 아니었다!

- 가족과 사이가 왜 틀어졌는지 이제야 이해하겠다! 내가 그들을 버려뒀다!

후회로 페자무트의 가슴은 천 갈래, 만 갈래 찢어지는 것 같았다.

- 다시… 시작할 수 있다면… 얼마나 좋을까.

그런 절망에 무덤에서 웅크리고 있는 자의 웃음소리는 커져만 갔다.

- 여기 이 마왕을 보라! 정작 인생에서 눈물을 보여야 할 순간에는 울지 않고, 이제야 자기 삶을 후회하며 우는 구나! 카하하핫!

무덤에서 웅크리고 있는 자의 거대한 손이 페자무트를 향해 뻗어 왔다. 그 검은 갈퀴 같은 손이 어찌나 큰지 도저히 피할 방법이 없어 보였다.

- 이제 낙인을 찍어주마. 더는 마왕이 아닌 벌레 같은 자여.

페자무트는 자리에서 일어나 팔을 위로 뻗고 파멸의 순간을 맞이했다.

- 오라! 후회여! 여기 그대의 괴물 같은 입으로 집어 삼켜야 할 인생의 실패자가 있으니!

차원의 모든 망령들이 눈을 떼지 못했다. 위대한 위치에 섰던 마왕이 이제 이 차원의 존재들 중 가장 밑바닥으로 굴러 떨어지는 순간이었다.

이지를 잃어버린 망령들조차 크게 기뻐하며 야단법석을 떨었다. 차원의 모든 존재들이 페자무트를 비웃어댔다. 이제 페자무트는 입을 열 기력도 없었다. 그저 선고를 받아들이려 했다.

그런데 그 순간.

쩌억.

어디선가 달걀이 깨지는 것과 비슷한 소리가 났다. 허공에 미세한 균열이 생겨나고 있었다. 무덤에서 웅크리고 있는 자는 그 꼴을 보며 노여움을 감추지 못했다.

- 감히! 칠마성전의 지식을 믿고 이 몸의 세계에 부르지도 않았는데 기어들어오려 하다니!

페자무트는 대체 무슨 일이 일어나는 건지 알 수 없었다. 무덤에서 웅크리고 있는 자가 명백히 동요하고 있었다.

- 이런 건방진 놈! 꺼지지 못할까!

무덤에서 웅크리고 있는 자는 저 멀리 어딘가를 향해 소리쳤다. 하지만 상대는 끈질기게 포기하지 않았다. 허공에 가고 있는 금은 점점 커져 이제는 사람 한두 명이 통과할 정도가 되었다.

그제야 페자무트가 누군가 이 멀고 먼 세계를 방문하려 하고 있음을 깨달았다. 대체 누가 그런 대담한 짓을 하는 걸까. 짐작도 되지 않았다. - 빌어먹을 인과의 법칙….

무덤에서 웅크리고 있는 자는 불만이 가득한 목소리였다. 하지만 그는 방문의 요청을 허할 수밖에 없었다. 인과율 때문이다.

지금의 이 요청은 그가 후원을 했다는 원인 때문에 발생한 것이다. 그런데 그 결과를 무시한다면 그에 따른 여파를 감당해야만 한다.

가장 흔한 패턴이 상대에게 힘은 힘대로 제공하고 끼칠 수 있는 영향력은 감소해 버리는 식이다. 무덤에서 웅크리고 있는 자는 자신의 가장 강력한 체스말 가운데 하나를 포기할 순 없었다.

칠마성전의 지식에 이를 갈면서도 결국 방문을 허락할 수밖에 없었다.

- 맘대로 하라. 빌어먹을 놈.

차원의 주인의 허락이 떨어지자 허공의 균열이 부서지며 구멍이 뚫렸다. 그리고 그 구멍에 한 남자가 걸어 나왔다.

그의 이름은 발러슈테드 폰 비텐바이어. 이 음험한 차원을 한 번쓱 둘러본 그는 페자무트를 손가락으로 가리켰다.

- 마왕의 영혼을 거래하러 왔다.

페자무트는 어안이 벙벙해졌다. 분명 저 남자는 죽기 전에 만났던 자다.

그런데 어찌 여기까지?

하지만 그는 구구절절한 설명대신 이 지옥에 어울리는 미소를 지어보일 뿐이었다.

- 다시 시작하셔야지요. 전하. 이대로 쓰러지셔야 되겠습니까?

간신히 차원을 넘어 무덤에서 웅크리고 있는 자의 세계에 들어왔다.

영원히 밤이 지속되는 이 차원의 이름은 '이 테멘 앙 키'.
$^{E \ temen \ an \ Ki}$

하늘과 땅의 기초가 되는 집이란 뜻인데, 풀이를 하면 꽤나 괴악하다. 여기서 하늘은 외차원이고 땅은 물질계를 말한다. 그리고 기초는 죽음이다.

즉, 외차원이든 물질계든 모든 건 죽음 위에 쌓아올려져 있다는 그의 시각을 반영하고 있었다.

그간 칠마성전 덕에 이곳으로 오는 방법은 알았지만 마력이 부족해 감히 시도할 수 없었다. 하지만 이제 거의 5,000을 바라보는 강대한 마력 덕에 가능해졌다. 어지간한 드래곤보다도 많은 수준이었다.

"흐…."

그나저나 엄청난 압박감이군. 오자마자 한껏 허세를 부리긴 했지만 이 차원의 적대적인 환경에 숨이 턱턱 막혔다.

뭣보다 무덤에서 웅크리고 있는 자의 부정한 존재감이 정신을 갉아먹는 기분이었다. 나 같이 특수한 인간이 아니면 저런 힘에 견딜 방법을 찾기란 어렵다.

어둠의 대군이 가진 존재감은, 생명체가 가까이 가면 죽어버린다는 점에서 방사능 같은 거라고 봐도 좋을 정도였다.

- 기어코 이 몸의 차원에 기어들어 왔느냐!

"페자무트의 영혼을 데리고 가겠다."

- 이 건방진 놈!

순간 돌풍이 일어나더니 무덤에서 웅크리고 있는 자가 내게 팔을 뻗어온다. 나는 지체없이 몸을 날렸다. 전력을 다해 간신히 피했다고 생각했는데 어느새 한쪽 팔이 터져나갔다.

퍼엉!

그야말로 너덜너덜 고깃덩이가 돼버렸다.

"크윽…."

격통에 눈앞이 하얗게 되는 것 같다. 하지만 이를 악물고 버텼다. 어둠의 대군을 자극했으니 그냥 넘어가지 않을 건 알고 있었다. 오히려 팔 하나면 싸다.

- 요즘 제국에서 좀 잘 나간다고 이 몸 앞에서도 기어오르려는 것이냐. 꺼지지 않으면 이번에는 머리를 터뜨려주지.

그의 서슬 퍼런 기세에 이 세계의 가냘픈 별빛이 모두 사라져버렸다. 짙은 어둠이 묵직하게 날 눌러왔다. 거대한 검은 거인과 어둠의 권좌도 어둠의 장막 너머로 사라지고 아무 것도 보이지 않았다.

"그럴 생각은 없다. 발버둥치는 죽음의 봉인이 점점 풀려 가는데 그대를 위해 노력하는 나를 쫓아낼 것인가? 묘지기의 왕이여?"

나는 협박에도 불구하고 한 발도 물러나지 않았다. 겁먹고 도망갈 거면 애초에 오지도 않았다.

- 뭐라?

"지금 지상에는 발버둥치는 죽음의 봉인을 풀려는 암중의 세력이 있다. 나를 습격해 오기도 했지. 현재 우리 쪽이 열세다. 그런데도 나를 짓눌러 죽이겠다는 건가? 어디 마음대로 해봐라."

내 인생에 확고한 원칙이 있는데, 내가 남을 협박하는 건 괜찮지만, 남이 나를 협박하는 건 안 된다. 설령 상대가 어둠의 대군이라고 해도.

"만약 여기서 내가 죽는다면 묘지기의 왕에 대한 비밀을 제국에 뿌려버리겠다. 그러면 무슨 일이 일어날 것 같나?"

- 네놈!

"순식간에 묘지기의 왕은 세계를 멸망시킬 최악의 존재로 가공될 것이다. 그리고 인간과 다른 어둠의 대군들이 후원하는 마왕이 합심해 그대의 추종자를 쥐 잡듯 박멸하겠지. 안 그럴 것 같나?"

역시 나는 이런 일이 어울려. 익숙하게 상대를 기만하기 시작하자 여유가 되살아났다.

"묘지기의 왕이여. 그런 선동이란 무척 쉬운 것임을 알지 않는가?"

- 아둔한 필멸자 주제에 감히 이 몸을 협박하려는 것인가?

"협박이 아니다. 그저 사실을 말할 뿐."

이 존재를 속이는 건 거의 불가능에 가깝다. 그러니까 실제로 가능한 일을 협상 카드로 써야 한다. 아무리 무덤에서 웅크리고 있는 자가 대단하다고 해도 물질계에선 그 영향력이 제한적이다.

"본인은 그런 증대하는 위험 속에서 전력을 강화하고자 방문한 것이다. 즉, 약속에 성실하고자 함이다. 그런데 굳이 날 죽여 분을 풀어야겠나?"

페자무트가 죽고 그의 후계자가 정해지지도 않은 상황이다. 거기에 나까지 죽는다면 무덤에서 웅크리고 있는 자는 당분간 물질계에서 사업을 접을 수밖에 없다. 결국 그는 실리를 택하겠지.

- 빌어먹을 놈. 이번에는 그 팔 하나를 대가로 무례를 용서하지. 영

겁에 가까운 세월을 살아왔는데 미물에게 협박을 당해보긴 오늘이 처음이로다.

"그거 영광이로군."

잘린 팔은 용사의 능력으로 출혈이 멈춘 상태다. 재생이야 하겠지만 한동안은 외팔로 지내야겠구나.

- 대체 이런 벌레가 무슨 쓸모가 있다는 것이냐. 이 특별하고 어리석은 자여.

이제야 무덤에서 웅크리고 있는 자는 대화에 응해줬다. 별들이 다시 밝아지며 주변의 모습이 눈에 들어왔다.

"간단하다. 그는 지금까지의 나의 성공가도에 큰 도움을 주었다. 앞으로도 나 대신 악명을 뒤집어 쓸 자가 필요하다."

무덤에서 웅크리고 있는 자는 권좌에 앉은 채 턱을 괴고는 생각에 잠겼다.

- 네놈이 이 비루한 벌레를 잘 활용한 건 알고 있다. 하지만 일의 결과는 전혀 마음에 들지 않는다. 분명 발버둥치는 죽음의 후원을 받는 마왕을 죽이라 했다! 한데 어찌 상관없는 마왕부터 처리한 건가!

마왕 오드가쉬와 마왕 아문데를 얘기하는 거였다.

"그 키만큼이나 좀 멀리 봤으면 좋겠군. 일을 처리할 때는 포석을 깔고 나아가는 게 기본이다. 얼마 전까지 나는 아무 힘도 없었는데 어찌 원하는 순서대로 일을 처리할까?

무덤에서 웅크리고 있는 자가 그 사실을 모를 리가 없다. 그냥 괜히 트집을 잡는 거다.

"나는 약속을 저버리려는 게 아니다. 묘지기의 왕이여."

- 그 건방진 주둥이만큼이나 일처리가 확실해야 할 것이다. 피도 눈물도 없는 자여. 지금 네놈이 누리는 권능이 누구에게서 온 건지 매일 떠올리라.

"조만간 가시적인 성과를 낼 테니 너무 안달복달하지 마라. 나 역시 발버둥치는 죽음의 봉인이 풀리는 걸 원치 않는다."

나는 이제 영지와 군대가 있으니 좀 더 광폭한 행보가 가능할 것이라 했다.

"제국의 전쟁과 다툼은 점점 가열되고 있다. 앞으로 좋은 기회가 올 것이다."

- 쓸만한 소식을 가져오길 기대하지.

나는 앞으로의 일을 수행하기 위해 페자무트를 요구했다.

"작위를 얻은 탓에 나는 수면 위로 부상했다. 사령술을 쓰기 전보다 어려워졌단 얘기다. 아무리 조심해도 내가 가는 곳마다 사령술에 얽힌 사건이 터지면 의심의 눈초리가 거세질 것이다. 그를 막기 위해선 모든 사람들의 주의와 시선을 잡아둘 자가 필요하다."

- 이 쓰레기에게 다시 기회를 줘야 한다니…. 차라리 하위 마왕을 승급시키겠다.

"그건 좋지 않다. 고위 마왕으로 경험을 쌓은 페자무트가 적당하다. 어느 세월에 하위 마왕에게 경험을 쌓게 하겠나? 세상일이란 게 힘만으로 되는 게 아니다."

무덤에서 웅크리고 있는 자는 페자무트를 보며 코웃음을 쳤다.

- 이 쓰레기의 운이 아직 끝나지 않은 모양이로군. 좋다! 그의 활용도에 대해 인정하겠다. 다만 규칙상 그가 네놈의 제안에 동의해야 데려갈 수 있다.

"알겠다."

무덤에서 웅크리고 있는 자는 페자무트가 이 상황을 받아들이기로 하면 데려가도 좋다고 했다. 나는 쓰러져 있는 페자무트를 일으켜 세웠다.

"전하. 아니, 쓸데없는 가식은 버리도록 하지. 페자무트여. 함께 돌아가겠나?"

- 정말로 다시 시작할 수 있는 건가?

그는 지금 상황 자체가 믿기 힘든 것 같았다.

"물론이다."

- …너무나 좋은 제안이라 믿기지가 않는군.

"묘지기의 왕과 대화한 걸 들었으면 알겠지만 그간 그대를 꽤 이용해 먹었네. 또 그러려는 것뿐이다."

- 설명해 주게.

나는 고개를 끄덕이며 마왕 아뮨데와의 싸움에서 어떻게 그를 이용했는지 알려줬다. 그러자 페자무트는 표정이 시시각각으로 변하더니 마침내 허탈한 웃음을 터뜨렸다.

- 하하하. 그랬단 말인가. 그랬단 말인가.

그는 애통한 듯 하나 남은 팔로 가슴을 두들긴다.

- 본왕은 잘 알지도 못하는 자에게 그리 놀아나고 있었나! 발렌슈타인이 경고했었지. 어딘가에 사령술에 정통한 이가 나타나 혼란을 일으키는 것 같다고. 하지만 본왕만큼이나 실력있는 이가 있을 리 없다 무시했는데 참으로 어리석었구나!

"내가 원망스럽나? 페자무트."

이 질문에 그는 온갖 욕과 저주를 퍼부었다.

- 네놈은 진정 개새끼 중에 개새끼다! 가장 사악한 마왕도 네놈의 행태에 치를 떨 정도로!

그는 한바탕 쏟아 붓고 나서는 담담한 표정이 됐다. 과거의 원한 따위는 이제 상관없다는 듯한 득도한 얼굴이 내 흥미를 끌었다.

"이제 날 향한 찬사는 끝났나?"

- 어이가 없군.

페자무트는 쓴웃음을 짓는다.

- 그저 허탈할 뿐이다. 애초에 그대의 계책에서도 나는 부수적인 존재지 않나. 그 늙은 메두사를 처리하는 김에 같이 정리하는 수순 정도라니.

미안하지만 그건 사실이었다. 어디까지나 내 생사대적은 마왕 아문데였다. 페자무트는 편의점에서 주는 '증정품 받아가세요' 같은 존재다.

- 본왕이 제국의 한축이라 자신하며 교만했던 시절도 있었다. 하지만 이제 보니 모략이 깊은 자들의 놀이판에 제멋대로 휘둘리는 천치에 불과했구나. 묘지기의 왕이 쓸모없는 벌레라고 하는 것도 틀리지 않다.

그러자 하늘에서 우르릉 거리며 울리는 듯한 소리가 났다. 지켜보던 무덤에서 웅크리고 있던 자가 흘린 비웃음이었다.

- 솔직히 원망이 없지는 않으나, 그대가 아니라도 어차피 아문데에게 당했겠지. 이미 그 교활한 년의 책략에 휘말려서 인스부르크에서 난국에 빠졌었으니까. 복마전에서 진 자가 무슨 말을 하겠나.

이런 태도는 내가 아는 페자무트와 상당히 달랐다. 본디 페자무트는 도량이 좁고 겁이 많은 소인배다. 그런데 이런 확 바뀐 태도라니.

"죽음이 뭔가 깨달음을 줬나 보군."

- 크흐흐. 평생 죽음을 다뤄왔는데 이제야 죽음에서 뭔가 배운 셈이다.

혀를 차던 페자무트는 이제 자신에게 아무런 기반도 없는데 어디에 쓰려는지 물어왔다.

- 점령지와 본거지도 모두 잃었다. 따르는 신하도 없고 혼자 남았으니 어디에 쓰려는가?

"딱 적당한 곳이 있다. 바로 그로스글로크너에 만들어지고 있는 언데드 도시다."

- 언데드 도시?

나는 야심차게 만들고 있는 언데드 도시에 대해 설명했다. 사령술에 정통한 마왕인 페자무트라면 도시를 관리하게 하긴 딱 좋았다.

"어떤가? 새로운 인생이다. 완전히 새출발 할 수 있다. 실패한 게 있으면 이제부터 바로 잡으라. 후회하는 게 있으면 이제부터 다시 시작하라."

내 말에 페자무트는 결국 고개를 끄덕였다.

- 독이 든 성배와도 같은 제안이군. 하지만 좋다. 지금보다 더 최악은 아닐 테니 제안을 받아들이겠다.

페자무트가 수락하자 무덤에서 웅크리고 있는 자가 나섰다.

- 결정을 내린다. 페자무트의 영혼을 그대에게 넘기겠다.

그는 페자무트의 영혼에 어떤 낙인을 찍었다. 흉부에 불길이 일어나며 선명한 글씨가 새겨진다.

- 크아아아아아악!

영혼을 지지는 격통에 페자무트는 흰자위를 드러낸 채 발버둥을

쳤다. 저건 일종의 노예 낙인이었다. 이제 주인이 된 내게 반항할 수 없게 해준 것이다. 저 복잡한 글씨 중 일부가 발러슈테드란 이름일 터.

- 페자무트! 그 이름을 계속 쓰게 해주는 대가로 그를 주인으로 섬기라!

결론이 나자 무덤에서 웅크리고 있는 자는 내게 어서 떠나라는 듯한 태도를 보였다. 하지만 나는 아직 용건이 남아 있었다.

"묘지기의 왕이여. 기왕 내놓는 거 영혼을 하나 더 달라."

- 뭐라? 이런 기가 막힌!

내 뻔뻔한 요구에 무덤에서 웅크리고 있는 자는 황당한 기색을 감추지 못했다. 하지만 나름대로 이유가 있었다.

최근 마왕 아문데의 시체를 확보했는데, 그녀의 영혼은 어둠의 대군에게 가버렸다. 그래서 육체는 껍질만 남은 셈인데 이를 활용하기 위해 강력한 영혼이 필요했다.

마왕 오드가쉬의 시체도 있지만 그쪽은 워낙 제작 난도가 높아서 지금은 손 댈 수 없다. 하지만 마왕 아문데의 시체라면 조만간 작업을 가능할 것 같았기 때문이다.

- 아주 이 몸을 만만히 보는 모양이구나! 편리한 대로 이용해 먹으려고 하는 것인가! 필멸자 나부랭이가!

무덤에서 웅크리는 자가 격분하자 차원 전체가 반응했다.

우르르릉! 콰앙!

밤하늘을 무수히 많은 번개가 가로지르며, 회오리가 일어나 주변의 수많은 망령들이 휘말려 돌며 귀곡성을 질러댔다. 그가 변덕을 부리면 나 같은 건 한순간에 파멸한다. 그래서 약속을 더했다.

"다음 목표는 무조건 발버둥치는 죽음의 후원을 받는 마왕으로 정하겠다. 몇 가지 포석을 더 깔고 나서려 했으나 이쯤에서 내가 약속을 성실히 이행할 뜻이 있다는 걸 보이는 게 좋겠지."

그러자 무덤에서 웅크리고 있는 자의 태도가 조금 누그러졌다.

"이미 나는 두 명의 강력한 마왕을 쓰러뜨렸다. 세 번째도 충분히 가능할 터. 발버둥치는 죽음은 봉인에서 풀려나기 위해 온갖 노력을 하고 있다. 그 와중에 자기 말이 당하면 무슨 기분이 들 것 같나?"

- 인간 중에 네놈처럼 황당한 놈은 없었다. 감히 이 몸과 같은 불가해의 절대자에게 제멋대로 이것저것 요구를 하다니.

"줄 건가? 말 건가?"

- 대신 조건이 있다.

우르르르릉.

무덤에서 웅크리고 있는 거대한 얼굴을 아래로 내려 나를 내려다본다. 하늘 높이 있던 눈동자가 수십 미터 앞까지 가까이 오자 나는 덜덜 떨리는 몸을 감추려 애를 써야했다.

빌어먹을, 단지 시선조차 견디기 버겁다니. 어둠의 대군이란 존재가 얼마나 강력한 존재인지 절절히 느껴졌다.

- 서열 10위 안의 마왕을 죽여라!

그의 말인 즉, 아무리 발버둥치는 죽음의 후원을 받는 마왕이라도 서열 10위 안의 고위마왕이 아니면 인정하지 않겠단 소리였다.

"좋다! 기왕 하는 거 고위 마왕을 노려보지! 이쪽도 바라는 바다!"

- 흥, 건방진만큼 호탕한 면은 좋도다.

내 대답이 맘에 들었는지 무덤에서 웅크리고 있는 자는 구부정했던 등을 권좌에 기댔다. 그 모습이 흡사 기울어졌던 빌딩이 다시 세워지는 것 같았다. 압박감을 많이 가셨다.

- 원하는 대로 이 차원에 붙잡힌 영혼을 보여주지. 특별히 강한 힘을 가진 영혼만 내세우겠다.

무덤에서 웅크리고 있는 자가 손을 한 번 휘젓자 여기저기서 영혼들이 쏟아져 나왔다. 다른 영혼들보다 훨씬 강렬한 색채를 가진 그들은 사방팔방에서 몰려들어왔다.

도열한 영혼을 살펴보니 오랜 고통에도 불구하고 하나 같이 비범함이 느껴졌다. 아마 무덤에서 웅크리고 있는 자는 이 하나하나를 탐욕으로 수집해 왔겠지. 마치 드래곤이 자신의 금화 하나하나를 모두 세며 시간을 보내는 것처럼 말이다.

"기왕 주는 거 서넛 정도 주면 안 되나?"

- 어리석은 소리 하지 마라! 그깟 영혼이 아까워서 아니라 인과율의 문제 때문이다. 멍청한 놈! 이미 파멸한 영웅을 세계에 돌려보내면 천명을 비트는 것이다. 당연히 그만한 반동이 일어난다. 그리고 그걸 감당하는 건 이 몸이고.

하긴 어둠의 대군 같은 존재라고 해도 피해갈 수 없는 그런 규칙이 있으니 이 우주가 유지되고 있는 거겠지. 지금 도열한 영혼들은 생전에 위대한 자들이었다. 다시 물질계에 튀어나오게 하는 건 일반인 수만의 천명을 거스르는 것보다 훨씬 무거운 인과를 감당해야 하는 문제였다.

- 얼른 골라서 꺼져라. 이게 네놈이 부릴 수 있는 건방의 마지막이다. 이 특별하고 어리석은 것아. 이후 이런 관대함은 없을 것이다. 또한 약속을 지키지 못한다면 이 몸의 권좌 아래 가장 고통스러운 자리를 선물하지.

원하는 걸 얻어내긴 했지만 꽤나 심기를 긁은 모양이었다. 이를 갈며 으르렁거리 게 빨리 이 차원을 떠나는 게 현명하겠군.

하지만 언젠가 그와 갈라서는 건 예정된 수순이다. 그전에 그의 인내심이 허락하는 한도에서 최대한 뜯어먹는 게 좋았다.

"이 영혼이 대단해 보이네."

나는 한 늙은 마법사가 마음에 들었다. 교활해 보이는 인상이었으나 그 마력이 참으로 심후해서 생전에 대단했을 것 같았다.

- 보는 눈이 있군. 그는 400여 년 전에 인간 중 정점에 올랐던 마법사다. 이 자의 손에 살해된 마왕만 11명이었을 정도다.

"그런 자가 왜 이리 몰락한 거지?"

- 멍청한 놈. 어리석은 질문을 하는군. 힘의 강약은 상관없다. 파멸은 과욕을 부리고 주제를 모를 때 도둑처럼 찾아오는 거지.

제일 적당했기에 나는 이 자의 영혼을 달라고 하려 했다. 그런데 그때 한 비실비실한 영혼이 뒤늦게 날아왔다. 무덤에서 웅크리고 있던 그 모습에 실소를 감추지 못했다.

- 자기 욕망이 아니라, 자식을 위해 희생한 덜 떨어진 영혼이 왔군!

그 영혼은 고통에 창백해진 얼굴이었으나 매우 아름다운 여자였다. 뒤늦게 온 그 영혼을 살피던 나는 깜짝 놀라지 않을 수 없었다.

"허!"

그도 그렇게, 그녀는 마족이긴 했으나 그 생김새가 내가 아는 여자와 놀랄 정도로 똑같이 생겼기 때문이었다.

"발푸르기스?"

아니, 나는 곧 고개를 저었다. 발푸르기스랑 판박이지만 훨씬 성숙한 느낌이었다. 발푸르기스가 20대 후반이 되면 저런 얼굴일 것 같았다.

대체 저 여자의 정체가 뭐지?

너무나 발푸르기스와 닮은 모습에 의아해하고 있을 때, 그녀가 무릎을 꿇고 간청해왔다.

- 원하시는 건 뭐든 하겠어요. 제 모든 걸 바칠 테니 부디 저를 데려가 주세요.

"당신은 누구십니까?"

- 아스비엘라라는 마족이랍니다. 이승에 제 딸아이가 있어요. 제발…."

그녀는 무릎을 꿇은 채 내 발등에 입술을 맞추며 간청했다.

- 그저 한 번만이라도 보고 싶습니다.

이에 무덤에서 웅크리고 있던 자는 비웃음을 터뜨렸다.

- 저딴 멍청한 년은 신경 쓰지 마라. 가장 중요한 건 자기 자신이라는 것도 모르는 아둔한 년이다. 보라, 저 여자가 가족을 위해 희생한 대가를. 살아서는 바이에른의 공자를 홀린 창녀로 여겨졌고 죽어서는 이곳에서 고통 받고 있다.

뭐? 바이에른이라고?

- 설마 저 년을 선택하려는 것인가?

"왜, 주지 못할 문제라도 있나?"

- 문제는 네놈 머리에 있는 거겠지. 그래, 저년이 살아서는 보물이었음을 인정한다. 세상에서 가장 아름다운 여자 중 하나였으니 신격조차 탐할 정도의 가치를 가졌었다. 하지만 지금의 꼴을 보라. 그 육체는 썩어 흙이 돼 그저 볼품없는 망령만이 남았는데 어디에 쓰려는 것이냐?

타당한 얘기다. 하지만 어둠의 대군조차 전지전능하지 않기에 그는 바이에른 선제후 가의 비사를 모른다.

분명히 이 여자는 발푸르기스와 모종의 관계가 있었다. 똑같은 외모뿐 아니라 바이에른의 공자를 홀렸다는 얘기가 결정적이었다.

묻고 싶은 게 많았지만 주변에 듣는 귀가 있어서 그것도 쉽지 않았다. 특히 무덤에서 웅크리고 있는 자가 알게 하고 싶지 않았다. 그래서 한 가지만 물었다.

"언제 돌아가셨습니까?"

- 15년 전입니다.

현재 발푸르기스는 17살이다. 시간적으로 맞았기에 나는 어느 정도 확신하게 됐다.

"이 여자를 선택하지."

- 정신이 나갔군.

"그녀의 영혼을 달라. 원하는 대로 이 차원을 떠나주지."

- 뭐, 좋다.

그가 허락하자 페자무트 때와 똑같은 상황이 일어났다. 여자의 가슴팍이 타오르더니 낙인이 새겨진 것이다. 이제 그녀는 내 소유가 되었다.

- 이제 꺼지도록. 한 번 더 칠마성전의 지식으로 이 몸을 기만하면 그때는 가만두지 않겠다!

무덤에서 웅크리고 있는 자는 추방령을 내렸고 우리 셋은 그대로 차원에서 쫓겨났다.

"으윽……."

정신을 차리고 앞을 보니 내 소유가 된 영혼들이 있었다. 아스비엘라라는 여인과 페자무트다.

"일단 페자무트, 넌 바로 살려주지. 언데드화이긴 하지만."

옆에는 바로 페자무트의 시체가 있었다. 내가 그의 시체가 임시로 안치된 곳에서 의식을 치렀기 때문이다.

- 본왕을 살려내면 로엘린이 가만있겠는가?

"이미 얘기가 됐다."

이번 일에 대해 협조를 구하기 위해서 로엘린에겐 내 사령술의 비밀에 대해 알려줬다. 그녀는 페자무트의 부활에 난색을 보이다 내 통제 하에 두겠다는 약속에 허락했다.

나는 즉각 페자무트의 영혼을 시체에 넣고 언데드화했다. 가장 잘하는 데이워커로 만들었는데 그러자 페자무트가 탄식을 터뜨렸다.

"본왕이 이런 하등한 뱀파이어가 되다니!"

"사령술에 대가잖아. 스스로 강화해 보던가."

"안 그래도 그럴 것이다."

페자무트는 언데드 회복을 사용해 자기 몸의 상처를 깨끗하게 수복했다. 달통한 사령술을 보니 역시 마왕의 힘을 가진 자답다는 생각이 들었다.

페자무트를 처리하자 이제 아스비엘라를 어떻게 할지가 문제였다. 물질계에 나온 이상 이대로 영혼 상태로 두는 건 위태로운 일이다.

"어쩌지."

발푸르기스의 혈족일지도 모르는 자를 저주받은 언데드로 만들긴 내키지 않는다. 내가 고민하자 페자무트는 원래 하려고 했던 것처럼 마왕 아문데의 육체에 넣으라고 조언했다.

"이 여자는 영웅들에 힘에는 못 미치지만 꽤나 강력한 마도사이다."

"그래?"

"거의 아는 이가 없는 무덤에서 웅크리고 있던 자에게 잡혀있던 게 그 방증이다. 무덤에서 웅크리고 있는 자와 거래할 수 있는 마도 지식과 능력을 가졌다는 소리지."

그 말에 새삼 아스비엘라는 다시 보게 됐다. 하지만 아문데의 몸에 넣는 건 역시 안 좋다.

"추한 늙은 메두사의 몸으로 딸을 만나게 할 수는 없잖아. 한 번 육체에 영혼을 넣으면 빼기도 힘든데."

혀를 찬 나는 아까 무덤에서 웅크리고 있는 자가 듣고 있어 하지 못한 걸 물었다.

"아스비엘라. 혹시 당신의 딸이 발푸르기스입니까?"

그러자 그녀의 두 눈이 동그래진다.

- 은공께서 어찌 제 아이의 세례명을 아시나요?

"성명축일이 발푸르기스의 첫째 날이라 그리 지은 게 아닙니까?"

- 역시 딸과 인연이 있으신 분이군요. 그래서 절 택해주신 거군요. 흐흐윽!

아스비엘라는 안도한 듯 울음을 터뜨렸다.

- 제발 딸아이와 만나게 해주세요. 은공을 위해서라면 뭐든 하겠어요.

"그러려고 데려온 거니 걱정하지 마십시오. 다만 그 전에 당신을 어떻게든 해야겠습니다."

그녀의 영혼이 깃들 적당한 게 없나 고민하는데 뜻밖의 해결책이 나왔다. 아스비엘라가 내 목에 걸린 목걸이를 보며 깜짝 놀랐기 때문이다.

- 은공께선 어찌 제 목걸이를 가지고 계십니까?

"발푸르기스가 제게 선물해준 것입니다."

그 말에 아스비엘라는 날 보는 시선이 달라졌다. 갑자기 훨씬 친근하게 느낀다고 할까. 이건 뭐랄까, 착한 옆집 아줌마 같은 눈빛인데.

- 그렇군요. 제 딸아이가 은공을 어찌 생각하는지 알겠어요.

이 목걸이에도 뭔가 사연이 있는 것 같아서 묻고 싶었지만 일단은 그녀의 영혼을 처리하는 게 우선이었다. 듣자니 이 목걸이는 매우 특별한 물건이라 여기 깃들 수 있다고 했다. 페자무트도 고개를 끄덕였다.

"목걸이의 보석은 영혼석으로 쓸 수 있는 진귀한 것일세. 충분히 그녀의 영혼을 깃들 게 할 수 있겠네."

영혼을 다루는 기술의 대가가 공언했으니 문제없겠지. 게다가 아스비엘라 역시 상당한 수준의 마도사였다. 그녀가 알아서 목걸이 안으로 들어갔다.

- 들리시나요?

모습은 사라졌지만 그녀의 목소리가 머릿속에 울렸다. 그녀와 마음으로 대화할 수 있게 됐다.

- 잘 들립니다. 거기서 괜찮겠습니까?

- 네, 문제없어요.

일이 일단락되자 바로 비텐바이어로 떠날 준비를 했다.

"페자무트. 그로스글로크너로 가도록. 거기 책임자는 홉고블린인 쿠르라크라는 자다. 미리 연락해 놓을 테니 언데드 도시의 시장으로 새출발하면 돼."

내가 그에게 허락한 직위는 시장이었다. 그 도시의 주인은 페자무트가 아니라 나니까. 홉고블린 쿠르라크를 옆에 붙인 것도 감시역을 겸하고 있다.

"마왕의 힘으로 언데드가 가득한 도시를 만들 수 있겠지. 부디 힘을 써줘."

"좋네. 본왕이 힘을 써보지."

죽었다고 알려진 페자무트가 몇 년 뒤에 언데드 도시와 함께 제국에 다시 모습을 드러내면 볼만할 거란 생각이 들었다. 그와 다시 만나기로 하고 이별한 뒤, 나는 비텐바이어로 떠났다.

비텐바이어로 돌아오자 많은 소식이 날 기다리고 있었다.

"어서 오십시오. 각하."

며칠째 철야를 한 듯 썩은 얼굴의 리슐리외가 날 맞아줬다.

"얼굴이 많이 상했군."

"제가 섬기는 분이 밖에서 온갖 사고를 치고 다니시니 말입니다."

할 말이 없었다. 헛기침을 한 뒤 그간의 전황을 보고하라 했다.

"일단 마왕 아문데의 군대는 불의 마왕과 트리어 선제후에게 회전에서 대패한 뒤 완전히 기세가 꺾였습니다. 몇 개 성에 들어가 농성 중이지요. 아마 곧 정리될 수순입니다. 각하께서 마왕 아뮨데를 죽이고 보덴 호의 수룡과 동맹을 맺은 얘기가 퍼졌으니까요."

마왕 아뮨데가 죽었으니 그녀의 잔당은 하루하루 싸울 의지를 잃어가고 있다고 했다.

"벌써 소식이 퍼진 건가?"

"벌써가 아닙니다. 이미 제국에서 각하의 명성은 하늘 높은 줄 모르고 치솟고 있습니다."

사람들이 마왕을 죽이고 봉인된 수룡을 깨웠다는 얘기에 큰 흥미를 느끼고 있다고 했다.

"신이 들으니 요즘 '호수의 드래곤'이나 '드래곤의 기사' 같은 노래가 유행이랍니다. 연극도 준비되고 있다더군요."

음유시인과 극단이 나를 주인공으로 삼아 활동하면 여기저기 엄청 알려지겠구나.

"게다가 각하께서 아름다운 호수의 드래곤과 결혼할 거란 소문이 파다합니다. 호사가들이 신이 났죠. 특히 보덴 호와 새로운 외교관계를 맺기 위해 파견됐던 사절들은 인자한 어머니의 미모에 깜짝 놀라서는 사방에 떠들고 다니는 중이랍니다."

원래 제국제일미는 칼리오네였는데 경쟁자가 하나 나타난 셈이 됐다고. 아니, 그것보다 이상한데.

"결혼이라고?"

분명히 그 이야기는 인자한 어머니와 단둘이서 했다. 소문이 날 리가? 이 점을 말하자 리슐리외가 혀를 찬다.

"각하께선 대단한 모략을 지니셨지만 의외로 허술하고 순진한 구석도 있으시군요."

"음?"

"당연히 소문이야 인자한 어머니 본인이 흘리지 않겠습니까? 제국 각지에서 새로운 보덴 호의 주인을 보기 위해 사절이 몰려들고 있습니다. 그들에게 넌지시 비텐바이어 백작님과 결혼할 예정이라고만 언급해도 일파만파죠."

"뭐?"

"마침 그림도 좋지 않습니까? 아름다운 드래곤 처녀가 자신을 구해준 멋진 기사님에게 반해 시집을 가고자 한다는."

"아니, 이 여자가!"

내가 발끈하자 리슐리외가 껄껄 웃는다.

"보덴 호의 불안한 입지를 생각하면 그녀도 어쩔 수 없을 겁니다. 비록 호수의 드래곤이 강력하다고는 하나 제국에는 그에 못지않은 실력자가 많습니다. 반쯤 강제로 인자한 어머니와 결혼하려는 자도 나올 테니 미리 선수를 친 거겠지요. 게다가 모두가 감탄하는 러브 스토리까지 퍼지고 있으니 이 사랑에 끼어 든 자는 손가락질을 당할 겁니다. 아주 영리한 여자라고 생각합니다."

"아이구……."

기가 막혀서 이마를 손바닥으로 짚었다. 매번 느끼는 거지만 모략에 능한 건 나뿐이 아니었다. 어째 아문데가 가더니 또 다른 모사꾼이 등장해서 애를 먹이는구나. 내가 난처해하자 리슐리외가 혀를 찼다.

"아주 배가 부르시군요. 제국에서 제일 예쁘다는 소문이 돌고 있는 미녀가 백작님과 결혼하겠다고 머리를 쓰고 있으니 남쪽을 향해 삼보일배라도 해야 하지 않겠습니까? 으득!"

이를 가는 소리에 그가 원래 역사에서 여자복이 없었다는 걸 깨달았다. 뭐랄까, 눈앞에서 엄청난 질투심이 대포의 포연처럼 피어나고 있었다.

"아니, 그게 문제가 아니잖나? 혹시 니더바이에른 백작님이 이 소문을 들은 거 아니지?"

내가 불안해서 묻자 그제야 리슐리외는 속이 시원하다는 듯 웃는다.

"왜 아니겠습니까?"

"헉!"

그 뒤로 이어진 리슐리외의 보고는 귓등으로 흘렸다. 대세가 기운 걸 느끼고 팔츠 선제후 프리드리히가 슬그머니 발을 뺐다던가 하는 건 전혀 중요한 게 아니었다.

어서 발푸르기스를 만나야 했다. 오해도 풀고 차원을 넘어온 어머니도 만나게 해줘야 하니까.

- 근심하지 마세요. 은공. 착한 아이니 잘 말하면 알아줄 거예요.

- 감사합니다. 장모님.

- 어머? 저는 아직 인정 안 했는데요?

이제 발푸르기스에게도 내 힘에 대해 고백해야 하는 상황이 됐다. 이 테멘 앙 키에 있던 어머니를 어떻게 데려왔는지 설명해야 하니까. 나는 작전 회의가 있다는 말에 지휘부에 찾아갔다.

며칠 안에 칼리오네가 이끄는 2만 대군이 도착하기로 했다. 그때 아군도 합류해 과거 페자무트의 영지를 평정하려 계획 중이다. 발푸르기스는 우리 군의 중진이니 반드시 회의장에 있겠지.

"다들 잘 있었나?"

작전 회의를 하고있던 모두가 날 발견하더니 웃으며 맞이해줬다.

"각하! 돌아오셨군요!"

먼저 틸리가 사람 좋은 미소를 지으며 다가왔다.

"틸리 장군. 오면서 보니 군의 기강이 엄정하더군요. 그간 고생하셨습니다."

"장군이 된 자로 군을 훈련하는데 고생이랄 게 있겠습니까."

틸리뿐 아니라 달타냥, 지아꼬모 알비노, 파펜하임 등 내 신하들이 모두 모여있었다. 다들 그간 내 업적을 칭찬하며 기쁜 맘으로 환영해 주었다.

"요즘 제국의 아이들이 모두 각하의 이름을 외치고 다닌다고 합니다."

"황제 폐하께서 각하의 작위를 변경백작으로 올려주실 거란 소문이 파다하고요."

나는 그들과 웃으며 주변을 둘러봤다. 어째 발푸르기스가 보이지 않았다.

"니더바이에른 백작은?"

"음? 아까 바이에른에서 사람이 찾아와서 만나러 갔습니다. 그러고 보니 꽤 됐는데 돌아오지 않는군요. 중요한 용무인지도 모르겠습니다."

나는 양해를 구하고 그녀가 머물고 있는 숙소 쪽으로 갔다. 그런데 가보니 분위기가 어수선하기 짝이 없었다. 바이에른의 기병들은 떠날 채비를 하고 있었다.

"이보게. 무슨 일인가?"

기병 하나를 잡고 묻자 그도 모르겠다는 표정이었다.

"글쎄요. 바이에른으로 돌아갈 준비를 하라는 명이 내려와서요. 자세한 건 높으신 분께 물으시죠."

발푸르기스에게 내준 건물을 찾아가도 그녀는 보이지 않았다. 그녀를 따르는 바이에른의 귀족들만이 부산하게 움직이고 있을 분이었다.

"각하!"

마침 그중 안면이 있는 귀족이 날 보고 달려왔다.

"이게 어찌된 일인가?"

"니더바이에른 백작님께서 급하게 전언을 남기셨습니다."

나는 건네받은 편지를 서둘러 펼쳐봤다.

-발러, 급히 떠나게 되어 미안하다.
현재 바이에른에서 반란이 일어나고 숙부님께서 쓰러지신 상태다.
계부(季父)가 작센 선제후와 마왕 파르자의 지원을 받아 반란을 일으켰다.
본녀는 가문을 지키기 위해 싸워야 하니 남은 전투를 함께하지 못함을 사과하겠다.

"이런!"

생각지도 못한 사건이었다. 그 불같은 바이에른 선제후가 다 쓰러지다니? 게다가 강대한 작센 선제후와 마왕 파르자가 반란군을 지원하다니 보통 위기가 아니다.

작센 선제후가 제국의 실력자임은 말할 것도 없다. 암흑창공의 마왕 파르자 역시 서열 7위나 된다. 게다가 그는 발버둥치는 죽음이 후원하는 마왕이었다.

분명히 마왕 파르자를 파헤치면 일전에 날 습격했던 암중의 조직에 대해 알 수 있을 것이다. 이 내전에 개입해야할 이유는 차고 넘쳤다.

- 장모님.

- 말씀하세요.

- 같이 바이에른으로 가시죠. 제게 이번 일로 장모님께 점수 좀 따야겠습니다.

그런데 그때 새로운 시스템 메세지가 떴다.

<바이에른 선제후 가의 혈통 스토리가 다음 단계에 진입합니다.>

<스토리의 진행에 따라 어둠의 대군인 '형언할 수 없는 암흑'의 후원을 받게 됩니다.>

<스토리의 진행에 따라 어둠의 대군인 '발버둥치는 죽음'에게 피해를 줄수 있게 됩니다.>

아니? 이게 무슨 소리지?

9. 첫눈이 내릴 때 만났던 친구

스토리에 관한 내용은 메시지로 뜬 게 다였다. 그래도 중요한 단서를 하나 얻을 수 있었다. 형언할 수 없는 암흑. 그 막강한 어둠의 대군이 이번 일에 엮여 있단 점이다.

- 장모님, 혹시 바이에른 선제후 가의 저주 말입니다. 형언할 수 없는 암흑의 힘입니까?

내 질문에 아스비엘라가 괴로워하는 게 느껴졌다.

- 맞아요.

- 자세한 이야기를 들을 수 있겠습니까?

- …그건 딸아이와 함께 있을 때 하고 싶어요.

집안의 비사(秘史) 인만큼 쉽게 얘기할 수 없는 것 같았다. 아마 발푸르기스와 내 관계를 직접 보고 나서야 결정하려나 보다. 어차피 바이에른으로 가면 그녀를 만날 수 있으니 어려운 일은 아니었다.

- 알겠습니다.

형언할 수 없는 암흑의 관여를 확인할 것만 해도 중요한 수확이었다. 그는 어둠의 대군 중에서도 상위의 존재다.

무덤에서 웅크리고 있는 자가 은퇴한 옛 실력자란 느낌이라면, 형언할 수 없는 암흑은 현역 챔피언이다. 그런 자에게 후원을 받으면 더욱 강력한 힘을 얻을 수 있겠지.

하지만 그건 양날의 검이라, 그만큼 간섭이나 요구가 심해질 수도 있다. 무덤에서 웅크리고 있는 자는 은둔해 있는 사정상 힘을 내리고도 거의 참견하지 않는다.

그저 재촉하는 정도가 다다. 내 입장에선 이상적인 상사라고 할 수 있었다. 그래서 형언할 수 없는 암흑의 후원은 혹하긴 하지만 고민해볼 부분이었다.

연봉은 높지만 일이 힘들면 좀 그렇잖아.

- 부디 제 딸을 도와주세요.

- 걱정하지 마시길. 발푸르기스… 아니, 샤르티에를 위해서라면 뭐든 할 겁니다.

- 제 딸의 본명을 아시는군요! 저주를 피하기 위해 그 아이의 본명을 감춰왔는데요.

아, 본명을 안 쓰는 게 집안의 저주랑 관련이 있던 거구나.

- 본인에게 들었습니다.

- …제 예상보다 딸아이랑 가까우신 분이었군요.

갑자기 따뜻한 감정이 느껴졌다. 지금 안 보이긴 하지만 <장모님의 호감도가 +10이 됐습니다!> 란 느낌이었다.

현재 내 군대는 무려 2만 5,000명에 이른다. 승전으로 거금을 얻은 탓에, 모병을 이어갈 수 있었기 때문이다.

나는 그중 1만 3,000명을 이끌고 바이에른으로 향하기로 했다. 발푸르기스에게 연락을 넣고는 출병 준비가 한창이었다. 그때 전령 하나가 달려왔다.

"각하! 각하!"

"무슨 일이냐?"

마침내 칼리오네의 2만 대군이 도착했다는 보고였다.

"대리장군 칼리오네님이 입성을 청합니다."

"허락한다."

그리고 얼마 되지도 않았는데 성의 대회의실로 칼리오네가 난입했다. 곧장 말을 달려온 모양이다. 회의중이던 나는 급히 온 듯 숨을 몰아쉬는 칼리오네의 모습에 깜짝 놀랐다.

안 본 사이에 더 예뻐졌기 때문이었다. 특히나 들뜬 듯 하얀 볼이 붉어진 게 묘하게 매력적이었다. 역시 제국제일미란 말이 안 아깝구나.

"주군!"

칼리오네는 주변에 잔뜩 모인 신료들은 신경도 쓰지 않고 성큼성큼 걸어왔다. 그러자 다들 썰물처럼 좌우로 밀려났다. 공주님 특유의 위압감이 모두를 압도하고 있었다.

"보고 싶었습니다. 주군!"

"오, 칼리오네. 오랜만…읍!"

다가온 이 은발의 공주님은 내 목을 팔로 휘감더니 다짜고짜 키스를 해왔다. 깜짝 놀라 밀어내려 했지만 요지부동으로 입술만 부지런히 놀린다.

"흐응⋯."

키스 중 야릇한 비음이 들렸다. 한참 이어지고도 떨어질 줄 모르자 결국 억지로 떼어냈다. 그러자 그녀는 후아후아, 숨을 몰아쉬며 입가의 침을 손등으로 슥 닦은 뒤 씨익 웃는다.

"만족했습니다!"

아니, 얘는 안 본 사이에 왜 이렇게 호탕해진 거야. 주변의 사내들이 다들 부러움과 질시가 가득 섞인 모습으로 쳐다보고 있었다. 제국제일미의 열렬한 키스니 그럴 수밖에.

"주군. 어찌 제 키스 정도로 그리 당황하십니까. 빈에서 이건 인사 정도에 불과합니다."

"뭐야, 너는 그러면 만나는 남자마다 이렇게 인사하고 다니냐?"

그러자 칼리오네가 주먹을 쥐더니 발끈한다.

"무슨 말씀을 하십니까! 제가 인사할만한 존재는 주군 밖에 없습니다. 나머지는 모두 버러지 같은 것들인데 제가 왜 인사를 합니까!"

논리가 묘해 뭔가 반박하기가 애매했다.

"주군, 이 인사는 주군에게 처음 한 거니 너무 걱정하지 않으셔도 됩니다."

"웃기네. 내가 널 왜 걱정해."

"하하하! 주군의 마음을 제가 모르지 않습니다."

뭐야. 이 녀석 원래 얼음공주 같은 이미지 아니었나? 제국의 수도인 빈에서의 생활이 그녀를 극적으로 바꿔버린 듯했다. 뭐 그래도 자신감 넘치는 태도는 좋긴 하다. 하지만 그 때문에 문제도 발생했다.

- 흐으음…. 그 드래곤 처녀도 그렇고, 은공께선 아주 인기가 많으시군요.

칼리오네 덕에 장모님의 심기가 아주 편찮아졌던 것이다. 흠칫하지 않을 수 없었다.

"주군, 또 다른 인사법이 있는데 시도해 봐도 좋겠습니까?"

"그만 두도록. 장모님의 호감도가 실시간으로 떨어지고 있으니까."

"네?"

뭔 소린지 고개를 갸웃거리는 그녀를 내버려 두고 일단 회의를 파한 뒤 신하들을 내보냈다.

"칼리오네여."

내 목소리가 진지하자 그녀는 자세를 바로 한다.

"네, 주군."

"7,000명을 지원해 주겠다. 검술 대가인 달타냥을 호위로 붙여주마. 젠하임, 벨포르부터 브장송까지 모두 점령하도록. 이 모든 게 네 영지가 될 곳이다. 점령에 성공한다면 황제 폐하께서 너를 변경백작으로 임명하실 거다."

칼리오네는 내게 군례를 올렸다.

"반드시 성공해 주군의 은혜에 보답하겠습니다!"

이럴 때는 안 본 사이에 씩씩해진 게 맘에 드네. 칼리오네는 그 일신의 능력도 뛰어나므로 자신감 있게 행동한다면 큰 활약을 해줄 거 같았다.

"좋다. 무운을 빌며 술을 한 잔 내리지."

잔을 들고 포도주를 따르려는데 갑자기 칼리오네가 몸을 배배 꼬며 부끄러워했다.

"술을 내리시는 겁니까?"

"왜? 술 잘 못 마시나?"

"그, 그게 아니오라… 제가 들으니 총애하는 여성에게 술을 내릴 때는 입에서 입으로 전달한다고 들어서….'

"뭐?!"

"부끄럽긴 하오나 마음의 준비가 됐으니 자, 어서 술을 머금고 제 입 안에….'

그리 말하며 칼리오네는 눈을 지그시 감고 아기새처럼 입을 내민다. 나는 어이가 없어서 뺨을 마구 꼬집어줬다.

"꺄악!"

"아주 그냥 못된 것만 배워 와서는!"

아무래도 칼리오네를 담당한 샤프롱(사교장에서 데뷔탕트[1]가 동반하는 부인)이 누구였는지 조사해 볼 필요를 느낄 정도였다. 칼리오네는 양 볼이 잡혀 늘어진 채로 성이 나서 항의해 왔다.

"출정 전에 키스는커녕 이리 구박하시니 주군의 군대를 적의 해자에 모두 꼴아 박겠습니다!'

"공주님이 천박하게 꼴아 박는다는 소리 좀 하지 마!'

결국 칼리오네랑 대회의실에서 너 거기 서라, 싫다 주군이 잘못한 거다, 옥신각신하자, 마음 속 한 구석에서 장모님의 긴 한숨소리가 들려왔다.

---

1 débutante, 성년에 이른 귀족, 상류 계층의 여성을 의미하며, 이들을 상류 사회에 소개하는 공식 행사.

칼리오네는 남서쪽으로 출병했다. 나 역시 군을 이끌고 동쪽으로 출병했다. 목적지는 바이에른의 수도 뮌헨이었다. 틸리를 대리장군으로 삼은 뒤 정찰 임무를 자원했다.

　"어찌 각하께서 직접 가시렵니까?"

　"어차피 군은 장군께서 이끌어주시지 않습니까? 행군간 무료하니 말이나 좀 달리고 오겠습니다. 적은 우리로부터 멀리 있으니 충돌은 없을 겁니다."

　뮌헨에 들어가기까지 별 일 없을 거란 게 중론이었다. 그래서 결국 틸리도 고개를 끄덕였다. 나는 아르케부스 총으로 무장한 아케버시어 기병 200기를 이끌고 먼저 출발했다.

　어느새 겨울이 오고 있는지 날씨가 많이 싸늘해졌다. 하지만 말을 달리기는 좋았다. 하루 종일 달려간 우리는 호수 근처에 있는 그라이펜베르크라는 시골 마을에 묵게 됐다.

　우리가 약탈이 아니라 평범하게 돈을 쓰러오자 마을 주민들은 크게 환영해줬다.

　"어서 오십시오. 칼을 뽑아들고 찾아오는 손님이 아니라면 두 팔을 벌려 환영합니다."

　"그럴 리가 있겠는가. 우리는 법도에 따를 걸세. 비텐바이어의 백작인 내가 보증하지."

　내 말에 마을 주민들은 깜짝 놀란다.

　"비텐바이어 백작님이시라고요!"

　"아니! 영웅께서 우리 마을을 찾아주시다니!"

주변이 소란스러워지더니 사람들이 나를 보겠다고 우르르 몰려 왔다.

"저 분이 그 드래곤을 구하신 비텐바이어 백작님이시다!"

"마왕을 죽이셨다니! 어쩌면 저리 늠름하실 수가!"

생각 이상으로 내 얘기가 많이 퍼져있는 것 같았다. 따뜻한 환대를 받은 나는 기쁜 마음으로 마을에 머물렀다. 그날 밤 즐거운 술판이 벌어졌다. 그 뒤 자리에 누었는데 새벽녘에 촌장이 급하게 찾아왔다.

"각하! 각하! 큰일이 났습니다. 어서 일어나 보십시오!"

"무슨 일인가?"

"마왕군이 오고 있습니다. 속히 피하셔야 합니다!"

"뭐?"

"행상을 하다 돌아온 로테 놈이 분명히 봤답니다. 마왕군이 이 마을로 오고 있는데 그 수가 천이 넘는다 합니다. 각하께서는 화를 입기 전에서 어서 피하시지요!"

나는 마왕군을 상대로 백성을 지켜야 하는 게 아닌가 싶었다. 하지만 촌장은 고개를 젓는다.

"마을 안에서 싸움이 벌어지면 더 피해가 큽니다. 피하시는 게 각하와 저희를 위한 상책입니다. 마왕군이 수탈해 가겠지만 어쩔 수 없는 일이라 생각됩니다."

그제야 여기가 살벌한 제국 서부가 아님을 실감했다. 강경파 마왕이 가득한 서부에선 마왕군이 오면 사달이 난다. 하지만 여기선 그런 느낌은 아닌 것 같았다. 그저 삥 좀 뜯으러 온다는 느낌이랄까. 촌장은 오히려 전투를 꺼리고 있었다.

"할 수 없군. 빠져주지."

"감사합니다. 감사합니다."

급히 군사를 깨워 후퇴할 준비를 하는데 이미 마왕군이 일부 마을에 들어온 상황이었다. 결국 마을에서 전투가 벌어졌다.

타당! 타다다당! 탕! 탕!

마을 담벼락을 엄폐물 삼아 아군이 치열하게 총질을 해댔다. 적역시 숨어서는 총을 쏴댄다.

탕! 탕! 타아앙!

아군은 2층 집의 창문에서 총을 쏘거나, 지붕에 올라 기와를 떼어내 아래로 집어던졌다.

퍽!

묵직한 기와를 맞은 오크가 머리가 깨져서는 쓰러진다. 좁은 마을의 도로를 군마들이 요란하게 달리고 사방에서 검이 난무했다.

"후퇴하라! 후퇴!"

아직 해가 제대로 뜨기 전이라 어두운 게 다행이다. 아군은 총을 끝까지 쏘며 간신히 마을을 탈출할 수 있었다. 뒤쪽에선 우리가 도망가는 모습에 사기가 오른 마왕군이 떠나가라 환호했다. 특히 적장의 기차화통을 삶아 먹은 듯한 목소리가 똑똑히 들렸다.

"여기 훌두크가 한 번 손을 휘둘러 적을 파리 떼처럼 쫓아버렸다! 크하하하하핫!"

저 새끼가 진짜. 속으로 울컥할 수밖에 없었다. 대강 봐도 적은 1,000명이 넘었다. 이런저런 목적으로 돌아다니는 분견대임이 틀림없었다.

"각하. 괜찮으십니까?"

기병 대위가 내 표정이 심상치 않자 염려하며 물어온다. 현재 위치는 마을에서 10킬로미터 정도 떨어진 어느 숲 앞이었다. 다행히 잘 도망 와 병력의 손실은 거의 없었다.

"괜찮을 리가 있나?"

뜻하지 않는 충돌이라지만 패전은 패전이다. 꿀잠자다가 날벼락을 맞았다.

"일단 본대로 후퇴하는 게 좋을 듯합니다. 병력을 충원해서 다시 오면…."

"시끄럽다. 이대로는 절대 못 물러난다."

충돌 없이 예쁘게 빠졌으면 나도 이러지는 않을 거다. 하지만 쫓기나 분이 터지니 이대로는 못 물러나겠다. 망신도 이런 망신이 없었다.

"각하. 적은 열 배가 넘습니다."

"그러면 머리를 쓴다."

바로 명령을 내렸다. 기병 20명을 상인으로 위장시켰다. 그리고 옆 마을에 가서 술을 잔뜩 사서 그라이펜베르크로 향하게 했다.

"마족 놈들이 흥에 겨워 술을 찾을 거다. 하지만 그라이펜베르크에는 우리가 몽땅 쳐 마셔서 술이 한 동이도 없다. 애가 타겠지. 그런데 우리가 술을 잔뜩 가져가면 어떻겠나?"

"반색하고 퍼마시겠군요?"

"그래, 이제야 머리가 돌아가는군. 대위. 적이 열 배라는 건 상관 없어. 놈들이 취해 있을 때 들이친다."

우리가 싸움에 진 개처럼 도망쳤으니 설마 오늘 밤에 바로 야습을 할 거라고 꿈에도 생각하지 못하겠지.

"참으로 묘책이군요!"

주변에서 듣던 기병들도 감탄하는 기색이었다. 나는 그들에게 검지를 세워 보이며 강조했다.

"적은 속이라고 있는 거다. 요컨대 이 사기는 합법이다."

"오!"

"너희는 필히 명심하라. 사기를 좀 치면 인생이란 그렇게 편해질 수가 없다. 이 인원으로 그냥 부딪쳤다가는 전멸이겠지. 하지만 야밤에 몰래 기어가서 돼지 새끼 멱따듯 처리하면 되니 얼마나 간편한가?"

"오오!"

기병들은 크게 감명 받은 모습이었다.

"속이란 말이야! 속는 놈이 잘못이지 우리는 잘못한 거 하나도 없다!"

"오오오!"

기병들은 완전히 눈빛이 달라져있었다. 아무래도 내가 이들의 인생관을 바꾼 듯했다. 하지만 그때 잊고 있던 장모님이 짜게 식은 목소리로 중얼거렸다.

- 인성이… 우리 사위 인성이. 아아, 우리 딸… 어떡해…….

이런 장모님이 함께 계신 걸 깜빡했구나.

- 하하, 장모님. 오해십니다. 제 마음의 하늘에는 작은 티 하나 없습니다.

- 그 마음의 하늘은 밤하늘인가요?

- …….

할 말이 없었다.

"자연스럽게 연기하라."

"알겠습니다. 각하."

상인으로 가장한 기병들은 수레에 술을 쌓아올린 채 그라이펜베르크로 향했다. 마을 안에 있던 마족들은 바라마지않는 술통이 도착하자 반색해서 달려들었다.

"각하. 예상대로입니다. 부어라, 마셔라, 신이 났습니다."

보고를 하러온 기병의 말에 나는 고개를 끄덕였다.

"실컷 즐기라 해라. 생의 마지막 술자리가 될 테니."

특별히 독주로 준비했더니 자정이 넘을 무렵에는 이미 다들 얼큰하게 취해버렸다.

"곳곳에서 시체처럼 마족이 뻗어있습니다."

"좋다! 돼지 새끼들 멱을 따러 가자."

나는 야밤에 들킬 수 있으니 화승을 끄고 모두 검을 쓰게 했다. 우리는 그대로 야음을 틈타 그라이펜베르크로 숨어들어갔다.

어둠 속에서 칼을 든 병사 200명이 몰려가는 건 꽤나 대단한 볼거리였다. 갑옷과 장구류 때문에 제법 소리를 내고 있었지만 마을 쪽에서는 잠잠하다.

어느 집에서는 오크 하나가 대차게 코를 고는 소리가 날 뿐이었다. 우리는 즉각 도축에 들어갔다. 놈들의 머리채를 잡고 칼로 목을 슥 그어주면 되는 간단한 작업이었다.

"크윽!"

"으으윽!"

사방에 널브러져 있던 마족들이 일방적으로 당하기 시작했다. 일부는 깨어나서 무기를 손으로 더듬었으나 술에 취해 그 움직임이 굼떴다.

"퍼억!

나는 검의 무게추를 내리찍어 마족 하나의 뒤통수를 깨버렸다. 이렇게 수월할 수가 없었다. 하지만 이쯤 되자 적도 눈치를 챈 모양이다.

"뭐야! 이것들!"

"크아악! 배에 검이!"

뒤늦게 일어나봐야 늦은 상황이었다. 당황하고 겁을 먹은 그들은 동료를 버리고 사방팔방으로 달아나기 시작했다.

"으아악! 빌어먹을!"

"야습이다!"

마족은 인간보다 힘이 세지만 사기나 훈련도가 떨어지는 게 문제다. 다들 장비도 제대로 챙기지 못하고 줄행랑이다. 심지어 어두운 상황이라 자기들끼리 치고받고 싸우기까지 했다. 그때 익숙한 목소리가 들려왔다.

"도대체 누구냐! 누가 쳐들어 온 거야!"

나는 그 목소리가 들리는 방향으로 달렸다. 그리고 목소리의 주인공을 발견하자마자 검을 휘둘렀다.

"크악!"

일검을 맞은 그자가 흉부에서 피를 쏟으며 물러난다.

"네놈 목소리를 기억해 두길 잘했군."

군자가 어찌 치욕을 잊겠나. 당연히 10배로 되갚아야 하는 거 아닌가.

- 여기 훌두크가 한 번 손을 휘둘러 적을 파리 떼처럼 쫓아버렸다! 크하하하핫!

분명히 이렇게 말했었지. 도저히 용서할 수 없었다.

"내 신하에게 그런 소리를 하는 건 참을 수 있지만, 내게 그런 소리를 하는 건 참을 수 없다!"

"무, 무슨 소리야?"

"네놈이 이 분견대의 지휘관이냐?"

"그렇다! 나는 훌두크! 위대한 마왕… 크악!"

검을 휘둘러 입을 베어줬다.

"아악! 아파!"

그는 입술이 잘려나가자 손으로 얼굴을 감싸며 괴로워했다.

"주둥이를 제멋대로 놀렸으니 대가를 치러야지. 안 그래?"

나는 그를 넘어뜨린 뒤 머리를 밟아 진흙 바닥에 처박았다. 아마 미노타우르스 같은 거대한 마족이 오줌을 대차게 싸지른 듯, 주변에 구린내와 함께 질척질척거렸다.

"어익! 어후후!"

얼굴이 진흙에 박혀 숨을 못 쉬게 되자 훌두크가 발버둥을 쳐댄다. 하지만 나는 봐주지 않고 그의 머리를 계속 짓눌렀다.

"으으익! 흐윽! 살… 푸웃!"

훌두크는 손을 위로 올리고 내 발을 어떻게든 떼어내려고 난리였다. 급기야 허리춤의 단검을 뽑아 발을 찌르려 했으나 소용없었다. 그런 자세로는 세게 찌르긴 무리였다.

캉! 캉!

힘없는 공격이 갑옷의 다리 부분을 찔러왔지만 아무 소용없었다.

그럴수록 나는 더욱 발에 힘을 줘서 그를 진창에 처박았다.

"살고 싶나? 살고 싶으면 좀 더 힘을 써봐야지. 응?"

"그으윽! 그악!"

훌두크의 힘은 점점 빠져갔다. 거의 툭툭 건드리는 수준이 되더니 결국 단검을 툭 놓친다. 그리고 늘어져서는 더는 움직이지 않았다. 지휘관치고는 비참한 죽음이었다. 진흙탕에 박혀 질식사 하다니.

"날 욕한 놈은 용서하지 않는다! 반드시 기억했다가 보복한다!"

주변에 소리치자 마족들이 화들짝 놀라서 도망간다. 귀신이라도 본 표정이었다. 일단 지휘관을 잡았으니 뭐가 나올까 싶어 바로 품을 뒤졌다.

"어? 이거 명령서 아냐?"

검은 두루마리에 마왕의 인장이 찍힌 걸 보니 전형적인 마족 지휘관들에게 내려가는 명령서였다. 진흙탕에서 질식한 이 멍청이가 도움이 될 줄이야.

나는 근처 술통을 끌어와 앉은 뒤 명령서를 펼쳤다. 마족의 암호가 어지럽게 적혀 있었다.

타당! 탕! 탕!

주변에선 아군이 이제 본격적으로 총질을 하며 도망가는 마족들을 쫓고 있었다.

싱거운 전투였다. 하지만 그래서 취향에 맞아 재밌었다. 나는 일방적인 싸움을 좋아한다.

"어디 보자. 음? 이거 뭐야?"

마족의 암호에 꽤나 자신이 있어 두루마리를 펼쳤는데 전혀 읽을 수가 없었다. 뭐지? 큰 정보 하나 문 것 같아서 의기양양해 했는데 무척 실망스러웠다.

나는 지난 경험으로 온갖 마족의 암호에 통달했다. 이 녀석이 명령서를 부주의하게 들고 다닌 것도 다 이유가 있다. 애초에 뺏길 거라 생각도 안 했겠지만, 설령 그런다고 해도 인간 중 해독할 수 있는 이가 없는 걸 알기 때문이다.

마족의 암호는 그 수준이 매우 높다. 실제로 대전쟁이 터지고 나면 그 암호를 풀지 못해 인간들은 거의 10년이나 고생하게 된다.

그 난리를 겪었던 나인지라 마족의 암호에 달인이 됐는데, 이건 처음 보는 글자였다.

"끄응."

앓는 소리가 절로 나왔다. 낫 놓고 기역자도 모르는 게 이런 심경인가. 그런데 그때 뜻밖에 구원의 손길이 있었다.

- 그대는 본왕의 명령을 준수하라. 내년 2월 8일에 본대가 움직여 먼저 니더바이에른의 파사우를 공략하기로 했다. 작센 선제후가 기병 4,000명을 지원하기로 했으니….

- 헛! 장모님? 읽으실 수 있는 겁니까?

- 네. 이건 오래되고 비밀스러운 어둠의 언어예요. 인간은 모르는 게 당연해요.

그러고 보니 아스비엘라는 상당한 실력의 마도사였다고 했지. 무덤에서 웅크리고 있는 자의 정체를 알고 거래할 정도면 그 지식을 짐작하기 어렵지 않다.

- 감사합니다. 이거 큰 도움이 되겠습니다.

- 제가 도움이 된다면 뭐든 하겠어요.

앞으로 그녀가 가진 다양한 지식이 활용할 길이 있을 것 같았다.

"승전을 축하드립니다!"

마을에서 마족을 일방적으로 쓸어버리자 뮌헨에서 상황을 파악하고는 사절을 보내왔다. 그들 입장에선 한 손 거들어 주러 온 나는 중요한 손님이었다.

"선제후 전하께서도 병상에서 크게 기뻐하셨습니다."

"참으로 근심이군. 전하께서 어서 쾌차하셔야 할 텐데."

"각하의 승전 소식에 안색이 많이 좋아지셨습니다. 선제후 전하께선 각하를 아들과 같이 생각하십니다."

입에 침이나 바르고 거짓말을 하지 그러나. 아들이 아니라 잘 타는 장작이겠지. 덕담을 주고받은 뒤 사절은 언제 바이에른의 수도인 뮌헨에 입성할 것이냐 물어왔다. 상대의 말투에서 간절함이 느껴져서 나는 일부러 말을 흐렸다.

"아… 그거 말인가…. 뭐 본인도 선제후 전하가 걱정되긴 하지만…."

나는 시간이 좀 걸릴 것 같다고 했다. 사절은 당황하는 기색이 역력하다.

"네? 어찌 그러십니까? 뮌헨이 바로 코앞이지 않습니까."

"오해는 말게. 먼저 내 영지인 라이테르에 들렸다 가려는 거야. 좀 더 모병을 해서 전하께 힘이 되고자 함이니 헤아려 주시게."

현재 전황은 급박한 상황은 아니다. 한 번 충돌 이후 양 진영이 모병에 집중하고 있었다. 게다가 겨울이 오고 있으니 당분간은 전쟁이 없을 터. 개전은 다들 날이 풀린 이후로 생각 중이다.

"그래도 한 번 뮌헨에 입성하시는 게?"

사절은 끈질겼다. 하지만 나는 핑계를 대고 다시 튕겼다. 지금 아쉬운 건 내가 아니다. 이대로 달려가면 사람을 충견처럼 부리려고 할 터.

발푸르기스 때문에 발 벗고 나서긴 했지만 뮌헨의 궁전이 모두 그녀 같은 게 아니다. 그쪽도 어지간히 음흉한 복마전이다. 순순히 호구처럼 가줄 수 없다.

겨울내내 모병을 이어가며 내 몸값을 한참 올릴 작정이었다. 합류할 듯, 말 듯 저쪽의 애를 태우면서 말이다. 군의 덩치가 커지면 그만큼 몸값도 올라간다. 그리고 결국 그 값을 치를 수 있는 건 하나 밖에 없다.

바로 발푸르기스라는 신부이다.

- 이런 제가 속물이라고 보십니까? 장모님.

- 아니요. 오히려 현명하다고 생각해요. 가장 원만하게 딸아이와 맺어질 방법을 찾고 계시니까요.

- 저쪽은 온갖 생각을 다하겠죠. 제가 뮌헨 근처에서 덩치만 불리고 합류를 안 하니 밤에 잠도 못 잘 겁니다. 결국 모든 걸 해결하기 위해선 발푸르기스를 제 신부로 내놓는 것 외에는 도리가 없다는 걸 알게 되겠죠.

- 정말 은공께서는 승리만을 위해 달려가는군요.

- 오해하지 마시길. 따님이 제 승리보다 소중합니다. 그거 하나는 맹세하겠습니다.

이런 밀고 당기기가 몸값을 올리는 내 노하우였다. 그리고 주인공은 마지막에 나타나는 거 아니겠는가. 내년 봄의 전황을 지켜보다가 적시에 끼어들 작정이었다.

"조만간 다시 연락할 테니 돌아가 보게."

바로 동맹이 성립되지 않자 사절은 실망한 기색이 역력했다. 나는 그에게 선물을 쥐어서 보낸 뒤 군을 움직여 뮌헨을 그대로 지나쳐 동쪽으로 이동했다. 그리고 11월 초에 내 영지인 라이테르로 돌아왔다. 오랜만에 방문하니 성의 공사가 상당히 진척되어 있었다.

"역시 자기 집에 오니 편하구나!"

뮌헨에서 속이 터지든 말든 나는 정겨운 라이테르 기사령의 공기를 한껏 들이켰다. 그리고 바로 선전에 들어갔다.

승리를 하고 나서 제일 중요한 게 있다. 많은 군주들이 이를 간과하는데 나는 확실히 알고 있다. 그건 바로 선전이다. 이겼으면 이겼다고 사방에 떠들고 다녀야 한다.

그게 아무리 작은 승리라고 해도 말이다. 알아서 퍼지겠지, 라고 기대하는 건 순진한 생각이다.

"인쇄공들을 불러오라."

"라이테르에는 없습니다."

"옆 동네 짤츠부르크에 가면 차고 넘치게 많다. 걔들은 만날 종교 서적 찍어내는 게 일이니까. 돈을 발라서 데려와. 본인은 넘치는 게 돈이다."

짤츠부르크에서 인쇄공들을 여럿 불러온 나는 적극적인 선전활동을 준비했다. 먼저 이번 전투의 빛나는 승리를 적은 홍보물을 다량으로 만들었다.

홍보물의 제목은 <서부에서 온 해방자>다. 내용은 간단하면서도 자극적이어서 일반 백성들이 좋아할만한 얘기였다.

마왕 아뮤데를 무찌르고 호수의 드래곤을 구한 비텐바이어 백작이 바이에른의 위기에 들고 일어났다는 영웅담에 가까운 내용이었다.

또한 바로 그라이펜베르크에서 대승을 거둬 적을 몰살시켰으니 서부에서 온 해방자를 따르라는 얘기였다.

"정말 누구 얘기인지 멋있는 걸!"

상당 부분 과장과 거짓으로 점철된 홍보물을 보며 웃자, 옆에 있던 지아꼬모 알비노가 쓴웃음을 삼켰다.

"각하께선 제가 아는 사내 중 가장 얼굴이 두꺼운 것 같습니다."

"하하하! 요즘은 그래서 투구도 필요 없는 것 같습니다. 세뇨르 까삐딴."

나는 그 홍보물을 일대의 대도시에 마구잡이로 뿌렸다. 그러자 각지의 유력자들이 축하 인사를 보내왔다.

사실 이건 SNS 활동과 비슷했다. 나 이렇게 잘났고, 잘 산다고 하면 사람들이 좋아요 눌러주는 거랑 똑같았다.

- 대승을 축하드립니다. 비텐바이어 백작 각하.
- 저랑 결혼해 주세요. 진지한 제안입니다.
- 언제 한 번 그 존안, 꼭 뵙고 싶습니다.
- 각하의 명성이 제국을 진동케 하고 있습니다. 그 명성을 흠모하고 있습니다.

점점 찬사를 보내는 사람이 늘어났다. 그래서는 겨울 동안 나는 기세를 타고 바이에른을 위해 마왕을 무찌르자는 선전을 펼쳐갔다.

악을 무찌르겠다! 비텐바이어 백작의 휘하로 모여라! 이런 내용이었다. 선전물에 그려진 내 얼굴은 실로 사자와 같은, 영웅의 풍모로 가득했다.

"캬, 그림 멋지게 뽑은 것 좀 보게."

"주군. 군소제후들을 끌어들이기 위해서는 이득을 제시해야 합니다."

틸리의 의견에 나는 고개를 끄덕였다.

"물론입니다. 이번 전역에 돈 냄새가 진동한다는 걸 알려주면 알아서 설탕에 달라붙는 개미떼처럼 몰려 들겠죠."

"혜안이 있으십니까?"

나는 간단한 일이라는 듯 고개를 끄덕였다.

"암흑창공의 마왕의 영지에서 거대한 금광이 발견됐다고 하면 됩니다. 사실 비텐바이어 백작이 일어난 건, 마왕을 내쫓고 금광을 차지하려고 속셈이라고 하십시오. 그리고 참가한 이들에겐 지분을 나눠줄 거란 얘기도요."

내 터무니없는 거짓말에 틸리는 기가 막히다는 듯 입을 쩍 벌린다.

"신은 마왕 파르자의 영지에 금광 같은 건 없는 걸로 알고 있습니다만?"

"없으니까 우리가 만들어줘야지요. 흐흐흐."

나는 바로 빈에 있는 황제에게 연락을 넣었다.

- 폐하, 신이 청이 하나있습니다.

- 그대는 정말 동분서주 바쁘군. 이번에는 바이에른의 전역에 끼어들었나?

- 송구합니다. 그에 관해 청이 있습니다.

황제는 무조건 내 편이 아니다. 그가 원하는 건 현 상황이 계속 유지되어 제국이 균형을 이루는 것이다. 그러니 이번 싸움은 그의 심기를 거스르는 일이었다.

- 작센 선제후와 마왕 파르자가 과욕을 부리고 있습니다. 바이에른이 무너지면 제국은 도탄에 빠질 것입니다.

- 동의한다. 제국은 지금 이 상태가 제일 좋아. 아무래도 이번에도 백작과 뜻이 맞을 것 같군.

황제는 이번 전역에서 바이에른을 침입한 적을 물리치고 마왕 파르자를 혼내주는 것까진 동의했으나, 작센 선제후까지 건들지 말 것을 주문했다.

- 그의 군대를 물리치는 건 좋아. 하지만 작센령까지 쳐들어가는 건 허락할 수 없네. 그자 역시 제국의 일곱 기둥 가운데 하나인 선제후야. 짐이 살아있는 동안에 각 선제후는 균형을 이루고 있어야 해.

그 정도라면 합의가 가능한 부분이었다. 작센 선제후는 일찌감치 발을 빼게 공작을 펼친 뒤, 마왕 파르자와 치고받는 방식으로 가야겠다. 작센 선제후는 언제고 혼내줄 수 있는 날이 있으리라.

- 명심하겠습니다.

- 그래, 짐이 이번에는 뭘 해줘야 하나?

- 간단합니다. 마왕 파르자의 영지인 뷔르츠부르크에 대한 금광 개발권을 제게 주십시오.

- 금광?

선제후령을 제외한 제국의 모든 광산 개발권은 황제가 가진다. 예외가 있다면 황제의 허락을 받은 영주가 대신할 수도 있다. 그래서 허락을 구한 것이다.

- 이상하군? 뷔르츠부르크에는 금광이 없을 텐데? 그대의 코로 하나 찾은 건가?

- 말씀대로 금광은 없습니다. 하지만 소신에겐 개발권이 필요합니다.

황제에게 계책을 설명했다. 남의 땅에 금광이 있다고 소문을 낸 다음에 같이 약탈하러 갈 동료들을 모집하겠다는 내용이었다.

- 원래 없는 금광이 있다고 빡빡 우긴 다음에 쥐패겠다고?

- 네, 바로 그겁니다. 폐하.

황제가 기가 막힌다는 목소리로 내게 물었다.

- 백작은 장래 희망이 어둠의 대군인가? 인간이면 이렇게 악랄할 수가 없는데…….

- 폐하께서 재밌는 농담을 다 하시는군요. 하하하.

황제는 자기 이득에 맞아야 협조해 주는 인물이지만, 그것만이 우리 관계의 전부는 아니었다. 뭐랄까, 서로를 협잡꾼으로 인정해 주고 있다고 할까.

- 폐하, 중요한 얘기는 금광 개발권이지만 그 외에도 몇 가지 부탁하고 싶은 게 있습니다.

- 좋네. 하지만 부탁에는 예절이 필요하지. 지난번에 보낸 성의는 잘 받았네. 그것들은 제국의 밑거름이 될 것이야. 자네는 진정한 충신일세, 백작.

전에 작당모의를 하면서 금화가 가득 찬 궤짝 여러 개를 빈으로 보냈다. 그걸 어디에 썼는지는 황제만이 알 테지만 꽤 마음에 들었나 보다.

여기저기 온갖 일에 참견하고, 끝 간 데 없는 오지랖을 부려 제국을 지키는 황제 입장에선 돈이란 늘 부족한 것이었다. 이 양반은 유능하지만 돈 나가는 곳이 너무나 많았다.

- 한데 백작. 뷔르츠부르크에 진짜 금광이 없다면 짐에게 성의를 표하는데 힘들지 않겠나? 요즘 자네가 군대 유지비로 땅에 돈을 흘리고 다닌다고 소문이 났어.

최고의 재상인 리슐리외가 동전 하나하나까지 알뜰하게 쓰고 있지만, 돈을 땅에다 흘리고 다닌다는 소리가 난 것만 봐도 군대 유지비란 게 얼마나 심각한지 알 수 있는 부분이다.

- 걱정하지 마십시오. 폐하. 소신은 폐하를 향한 충심을 모든 일에 우선에 두고 있습니다.

- 그런가?

- 다 털면 나옵니다. 어찌 금이 금광에서만 나오겠습니까? 정 안되면 소신이 마왕의 팔다리라도 잘라서 판 뒤에 금을 바칠 테니 심려 마시지요.

내 말에 황제는 손뼉을 치는 듯 박수 소리가 들렸다.

- 귓가에 꿀처럼 달콤한 소리군. 자네는 아부에도 소질이 있구먼.

- 그래서 폐하께서 절 좋아하시는 걸 알고 있사옵니다.

- 자네는 진짜 악당이야.

- 다 끼리끼리 논다지 않습니까? 폐하.

- 뭐라? 크하하핫!

결국 황제는 참지 못하고 크게 웃음을 터뜨렸다.

- 뭐랄까, 제국의 정치란 게 이런 식으로 돌아가는 거였군요. 그간 제가 순진했다는 생각이 드네요.

황제와 나의 작당을 본 아스비엘라가 근심 가득한 목소리였다. 딸인 발푸르기스도 이런 정치판 한 가운데 있으니 염려가 크겠지.

- 편리한 점도 있습니다. 몇 마디 나누고 변경백의 위를 받지 않았습니까?

황제는 내게 바젤, 라인펠덴 등의 새로운 점령지를 인정해주고 변경백의 작위를 내리기로 했다. 이제 나는 발러슈테드 폰 비텐바이어- 바젤 변경백작이다. 편의상 그냥 비텐바이어 변경백이라 칭하게 했다.

- 그 점이 두려운 거랍니다. 몇 마디 말로 작위가 올 수 있다면 몇 마디 말로 작위가 사라질 수도 있겠죠.

현명한 여자였다. 권력의 본질을 잘 알고 있구나.

- 걱정 마시길. 따님은 제가 지키겠습니다.

일주일 뒤 황제의 특사가 도착했다. 어찌 알았는지 그날에 맞춰 뮌헨에서 축하 사절이 왔다. 바이에른의 여러 귀족들도 내 얼굴 좀 보겠다고 몰려들었다.

나는 모두가 보는 앞에서 작위를 수여받은 후 연회를 크게 베풀었다. 사방에서 명사들이 몰려와 축하의 인사를 쏟아냈다.

"축하드립니다. 변경백 각하!"

"변경백 각하의 존재는 제국의 흥복이나이다!"

다들 나와 안면이라도 트겠다는 듯 집요했다.

"신사숙녀 여러분."

방문객들을 응대하던 나는 박수를 치며 앞으로 나섰다.

"오늘 이렇게 제 승작을 축하해 주기 위해 먼 길 와주셔서 감사드립니다."

짝짝짝짝!

쏟아지는 박수에 나는 감사를 표하고 말을 이어갔다.

"한데 사실 오늘 알려드릴 일은 승작뿐만이 아닙니다. 제국의 보호자인 황제 폐하께서 제게 한 가지 권리를 더 내리셨습니다. 그건 바로 뷔르츠부르크의 금광을 개발할 수 있는 권리입니다."

뜬금없는 금광 개발권에 사람들은 의아해하며 소근거린다.

"거기 금광이 있다고요?"

"저도 금시초문입니다. 하지만 만약 사실이라면 폐하의 심기를 거스를만한 일이 분명하겠죠."

일단 손을 들어 잡담을 중지시킨 뒤 말을 이어갔다.

"본디 뷔르츠부르크가 어떤 땅입니까? 엄연히 제국령에 속하는 곳입니다. 그들이 그곳을 무단으로 점령하고 눌러앉은 탓에 어쩔 수 없이 마왕령으로 인정하고 있을 뿐이지요."

이럴 때 제일 잘 먹히는 건 음모론이다. 세상일이란 게 까놓고 보면 별 거 없지만, 잘 모르는 건 음모론이랑 연결하면 효과가 좋았다.

"마왕이 애초에 왜 그 땅을 노렸겠습니까? 이미 오래 전부터 금광의 존재를 알고 있던 거지요. 오랜 탐사 끝에 마왕은 마침내 금광을 찾아냈다고 합니다. 그리고 현재는 드래곤처럼 금을 사방에 깔아놓고 뒹군다는군요. 마왕령의 가장 천한 하인조차 금제 식기를 쓴다니 말 다했습니다."

금이란 말에 몰려든 귀족들은 탐욕스러운 얼굴이 됐다.

"여러분, 진정 이게 옳은 일이라고 생각하십니까? 황제 폐하의 땅에 저 극악무도한 마왕이 주저앉아 멋대로 금을 긁어모으고 있습니다."

이에 사방에서 분노한 목소리가 터져 나왔다.

"통탄할 일입니다!"

"마땅히 대가를 치르게 해줘야 합니다!"

열렬히 소리치는 그들을 보니 상대가 마왕이든 누구든 금광을 혼자 먹는다는 사실이 무척 부러운 듯했다. 나는 그들의 뜻을 십분 공감한다며 고개를 주억였다.

"이제 폐하께서 제가 금광 개발권을 내린 이유를 짐작하실 수 있으실 겁니다. 저는 폐하의 뜻을 따라 무도한 마왕을 징치하고 모든 권리를 올바른 위치에 돌려놓을 생각입니다."

"오오오!"

금광에 관한 구체적인 이야기가 나오자 다들 흥분을 감추지 못했다.

"황제 폐하께서는 약속하셨습니다. 이번 일을 저 혼자 이루기 어려우니 의로운 충신을 모아 함께하라고요. 폐하께선 참가한 모든 이들에게 금광의 지분을 하사하시기로 했습니다."

"오오옷!"

금광의 지분이란 말에 다들 눈이 돌아갔다. 게다가 나는 영웅담의 주인공이며 마왕을 상대로 연전연승 중이다. 주가가 한창 오르는 인물이니 내가 하는 일에 숟가락 좀 얹고 싶겠지.

"또한 이번 일은 단순히 금광만으로 그치지 않습니다. 뷔르츠부르크이 마왕 파르자는 존경받는 바이에른 선제후 전하의 영지를 침입했습니다. 제국법을 준수하고 평화를 사랑하는 우리의 입장에서는 마땅히 항의의 목소리를 높여야 하지 않겠습니까?"

"옳소! 맞는 말이오!"

그때 누가 격앙되어 소리쳤다.

"전쟁이다!"

흥분한 사람들은 금방 동조했다.

"전쟁이다! 전쟁!"

"마왕을 물리쳐라!"

나는 이 고상한 이들에게 그럴 듯한 명분을 만들어줬다. 자기 탐욕을 정당화할 수 있는 명분 말이다. 이제 겨울 동안 많은 군대가 모이겠지. 나는 기쁜 듯 미소 지으며 잔을 들었다.

"황제 폐하 만세! 여기 모인 이들은 진정한 충신입니다!"

충신이란 게 그렇게 어려운 게 아니다. 황제의 뜻대로 놀아나는 바보를 충신이라고 칭할 수 있다면 말이지.

즉, 머리만 나쁘면 누구나 할 수 있는 거다.

12월 초가 되자 첫눈이 내렸다.

올해 눈은 유난히 늦게 내리는구나. 라이테르의 목가적인 풍경은 하얗게 뒤덮였다. 그리고 많은 친구들이 날 찾아왔다.

"각하! 빌렌 기사령의 가주가 자식들을 이끌고 찾아왔습니다."

"각하! 알프하임 남작이 가신들을 이끌고 찾아왔습니다.

"각하! 레베란트 공(Fürst)께서 각하를 뵙길 청합니다."

사방에서 군소귀족들이 라이테르로 몰려왔다. 변경백급 이상의 거물들은 자기 체면이 있어 관망하는 듯했으나 군소귀족들은 눈치를 볼 게 없었다.

헉헉대며 사방에서 몰려든 꼴이 뼈다귀를 얻어먹고자 하는 개새끼들 같았다. 물론 그들의 성품도 개 같았다.

"각하! 폐하의 금광을 되찾겠습니다!"

——먹고 체할 정도로 금을 처먹고 싶다!

"대의를 위해 이 검을 뽑았습니다!"

——내가 금을 많이 좋아한다.

——필요하면 사람 머리에 칼을 휘두를 정도로!

"우리 형제가 모두 참가하겠습니다!"

——우리는 여럿이니 금을 더 받아야겠다

물론 나 역시 만만찮은 개새끼였다.

"어서 오게, 동지여!"

——총알받이가 왔군!

"우리는 함께 승리할 걸세!"

——나는 이기고 너는 버려질 것이다

"우리 품위를 지키며 서로를 형제처럼 도우세."

——나한테 욕하는 새끼는 용서하지 않겠다

라이테르 성의 벽난로에는 화목한 분위기 그 자체였다. 우리는 환담을 나누며 동맹을 결성했다.

"이 한시적 모임은 황금연합이라 칭하겠습니다."

다들 껄껄대며 좋아했다. 참으로 노골적인, 돈 좀 벌고 싶다는 작명이었다. 그리고 나는 만장일치로 회장에 선출되었다. 일단 처음에는 예의상 거절했다. 그러자 회원들이 화들짝 놀라며 다시 권해왔다.

"비텐바이어 변경백 각하가 아니라면 누가 회장에 오르겠습니까?"

"옳습니다! 각하! 부디 저희를 이끌어 주십시오!"

"저희는 각하면 믿고 따를 것입니다!"

그렇게 추대의 분위기가 달아오르자 나는 헛기침을 한 번 한 뒤 나섰다.

"어흠! 그리 말씀하시니 부족한 사람이나 중임을 맡아보겠습니다."

그야말로 가식이 벽난로 시렁에 걸린 주전자의 끓는 물처럼 넘쳐 흘렀다. 내 주특기였다.

"정말 어쩔 수 없군요."

"와아아아! 변경백 각하 만세!"

우레와 같은 박수가 쏟아졌다. 그렇게 황금연합이 결성되었다. 그리고 1614년의 겨울, 계속해서 모병이 이뤄졌다.

참가자들은 자신의 가신과 용병을 최대한 데리고 라이테르로 몰려와 겨울 숙영지를 건설해 틀어박혔다. 일부는 봄에 온다고 했다. 라이테르의 시골 평지에는 몰려든 병사들로 바글바글 거리기 시작했다.

"군사를 많이 데려오거나 물자를 많이 제공한 자에게 지분을 더욱 나눠줄 것입니다."

내 약속에 다들 장밋빛 전망으로 부풀어서 최대한 무리를 하고 있었다. 무리는 점점 커졌고 황금연합은 급기야 2만 5,000에 이르는 대병이 되었다.

"하하하!"

"주군, 기분이 좋은 것 같으시군요?"

지아꼬모 알비노의 말에 나는 고개를 끄덕였다. 요즘은 밥을 안 먹어도 배부른 기분이었으니까.

　나는 발푸르기스에게 자주 연락을 했다. 너무 걱정하지 말라, 봄
이 오면 대군을 이끌고 가 도울 것이다란 내용이었다. 딸을 살뜰하게
챙기는 걸 보자 아스비엘라도 날 점점 좋게 보는 것 같았다.
　그렇게 무난한 겨울이 흘러가는 도중 뜻밖의 연락을 받았다. 손에
끼고 있던 반지 중 하나가 울린 것이다.
　- 그간 잘 지냈나?
　- 쿠발트 전하가 아니십니까.
　세작왕이라고 불리는 플젠의 군주 쿠발트였다. 꽤 오랜만의 연락
이었다.
　- 그간 격조했습니다. 강녕하셨습니까?
　- 나야 늘 제국의 소식에 귀를 기울이고 있지. 자네의 성공가도에
관심이 많다네.
　- 하하하.
　- 아무튼 자네 덕에 바이에른에 끈이 생겨서 요즘 그들의 의뢰도
받고 있어. 고맙네.
　- 그나저나 어쩐 일이십니까?
　- 사람 성격 급한 건 여전하군. 겨울 축제에 초대하려고 했다고 하
면 일없다고 거절할 거 같으이.
　- 설마 전하께서 부르시는데 그렇겠습니까?
　물론 세작왕이라 불리는 그가 시시한 용건으로 연락할 리가 없었

다. 얘기를 들어보니 예상치도 못한 내용이었다.

－ 작센 선제후가 자네를 비밀리에 만나고 싶다는구먼. 이번 일로 긴히 나눌 얘기가 있다고 하네.

－ 작센 선제후가요?

작센 선제후와는 별다른 접점이 없다. 설마 바로 날 지목해 올 줄이야 생각도 못했다. 하지만 그와 만나봐야 하긴 했다. 이번 전역에 한축을 담당하고 있는 게 작센 선제후니까.

－ 그렇다네. 다만 만날 장소가 문제였지. 서로의 안전이 보장된 상태여야 하니까.

－ 그래서 플젠으로 정한 겁니까?

－ 하하, 눈치가 아주 귀신이구먼.

세작왕이 안전을 보증한다면 나름대로 신뢰가 간다. 그의 궁전은 중립지대나 마찬가지니까. 물론 함정일 확률도 있다.

－ 무슨 용건이랍니까?

－ 자세한 건 나도 모르네. 세 가지 전언을 남겼을 뿐이야.

－ 듣겠습니다.

－ 첫째는 이번 전역의 승리를 원한다면 꼭 찾아와 달라고 하더군.

－ 시시하군요.

그 정도로 움직일 내가 아니다. 작센 선제후 따위 없어도 내 황금연합이 적을 쓸어버릴 테니까.

－ 그런 반응일 거라 예상하더군. 아직 두 개가 더 남았다네. 두 번째는 자신에 관한 중요한 비밀을 알려주겠다고 하는 것이지.

작센 선제후에 관한 비밀? 이상한 말이었다. 작센 선제후가 대단하긴 하지만 보통 인간일 텐데 뭐가 더 있는 건가.

- 흥미가 동하는 모양이구만.

- 흐음… 아직은 엉덩이가 들썩이는 정도입니다. 일어날 생각은 없습니다.

- 그렇다면 세 번째를 듣게. 그가 이걸 전하면 자네가 반드시 움직일 거라 했다네.

과연 그래서일까. 세 번째 전언은 내 머리를 충격으로 강타했다.

- 비텐바이어 변경백이여. 그대가 사랑하는 여자의 저주를 해제해 줄 수 있다.

뭐? 작센 선제후가 어떻게 바이에른 가의 저주에 대해 알고 있는 거야?

10. 서열 밖의 존재

세작왕 쿠발트와 대화를 나눈 후 나는 고민에 빠졌다. 대체 어떻게 작센 선제후가 바이에른 선제후 가의 저주에 대해 알고 있단 말인가?

이런저런 가설이 떠올랐지만 명쾌한 결론은 없었다. 하지만 한 가지 확실한 점은 있다. 바이에른 선제후 가의 저주를 풀어줘야 한다는 점이다.

이건 발푸르기스를 돕기 위해서만이 아니라, 나 자신을 위해서기도 하다. 바이에른은 제국 중앙에 자리 잡은 부유하고 강력한 땅이다. 그 후계자와 맺어진다면 이후 더할 나위 없는 힘을 얻게 된다.

사실 모종의 이유로 발푸르기스와의 관계를 계속 망설이고 있었다. 그로스글로크너에서 혼자 눈산을 보며 번민했던 그 고민은 실로 오래 이어졌다.

얼마 전에야 겨우 현실을 받아들일 수 있게 됐다. 드디어 발푸르기스에게 다가갈 마음이 선 것이다. 하지만 저주가 남아있는 상태라면 그녀는 절대 결혼을 하지 않을 거다. 자식에게 저주가 되물림되는 걸 막고자 할 테니까.

원래 역사에서 발푸르기스는 선제후 직에 오른 후에도 결혼하지 않는다. 그리고 바이에른은 유능한 신하들에게 맡기고 본인은 일개 수녀기사로 제국을 떠돈다.

이번 기회에 저주를 풀지 못한다면 똑같이 되겠지. 그녀는 내 동료로써 충실하겠지만, 내가 그녀의 남편이 아닌 이상 바이에른의 지원을 제대로 받을 수 있을 리가 없다.

바이에른의 귀족들은 그저 군주의 애인에 불과한 남자를 위해 움직이지 않을 테니까.

게다가 원래 역사를 다시 떠올려 보니, 그녀는 유난히 자기 가문을 멀리하는 기색이 강했지. 선제후란 직위를 방임하고 홀로 떠돌아다니는 느낌이랄까?

"뭔가 죽을 자리를 찾아 돌아다니는 듯한⋯."

혼잣말을 하던 나는 깜짝 놀랐다. 만약 이게 사실이라면 그녀가 보여줬던 터무니없는 용기와 완고함도 어느 정도 설명이 된다.

그 고결한 수녀기사는 자주 죽었다.

특히 날 위해 죽은 횟수만 해도 한두 번이 아니었다.

- 장모님.

- 저주가 사라지지 않았다니⋯.

아스비엘라는 세작왕과의 대화 이후 완전히 멘붕 상태다. 그녀의 과거는 직접 듣지 못했지만, 무덤에서 웅크리고 있는 자의 말로 어떤 일이 있었는지 짐작하기 어렵지 않다.

이 가여운 여자는 집안의 저주를 해결하기 위해 스스로 희생한 게 틀림없다. 하나뿐인 딸인 발푸르기스를 위해 죽은 거겠지. 하지만 그 저주가 아직 남아있다고 하니 정신이 나갈 수밖에.

- 정신 차리십시오. 저주에 대해 묻고 싶습니다. 그 외에 과거사도요. 제게 말하길 꺼리셨지만 이제는 정말 어쩔 수 없습니다. 발푸르기스를 위해서라도 강제로 명령이라도 할 것입니다.

그녀의 영혼에는 내 이름이 주인으로 새겨져 있다. 명령을 내리면 따를 수밖에 없다. 다만 그러지 않았을 뿐이다.

- 알겠어요. 과거를 털어놓고 은공을 전력으로 돕겠어요.

- 감사합니다. 그 저주는 혹시 시간이 지날수록 심해집니까?

내 말에 그녀가 슬픈 목소리로 대답해왔다.

- 맞아요. 이대로라면 그 아이는 시한부 인생이에요.

아스비엘라의 희생으로 저주는 사라진 것처럼 보였다. 하지만 일종의 유예 정도로 그친 모양이었다. 여전히 그것은 남았고 시간이 갈수록 점점 커지는 듯했다.

기억을 떠올려 보면 발푸르기스는 오래 살아봐야 대전쟁 중반부까지가 한계였다. 무슨 이유든 항상 목숨을 잃어버렸다.

그녀를 후반부까지 살리면 '발푸르가 여신격의 화신' 이란 최상위 직을 얻는데, 이는 업데이트 공지로 알려져진 내용일 뿐이다.

실제로 발푸르기스가 발푸르가 여신격의 화신이 된 걸 본 이는 아무도 없다. 보통 플레이어들에게 발푸르기스는 초중반에 캐리하다가 픽 죽는 영웅일 뿐이었다.

야속한 얘기지만 주인공의 발판이 되는 소모품인 셈이다.

- 그녀가 얼마나 살 수 있다고 보십니까?

- 모르겠어요. 저주를 직접 보기 전에는 판단하기 어려워요.

- 장모님, 만약 이후에 그녀가 자기 가문을 등진다면 그 저주 때문일까요?

- 음, 아마도 그럴 거라고 생각해요.

- 그런가요.

갑자기 마음이 아려왔다.

- 조만간 발푸르기스를 만나러 가야겠군요. 하지만 그 전에 과거의 비사를 모두 알려주십시오.

아스비엘라는 마족인 자신이 어떻게 바이에른의 선제후 가에 시집가게 되었는지 부터 시작해 모든 얘기를 털어놓았다. 그 얘기를 묵묵히 듣던 나는 결론을 내렸다.

- 역시 작센 선제후를 만나봐야겠습니다.

변장을 하고 비밀리에 세작왕의 도시인 플젠으로 출발했다. 아스비엘라는 걱정스러운 기색이었다.

- 은공. 작센 선제후는 음흉하기 짝이 없는 인물입니다. 함정일 수도 있으니 지금이라도 약속을 취소하시지요.

- 그가 능구렁이 같은 자라는 건 잘 알고 있습니다. 그러니까 더 가봐야 합니다.

지난 회차에서 작센 선제후와 부딪치며 그에 대해 꽤 알게 됐다고 여겼는데, 쿠발트의 전언을 보면 그것도 아닌 것 같다. 혹시라도 이번에 그의 진면모를 알게 되면 큰 이득이란 생각이 들었다.

나는 플젠에 들어가자마자 예의 그 다리에서 징수원 노릇을 하고 있는 고블린을 만날 수 있었다. 그가 바로 변신한 세작왕 쿠발트였다.

"약속이 있어 왔는데 안내해줄 수 있겠나? 고블린."

"물론입죠. 소인을 따르시지요. 나리."

겉으로 보기에 그는 영락없이 귀족의 안내를 맡은 고블린 시종이었다. 우리는 눈에 띄지 않게 조용히 궁전의 뒷문으로 들어갔다. 안전한 곳에 오자 쿠발트가 모습을 드러냈다.

"오랜만이군. 자네."

"그간 격조했습니다. 전하."

"자네와 할 말이 많으나 오늘은 용무가 있으니 어서 가세. 작센 선제후는 이미 도착해 있다네."

그를 따라 한 조용한 방 안에 들어가자 작센 선제후가 있었다. 시원한 대머리에 갈색 콧수염을 기른 장년의 사내다. 꽤나 화려한 의복을 입은 멋쟁이였다.

"고귀하신 전하. 비텐바이어 변경백이 인사드립니다."

"어서오게. 변경백. 제국의 영웅인 자네를 드디어 만나게 되는군."

그는 사람 좋은 미소를 짓는다. 호감을 주는 인상의 소유자였다. 하지만 그 속에 구렁이가 열 마리는 들었음은 말할 필요도 없다.

"전하. 선제후 전하의 위엄에 비하면 저 따위는 달빛 아래 반딧불 정도이거늘, 어찌 찾으셨습니까?"

"변경백은 겸손이 지나치군. 그대 정도의 야심만만한 사내라면 언젠가 과인과 같은 위치에 설지도 모른다 생각하고 있거늘."

"말씀 거둬 주십시오. 제가 어찌 고귀하신 전하와 어깨를 나란히 하겠습니까?"

"후훗. 그거는 두고보면 알 일이지."

그때 조용히 문을 닫는 소리가 들렸다. 우리가 대화를 나누기 시작하자 쿠발트가 자리를 피해준 것이다. 그러자 분위기가 일변했다.

나는 작센 선제후의 눈을 살폈다. 심후하고 깊어 내심 놀라지 않을 수 없었다. 지난 100년 동안 이 사내에게서 이런 느낌을 받은 적은 처음이었다.

트리어 선제후도 이 정도는 아니었다. 나는 작센 선제후를 보며 신음했다. 이 자는 누구란 말인가. 정말 작센 선제후가 맞는 것일까?

"당신은 대체….."

"크흐흐흐. 뭘 그리 놀라나? 아직 자네에게 아무런 제안도 하지 않았는데."

"피차 바쁜 몸, 바로 용건을 듣겠습니다."

"좋네. 자, 그러면 장소를 조금 바꾸도록 하지."

그가 손뼉을 한 번 치자 주변의 배경이 바뀌었다. 세련된 궁전에 있다가 갑자기 황량한 사막 한가운데로 변한 것이다. 탁자와 의자만 그대로였다.

"이런."

살짝 입술을 깨물었다. 나는 지금 일종의 군소차원에 와 있다는 사실을 깨닫고는 심장이 철렁 내려앉았다. 작센 선제후가 이 정도의 힘을 가지고 있을 줄이야.

그러다 원래 역사를 돌이켜 보니 그가 죽거나 패하는 일은 한 번도 없었음을 깨달았다. 항상 그는 대전쟁에서 한 발 물러나 있었다.

그것은 노련한 외교술만으로는 불가능한 일이었다. 분명 강력한 힘이 바탕이 됐기에 가능했겠지. 나는 그가 거물이라는 건 알았지만 대전쟁에서 워낙 소극적이라 별로 주목하지 않았었다.

눈앞에 있는 싸움으로도 100년을 보낼 정도로 바빴기 때문인데 아무래도 패착이었던 거 같다.

"놀란 기색이군."

"그럴 수밖에 없지 않습니까. 여긴 어딥니까?"

도저히 물질계의 풍경이 아니었다. 황량한 사막은 비현실적인 모습으로 가득했다. 그도 그럴 게, 바람이 불 때마다 귀곡성이 아득하게 울렸고, 저 멀리 모래 언덕에는 그 크기를 알 수 없는 거대한 유골이 반쯤 파묻혀 있었기 때문이다. 키가 200미터가 넘을 듯한 거인의 해골이었다.

"여긴 내가 섬기는 이의 땅으로 향하는 비밀스러운 장소라네. 우리는 순례의 길이라 부르지."

"섬기는 이?"

불안감이 피어올랐다. 인간은 신격을 섬기고 마족은 어둠의 대군을 섬긴다. 작센 선제후는 인간이니 그가 섬긴다고 하면 신격을 의미할 터인데 주변을 둘러보면 아닌 게 확실했다.

사이하고 어두운 기운으로 가득 찬 세계. 이 세계의 하늘은 피처럼 붉은 색이었다.

"그래, 섬기는 이. 마치 자네처럼 말일세."

움찔.

그의 말은 마치 손등을 바늘로 내리찍는 것 같은 느낌이었다. 하지만 동요하지 않았다. 약간의 티도 내지 않았다. 그저 무슨 소린지 모르겠다는 듯 차를 한 모금 마셨을 뿐이다. 그러자 작센 선제후의 눈에 이채가 서렸다.

"역시. 자네는 대단해. 소문 이상의 기량을 가졌어."

"그렇습니까."

"천연덕스럽기 그지없으니 과인도 그분의 언질이 없었으면 그저 의심에 머물렀을 것일세. 흐흐흐."

그는 나를 뚫어져라 쳐다보며 짙은 미소를 짓는다. 이쪽은 속이 타들어가는 데 그는 지금의 시간을 즐기는 것 같았다. 나는 본능적으로 거대한 격차를 느낄 수 있었다.

이 내가 격차를 느끼다니?

솔직히 믿기 어려웠다. 그간 엄청난 성장으로 나는 마왕 페자무트와 동수를 이룰 정도가 됐다. 한데 지금 작센 선제후를 상대로는 목덜미에 전기가 흐르는 듯 소름이 돋았다.

"무엇을 듣고 오셨습니까?"

"간단하네. 자네가 바로 무덤에서 웅크리고 있는 자를 섬기고 있단 사실이지."

주먹을 꽉 쥐었다. 마치 거북이가 놀라 있는 힘껏 몸을 움츠리는 것처럼 말이다. 하지만 거북과 다르게 나는 숨을 장소가 없었다.

어떻게 작센 선제후가 무덤에서 웅크리고 있는 자를 아는 거지? 내가 그의 후원을 받는다고는 점도. 정보가 어디서 센 걸까.

상념이 소용돌이처럼 어지럽게 몰아쳤지만 답은 나오지 않았다.

"참, 자네만 정체가 드러나면 불공평하겠지. 공평한 거래가 과인의 원칙일세. 그러니 과인의 정체도 드러내지."

그는 껄껄 웃으며 자리에서 일어났다.

우르르.

갑자기 주변의 모래가 끌어올려져 그의 몸을 뒤덮기 시작한다. 완전히 모래기둥처럼 변했는데, 그때 모래가 아래로 쏟아지면서 작센 선제후가 다시 나타났다.

완전히 달라진 모습으로 말이다. 그의 머리에는 거대한 뿔이 돋아 있었다. 피부는 강철이었으며 눈은 노란 색으로 선명하게 반짝였다. 그가 입을 벌리자 안에서 주체할 수 없는 거대한 마력이 아무렇게나 흘러나왔다.

"다시 소개하지."

그의 목소리는 천둥과도 같았다.

"본인은 작센 선제후이자 서열 외의 마왕 크라이카이제라고 하네."

설마 작센 선제후가 정체를 숨기고 있던 마왕일 줄이야. <서열 외>의 마왕에 대해 들어본 적 있다. 마왕의 위계에 속하지 않은 장막 뒤의 존재들. 단순히 풍문이라고 여겼는데.

언젠가 슈바르체토이펠과 인간 제후 중에도 어둠의 대군의 후원을 받는 이가 있지 않을까 얘기했던 적이 있는데, 설마 서열 외의 마왕이 변신해 숨어있을 줄이야.

나는 새삼 지난 100년 동안 뭘 파악했던 건지 의아해질 지경이었다. 이 세계에는 온갖 모략과 음모가 넘쳐나서 겉으로 드러난 것을 연구하고 대처하는데도 그 세월이 다 가버렸다.

그런데 일반인 플레이로 지금까지와 다른 길을 가기 시작하자 처음 보는 온갖 게 튀어나오고 있었다.

스르릉.

자리에서 일어난 나는 류블라냐를 꺼내들었다. 갑자기 팽팽한 긴장감이 감돌기 시작했다.

"차원을 건너는 빛이여…."

류블라냐의 진신을 소환하는 주문을 외기 시작했다. 그러자 앞에서 느껴지는 압력이 증가한다.

"크크크."

무섭게 나를 노려보며 울리는 듯한 웃음소리를 내는 작센 선제후. 하지만 나는 주문을 멈추지 않았다. 힘의 파동이 일어나 내 망토가 펄럭거렸다.

"베어 죽이고…."

"꿰어 죽이고…."

"썰어 죽이는 빛이여."

주문을 외는 목이 따끔거리기 시작한다. 그러더니 이 감각이 온몸으로 번져갔다. 결국 전신이 바늘로 찌르는 것 같은 기분이 됐다.

익숙한 감각이었다.

살기였다.

콰앙!

급기야 우리 사이에 있던 탁자가 폭발하듯 터져나갔다.

핏!

파편이 뺨을 긋고 지나가 피가 턱 끝까지 주르륵 흘러내렸다.

"여기 그대를 바라는 검객의 손에 깃들라."

주문을 완료하며 손가락으로 검신을 쓰다듬었다. 그러자 손가락이 지나가는 부위부터 검의 모습이 변하더니, 새하얀 빛을 뿜어내는 류블라냐가 드러났다. 작센 선제후는 재밌다는 표정을 감추지 못한다.

"강철선제후는 실종인데 그대는 팔츠의 보검을 갖고 있군. 크크크큭."

대답대신 검을 들어 겨눴다.

"누구의 후원을 받고 계십니까?"

답은 금방 돌아왔다.

"형언할 수 없는 암흑이라네."

형언할 수 없는 암흑은 어둠의 대군 중 가장 위에 올라있는 자다.

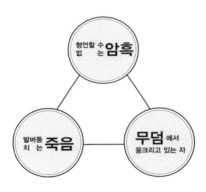

이 셋이 과거 삼두정치처럼 군림하고 있었는데, 형언할 수 없는 암흑이 나머지 둘의 뒤통수를 때렸다. 발버둥치는 죽음은 봉인됐고, 무덤에서 웅크리고 있는 자는 은거했다.

현재 명실상부한 원탑이 바로 이 형언할 수 없는 암흑이다. 그렇다고 그의 독재와 같은 시절이 왔느냐? 또 그건 아니다. 다른 어둠의 대군들이 모두 합심해 견제하고 있기 때문이다.

모난 돌이 정 맞는 경우라 할 수 있다. 게다가 한 방 제대로 먹긴 했지만 발버둥치는 죽음과 무덤에서 웅크리고 있는 자 역시 새로운 싸움을 준비 중이었다.

하여 형언할 수 없는 암흑이 후원하는 마왕들은 대체로 자중하며 나서지 않는 경향이 있다. 실제로 마왕 중 누가 그의 후원을 받는지 알려지지 않았을 정도다. 그저 소문만 무성했다. 한데 설마 서열 외 마왕까지 있을 줄이야.

"자네는 정말 재밌군. 겁을 먹기는커녕 투쟁심으로 불타고 있으니. 하긴, 이런 사내니 소문의 업적을 세운 거겠지."

그와 나의 차이는 컸다. 뭔가 수단을 강구해야 했다. 다행히 상대는 다짜고짜 공격할 생각이 없는 것 같았다. 일단 용건이 있어서 온 거니까.

"슬슬 진심을 털어놓으셨으면 좋겠군요. 전하."

"좋네. 흐흐흐."

그는 손을 앞으로 들어올렸다. 피부가 금속과 같아서 마치 건틀렛이라도 끼고 있는 것 같았다.

화르르륵.

시커먼 어둠이 그의 손끝에 피어올랐다. 그 힘이 주는 느낌은 분명 기억에 있는 것이었다.

"마왕 오드가쉬!"

바로 알 수 있었다. 마왕 오드가쉬는 형언할 수 없는 암흑의 후원을 받는 이였구나.

"그래, 자네의 손에 죽은 불쌍한 친구지. 아둔한 탓에 비명에 가긴 했지만 그 힘만큼은 최고였다는 건 인정할 걸세. 멍청한 거 빼고는 완벽했지."

"……"

"그와 겨루면서 한 가지는 확실히 알았을 걸세. 형언할 수 없는 암흑의 후원을 받으면 누구보다도 강한 힘을 가질 수 있다는 것을."

마치 친구라는 듯 사람 좋은 미소를 짓는 크라이카이제. 하지만 나는 검끝을 내리지 않고 있었다.

"원하시는 게 뭡니까?"

"무덤에서 웅크리고 있는 자를 버리게. 그딴 저급한 사령술을 추구하는 건 시간 낭비야. 형언할 수 없는 암흑의 후원을 받아들이게. 그분께서 상상도 못할 힘을 내리실 걸세."

유혹은 그걸로 끝이 아니었다.

"오드가쉬를 죽였으니 그의 병기인 샤프리히터를 획득했겠지. 하나 그걸 다루기란 쉬운 일이 아니네. 만약 제안을 받아들인다면 바로 사용할 수 있는 방법을 알려주지."

마왕 오드가쉬의 무기는 SS등급이다. S등급의 류블라냐가 있긴 하지만 그 힘의 차이는 하늘과 땅이다. 마음속에 탐욕이 이는 건 어쩔 수 없었다.

"만약 거절한다면 어쩌실 겁니까?"

내 말에 그는 재밌다는 듯 웃어댄다. 그럴 때마다 그의 입에서 화염과 검은 연기가 흘러나왔다.

"죽일 수밖에. 이 정도 비밀을 듣고 살려달라는 소리는 안 하겠지?"

"그렇습니까."

역시 내키지 않는다. 아스비엘라의 의하면 바이에른 가에 내린 저주는 형언할 수 없는 암흑에 의한 것이다. 지금 그 저주 때문에 싸움이 났는데 어찌 받아들이겠나. 그점을 따지자 그는 별일 아니라는 듯 어깨를 으쓱인다.

"그분께서는 힘을 내렸을 뿐이야. 미물들이 어찌 쓰는지에 관해 책임져야 하는가? 확실히 바이에른 선제후 가문의 저주는 형언할 수 없는 암흑의 힘일세. 자네가 후원을 받게 되면 더 빨리 해결할 수 있지 않겠나?"

"흐음……."

중대한 선택의 기로였다. 하지만 결정은 빨랐다. 형언할 수 없는 암흑의 후원을 받을 수 있다는 메시지를 봤을 때부터 고민했었기 때문이다.

오늘 이 자리에 온 건 작센 선제후의 정체를 확인하기 위해서였다. 생각보다 거물이라 내 목숨이 위험해졌지만.

"거절하겠습니다. 아니, 거절하겠다."

거절한 순간 이미 파탄이다. 게다가 상대는 마왕. 인간의 예법에 따라 꼬박꼬박 존대해줄 생각은 없었다.

"흐흐흐. 어째서인가?"

크라이카이제는 재밌다는 얼굴을 감추지 못했다. 그에게 있어 나는 죽여도 상관없는 존재인 듯하다. 날 원하는 건 그의 주인이지 그가 아니다. 오히려 거절하길 바라고 있을지도 모르지.

"일단 너나 나나 개새끼인 건 같다."

"개새끼라?"

"다만 그 처지는 다르지. 네놈이 줄에 묶인 개새끼라면 나는 줄없이 사방천지를 발발거리고 쏘다니는 개새끼지."

강한 힘을 가진다고 해도 운신이 자유롭지 못하는 건 사절이다. 앞으로 할 일이 많은 걸 고려해 볼 때, 제안을 받아들이는 건 손해였다.

"본인은 그대처럼 주인 명령이나 받는 얌전한 개새끼가 될 생각이 없다."

"힘에는 대가가 따르는 법이네. 젊은 변경백이여. 지금 그대의 처지가 자유롭다고 느낄지라도 그대의 주인도 언젠가 대가를 요구할 것이다."

요구하라고 해. 하지만 사기꾼은 대가를 치르지 않는 법. 나는 어떻게든 빠져나갈 방법을 찾을 것이다.

"충고는 고맙지만 잡담은 여기까지 하지. 이 칼로 돌아갈 길을 찾아봐야겠으니."

"크크크. 정말 호기로운 자로군. 좋다. 이것 또한 나쁘지 않으니."

크라이카이제는 그야말로 가소롭다는 표정이다.

"오늘 자네에게 하늘 위에 하늘(天上天)이 있음을 보여주지. 과인도 젊은 시절에는 자네처럼 활발한 눈동자와 영민한 판단력으로 패배 따윈 모른다는 듯 살았지. 세상천지가 내 야망보다 작아보였네. 하나 젊은 변경백이여…."

크라이카이제는 허공에서 장검을 소환해 들었다. 내 류블라냐처럼 제국 12대 명검에 들어가는 알프트라움(Albtraum)이었다. 작센 선제후 가의 보검이다.

"앞선 선배 누구도 그대보다 야망이 작지 않았다네. 다만 현실이란 벽 앞에서 지혜를 배웠을 뿐이지. 자, 검을 들고 과인의 가르침을 받게. 수업료가 비싼 게 미안하군. 그 목숨이 아니면 지불할 길이 없으니."

"수업은 필요 없다. 초대한 적 없는 선생은 이 검으로 쫓아낼 뿐."

바로 전투가 시작됐다. 압도적인 힘을 가진 적이라 시작부터 힘을 모두 쏟아 부었다.

번쩍!

허공에서 검은 번개가 떨어졌다. 하지만 그 강력한 에너지는 마왕 크라이카이제에게 닿지 못하고 굴절되어 땅을 때렸다.

"아니!"

설마 이 용사의 힘이 닿지도 못할 줄이야. 크라이카이제는 검을 거꾸로 들더니 손잡이 끝에 달린 커다란 보석을 손바닥으로 문지르며 주문을 외웠다.

검은 뒤집어 들고 마치 마법지팡이처럼 활용하는 독특한 수법이었다. 검의 무게추 부분에 유난히 큰 보석이 박힌 게 그걸 위해서인 것 같았다.

번쩍.

빛이 작렬했다. 귀신의 발걸음을 사용하려 했지만 피할 틈조차 없었다.

쿠아아앙!

새하얀 폭발이 일어나더니 나는 그대로 대포알처럼 튕겨졌다. 몸이 떠올라서 전투를 벌이던 지면이 삽시간에 멀어진다. 그리고 내 몸은 어딘가 단단한 곳에 부딪쳐서 다시 방향을 바뀌어 하늘로 튀어 올랐다.

"아!"

몸이 위로 떠오르는 중 미리 와 허공에서 기다리고 있는 크라이카이제가 보였다. 엷은 미소를 띤 그는 예상하고 있었다는 듯 손바닥을 내민다.

우우웅-!

그 손바닥에는 작은 빛의 입자들이 뭉치고 있었다. 그리고 그건 내가 반응하기도 전에 그대로 작렬했다.

콰아아아앙!

순식간에 수직 낙하해 지면에 처박혔다.

쾅! 쾅! 콰앙!

무언가를 잔뜩 부수며 바닥에 떨어졌다.

"크아아악!"

땅에 떨어진 나는 고통에 지렁이처럼 꿈틀댔다. 위를 보니 이 세계로 왔을 때 본 거대한 거인의 뼈가 있었다. 사막에 몸을 누이고 있는 이 정체모를 거인의 갈비뼈 부분을 부수며 그 안쪽 공간에 떨어진 것이다.

주변을 보니 기둥처럼 굵은 갈비뼈가 아치와 같은 구조로 솟아, 넓은 건물 안 같은 느낌이 들었다.

- 은공! 괜찮으세요!

- 전혀 안 괜찮습니다. 마력방패가 모두 날아가 버렸습니다. 믿을 수 없군요. 이대로라면 얼마 못 버팁니다.

설마 이렇게 강할 줄은 상상도 못했다. 근성으로 버티며 역전한다는 전개는 어림도 없었다.

구우우웅.

크라이카이제가 망토를 흩날리며 이 갈비뼈 안쪽 공간으로 천천히 내려오고 있었다. 그 위엄이 어찌나 대단하던지 신이 하늘에서 강림하는 것 같았다.

"젊은 변경백이여. 마지막 기회를 주지. 과인의 제안을 받아들이라. 그러면 자네가 사랑하는 여자를 구해줄 수 있다. 무엇을 망설이나? 그저 무덤에서 웅크리고 있는 자를 배신하면 되는 일일 뿐이다."

어느새 내 앞까지 다가온 그가 얼굴을 가까이 하더니 묻는다.

"남의 뒤통수치는 것. 자네가 아주 잘하는 일이잖나?"

정곡을 찌르는구나. 나는 썩은 미소를 지으며 그에게 동의했다.

"그래, 뒤통수치는 거. 내 주특기지."

"음?"

내 말투에 뭔가 수상함을 느낀 듯 크라이카이제가 고개를 갸웃거렸다. 그 순간 내 목걸이가 찬란한 빛을 뿜어냈다.

"이 무슨! 큭!"

놀란 듯 황급히 물러나는 크라이카이제. 하지만 이미 그의 앞에는 목걸이에서 튀어나온 아스비엘라의 영혼이 마법을 발동하려 하고 있었다.

- 어둠에 속한 자여. 도덕을 비웃는 파렴치한 자여. 여기 희망이 완성되어 신격의 가호 아래 진을 세우니, 이 빛이 사라지기 전에는 한 발도 앞으로 딛지 못할 것이다.

아스비엘라의 마법에 크라이카이제는 마치 추방되는 것처럼 뒤로 이십여 미터 이상 밀려났다.

"크윽! 이런 건방진!"

그는 분통을 터뜨리며 공격을 해왔지만 어떤 강력한 빛이 그 공격들을 무위로 돌리고 있었다.

- 약간 시간을 벌었어요. 은공!

아스비엘라의 탁월한 마도 지식으로 어둠의 대군의 힘을 빌린 자를 일시적으로 추방할 줄도 알았다. 대단한 고등 기술이었다.

"이런 빌어먹을! 네년은 마족이구나! 이것은 금술로 정해진 주문이거늘! 대체 네년의 정체가 무엇이냐!"

- 재앙을 뿌리는 마왕이여! 물러나세요!

크라이카이제와 아스비엘라의 대결이 시작됐다. 방어진을 부수는 자와 지키는 자 간의 싸움이었다.

- 은공. 오래는 못 버텨요.

강력한 진이지만 몇 분도 못 버틸 듯했다. 아니, 저 흉흉한 마왕을 몇 분이나 밀어냈다는 자체가 엄청나긴 하지만. 내가 오늘 자리의 위험을 알면서도 올 수 있었던 건 아스비엘라의 존재 때문이었다.

혹시나 함정일까 하는 우려가 있던 탓에 그녀와 이것저것을 많이 상의했었다. 하지만 그런 그녀도 설마 마왕을 추방하는 능력을 쓸 줄은 몰랐겠지.

"어쩔 수 없군."

살기 위해 그녀가 벌어준 시간을 이용해 비장의 한 수를 펼치기로 했다. 이미 방어진의 여기저기에 금이 쩍쩍 가고 있었다. 크라이카이제는 마왕도 아닌, 마족 여자 하나에게 한 방 먹었다는 사실에 돌아버릴 정도로 화가 난 상태였다.

"크으으윽! 네년! 네년의 영혼은 특별히 그분의 옥좌에 가져다 바치겠다! 각오하는 게 좋을 것이다! 주제도 모르고 감히 이런 무례한 짓거리를 해!"

점잖은 척하더니, 체면이 상했다고 악귀처럼 돌변하는군.

"후우."

나는 숨을 한 번 내쉰 뒤에 결코 쓰고 싶지 않았던 주문을 외기 시작했다.

"여기 이전의 약속에 의해 부르니 강신하여 응하라. 선도 아니고, 악도 아니며, 오직 당신과의 약속을 기억하는 이가 요청한다!"

주문이 이어지자 아득한 곳에서부터 천지를 뒤흔드는 소리가 터져 나왔다.

쿠아아아아아 크르르르르!

아주 먼 곳, 흡사 다른 차원에서 들려온 천둥소리 같이 느껴졌다. 그 와중에 나는 복잡한 주문을 계속 외워나갔다. 이 차원이 어둠으로 물들기 시작했다. 사막의 모래바닥에선 징그러운 촉수들이 풀처럼 여기저기서 돋아났다.

"아니! 이 가공할 기운은 어디서!"

크라이카이제는 당황한 기색이 역력했다. 주변을 돌아보던 그는 물러나려는 듯했으나 아스비엘라가 물고 늘어졌다. 그녀는 마왕을 죽일 힘은 없지만 마왕을 귀찮게 하는 능력을 잔뜩 갖고 있었다.

"이런 미친년이!"

하찮은 마족이 탈출을 방해하자 크라이카이제는 불 같이 화를 냈다. 그건 그저 짧은 순간의 방해였으나 그것만으로 충분했다.

사막의 모래바닥에서 튀어나왔던 촉수들이 그를 붙잡고 늘어지기 시작했던 것이다. 크라이카이제는 마법으로 단숨에 촉수들을 날려버렸지만 이 차원에서 탈출하지 못하고 있었다. 무언가 음험한 기운이 스멀스멀 기어오듯 다가와 그의 주문을 막아버린 듯했다.

"이 무슨 얼토당토 없는!"

크라이카이제는 비명에 가까운 소리를 지른다. 명백히 동요한 듯 품위와 기품을 잊고 허둥대고 있었다. 마치 이 상황이 이해가 안 되는 모양이었다.

"변경백! 네놈은 무덤에서 웅크리고 있는 자의 후원을 받고 있지 않나! 한데 이 알 수 없는 고대의 악은 무엇이란 말인가! 대체 이게 무슨! 어둠의 대군에 준하는 힘이라니!"

공포가 마왕의 목소리에 묻어나고 있었다. 나는 그 모습을 보며 시전하고 있던 약식의 주문을 완성시켰다.

"거래를 요청한다! 끓어오르는 심연이여!"

내 외침과 함께 지진이 난 것처럼 땅이 흔들린다. 하늘은 시커멓게 변했다. 구름은 태풍처럼 뭉쳐 회전한다. 그야말로 시공이 흔들리고 있었다.

"무슨 짓을 한 것인가! 변경백!"

"보이는 대로다."

방금 전까지는 내가 어쩔 바를 몰랐는데 이제는 그가 초조함에 사로잡혀 성을 내고 있었다. 힘이란 이렇게 좋은 것이었다.

쩌억. 쩌어억.

차원이 갈라지고 있었다. 허공에 거미줄 같은 금이 가기 시작하더니 시커먼 연기가 그 틈으로 흘러들어왔다. 지독한 악취가 코를 찌른다.

"오는군."

고개를 끄덕인 그 순간, 허공의 일부가 유리창처럼 깨어지더니 문어발 같은 굵은 촉수가 우르르 튀어나왔다. 마치 내장이 쏟아지듯 나타난 그 촉수는 단번에 크라이카이제를 향해 뻗어갔다.

"어림없다!"

즉각 물러난 크라이카이제는 마법을 부려 맹렬히 촉수를 공격했다.

콰아앙! 쾅! 쾅!

터지는 폭음만 들어도 그 가공할 위력을 절감할 수 있었다. 맞아본 입장이라 더 잘 알겠다.

하지만 그를 노리던 촉수들은 움찔거리며 좀 물러나는 게 다였다. 그 사이 몰래 촉수 하나가 크라이카이제의 뒤로 돌아가더니 단번에 그를 잡아채 버렸다.

"크아아아악!"

어린아이 손을 비트는 것보다 쉬웠다. 저 힘을 감히 짐작하기 어려운 마왕조차 장난감에 불과했다. 갑자기 그가 벌레 같았다. 마치 끈끈이 식물에 붙어서 발버둥치는 파리로 보인다고 할까.

"엄청난 격차로군."

나는 혀를 내둘렀다. 지금 이 끓어오르는 심연을 부르는 주문은 약식이었다. 제대로 재물과 격을 갖춘 주문이 아니란 소리다.

슈바르체토이펠이 했던 것에 비하면 단순해 끓어오르는 심연의 일부 밖에 이 세계에 나타나지 않았다. 그의 본체는커녕 부서진 차원의 균열 사이로 촉수만 일부 튀어나왔다. 하지만 그것만으로도 이 세계의 절대강자인 크라이카이제를 압도했다.

부르르.

내가 창백해져서 전율하자 아스비엘라가 이유가 있다고 했다. -힘의 차이도 크지만 상성 때문이기도 해요.

- 상성이요?

- 네, 마왕은 어둠의 대군의 힘을 끌어다 쓰는 존재예요. 자신들의 원류에게 제대로 반항하지 못한답니다. 설령 자기가 섬기는 어둠의 대군이 아니라도 그래요.

끓어오는 심연은 어둠의 대군은 아니지만 그들의 친족이다. 모든 면에서 어둠의 대군과 똑같은 취급을 받고 있었다. 마왕을 후원하지 않고 세상사에 개입하지 않으니 어둠의 대군이란 직위가 없을 뿐이다.

- 만약 마왕이 아니라 신격의 후원을 받는 성직자였다면 결과는 달랐을 거예요.

- 가령 무한의 신성력을 가진 발푸르가 여신격의 수녀는 어떨까요?

그 말에 그녀는 잠시 고민하더니 대답해줬다.

- 음, 아마 저 존재를 물질계에서 퇴치 가능할 거예요. 극히 일부만 튀어나왔으니 무한의 신성력으로 밀어낼 수 있겠죠.

아스비엘라는 아는 게 많아서 이것저것 묻기 좋았다. 나는 이런 비슷한 사태가 터지면 마리에게 도움을 청해야겠다고 결심했다.

"놔라! 고대의 악! 형언할 수 없는 암흑의 분노가 두렵지 않단 말인가?"

크라이카이제의 경고에 끓어오르는 심연이 비웃음을 터뜨렸다.

"크크크큭! 이거 아주 재밌는 벌레로구나. 이런 힘차고 주제 모르는 벌레는 수집할 가치가 있지."

"이곳은 형언할 수 없는 암흑에게로 갈 수 있는 순례의 길이다. 감히 여기서 패악을 부릴 셈인가! 이름 모를 악이여!"

그 말에 끓어오르는 심연은 즐거운 듯 촉수 하나로 땅을 두들겨댔다.

쿵! 쿵!

모래 바람이 잔뜩 일었고 그걸 잔뜩 뒤집어쓴 크라이카이제는 초라하고 볼품없는 꼴이 됐다.

"그까짓 놈이 성을 내던 말던 상관치 않는다. 열 받으면 와서 한판 붙어보자 전하라. 보자마자 그 면상을 확 찢어버릴 테니까."

끓어오르는 심연은 패기가 엄청났다. 일순간 악을 쓰던 크라이카이제마저 말문이 막혀버렸을 정도다. 그는 조소를 감추지 못하더니 촉수 하나를 내게 뻗어왔다.

"재밌는 거래를 제안했군. 아마 이놈을 죽여 달라는 거 같은데 맞나?"

"그렇습니다. 저 마왕의 죽음을 원합니다."

"물론 가능하다. 하지만 그만한 대가를 요한다. 그리고 일찍이 경고했지만 대가를 지불하지 못하면 희생자는 마왕이 아니라 네놈이 될 것이다."

그의 촉수 끝이 다가오더니 거의 내 얼굴 앞에서 멈췄다. 이제 보니 그 촉수의 끝부분에는 작은 입과 눈이 무수히 붙어 있었다. 무척이나 징그러운 생김새였다. 그 촉수 끝에 있는 입들은 나를 향해 입맛을 다신다. 마치 준비한 제물이 부족하길 원하는 듯했다.

"끓어오르는 심연이여. 그전에 묻고 싶은 게 있습니다."

"좋다. 허락하지."

"저 마왕을 죽이고 영혼까지 강탈하실 수 있으십니까?"

그 말에 끓어오르는 심연은 촉수를 출렁이며 웃어댔다.

"네놈이 무슨 생각을 하는지 알만 하다. 저 마왕을 죽인 뒤에 언데드로 만들어볼까, 그 작은 머리를 굴리고 있군. 키키키킥!"

마왕은 죽인 뒤가 항상 문제다. 상위의 언데드를 만들려고 해도 그 혼이 후원하는 어둠의 대군에게 가버리기 때문에, 내 입장에선 완전히 닭 쫓던 개꼴이 아닐 수 없다.

이겼으니까 영혼도 붙잡아서 다람쥐 쳇바퀴 돌 듯 영원히 내 손길을 벗어날 수 없는 노예를 만들고 싶건만 정말 아쉽기 그지없다.

한데 그 영혼이 끓어오르는 심연에게 간다면 얘기가 달라진다. 나는 그가 가진 것들을 구매할 수 있게 허락받았기 때문이다.

"이놈들! 무슨 헛소리를 하는 것이냐!"

상황을 눈치채고 크라이카이제가 고래고래 소리를 질러댔다. 그는 금속질의 얼굴을 가져 표정을 잘 알기 어려웠지만 당황해 하는 기색이 역력했다.

"왜? 내 언데드가 될 생각은 없나? 꽤 호평 받는 직장이다만."

"놔라! 놓으라!"

콰아앙!

그의 주문이 다시 작렬했다. 극도의 열기라 놀란 나는 황급히 땅바닥에 굴렀다. 하지만 정면으로 폭발을 뒤집어 쓴 촉수들은 꿈쩍도 하지 않았다. 공격을 받았건만 끓어오르는 심연은 그를 깔끔히 무시하고 나와 대화를 이어갔다.

"원하는 건 가능하다. 하지만 많은 공물이 필요할 테니 추천하지 않는다. 저놈은 형언할 수 없는 암흑과 연결된 존재. 내가 그의 영혼을 빼앗는다는 건, 형언할 수 없는 암흑과 직접적인 힘 대결을 한다는 말이다. 지불해야할 대가는 상상을 초월할 것이다."

요컨대, 이 신화적인 존재를 용병으로 산다는 소리다. 정말 돈이란 대단해. 귀신이 아니라 신 같은 존재도 부릴 수 있구나. 하지만 그 가격이 감당이 안 될 터. 배보다 배꼽이 크게 생겼다.

"그 부분은 포기하겠습니다. 마왕의 죽음만을 원합니다."

"좋다. 하면 대가를 제시하라."

어둠의 대군들은 필멸자의 육체와 영혼을 좋아한다. 둘 중 썩어 사라지는 육체보다는 영혼을 높이 취급하지만, 그 육체가 특별하다면 얘기가 달라진다.

그걸 먹어치우던지 혼을 넣을 장난감으로 쓰던지 다들 취급은 다르지만 충분히 관심을 끌 수 있었다. 나는 마법지퍼에서 마왕 아문데의 시체를 꺼냈다.

"오호! 천 년 묵은 교활한 메두사구나."

다행히 끓어오르는 심연은 관심을 보였다. 만약 그가 불쾌해했다면 이 거래는 그걸로 끝장일 터. 나 역시 그의 차원으로 잡혀가 영겁의 고통을 받을지도 몰랐기에 참 다행이었다.

"이년이 그저 한 마리의 뱀으로 풀숲을 움직이는 미물이었던 때까지 합치면 2천 년이나 묵은 존재다. 이런 육체는 물질계에 생물이 많다고 해도 진귀하지. 좋은 걸 보여줬다.'

"그러면?"

"하나 불가하다."

이럴 수가. 이걸로는 안 되는 건가.

"네 소망을 들어주기 위해서는 형언할 수 없는 암흑과 척을 져야 한다. 애초에 본인이 그 따위 놈을 두려워하지 않기에 가능한 소원인 것이지만, 이 공물은 약하다."

내 앞에 있던 촉수가 갑자기 여러 갈래로 주욱 찢어진다. 반들반들 거리는 그 촉수는 악취가 나고 진물로 끈적거렸다. 위협적으로 다가오는 게 당장이라도 날 잡아챌 듯했다.

"만약 공물이 이것뿐이라면 후회하게 해주지. 크크크."

"아닙니다. 다른 걸 보여드리겠습니다."

나는 일단 마왕 아묜데의 시체를 회수했다.

"기대하셔도 좋습니다."

"크ᄒᄒᄒ, 뭘 내놓으려 그리 자신감을 표하는가."

"마왕 오드가쉬의 시체입니다."

그의 시체는 후일 육체파 언데드로 만들어 언데드 도시인 모르스

쏠라의 수문장으로 쓰려 했으나, 계획을 변경했다. 아깝긴 하나 어쩔 수 없었다.

어차피 혼이 없어서 단순한 언데드로 밖에 못 만든다. 이까짓 시체보다 지금 상황을 넘기는 게 우선이다.

"크흐흐흐흣!"

마왕 오드가쉬의 시체를 보더니 끓어오르는 심연은 격한 반응을 보였다. 주변에 있던 촉수들이 일제히 들고 일어나 춤을 추듯 꿈틀거렸다. 마치 아지랑이 같은 움직임이었다.

"좋구나! 좋아! 필멸자가 가질 수 있는 육체의 끝이로다. 단단하고 엄정하며 예술적이다! 다만 두뇌가 발달하지 못한 게 흠이로군."

눈앞에서 위협적인 움직임을 보이던 촉수가 내게 관심을 잃어버리고 오드가쉬의 시체를 휘감는다. 좋은 징조였다.

"마음에 드십니까?"

"그렇다. 이것을 받고 저 마왕을 참살해 주도록 하지. 크크큭. 좋은 거래다. 이런 극상의 육체라면 영혼 못지않다! 네놈!"

"말씀하시지요."

"이런 걸 또 구하면 이 몸을 불러라. 거래에 응해주지."

좋은 제안을 받았다. 하지만 그런 기회를 쉽게 잡을 수는 없을 거다. 아무리 마왕이 수십이라 해도 오드가쉬 같은 육체가 있을지 모르겠다. 하지만 구하게 된다면 이 강력한 우군을 다시 불러낼 수 있으니 기대해 볼만 했다.

"이 미친 것들! 본인이 여기 멀쩡히 살아있는데 죽이니 마니 해!"

크라이카이제는 분노로 입에서 불을 마구 토해내고 있었다. 내 눈에는 그 꼴이 우습게 보였다.

"네놈은 지금 마왕이 아니다."

"그러면 무엇인가!"

"그저 도축을 앞둔 가축에 불과하다. 죽이든 살리든 주인의 마음이니 어찌 돼지처럼 꽥꽥 소리를 질러대는가? 쿠쿠쿡!"

나는 신이나 그를 계속 조롱했다.

"후세에 크라이카이제는 이렇게 기록되겠지. 가장 무력하게 죽은 돼지 새끼 같은 마왕이라고. 돼지 마왕 크라이카이제. 실로 멋지군!"

"용서하지 않겠다! 감히 과인을 함정에 빠뜨려!"

화르르륵!

크라이카이제는 입에서 드래곤처럼 불을 토해왔다. 대단히 위협적인 공격이라 근처에 있던 촉수 뒤로 몸을 피했다. 옆에 거물을 두고 있자 나는 한껏 기세등등해졌다.

"오늘 아침에만 해도 이렇게 허무하게 죽을 줄 몰랐을 거다. 그 잘난 형언할 수 없는 암흑의 마왕이니. 네놈은 잘났잖아? 엄청 잘났지."

"이놈!"

"하지만 지금 그 신세를 보라. 인생이란 이런 거지. 죽고 나서야, '아! 나는 정말 몰랐네!' 라고 하는 것 아닌가."

"닥쳐라! 그 입을!"

"원한다면 그렇게 해주겠다. 대신 가서 오드가쉬에게 안부 좀 전해주겠나?"

결국 나는 배를 잡고 폭소했다. 무력한 그의 모습이 너무나 웃겼던 것이다.

"하하! 봐라! 마왕이 쓰레기 같구나! 하하하하!"

크라이카이제는 끓어오르는 심연을 상대로 아무 것도 하지 못했다.

"이제 그 벌레를 처리해주지."

부욱!

끓어오르는 심연은 그의 왼팔을 단숨에 잡아뜯어냈다.

취이이익!

피가 분수처럼 쏟아져 나와 촉수들을 번들번들하게 적셨다.

"크흐흐흐!"

끓어오르는 심연은 무척 재밌는 듯 흡족한 웃음을 흘린다. 그에게 있어 이 대단한 마왕조차 그저 망가뜨리는 재미가 있는 인형에 불과했다.

"크아아아악! 아아악!"

아무리 마왕이라도 고통에서 자유로울 순 없는 거다. 그는 팔이 통째로 뽑힌 탓에 몸부림을 치고 있었다. 하지만 무정하게도 끓어오르는 심연은 이번엔 오른팔을 뜯어버렸다.

뚝!

뼈마디가 끊어지는 소리가 들렸다. 그러자 무언가 회전하며 땅에 떨어졌다.

붕붕, 푹!

작센 선제후 가의 보검 알프트라움이었다. 나는 얼른 가서 챙겼다. 제국 12대 명검 가운데 하나니 놓칠 수 없다.

"어이쿠! 이게 웬 거야!"

"비열한 도둑놈!"

그는 이런 상황에도 물건부터 챙기는 행태에 기가 막힌 듯했다. 하지만 이건 별개다. 나는 어깨를 으쓱이며 대꾸했다.

"승리란 여정에는 늘 이런 쓸만한 게 떨어져 있더군. 안 주울 수 없잖나?"

그때 끓어오르는 심연이 투덜거렸다.

"정말 인간이나 마족은 팔다리가 네 개 밖에 안 되니 재미가 없군. 벌써 다 뽑은 것인가?"

어느새 양 다리까지 다 뽑은 그는 실망한 듯했다. 그래서 얼른 쫓아가 고자질하는 것처럼 알려줬다.

"아직 뽑을 게 남았습니다. 머리가 있잖습니까? 머리!"

그러자 그는 촉수를 박수 치는 것처럼 마주 부딪치며 감탄했다.

"아! 그렇군!"

"맞습니다. 제일 재밌는 게 남은 셈입니다. 그건 마치 트로피 같습니다. 자, 어서!"

얍삽한 얼굴로 양손을 부비며 진언하는 날 보며 끓어오르는 심연은 기특하다는 듯 웃어댔다. 나 역시 도움이 된 것 같아 기뻐 같이 웃었다.

"쿠으크크크쿡! 정말 그대는 개 같은 인간이로다."

"크흐흐흐흐훗! 어디 세상에 개새끼가 저뿐이겠습니까."

우리 둘의 대화에 크라이카이제는 절규하듯 외쳤다.

"네놈들을 저주한다! 형언할 수 없는 암흑께서 결코 용서하지 않으실 거다!"

"네, 다음 트로피."

"뭐라! 이놈!"

하지만 그게 크라이카이제가 뱉은 최후의 말이었다. 쨍쨍거리는 게 시끄러워 귓구멍을 파고 있자니 끓어오르는 심연이 그대로 머리를 뽑아버린 것이다.

부욱!

나는 얼빠진 표정으로 죽은 그의 머리를 보고 혀를 찼다.

"최후의 대사가 뭐라, 이놈이라니. 3류 악당도 저것보다 나을 텐데. 쯧쯧."

작센 선제후이자 막후의 실력자인 서열 외의 마왕치고는 너무나 허망한 죽음이었다.

"후세의 음유시인들이 크라이카이제에 대해 얘기하는 걸 꺼리겠지. 어찌 포장할 수도 없을 정도로 개죽음이니까. 차라리 재상집 개새끼가 더 나아보이네."

재상집 개가 죽으면 권력자에게 잘 보이려는 문상객이라도 분빌 테니까.

우우웅.

그의 원한 가득 찬 영혼이 어딘가로 빨려 들어가는 걸 느낄 수 있었다. 죽고 나서가 더 큰 문제일 터. 이렇게 바보 같이 죽었으니 후원자가 그를 가만 내버려 둘 리가 없다. 어쩐지 나와 만난 마왕들은 하나 같이 불행해지는 것 같았다.

"형언할 수 없는 암흑. 이 겁쟁이 같은 놈."

끓어오르는 심연은 영 불만스러운 것 같았다.

"어찌 그러십니까?"

"본인이 이 마왕을 건드리면 그놈이 어떻게든 개입하지 않을까 싶었다. 이 차원은 형언할 수 없는 어둠의 앞마당이니까. 한데 에서자기 마왕이 죽는데도 미동도 없구나. 실로 음흉한 존재로다."

끓어오르는 심연은 형언할 수 없는 암흑과의 충돌을 나름대로 기대하고 있었던 건지 모르겠다. 그는 팔다리를 뜯은 크라이카이제의 시체를 회수해서는 일이 다 끝났다고 선언했다.

"대가를 치렀다."

"감사합니다."

그가 떠나려고 하자 한 가지만 물어볼 게 했다고 붙잡았다.

"서비스로 하나만 알려주고 가십시오."

촉수들이 요동친다. 어이가 없어 하는 것 같았다.

"뭐, 좋다. 본인은 지금 기분이 좋으니까."

"오늘 이 자리를 주선해준 마왕 쿠발트가 배신자입니까? 그가 절 속이려 했는지 알고 싶습니다."

이 점이 참으로 애매해 내 지혜만으로 판단하기 어려웠다. 반면 끓어오르는 심연의 권능이라면 쉽게 알 수 있는 부분이었다.

"좋다. 그 정도는 알려주지."

그는 촉수로 조각난 크라이카이제의 팔다리를 던져 그 모양을 보고 점을 쳤다.

"답이 나왔다. 마왕 쿠발트는 이번 사태에 대해 알지 못한다."

"그렇습니까. 다행이군요."

새삼 초월자란 어쩌면 이리도 편리한 건가 싶다. 내가 세작왕의 허실을 알아내기 위해서는 머리를 싸매고 고심하며 증거를 수집해야 겨우 결론이 날까 말까다.

결과에 책임을 질 수밖에 없는 선택의 기로에 서게 되는 것이다. 이에 비해 초월자의 권능은 불과 몇 초만에 답을 알려줬다. 이게 신적인 존재와 나의 어마어마한 차이였다.

"네놈 같은 사기꾼도 상대가 배신하지 않았다는 점에 기쁜 것이냐? 크흐흐."

그의 비웃음에 고개를 저었다.

"아닙니다. 죽이지 않고 책임을 물을 수 있어서 편하다고 여긴 것뿐입니다."

세작왕이 이번 일에 관여했던, 안 했던 그게 중요한 게 아니다. 그의 보증 하에 있던 상황에서 목숨을 위협 받았다는 점이 중요하다. 그 책임을 매우 중하다.

당연히 책임을 물어 대가와 보상을 요구할 생각이다. 만약 그가 음모에 가담했으면 죽인 뒤에 보상을 받았겠지만, 가담하지 않았으니 보상만 받으면 그만이다.

내 이런 판단에 끓어오르는 심연은 음침하게 웃어댔다.

"어디서 이런 자가 태어났단 말인가. 크크큭."

"좋게 봐주시니 감사할 뿐입니다."

"앞으로 들려올 소식을 기대하지."

그 말만 남기고 촉수들은 차원의 구멍 속으로 빨려 들어가 듯 사라졌다.

"후우, 끝난 건가."

이후 나는 그 차원에서 추방되어 원래 있던 방으로 돌아왔다.

뜬금없이 죽을 뻔했다. 잘 해결돼 다행이지만 비장의 한 수가 있어서 그랬지, 여기서 모든 여정이 끝났을 수도 있었다. 새삼 소름이 돋았다.

<축하드립니다. 피도 눈물도 없는 자 레벨7에 오릅니다.>

그래도 승리는 언제나 과실을 선물했다. 마왕을 죽였더니 레벨 업이다. 요즘 요구하는 경험치가 워낙 많아져 마왕 아문데를 죽이고도 안 올랐던 탓에 오랜만이다.

발러슈테드 발러

나 이 22세
레 벨 **7** (피도 눈물도 없는지)
32 (괴물사냥꾼)

생명력 `4290/4290`
마 력 `5130/5130`
어 둠 `2640/2640`

아이템 가중치

* ★ 저주받은 태생
* ★ 류블라냐
* ★ 맨드레이크
* ★ 마물 카르카의 뼈마법봉
* ★ 배뤼볼렌스 재니트릭스의 보석 팔찌
* ★ 정령의 눈물

생명력 +654	어둠 +112	힘 +32	
생명력 +310	건강 +120	힘 +120	카리스마 +110
생명력 +40			
어둠 +70	마력 +50	카리스마 +13	
마력 +1500	지능 +96	카리스마 +400	
마력 +250			

힘 537
카리스마 610
건강 585
민첩성 331
지능 489

떠올라오르는 심연의 가호
생명력 +1000　　마법저항력 +70% (말피 +12%)
물리저항력 25%　　산성연역

새로 생긴 스킬은 S등급인 <뼈의 벽>이었다.

"오, 쓸만한 거로군…."

뼈의 벽은 방어전이나 적을 가두는 등 다용도로 활용이 가능하다. 뼈로 이뤄진 단단한 벽인데, 처음에는 그냥 벽에 불과하다. 하지만 숙련도가 오를수록 진화한다.

뼈로 된 벽에 달라붙은 기괴한 언데드가 같이 만들어지기 때문이다. 뼈의 벽에 붙은 거대한 뼈다귀가 뼈칼을 휘두르거나 뼈창을 찌른다. 나중에는 하반신이 벽에 달라붙어 있는 해골 마법사들까지 등장한다.

실제로 본 적은 없지만 숙련10단계에 이르면 그 뼈의 벽이 기괴한

다리로 일어나 움직일 수도 있다고 했다.

나 같은 경우는 적으로 나온 피도 눈물도 없는 자가 그 정도로 성장하게 내버려둔 적이 없어 못 봤지만, 망한 플레이어들 중 몇이 본 모양이다.

거대한 뼈의 벽이 움직여 해자를 건너는 다리가 되고, 성벽을 넘는 사다리 역할까지 했다고 한다. 그 뼈의 벽 위로 언데드들이 개미떼처럼 달라붙어 돌진해 오는 광경은 가히 트라우마급이라고 하더라.

"여러 가지로 쓸 수 있겠군."

만족해하고 있는데 문을 두들기는 소리가 들린다. 세작왕 쿠발트가 들어왔다.

"회담은 끝난 건가? 아까부터 작센 선제후의 기척이 느껴지지 않아 와봤네. 그는 간 건가? 이상하군. 이 안에서는 순간이동은 시전하지 못하게 막혀 있는데."

나는 슬쩍 쿠발트를 보았다. 그는 이번 일과 무관하다. 하지만 책임은 있으니 최대한 보상을 받아야겠다. 일단 버럭 화를 내는 게 유리하겠단 생각이 들었다.

<메피스토펠레스의 연기를 발동합니다!>

마왕조차 속이는 연기를 발동한 나는 벌떡 일어나서 검을 뽑아 겨눴다.

"네놈! 배신을 하다니!"

내 목소리는 내가 들어도 격정적인 분노로 가득 차 있었다. 연기가 극에 달하자 검끝이 파르르 떨리기까지 했다. 쿠발트는 깜짝 놀라서 물러났다.

"대, 대체 왜 이러나?! 진정하게, 자네!"

나는 의자를 발로 차 문앞을 막은 뒤, 주워 온 작센 선제후 가의 보검을 집어던졌다.

"더러운 놈! 네놈의 함정은 무용했다! 여기 이 검을 보라! 작센 선제후는 죽었다!"

"뭐, 뭐라?"

쿠발트가 어찌나 당황하던지 마왕의 체면도 잊고 허둥댄다. 심지어 그는 자신의 강한 힘에도 불구하고 망토자락을 밟고 혼자 휘청이기까지 했다. 이번 일을 까맣게 모르고 있으니 지금 상황이 날벼락 같겠지.

"일단 진정하게!"

"닥쳐! 네놈도 목을 쳐 버릴 테니까! 둘이 작당모의를 하고 감히 이 몸을 암살하려고 해! 마왕이라고 해도 내 호락호락하지 않아!"

"그게 아니라니까! 이보게!"

"이미 내 손에 죽은 마왕이 한둘이 아니다! 네놈도 목을 쳐주마!"

실감나는 연기를 위해 검을 들고 달려들었다. 쿠발트는 황급히 파괴마법을 시전했고 우리 둘은 충돌해 서로 밀려났다.

콰아앙!

사방의 집기가 박살이 나며 터져나갔다. 호화로운 파이앙스 도자기들이 왕창 깨져 엉망이 됐다. 지금 박살난 도자기 값만 해도 장창병 100명을 1년간 고용할 수준이었다.

"이놈! 반성하기는커녕 기어코 흉수를 쓰는구나!"

"아니라니까! 제발 전후 사정 좀 말해주게!"

<메피스토펠레스의 연기가 완벽하게 먹혔습니다!>

메시지를 보고 속으로 만족했다. 좋아, 아주 계획대로군. 그가 아무리 이번 일을 몰랐다고 하나 책임에서 자유로울 수는 없다.

막말로 내 입장에선 그의 보증을 믿고 회담을 하러 왔다가 날벼락을 맞은 셈이다. 이대로 그럴 수도 있죠, 라고 물러나면 내가 호구지, 호구.

내가 남을 무시하는 건 괜찮지만 남이 나를 무시하는 건 안 된다. 이것은 내게, 매일 해와 달이 뜨는 것처럼 변하지 않는 철칙이었다.

"좋다. 그렇게 억울한 척하니 말해주지. 세작왕, 연기력이 보통이 아니구나. 어서 말해보게."

일단 애써 분을 삭인다는 듯한 태도로 검끝을 내리고 무슨 일이 있었는지 설명에 들어갔다. 그러자 쿠발트의 얼굴이 파랗게 질렸다.

"아니! 작센 선제후가 서열 외의 마왕이었다니!"

"에잇! 가증스러운 자! 모르는 척 하지 마라!"

"정말 몰랐네. 믿어주게!"

나는 미리 준비한 증거를 그에게 던졌다. 그건 금속성 피부를 가진 잘린 손이었다. 끓어오르는 심연의 양해를 구해 받아왔다.

"손가락에 있는 작센 선제후 가의 인장반지를 보라."

"이럴 수가….."

마왕인 그는 이게 진짜 마왕의 신체라는 걸 알아보았다.

"과연, 형언할 수 없는 암흑의 힘이 느껴지네. 이 인장 역시 고아

한 마법이 걸린 진품…. 자네 얘기가 사실이었군. 세상에! 그가 서열 외의 마왕이었다니.”

그제야 쿠발트는 자신이 무슨 처지인지 깨닫고는 얼굴이 하얗게 변해버렸다. 누가 봐도 함정을 꾸민 걸로 보일 게 틀림없었다. 그래서 더욱 압박했다.

압박을 할 때는 공포가 최고다. 그리고 나는 쿠발트가 제일 두려워하는 적을 알고 있다.

“아니, 내 오늘 이렇게 처단하는 걸로는 만족할 수 없지. 이 일을 반드시 황제 폐하께 아뢸 것이야!”

“황제!”

쿠발트는 황제라면 치를 떤다. 그도 그럴 게, 부유한 플젠을 황제가 틈만 나면 입맛을 다시며 노리기 때문이었다.

“황제 폐하의 신하를 감히 암살하려 했으니 분명히 제국파면이 선언될 것이다! 이후에 토벌령이 내려올 테니, 부디 이 플젠에서 잘 버텨보기 바란다! 흥!”

더 꼴 보기도 싫다는 듯 몸을 돌려 나가려고 하자 쿠발트가 내 다리를 붙잡고 늘어진다.

“아이구! 오해라니까! 오해! 이렇게 가면 과인은 어쩌라고!”

“어쩌긴 어째나! 제국의 모두에게 이 사실을 알리고 의견을 들을 것이다! 다들 세작왕 쿠발트를 어떻게 평할지 궁금하군! 봐!”

그야말로 완전히 쓰레기될 처지에 놓이게 된 것이다. 그래서인지 다리를 붙잡고 완강하게 놔주지 않았다.

“과인이 잘못했네. 정말 몰랐네! 좀 더 철저히 중재했어야 했는데 실수했어!”

"그 말을 어떻게 믿으라고!"

"부탁이네! 마왕 하나 살린다고 생각하고!"

마왕 살리는 게 공짜로 되나. 이 멍청한 양반아! 좀 구체적인 걸 제시해 봐. 반짝이고 좋은 거 많잖아, 금화 같은. 우정이나 타협은 대체로 그런 반짝이는 걸로 이뤄지는 걸 그 나이 먹고도 모르는 건가.

이 답답한 사람 같으니라고. 속으로 영 못 마땅하게 여기고 있는데 결국 쿠발트는 원하는 대답을 내놨다.

"보상을 하겠네! 자네 마음이 풀릴 보상을 할 테니 제발 용서해 주게나! 뭐든지 내놓지!"

그 말에 나는 입꼬리가 슬쩍 올라가는 걸 참느라 혼이 났다.

"그래?"

"정말이야. 말만 하게! 오늘 이 일은 반드시 사과할 테니!"

이렇게 나온다면 용서해주지 못할 것도 없지. 나는 헛기침을 한 뒤에 말했다.

"뭐, 그러면 내놔 보시던가."

"아이구! 고맙네! 그렇게 말해줘서!"

그러자 메시지가 떴다.

<마왕을 완벽히 속였습니다!>
<메피스토펠레스의 연기가 숙련도 6단계에 오릅니다!>
<당신은 이제 지혜로운 드래곤조차 속일 수 있게 됩니다.>

연기 스킬이 오르는 걸 보면서 어쩐지 쓸쓸한 기분이 됐다. 매번 사기를 쳐야 일이 돌아가니, 세상이 참 난세란 생각이 들었다.

선한 마음으로 살고 싶은데 정말 쉽지 않구나.

11. 진실은 어디까지 말해야 하는가

쿠발트는 이 사태를 해명하겠다고 땀을 뻘뻘 흘렸다. 지난 회차에도 그를 몇 번이고 봤지만 이렇게 옹색한 모습은 처음이었다.

그는 정보를 꽉 쥐고 있기 때문에 늘 당당했다. 남들이 원하는 걸 손에 쥐고 있으니 그럴 수밖에. 한데 지금 내 앞에서는 허리가 절로 굽어지고 있었다.

"자네가 진짜 오해하는 거야."

"오해는 무슨!"

"정말이야, 이 사람아."

일부러 한참 그와 실랑이를 벌인 후에야 믿어줄 수 있다는 뉘앙스를 풍겼다. 그는 살아날 길이 생기자 반색했다.

"정말 이 사태와 과인은 무관하네. 하지만 커다란 책임을 느끼는 바 어떻게든 자네에게 위로의 뜻을 전하고 싶구먼. 물질적으로 말일세."

"물질적으로. 좋은 말입니다. 전하."

나는 그에게 뭔가 받을 타이밍이 되자 재빨리 존대로 태세 전환을 했다.

"미안하구먼. 물질적인 부분으로 밖에 이 마음을 전할 수 없어서."

"아닙니다. 저는 언제나 물질적인 해결은 선호합니다. 세상에는 마음으로는 전해지지 않는 게 있는 법이죠."

막말로 사람 쥐패놓고 말로만 미안하다고 하면 위로가 되겠나. 정말 미안하면 합의금으로 금화 몇 개라도 더 줘야 도리에 맞는 거다.

"그리 생각해 주니 고맙군. 혹시 원하는 거라도 있는가?"

나는 대답대신 그가 찬 반지를 물끄러미 보았다. 마계에서 가져온 불멸의 홍옥이 박힌 반지였다.

"이것 말인가."

"여분이 있으신 걸로 알고 있습니다."

"물론 그렇긴 하지만…."

"제가 바이에른과 끈도 만들어드리지 않았습니까?"

쿠발트는 내게 바이에른과 동맹을 맺는 대가로 이 귀한 반지를 약속했었다.

"그렇긴 하네만 아직 상호방위협정 같은 것도 맺지 못했네. 그러니 이건 좀…."

그래서 안 주겠다는 건가? 나는 대번에 표정이 굳었다.

"결국 전하께서 의혹을 해명하고자 하는 마음은 그 정도시군요?"

"아니, 사람이 왜 이렇게 급해. 과인이 안 준다는 것도 아니고."

당황해서 쿠발트는 손사래를 쳤다.

"말씀이 꼭 안 주시려는 것 같잖습니까? 됐습니다. 바빠서 저는 이만 가보겠습니다. 황제 폐하가 계신 빈으로 가서…."

"어이쿠! 이 사람이! 이대로 가면 과인이 뭐가 돼? 아닐세, 아니야. 준다니까?"

"영 믿음이 안 가잖습니까?"

"아니, 속고만 살았나. 알만한 사람이 왜 그래. 자자, 일단 앉고 한잔해."

쿠발트는 술을 가져와서 권한다. 내가 포도주를 들이키자 그는 결심한 듯한 표정을 짓는다. 그리고 품에서 작은 상자 하나를 꺼냈다.

그건 엄정한 잠금 마법이 걸린 물건이었다. 미리 정해진 암호가 아니면 별 짓을 다 해도 열리지 않는 종류였다. 쿠발트가 그걸 열자 불멸의 홍옥이 박힌 반지가 나타났다. 매우 아깝다는 듯 입맛을 다신 그는 결국 내게 내밀었다.

"여기있네. 이제부터 이 반지는 자네 거야."

드디어 불멸의 홍옥을 얻는구나. 이건 정말 다용도로 활용 가능한 마법 물품이다. 이 반지만 있으며 마계의 상인과 장인을 불러 거래를 할 수 있게 된다.

"사용법은 아는가?"

"대강 알고 있습니다."

말은 그렇게 했지만 익숙하게 반지를 써서 마계의 상인을 불러내자 쿠발트가 깜짝 놀란다.

"아니! 정말 자네는 모르는 게 없군."

나타난 상인은 검은 올백 머리를 한 잘생긴 중년 마족이었다. 집사 같은 이미지를 풍기는 그는 이 반지의 소유자와 계약해 일을 처리해주는 존재다. 그는 우리를 보고 예절 바르게 인사해 왔다.

"고귀하신 분들께 이 미르타가 인사드립니다. 소인은 슈테른 상업회사 소속입니다."

"반갑군. 자네를 부른 건 바로 나네."

"제가 귀하신 분을 어찌 불러야 좋겠습니까?"

"본인은 황제 폐하께 각하란 존칭을 허가받았네. 또한 작위는 비텐바이어 변경백이지."

"하면 변경백 각하라 칭하겠습니다."

그는 다시 한 번 내게 고개를 숙여보였다.

"저희 상업회사와의 거래가 처음이신 듯하니 기본적인 걸 설명드리겠습니다. 각하께서 원하실 때 급전을 대출해 드리거나, 무기 수리, 마법 물품 판매, 자금 송금, 편지 전달, 정보 수집 등 요청하시는 일을 해드립니다. 다만 저희의 기반이 마계이고 물질계의 일은 부수라 정보 수집 능력은 미약함을 미리 말씀드립니다."

이들은 토탈 솔루션을 제공해 주기 때문에 매우 유용하다. 비싼 게 흠이긴 하지만 그만큼 일처리는 확실하다.

"앞으로 잘 부탁하지."

"모시게 되어 영광입니다. 변경백 각하. 하온데⋯."

미르타의 말에 의하면 새로 상업회사와 거래를 트는 사람은 보증인이 필요하다고 했다.

"무례를 용서하십시오. 회사의 방침인지라."

나는 별 거 아니라는 듯 쿠발트를 손가락으로 가리켰다.

"아, 걱정 말게. 여기 옆에 있으니."

내가 당연하다는 듯 보증을 세우려고 하자 그는 깜짝 놀란다. 이 일의 보증인이 되면 내가 일정 기간 안에 돈을 먹튀하면 물어내야 한다.

"흠흠! 보증 말인가?"

부모형제와도 서지 않는다는 게 보증인지라 그는 난처한 얼굴이다.

"맞습니다. 전하. 전하께서 서주시면 제가 마음이 참 편할 듯합니다. 또한 전하의 진심을 더욱 확실히 믿을 수 있을 것 같고요."

그는 표정이 실시간으로 썩어 갔지만 달리 방법이 없었다.

"⋯⋯알겠네."

결국 쿠발트는 울며 겨자 먹기로 보증인이 돼줬다.

"하면 소인은 회사에 계약서를 제출하고 오겠습니다. 앞으로 잘 부탁드리겠습니다. 각하."

미르타가 떠났자 나는 손을 들어 반지를 뿌듯하게 쳐다봤다. 이 불멸의 홍옥도 얻고 보증인 문제까지 해결했다. 이보다 더 좋을 수가 없었다.

"전하의 우정에 감사드릴 뿐입니다."

"맘에 든다니 다행이군."

"그럼요, 날로 먹었는데."

"뭐라?"

"아닙니다. 혼잣말입니다."

쿠발트의 궁전을 나오자마자 아스비엘라와 이런저런 논의를 했다.

- 바로 발푸르기스를 만나러 가는 게 좋을 듯합니다. 이번 일을 알리고 상의할 필요가 있습니다.

- 드디어, 딸아이와 만나는 거군요.

그간 딸을 근처에 두고도 만나지 못해 아스비엘라는 애가 탔겠지. 하지만 어쩔 수 없었다. 발푸르기스는 바이에른 선제후가 쓰러진 탓에 뮌헨을 떠날 수 없었고, 나는 정치적인 이유로 라이테르에 머물고 있었으니까.

- 몰래 뮌헨에 들어가서 만나볼 생각입니다.

마침 황금연합을 만드는 일도 마무리 단계라 시간적 여유가 생겼다. 봄이 오면 다시 정신없이 바빠질 테니 진중한 얘기를 하기는 지금이 딱 좋다.

- 그 아이를 만나면 무슨 말부터 해야 할지….

가족을 위해 희생했으면서, 막상 딸을 볼 면목이 없는 듯했다. 너무 어린 나이에 혼자 자라야 한 게 미안했던 거겠지. 하지만 그게 그녀가 딸을 위해 해줄 수 있는 최선이었다.

- 발푸르기스는 그날의 진실에 대해 들을 필요가 있습니다. 분명히 장모님의 마음을 알아줄 겁니다.

- 고마워요. 은공.

나는 그대로 플젠에서 남하해 뮌헨으로 향했다. 며칠 뒤 뮌헨에 도착해서는 비밀리에 발푸르기스에게 연락했다. 그녀가 새벽에 사람을 보내 답해 왔다.

"각하. 니더바이에른 백작이 기다리고 계십니다. 안내하겠습니다."

새벽의 뮌헨 거리는 아주 조용했다. 그저 안개만 가득할 뿐이다. 어디로 가나 했는데 도착한 곳은 발푸르가 수녀회의 뮌헨 지부였다. 사람들의 눈을 피해 만나기 딱 좋은 장소라 할 수 있었다.

안은 조용했고 성상 근처에 촛불들이 가득 밝혀 있을 뿐이었다. 우리는 침침한 복도를 지나 작은 밀실에 도착했다. 안에 들어가자 검은 후드를 뒤집어쓰고 있는 이가 보였다.

그녀는 혼자 묵묵히 검을 손질하고 있다가 나를 보자 벌떡 일어난다.

"왔느냐! 발러!"

늘 한결 같은 반응에 절로 미소가 지어졌다. 한동안 못 본 탓에 나역시 보고 싶었다.

"건강하셨습니까?"

"물론이다."

후드를 넘기자 아름다운 금발… 은 아니고, 투구가 드러났다. 평소와 다를 바 없는 패턴에 어쩐지 안심했다. 별일 없다는 소리니까.

"바로 찾아오지 못해서 죄송합니다."

"아니다. 왜 그런 선택을 했는지 본녀에게 설명해 주지 않았나. 다 이해한다."

"그나저나 선제후 전하께서는 괜찮으십니까?"

"많이 나아지셨다. 처음에는 얼마나 깜짝 놀랐는지 모른다. 아무래도 그 정도로 충격적이셨겠지. 죽은 줄 알았던 계부가 살아 돌아왔으니."

17년 전 발푸르기스의 계부이자, 바이에른 선제후의 남동생인 빌헬름이 사망했다. 반역을 일으키고 그걸로 모자라 어둠의 힘을 빌어 선제후 가에 저주를 내린 게 그다.

가문의 입장에서는 최악의 존재였다. 하지만 그는 결국 반란이 진압되면서 사망하고 만다. 모두가 그렇게 알고 있었다.

"죽기 전에 가문에 저주를 내렸던 그 계부가 돌아올 줄이야. 본녀도 크게 놀랐다."

17년 전에 사단을 일으켰던 이가 외부 세력을 끌어들여 다시 나타난 것이다. 바이에른 선제후 입장에선 놀랄 수밖에.

"숙부님께선 계부의 편지를 받고는 분기탱천해서 소리를 지르다가 그만 쓰러지고 말았다."

"혹시 편지의 내용을 아십니까?"

"모른다. 숙부님께서 바로 찢어서 벽난로 안에 집어 던지셨으니까."

그 바이에른 선제후가 뒷목 잡고 쓰러졌다니, 무슨 내용인지 궁금한 걸. 혹시 그 계부란 작자에게 작법 같은 게 있으면 배우고 싶을 정도였다. 편지 하나로 적을 쓰러뜨릴 수 있다니, 제발 그렇게 인생 날로 먹고 싶었다.

"정말 계부를 용서할 수 없다."

발푸르기스의 차가운 목소리는 그녀가 얼마나 분노했는지 알만했다. 그럴 수밖에. 그 계부란 작자 때문에 바이에른 선제후 가가 저주 받았다. 발푸르기스는 직접적인 피해자다.

한데 다시 돌아와 반란을 일으키고 숙부를 쓰러지게 만들었으니 그 미움이 얼마나 사무치겠나.

"걱정 마십시오. 발푸르기스. 봄이 오면 모조리 응징할 수 있을 겁니다. 제가 돕겠습니다."

"발러. 정말 고맙구나."

우리는 손을 마주잡았다. 투구의 틈새로 보이는 그녀의 눈이 벽난로의 불빛에 반짝이고 있었다. 이런 상황에서도 발푸르기스는 아름다웠다.

나는 그녀와 하고 싶은 얘기가 많았으나 오늘은 중요한 용건이 있었다. 아까부터 목걸이에서 느껴지는 감정이 장난 아니었다. 15년만에 딸을 대면한 아스비엘라의 심경은 쉽게 헤아릴 수도 없는 것이었다.

"발푸르기스. 용건이 있어서 왔습니다."

"듣겠다. 그대가 하는 말이라면 틀림없이 중요한 얘기겠지."

그녀는 내 얘기에 과연 어떤 반응을 보일까. 솔직히 좀 걱정도 된다. 아스비엘라랑 얘기를 미리 맞춰서 내가 사령술을 쓰는 건 감추기로 했다만.

"발푸르기스. 지금부터 제가 하는 말은 어떤 거짓도……."

콰아아아아앙!

그때 갑자기 엄청난 폭음이 들려왔다. 멀리서 터진 것 같은데 이 밀실까지 진동하며 천장에서 먼지가 떨어질 정도였다. 지진이라도 난 것 같았다.

"무슨!"

이 정도 폭음이면 필히 엄청난 위력일 터. 우리는 벌떡 일어나서 밖으로 향했다. 그리고 폭발이 바이에른 선제후의 궁전에서 일어났음을 깨달았다. 멀리 있는 궁전에서 새빨간 불기둥이 하늘 높이 치솟고 있었다.

쿠아아아앙!

한 발 더 터졌다. 불기둥이 하나 더 올라왔다. 발푸르기스는 이미 유니콘을 소환했다. 나도 서둘러 필리를 끌고 왔다.

"궁전에 무슨 일이 터진 게 틀림없습니다! 함께 가겠습니다!"

"알겠다!"

투구 때문에 그녀의 표정은 볼 수 없었지만 하얗게 질려있는 게 아닐까 싶었다. 궁전에는 그녀가 아버지처럼 따르는 숙부가 있다. 별 일 아니라면 좋을 텐데.

"이랴!"

발푸르기스는 쏜살 같이 거리를 질주했고 나 역시 필리를 몰아 따라갔다.

솔직히 예감이 좋지 않았다. 내 오랜 경험에 비춰 판단해 보건데, 거대한 궁전을 뒤흔들 정도의 파괴마법은 마왕이나 가능했기 때문이다.

대체 무슨 일이 벌어지고 있는 건지 알 수 없었다. 이런 건 원래 스토리에도 없는 것이다. 내가 한 일의 결과들이 점점 더 큰 뒤틀어짐을 만들고 있었다.

"발러! 저길 봐라!"

앞서 달리던 발푸르기스가 손으로 궁전 위쪽을 가리켰다. 거길 보자 검은 날개를 단 악마 같은 존재들이 선제후의 궁전으로 쏟아져 내리고 있었다.

서둘러 궁전으로 가자 난리가 나 있었다. 피투성이가 되어 부축받고 있는 병사, 어쩔 바를 모르고 울고 있는 하녀, 고함과 비명으로 온통 시끄러웠다.

"무슨 일인가! 무슨 일이 터진 것이야!"

발푸르기스는 지나던 기사를 붙잡고 물었다.

"아! 백작님! 저도 잘 모르겠습니다. 다만 대연회장 근처에서 전투가 벌어지고 있다고 해 급히 가는 중입니다."

우리 역시 따랐는데 아니나 다를까 대연회장 주변에 병력이 바글바글거렸다. 곧 바이에른 선제후가 인질로 잡혀있다는 사실까지 듣게 됐다.

"놈들이 전하를 붙잡고 있습니다! 백작님!"

"이놈들이 감히 숙부님을!"

우리는 서둘러 인파를 헤치고 안으로 들어갔다. 수백 명이 모일 수 있는 대연회장은 그야말로 난리가 나 있었다. 죽은 마족과 인간이 바닥에 잔뜩 널브러져 있었고, 후원(後園)으로 이어진 벽이 뻥 뚫린 상태다.

대연회장 한 가운데는 수십여 명의 날개 달린 마족이 바이에른 선제후를 인질로 잡은 채 인간들과 대치 중이었다.

"선제후의 목숨이 아깝거든 물러나라!"

바이에른 선제후가 붙들린 상황이라 이쪽에선 쉽사리 공격하지 못하고 있었다.

"신경 쓰지 마! 이딴 새끼들은 모조리 죽여 버려! 다 태워버리라고!"

그 와중에도 바이에른 선제후는 기세가 좋았다. 앓았다는 게 사실인 듯 예전에 비해 홀쭉해진 모습이지만 마족에게 붙잡힌 상태에서도 우렁차게 소리를 질러댔다.

나는 상대를 보자마자 누가 보낸건지 알 수 있었다. 저 날개달린 마족들은 서열 7위 암흑창공의 마왕 파르자의 권속들이다. 마왕 파르자는 비행 몬스터들을 주력으로 부리는 탓에 이런 공중강습이 주 특기였다.

"비겁하다! 전하를 어서 풀어주지 못할까!"

"시끄럽다! 어차피 네놈들은 인질 따위 없어도 손쉽게 쳐죽일 수 있다! 크하하핫!"

이쪽을 향해 크게 비웃음을 터뜨리는 자가 적의 대장이었다. 나는 그를 바로 알아봤다. 마왕 파르자의 공중강습 부대를 지휘하는 장군 두단이었다.

어쩐지 마왕급의 위력이 느껴진다 싶더니 거물이 왔군. 마왕 파르자의 장군 두단은 중위권 마왕의 힘과 능력을 갖고 있다.

힘센 마족이라고 모두 마왕이 되는 것도 아니고, 독립해서 세력을 세우고 싶어하는 것도 아니다. 그렇기에 고위 마왕의 휘하에는 저런 마왕급의 인재가 존재했다.

"멈춰라! 감히 이곳이 어딘 줄 알고 행패인가!"

발푸르기스가 앞으로 나섰다. 주변에서 탄성이 터진다.

"오오! 니더바이에른 백작님께서 오셨다!"

발푸르기스는 상당한 강자다. 아직 어리긴 하지만 발푸르가 여신 격의 총애를 받는 그녀라면 두단과 능히 겨뤄 볼만 하다.

"크흐흐흐! 이 땅의 후계자라는 수녀기사가 직접 나왔군. 어디 본인과 일 대 일로 겨뤄볼 테냐!"

상황을 보니 두단은 바이에른 선제후를 인질로 잡고 결투를 요구하고 있는 모양이다. 이미 검술 대가 둘이 바닥에 쓰러져 있었다.

하나는 입에서 피를 꿀럭꿀럭 쏟아내고 있었고 다른 하나는 죽었는지 미동도 없다.

상황이 묘하게 돌아간다. 저 두단이 강하긴 하나 검술 대가 셋 정도가 달라붙으면 충분히 격퇴할 수 있을 텐데, 인질 때문에 일 대 일을 강요받고 있었다.

이미 둘이나 쓰러지자 다들 어쩌지 못하고 있는 모양이다. 두단 같은 강자를 일 대 일로 물리칠 자는 흔치 않았다.

- 장모님, 뭔가 이상하지 않습니까?

- 저도 그렇게 생각해요.

발푸르기스가 검을 빼들고 두단과 대치하는 동안 아스비엘라와 빠르게 논의했다.

- 지금 후원쪽 벽면이 완전히 뚫려 있습니다. 저놈들은 비행 몬스터니 그대로 선제후 전하를 납치해서 떠나면 그만입니다. 한데 일대 일 결투 같은 소리나 하면서 시간을 질질 끌고 있네요.

- 뭔가를 기다리고 있는 게 아닐까요?

의아해하던 중 두단이 발푸르기스를 보며 탐욕스러운 미소를 짓는 걸 보고 알아챘다.

- 혹시 발푸르기스까지 잡아가려는 게 아닐까요?

- 세상에!

인질극을 벌이면서 후계자까지 포획하려 하다니, 보통 대담한 놈들이 아니다. 창공을 자유롭게 노니는 비행마족이라 낼 수 있는 수였다. 일단 날아서 도망가면 잡을 방법이 별로 없으니까.

"용서하지 않겠다!"

이미 발푸르기스가 쌍검을 뽑아 튀어나가고 있었다. 그녀의 실력이라면 아무리 두단이라도 호락호락하지 않을 터. 발푸르기스까지 잡는 계획은 역시 무리겠지. 한데 그에게는 생각지도 못한 수가 있었다.

"크흐흐흐! 제법 앙칼지군! 하지만 저주에 굴복할 수밖에 없을 것이다!"

두단이 크게 웃으며 보라색 광선을 쏴왔다.

"흥! 그깟 저주로는 어림도… 으읔!"

저주를 파해하려던 발푸르기스는 몸을 휘청였다. 지켜보던 나도 어떻게 된 건지 의아해졌다. 그녀의 능력이면 저주마법 정도에 무력화될 리가 없었기 때문이다.

- 단순한 저주마법이 아니에요! 가문의 저주를 건드린 거예요!

- 뭐라고요? 하지만 저들은 발버둥치는 죽음의 후원을 받는 마왕 파르자의 수하들이 아닙니까?

바이에른 가문의 저주는 형언할 수 없는 암흑의 힘이다. 발버둥치는 죽음과 무관하다.

- 은공. 마왕 파르자와 작센 선제후가 연합해 반란군을 지원하고 있는 상황이지요. 뭔가 제휴가 있었을 거예요.

작센 선제후가 마왕 파르자에게 바이에른 선제후 가의 저주에 대해 알려준 게 틀림없다. 저주를 이용해 무력화시킬 자신이 있으니 이렇게 대담하게 행동하는 것이었구나.

그렇다면 가문의 다른 강자들이 안 보이는 이유도 납득이 갔다. 그들 역시 저주를 자극하는 마법에 쓰러진 게 틀림없다.

"이런 비겁한!"

발푸르기스가 검에 의지해 휘청이자 지켜보던 검술 대가 둘이 지체 없이 뛰어들었다. 하지만 두단은 그들의 칼을 받아내더니 힘껏 밀어낸다. 그리고 다시 으름장을 놓는다.

"진정 바이에른 선제후가 뒈져 나가는 꼴을 봐야겠나!"

다들 바이에른 선제후와 발푸르기스, 어느 쪽을 택할 수가 없어 허둥댔다. 그렇게 머뭇거리는 사이 두단이 재빠르게 움직여 발푸르기스에게 달려들었다.

그는 발푸르기스만 붙잡으면 더는 용무가 없다. 비행 능력을 이용해 저 창공으로 날아가 버릴 터. 이대로는 그야말로 닭 쫓던 개 신세 된다.

"크하하핫! 어리석은 놈들! 이걸로 끝이다!"

두단은 득의양양하게 웃는다. 그 순간 나는 귀신의 발걸음을 써 미끄러지듯 앞으로 나아갔다. 그야말로 귀신 같은 움직임이라 두단은 제대로 대비하지도 못했다.

짜악!

요란한 소리와 함께 두단의 머리가 돌아가며 그는 데굴데굴 굴렀다. 내가 있는 힘껏 뺨을 갈긴 것이다.

"이 시발 새끼가 진짜, 보자보자하니까!"

내 갑작스러운 등장에 다들 놀란 기색이 역력했다.

"어엇!"

"저자는 누구지!"

인간들 뿐 아니라 마족들도 허둥댔다.

"두단님! 으아!"

"얼굴에 피범벅이!"

나는 발푸르기스 앞에 서서 손을 풀었다. 팔츠 선제후 가의 명검 류블라냐는 보는 눈이 많아서 쓸 수 없다. 얼마 전에 얻은 작센 선제후 가의 명검 알프트라움도 같은 이유로 사용 불가다.

그래서 주먹으로 패기로 결정했다. 내 힘 수치면 주먹이 아니라 흉기다. 급한 대로 뺨을 갈겼는데 두단이 쓰러진 바닥이 이미 피범벅이다. 부러진 이빨이 굴러다녔다.

"본인은 비텐바이어 변경백이다! 이 미친 새끼가 남의 약혼녀를 잡아가려고 해!"

진짜 존나 화났다. 머리 끝까지 열이 올라, 이야기 속의 영웅처럼 멋지게 끼어 들어야겠다는 생각 따윈 하나도 들지 않았다.

"이런 피부 껍데기를 다 벗겨서 천일염에 굴려버릴 새끼 같으니라고!"

"대체 네놈은…."

두단이 일어나서 뭐라고 말하는 순간 이미 앞차기가 날아가고 있었다.

퍼억!

"이 좆같은 새끼가 누가 일어나래!"

그 한 방에 놈은 20미터는 날아가서 연회장의 가구를 부수며 처박혔다.

우르르릉! 쾅!

이미 나는 고위 마왕인 페자무트와 동수를 이룰 수 있는 실력자다. 작센 선제후 같이 황당한 놈이 나오지 않는 이상 어디 가서 꿀리지 않는다.

두단이 아무리 잘났어도 중위급 마왕 정도. 들키면 문제가 될 사령술을 쓸 것도 없이, 신체 능력만으로도 조질 수 있었다.

"비텐바이어 변경백이라고?!"

"백작님의 약혼자 분이시다!"

"오오오! 그분이 오신 건가! 살았다! 살았어!"

지켜보던 자들은 내 등장에 놀라고 기뻐했다. 바이에른 선제후도 반색했다.

"실컷 비싸게 굴더니 이제 나타난 건가!"

"고귀하신 전하, 늦어서 죄송합니다."

"과인은 상관 말고 다 쳐 죽여! 태워버리라고!"

노인네가 성깔은 진짜 여전하구나.

- 제가 딸에게 걸린 마법을 풀 수 있을 것 같아요. 은공이 마법을 부리시는 것처럼 연기해 주세요.

- 알겠습니다.

내가 발푸르기스에게 손을 뻗자 빛이 반짝이더니 발푸르기스를 감싼다. 그러자 저주를 자극해 그녀를 무력화한 마법이 사라졌다.

"으윽!"

발푸르기스는 시시각각 조여 오는 고통에선 벗어났지만, 기운이 빠진 듯 휘청였다. 기사들이 우르르 나와 그녀를 부축했다.

"변경백님께서 백작님을 구하셨다!"

"역시 마왕도 물리치신 분답구나!"

"와아아아아!"

다들 환호성을 터뜨리는 그 순간 강력한 마법이 날아와 폭발했다.

콰아앙!

"으아아악!"

"아악!"

여기저기서 비명이 터지며 다들 뒤로 물러났다. 하지만 마법에 직격한 나는 꿈쩍도 하지 않았다. 마력 방패가 조금 날아갔을 뿐이다. 고위 마왕이었던 아문데의 마법에 비하면 아무 것도 아니었다.

"이 하찮은 인간이!"

이빨이 왕창 빠진 두단은 악귀처럼 일그러진 얼굴로 나를 노려본다. 마왕급인지라 귀한 위치에 있었을 텐데, 부하들이 보는 앞에서 개처럼 맞았다. 자존심 때문에 눈이 뒤집힐 상황이겠지.

"오냐! 네놈에게 본관이 가진 최고, 최악의 저주 마법을 보여주마! 아무리 네놈이 강하다고 해도 이 저주에 당하면 발버둥치며 죽을 수밖에 없을 것이다!"

그가 뭘 할지 짐작됐다. 발버둥치는 죽음의 후원을 받는 자들이 쓸 수 있는 최강의 저주를 뿌리려는 거겠지. 굉장히 골치 아픈 능력이다. 내가 달려가는 순간 이미 저주가 날 덮치고 있었다.

"크하하핫! 정통으로 얻어맞았군!"

두단은 승리를 확신한 듯 광기 어린 웃음을 터뜨렸다. 하지만 결과는 비참했다. 다시 한 번 내 주먹에 맞아 코가 뭉개버린 것이다.

퍼억!

"크아아악!"

포탄처럼 뒤로 날아간 두단이 자신들의 부하들과 충돌했다. 마족들이 우르르 무너졌고 바이에른 선제후에게 틈이 났다. 그는 곰처럼 괴성을 지른다

"크아아아! 이 마족 놈들!"

바이에른 선제후는 자기를 붙잡고 있던 마족을 단번에 매치더니 또 한 놈을 목을 일격에 손날로 쳐 꺾어 버렸다. 역시 무서운 양반이었다. 아픈 와중에도 저 정도라니.

"어찌 저주가 안 먹힌 것이냐!"

피투성이가 된 두단은 황당한 기색이다.

"장모님의 사랑이다!"

"뭐?!"

아스비엘라는 저주에 관해 전문가이다. 가문의 저주 때문에 관련 분야를 깊게 연구해 왔기 때문이다. 그녀는 마법을 부려 두단의 흉악한 주문을 막아줬다.

"전하께서 풀려나셨다!"

다들 그가 해방되자 기다렸다는 듯 무기를 들고 마족을 공격했다.

"잘도 우리를 능멸했겠다!"

"죽어!"

마족들은 그 살벌한 공세에 여럿 목이 달아나더니 결국 버티지 못하고 후원으로 도망쳤다. 아군 역시 우르르 쫓아갔으나 놈들이 날개

를 펴고 날아오르자 더 쫓지 못했다.

슈우웅-! 콰아아앙!

마법이 작렬해 공중으로 도망치는 마족을 일부 잡았으나 그게 전부였다. 소수의 마법사들이 하늘까지 쫓아가봐야 도리어 위험에 처할 수 있었다. 그래도 분통이 터지는 듯 마법사 몇이 추격에 나서려 하자 바이에른 선제후가 소리쳤다.

"쫓지 마라!"

"하오나 전하!"

마법사들은 충성하는 군주가 당한 모욕에 분이 터지는 듯 쉽게 말을 들을 기세가 아니다. 몇몇은 벌써 지팡이를 타고 떠오른 상태다.

"저 빌어먹을 놈들이 도망간다!"

"총이라도 쏴!"

다른 가신들 역시 같은 심경인 듯 점점 멀어지는 마족들을 보고 소리를 질러댔다. 적의 대장인 두단 역시 날아서 도주 중이었다. 이 대로는 분통이 터져서 참을 수 없다. 나는 한놈도 살려보낼 생각이 없었다.

"걱정하지 마시오! 이 몸이 저 간악한 놈들을 모조리 도륙할 터이니!"

내 외침에 몰려있던 사람들이 일제히 쳐다본다.

"아니! 어떻게?"

"변경백께서 강자임은 알지만 하늘로 도망간 자들은….."

다들 의아해하기에 대답대신 바로 행동에 나섰다.

구우우우웅-.

허공에 마력이 결집하더니 곧 30미터 크기의 마법진이 생겨났다. 그 압도적인 모습에 지켜보는 자들은 입이 쩍 벌어진다. 특히 마학에 대해 정통한 마법사들은 놀라서 눈이 휘둥그레졌다.

"아니! 이 정도 위력의 마법이라니!"

"변경백께서 대마법사였단 말인가!"

지금 내가 쓴 능력은 인자한 어머니에게 받은 S+등급 보석팔찌에 있는 '수룡 소환' 능력이었다.

수룡은 물가에서 사는 걸 좋아하지만 기본적으로 용이다. 날아다니는 것 또한 일가견이 있다. 실제로 수룡은 장마철에 비를 맞으며 비행하길 즐긴다. 그러니 수룡 하나만 있어도 도망가는 마족들을 작살내기 충분했다.

"지금 드래곤을 부르겠소이다!"

그 말에 마법사 하나가 너무 놀라서 그 자리에 엉덩방아를 찧으며 주저앉았다.

"인간이 드, 드래곤은 소환한다고??!"

구우우우우웅!

마법진에서 엄청난 마력이 요동치자 지켜보던 이들이 하나 같이 대경실색한다. 지금의 광경은 마법을 모르는 이라도 대단하다는 걸 알 수 있었으니까.

"후후후."

내 입에서 자만심 넘치는 웃음이 절로 나왔다. 보아라, 나 비텐바이어 변경백의 힘과 능력은 이 정도다! 마왕급의 적을 쫓아버린 걸로 부족해 드래곤을 소환해 내려고 하고 있다!

"음?"

그런데 이상하게 소환 마법이 정상적으로 발동했음에도 응답이 없다. 뭐랄까, 로딩 중간에 갑자기 멈춘 느낌이랄까? 지켜보는 이들은 아직 눈치채지 못한 것 같지만 나는 뭔가 일이 틀어졌음을 알 았다.

잠깐?

설마 이 많은 인원이 주목을 받는 가운데 드래곤 소환이 실패하는 건가? 개망신도 그런 개망신이 없는데….

생각만 해도 끔찍하다. 돌아보니 다들 기대에 부푼 얼굴이었다. 인질로 잡혀 있던 바이에른 선제후 역시도 격앙된 표정이다.

그들 모두는 내가 당장이라도 드래곤을 소환해서 적을 박살내길 바라고 있었다. 그런데 금방 뭐가 안 이뤄지자 점점 분위기가 이상해지기 시작했다.

"음? 좀 걸리나 보오."

"아무래도 워낙 고등한 주문이다 보니…."

수근수근거리는 소리가 들려오기 시작했다. 이마에서 식은땀이 났다. 겉으로는 위대한 주문을 차질 없이 진행하는 것처럼 아무거나 읊조렸다. 그러자 다들 의심을 걷는다.

"변경백님을 믿어 봅시다!"

야속하게도 적들은 이미 저 하늘로 사라져 보이지도 않는다.

"……."

대체 이제 이 사태를 어떻게 수습해야 할까? 온갖 폼은 다 잡고 나서 드래곤 소환에 실패라니.

주륵.

식은땀이 더욱 흘러내렸다.

"역시 어려운 주문이오. 변경백님조차 땀을 저렇게 흘리시니."

"혹시 우는 건 아니겠지요?"

들려오는 소리를 들으니 더 끌어 선 안 되겠다. 재빨리 인자한 어머니에게 통신을 넣었다.

- 베네볼렌스 제니트릭스여!

- 말하라.

다행히 바로 답이 왔다. 나는 긴급한 일로 수룡 소환을 사용했는데 마력만 잡아먹고 수룡이 나오질 않는다고 하소연했다.

- 다급한 상황입니다. 부디 수룡을!

그러자 그녀는 의아한 듯 대답해 왔다.

- 수룡? 수룡이 어디에 있다고 거기까지 보내나?

- 네?

아니, 이게 무슨 소리야? 수룡 소환 능력이 있어서 썼는데 수룡이 없다니? 깊은 빡침으로 뒷목이 뻣뻣해지는 기분이었다.

- 저를 속이신 겁니까? 당신을 구한 사람을!

원망어린 말투로 이를 가는데도 그녀는 심드렁한 태도였다.

- 분명히 본인은 수룡 소환에 대해 제한적으로 가능하다고 언급했다. 듣지 못했느냐?

그 말에 서둘러 상태창을 열어 보석 팔찌의 스펙을 살폈다.

[베네볼렌스 제니트릭스의 보석 팔찌] S+등급 마법 물품.

마력+1,500

마법저항력 +12%

지능+96

수서생물을 상대로 카리스마 +400

*수중호흡 주문.

*수중유영 주문.

*수서생물로 변신 주문.

*수서생물 소환 주문.

*수룡 소환 [조건이 확보된 이후에 가능]

*베네볼렌스 제니트릭스와의 봉인.

> 조건이 확보된 이후에 가능

"헉!"

분명히 수룡 소환 옆에 '조건이 확보된 이후에 가능'이라는 단서가 붙어 있었다. 아니, 세상에. 이게 무슨 소리야?

- 조건이 확보된 이후라뇨?

- 당연하지 않나? 이 보덴 호에 사는 수룡은 나 혼자다. 어떻게 수룡을 소환하게 해주겠나? 그래서 조건을 확보할 필요가 있는 것이다.

대체 이게 무슨 독소조항이야! 내가 사기를 당했다 그 말인가!

파르르.

입술이 절로 떨렸다. 사기라니? 어떻게 그렇게 끔찍한 범죄를. 사람의 신뢰를 가지고 노는 게 제일 나쁜 게 아니냐? 분명히 지옥에는 사기꾼만을 위한 특별한 자리가 있을 거라고 생각한다.

- 어찌 이러실 수 있습니까? 대체 그 조건이 뭡니까?

- 간단하다.

한데 그 간단한 조건이 충격 그 자체였다.

- 그대와 내가 만들 아이들이 수룡 소환의 대상인 것이다.

- 네?

- 생각해 보라, 변경백. 과거 본인이 강대한 힘을 가졌음에도 보덴 호를 빼앗긴 건 조력자가 없었던 게 가장 크다. 늘 혼자서 모든 걸 하며 아이들을 돌봤지. 그런데 어머니를 도울 충실한 아이들이 많았다면 감히 그깟 메두사 따위가 호수를 넘볼 수 있었겠나?

수룡은 막강한 힘을 가진 종족이다. 보덴 호는 그런 수룡들이 여럿 살기 충분할 정도로 넓고. 게다가 보덴 호라는 권역은 보덴 호만 의미하는 게 아니다. 그 일대의 많은 호수들이 그녀의 통치 하에 있다.

- 영준한 아이들이 가득하다면 더는 외침을 두려워할 필요가 없다.

- 아니, 왜 그걸 저랑 만드십니까? 멋진 수컷 드래곤도 많을 텐데요.

그 말에 인자한 어머니는 뭘 그런 걸 묻냐는 말투로 대답해 왔다.

- 그 수컷이란 놈들은 본인이 수백 년간 봉인 됐을 때 아무 것도 못한 무능력자다. 반면 그대는 왕자님처럼 나를 구해주었다. 하면 내가 누구의 씨를 받아야겠느냐?

- 씨라니요….

- 그 부분에 관한 의견은 사절한다. 본인은 확고하다. 비텐바이어 변경백, 그대와의 결합이 아니라면 임신하고 싶지 않다.

아이구 맙소사. 어째서 일이 이렇게 된 거야. 나는 일단 기다리고 있는 사람들에게 거의 다 됐다고 소리쳤다.

"하하하! 걱정 마십시오. '날아오르는 드래곤'이란 말도 있잖습니까? 일단 소환만 되면 도망간 녀석들을 금방 따라잡을 수 있습니다."

하지만 사람들의 반응은 어째 떨떠름했다.

"…힘내시오."

"…이러다 가서 간식이라도 가져와야 하는 거 아니오?"

그도 그럴 게, 튄 마족 녀석들은 이제 보이지도 않았다. 그러거나 말거나 나는 두 손을 들어 올린 채 인자한 어머니와 계속 티격태격했다.

- 제가 좋아하는 여자가 있다고 했잖습니까!

- 그렇다. 누가 뭐라 했느냐? 결혼은 그 여자랑 하면 되잖느냐? 본인이랑은 아이를 만들면 되는 거고. 전에 결혼동맹을 일언지하에 거절했을 때 본인과 약속하지 않았느냐? 대신 다른 걸 '무조건' 들어주기로.

- 그건!

- 사내는 약속을 중히 여겨야 한다. 하물며 무조건이란 단서를 달았는데도 아이 만들기를 거절할 작정이냐?

와… 당했다. 세상에 이런 사기꾼이! 황당해서 손이 덜덜 떨렸다. 일단 아이를 몇이나 만들 생각이냐고 물었다.

- 최소 20명이다.

- 그거 부부나 마찬가지잖습니까! 아니, 부부보다 더하네!

- 하지만 보덴 호에서 뇌샤텔 호까지, 이 일대를 수룡들로 채워 넣으려면 그 정도는 필요하다.

- 아니, 그래도….

내가 억울해하자 이번에는 오히려 저쪽이 벌컥 화를 낸다.

- 본인이 부족한 게 뭐가 있다고 그렇게 괄시하나?

- 괄시한 건 아니고요.

- 미모면 미모, 몸매면 몸매, 능력이면 능력, 어디 빠지는 게 없다.

게다가 약속하지 않았느냐? 나를 받아주면 죽는 순간까지 사랑하겠다고. 드래곤의 약속이다. 믿어도 좋다.

그런 문제가 아닌데, 저리 당당히 나오니까 할 말이 없었다.

- 그리고 누가 꼭 정실 자리를 달라고 했나? 서열 2위면 된다니까?

여기 마왕 아문데보다 더한 여자가 있었다. 나를 쓰러뜨리고자 하는 점은 아문데와 같았다. 아문데는 나를 전장에 쓰러뜨리려 했고, 인자한 어머니는 나를 침실에 쓰러뜨리려 하는 게 차이지만.

- 본인도 해본 적은 없지만 금방 기분이 좋아진다고 한다. 처음이라 어려운 건 이해한다. 하지만 몸은 솔직한 법이지.

몸은 솔직하다니. 대체 어디서 그런 소리를 들은 거야.

- 미안하지만 저는 사랑하는 여자가 있어 받아들일 수 없겠습니다.

- 너희 인간의 제후는 일부다처제가 기본이 아니냐? 왜 그렇게 혼자 까다롭게 구는 것인가? 전쟁보다 효과적인 게 혼인이다. 현재 황가도 그런 방법으로 제국을 이루었다.

- 그래도 거절합니다. 어쩔 수 없지요. 개망신이긴 하나 마법을 취소하는 수밖에.

- 어디 할 수 있으면 해보라.

그게 무슨 소린지 몰랐지만 내가 임의로 소환 마법을 취소하려고 하자 뜻대로 되지 않았다.

"마법을 정지합니다."

"정지하겠습니다. 음? 안 되잖아?"

"어? 정지가 안 돼. 정지시킬 수가 없어. 안 돼!"

쿠아아아아!

금색으로 빛나며 엄청난 광풍을 일으키고 있는 마법진은 마력을 끊임없이 잡아먹고 있었다.

사실 이런 일이 일어날 것 같은 조짐을 느끼긴 했다. 이 마법진은 주문의 대상을 찾지 못하자 실패해버렸다 폭주하기 직전이었다. 이대로 놔두면 대폭발이 일어날 터.

생각만 해도 무서웠다. 드래곤 소환 실패만 해도 두고두고 흑역사로 남을 일이건만, 대폭발이라고? 이제 식은땀은 장맛비처럼 흘러내렸다. 더 이상 감당할 수 없을 지경에 이르고 있었다.

- 제발 도와주십시오. 베네볼렌스 제니트릭스! 이대로 폭발이 일어나면 제 정치 인생도 그걸로 끝입니다.

- 해결책은 하나다. 본인과 아이 20명을 만드는 것뿐.

- 아니, 그건 나중에 얘기하고 일단 이 문제부터!

내 다급한 요구에도 인자한 어머니는 차분했다.

- 아이 20명을 약속하면 지금 본인이 그 소환에 응해주겠다. 나 또한 수룡. 게다가 막대한 마력을 먹어 비정상적으로 커진 그 마법진이라면 본인을 감당할 수 있겠지.

- 보덴 호는 괜찮은 겁니까?

- 며칠 비우는 것도 아니지 않나. 최근에 일대를 잘 정리하기도 했고. 그대의 병사들이 와서 호수 근처의 마족을 소탕하는 일을 돕고 있다. 리슐리외라는 인간이 보덴 호 근처의 땅을 탐내고 호의를 베풀더군. 본인은 그대와 아이를 낳을 테니 기꺼이 응해줬지.

처음부터 계획적이었던 게 아닐까? 어쩌면 이 수룡 소환 자체가 큰 그림이었을지도 모르겠다. 무섭구나, 드래곤의 지혜. 하여간 드래곤이란 것들은 정말 골치 아픈 상대였다.

황제도 그렇고, 슈바르체토이펠도 음흉하고, 인자한 어머니도 꿍꿍이가 대단하다. 다만 인자한 어머니는 나랑 결혼하겠다고 이러는 거라 뭐라 하기도 애매했다.

　"하…."

　결국 코가 꿰였다는 말이 뭔지 실감할 수 있었다.

　지금의 선택지는 두 가지다.

　어느 길을 택해야 하는지는 명확했다. 게다가 이 세계에서 배우자를 여럿 두는 건 매우 자연스러운 일이었다. 오히려 배우자의 수가 적으면 능력이 없다고 여겨진다.

　- 정말 저 같은 남자로 괜찮으십니까?

　- 그대가 아니면 안 된다. 드래곤의 이름을 걸고 약속하마. 언제나 그대의 편이 되겠다.

　드래곤이 저 정도 말한다면 세상이 망해도 배신하지 않겠다는 소리다.

　콰아아아아앙!

그때 마법진 한쪽이 폭발을 일으켰다. 지켜보던 이들이 비명을 터뜨린다.

"이게 무슨 일이오!"

"으앗! 위험해! 모두 물러나시오!"

이대로라면 전멸이었다. 아마 나 혼자 살아남겠지. 발푸르기스도 지금 약해져 있어 죽음을 피할 수 없을 터. 장모님 앞에서 딸을 죽일 순 없었다. 결단을 내릴 수밖에.

- 제안을 받아들이겠습니다.

- …고맙구나.

내가 수락하자 저쪽에서 뭔가 동요하는 게 느껴졌다. 인자한 어머니의 목소리에서 부끄러움까지 느껴졌다. 마법의 연결을 통해 상대의 감정이 미묘하게 흘러들어온다.

기쁨과 떨림이다. 여태 덤덤하던 태도와 다르게 수줍어하는 기색이 역력했다.

- 기왕 이렇게 된 거 결혼합시다. 우리 아이들을 아버지 없는 애들로 키울 순 없잖습니까? 대신 발푸르기스와 결혼이 먼저입니다.

- …좋은 신부가 되도록 노력하겠다. 아, 아니, 좋은 신부가 되도록 노력하겠어요. 서방님.

갑자기 말투가 새색시처럼 변해버렸다. 뻔뻔하게 뭐든 요구하는 드래곤이 이렇게 달라지다니?

- 그러면 즉시 소환에 응하도록 하지요. 기다리세요.

쿠아아아아아앙!

그 순간 금빛 마법진으로 드래곤의 거대한 팔이 튀어나오기 시작했다. 그러자 지켜보던 이들이 난리가 났다.

"와아아아! 나온다!"

"드래곤이다! 정말로 드래곤이 나왔어!"

곧 이어 머리와 목, 어깨까지 순서대로 마법진에서 튀어나온다. 인자한 어머니는 슈바르체토이펠만큼 나이가 많은 드래곤이라 그 덩치가 어마어마하게 컸다.

반정령, 반드래곤이라는 그녀의 특이한 혈통 때문에, 전혀 세월이 느껴지지 않는 그녀의 몸체는 눈부시게 아름다웠다. 비늘 하나하나가 보석 같이 반짝이며 흠 하나 없었다.

"아아! 저렇게 아름다운 존재가!"

"틀림없이 저건 변경백이 구했다는 인자한 어머니다!"

"세상에! 그 인자한 어머니가 바이에른을 위해 나타나 주다니! 변경백! 대단하시오!"

아까 엉덩방아를 찧었던 마법사 하나가 급기야 나를 보며 절을 하기 시작했다.

"인간이 저런 고룡을 소환하다니… 하아! 변경백님의 마법성취가 하늘에 다다랐음입니다!"

오해입니다. 마법성취가 아니라 혼인사기 피해자라고요.

하지만 오해는 오해를 부르는 법. 갑자기 일대의 마법사들이 모두 내게 무릎을 꿇고 절하기 시작했다.

"부디! 그 높은 경지! 가르침을 주십시오! 종사(宗師)!"

다급한 와중에도 마법사들은 어찌나 놀라고 감격했는지 경배를 멈추지 않았다.

"인간이 드래곤을 소환하다니!"

"종사로 삼고 예를 갖추겠습니다! 부디 저희에게도 마학의 깊은 경지를!"

"종사! 새로운 유파를 만드소서!"

나이 지긋한 할배 마법사들이 절을 하고 난리가 나자 속으로 좀 으쓱하기도 했다. 기왕 하는 거 사이비 유파를 하나 만들어 세력을 넓혀가고 싶다는 생각도 들었다.

뭔가 돈 냄새가 났다.

하지만 사기를 당하고 보니 그건 참 마음이 아픈 일이라는 걸 절감했다. 아무래도 이 기회에 개과천선해야겠단 생각이 들었다.

그래, 1급수 같은 클린한 사람으로 거듭나는 거야.

사실 나 같이 속이 깊고 정이 많은 사람이라면 충분히 가능한 일일 터. 아깝지만 피눈물을 흘리며 이 사이비 마법유파 건을 포기했다.

"그대들의 뜻은 알겠으나 하나의 마법유파를 세우긴 내 배움이 아직 부족하오. 이 뜻은 후일 의논하면 좋겠소."

내 거절에 마법사들은 깜짝 놀란다.

"종사! 아니됩니다!"

그들을 수염을 흩날리며 뛰어와 내 바지를 잡고 매달렸다.

"세상 모든 마법의 거물들이 변경백님에 비하면 잔챙이에 불과합니다! 지금 하신 말씀은 천부당만부당 합니다. 부디 저희의 이 간절한 바람을 물리치지 마십시오!"

호기심 넘치는 마법사들은 인자한 어머니에게 몰려가 그녀의 비늘이라도 쓰다듬어 보려고 했다. 하여간 마법사란 놈들은 호기심 앞에 목숨 아까운 줄 모르는 무리였다.

가장 용감한 기사조차 거대한 드래곤의 출현에 입을 열지 못하고 있는데, 이 시끌벅적한 노인네들은 눈을 빛내며 손부터 뻗는 것이었다.

쿠르으으으릉!

인자한 어머니는 가소롭다는 듯 성대하게 콧김을 내뿜었다.

"아이쿠야!"

"아이구! 허리야!"

그러자 할배 마법사들은 콧바람에 우르르 넘어져서는 죽는다고 난리였다.

"참으로 포악하구나!"

"아무리 인자한 어머니라도 드래곤은 드래곤인가 보오!"

다들 아픈지 서로의 허리를 두들겨주며 끙끙 앓는다. 그들이 착각하고 있는데, 인자한 어머니가 아직 시집도 안 간 처녀라는 점을 생각 못하는 것 같다.

그저 큰 짐승이라 여겨 만져보려 하는 것 같은데, 실상 정숙한 처자를 막무가내로 손대려 했던 셈이다. 인자한 어머니니까 콧바람 정도로 그친 거다.

쿠르릉!

짧게 운 인자한 어머니는 내 앞에서 몸을 숙여보였다. 탈 수 있게 배려해준 것이다. 그러자 지켜보는 이들이 깜짝 놀랐다.

"저 드래곤이 변경백에게 순종하고 있다!"

"드래곤에게 인정을 받다니… 제국에 저런 사내는 또 없을 것이오."

나는 그렇게 모두가 지켜보는 가운데 올라탔다.

"소환이 늦어지긴 했지만 드래곤의 비행 속도가 빠르니 제가 금방 잡아오겠습니다."

바이에른 선제후가 외쳤다.

"화형대를 만들어! 과인이 직접 추국에 나설 것이야!"

"알겠습니다! 전하!"

온갖 고문을 해서라도 이번 일에 대한 걸 밝히고자 하는 듯했다. 아무래도 몇 명은 생포해 와야겠는데.

"잠시만! 저도 같이 가겠습니다! 비텐바이어 백작님!"

그때 발푸르기스가 앞으로 나섰다. 저주에 당했던 건 회복한 모양이다. 나는 걱정되는 마음에 거절하려다가 저 여자 고집을 누가 말리냐는 생각이 들었다.

- 괜찮겠습니까?

문제는 인자한 어머니가 자신의 등을 허락하느냐다. 드래곤은 자존심이 엄청나게 강하다. 날 등에 태운 건 서방님(진)이라 그런 거지 발푸르기스는 가능할까?

- 저 여자가 정실로 생각하는 분인가요?

- 맞습니다.

- 그렇다면 좋아요. 허락하겠어요.

다행히 허락이 떨어졌다. 나는 결혼 건은 일단 함구해 달라고 했다.

- 후일 삼자대면하죠. 일이 급하니 빠르게 추격합시다.

드래곤이 다시 몸을 숙이자 나는 발푸르기스에게 손을 내밀었다.

"타십시오!"

발푸르기스는 갑옷을 입었음에도 가뿐히 드래곤의 팔을 딛고 뛰어올라 내 손을 잡는다. 그리고 내 뒤쪽에 앉았다.

크르릉!

인자한 어머니가 날갯짓을 했다.

광풍이 몰아쳐 사람들이 비명을 지르며 물러났다. 이 거대한 덩치가 날아오른다는 게 믿기지 않았지만 날개를 칠 때마다 용케 하늘로 떠올랐다.

"어느 방향인가요?"

"북서쪽으로 사라졌습니다."

이미 빠르게 도망가서 추적에 어려움을 겪지 않을까 우려했는데, 드래곤은 괜히 드래곤이 아니었다.

그우우웅-.

마력이 진동하더니 그녀는 광범위한 탐지 마법을 펼쳐냈다.

- 범위 안의 마족을 찾을 수 있답니다. 비행마족이라 하셨으니 찾기 더 쉬울 거예요.

- 역시 드래곤이군요. 든든합니다.

그나저나 그녀와 결혼동맹을 하면 내 땅도 엄청 커지겠군. 현재 내 영지는 다음과 같다.

*비텐바이어 변경백령.

*라이테르 기사령.

*바스토뉴.

*그로스글로크너의 언데드 도시.

여기에 추가될 건 다음과 같다.

*인자한 어머니의 땅인 보덴 호 일대.

*칼리오네가 공략중인 마왕 페자무트의 영지.

*불의 마왕과 트리어 선제후가 전투 중인 라인 강 상류 서쪽 지대.

*필립을 괴뢰로 삼아 차지할 팔츠 선제후령.

*발푸르기스가 후계자인 바이에른 선제후령.

이 정도면 선제후조차 뛰어넘는 위치다. 왕이라 칭해도 될 정도였다. 어느새 이렇게 세력을 넓힌 거지. 그간 동에 번쩍, 서에 번쩍 뛰어다닌 보람이 있었다.

휘이이이잉!

바람이 엄청난 속도로 지나간다. 드래곤이 창공을 가로지르는 속도는 놀라웠다. 아래로 펼쳐진 광활한 밀밭을 따라 달빛이 만든 드래곤의 그림자가 빠르게 움직이고 있었다.

몸이 가늘고 커다란 날개를 가진 그림자는 지상의 모든 장애물을 거침없이 미끄러진다. 때때로 구름에 가리면 드래곤의 그림자도 온대간데 없이 사라지곤 했다.

"찾았습니다."

"벌써요?"

"네, 30킬로미터 앞쪽의 구릉에 있군요. 바로 습격할까 하는데 어찌 생각하나요?"

"좋습니다."

인자한 어머니는 그대로 위로 날아올라 구름을 뚫고 올랐다. 구름 위에서 몸을 숨긴 채 습격할 작정인 듯했다. 드래곤이 구름에 바짝 붙어 날자, 뒤로 길게 흔적이 이어졌다. 마치 배가 바다 위에 그리는 항적과 같았다. 한참 그대로 비행하던 그녀가 외쳤다.

"단단히 붙드세요!"

우리는 힘껏 매달렸다. 그리고 말하기가 무섭게 드래곤의 거대한 몸뚱이가 내려가기 시작했다.

"으읏!"

순간 심장이 아래로 꺼지는 기분이었다. 아무리 내가 이런저런 경험이 많지만 거대한 드래곤을 타고 빠르게 하강하는 건 도저히 적응이 안 됐다.

순식간에 지면이 가까워졌고, 구릉에 옹기종이 모여있는 마족들이 모습이 보였다. 내가 뭐라 더 반응하기 전, 그녀가 땅에 닿았다.

쿠우우우웅!

인자한 어머니는 매달린 우리를 고려한 듯 매우 사뿐하게 내려앉았다. 하지만 이 정도의 거체가 사뿐하게 내려앉는다고 해도 결과는 재앙과도 같다.

몰려있던 마족의 상당수가 그녀의 발에 깔려 죽고 말았다. 비행 마족들이 놀란 비둘기처럼 날개를 펼치고 사방팔방을 날아오르려는 그때, 하강하며 이미 마법을 준비하고 있던 인자한 어머니가 외쳤다.

"나약한 자들의 비행을 금지한다!"

그 말과 함께 날아오르던 비행 마족들이 약속이나 한 것처럼 동시에 땅에 떨어졌다. 이건 매우 수준 높은 조건마법이었다. 인간은 좀처럼 익히기 힘든, 용언이라고도 알려진 마법이다.

지금 그녀가 건 조건은 아마 이 일대의 자신보다 약한 자는 비행을 금지한다는 조건이겠지. 그렇게 비행 마족들이 비행 능력을 잃자 심히 보잘 것 없어졌다.

쿵! 쿠웅! 쿵! 쿵!

인자한 어머니는 앞발을 휘둘러 놈들을 파리처럼 때려잡았다.

"이 미친 드래곤은 뭐야!"

"으아아아악! 살려줘!"

마족들은 속수무책이었다. 그야말로 강습으로 흥한 자, 강습으로 망하는 꼴이었다. 더는 날 수 없다는 걸 깨달은 놈들은 체면불구하고 달려서 도망가기 시작했다.

"뒤쪽입니다!"

내가 외침에 인자한 어머니가 힐끔 뒤를 돌아보더니 거대한 꼬리를 채찍처럼 휘둘렀다.

쿠아아앙!

묵직한 꼬리가 떨어지니 달려가던 무리의 한 가운데, 일 자 모양이 사라졌다. 하지만 인자한 어머니는 그걸로 그치지 않고 이번에는 꼬리로 빗자루질을 하듯 휘둘렀다.

"으아아아악!"

"크아아아악!"

선명한 달빛을 배경으로 마족의 검은 실루엣이 허공을 떠오른다. 수많은 마족들이 팔다리를 허우적대며 한꺼번에 날아올랐다.

"발푸르기스. …너무 압도적이군요."

"그, 그렇구나. 발러. 우리가 할 일이 없구나."

마족들에게 제대로 되갚아 주겠다고 쫓아왔는데 칼 들고 할 게 없었다. 뭐랄까, 그냥 크기가 깡패였다. 비행을 못하는 마족들은 쿵쿵 앞발을 내려찍는 드래곤 앞에 땅에 떨어진 날벌레에 불과했다.

콰아아앙!

인자한 어머니가 앞발을 휘두르자 다시 한 무리의 마족이 하늘로 날아오른다.

"살려줘어!"

"으아아아아!"

그들의 비명은 애처롭기까지 했다. 발푸르기스와 나는 인자한 어머니에게 양해를 구해 땅으로 내려왔다. 이미 주변에는 주검뿐이다. 간간히 살아서 끙끙대는 녀석들이 있어서 밧줄을 꺼내 묶었다.

"이들은 잡아가도록 하죠."

"그게 좋겠다. 발러. 앗! 여기 그 두단이란 놈이 있다!"

두단은 마왕급의 강자지만 이미 도망가기 전부터 나에게 맞아 상태가 안 좋았다. 그런데 하필 하강하는 인자한 어머니에게 밟혀서 빈사상태였다.

"이대로라면 숨이 넘어갈까 걱정된다."

"허허, 참. 적을 걱정해줄 줄이야. 그래도 괜찮을 거 같습니다. 발푸르기스. 이놈들은 끈질긴 생명력을 가졌으니 쉽게 죽지는 않을 겁니다."

"그것보다 여기 왜 모여있었을까? 누군가와 만나기 위해 기다리고 있었을지도 모른다."

그녀의 추측에 나도 고개를 끄덕였다. 이곳은 바이에른 선제후의 궁전에서 멀리 떨어진 장소. 안전하게 도망쳤다고 생각한 그들은 여기서 접선하기 위해 기다리고 있었던 게 아닐까?

"새로운 지령을 받으려고 했던 건지도 모르겠습니다."

대화하면서 잡아갈 마족들을 충분히 확보했다. 총 13명을 굴비 엮듯 밧줄로 이어 놨다. 이미 반항하는 자는 없었다.

"데려가서 이번 사태에 대해 추궁해 보면 좋겠군요."

나는 주변을 둘러보며 발푸르기스에게 말을 걸었다. 하지만 대답은 생각지도 못한 곳에서 들려왔다.

"일부러 그리 수고할 것 없네. 원한다면 내가 모든 걸 말해주지."

"음?"

갑자기 들려온 굵직한 남자의 목소리에 류블라냐를 허리춤에서 뽑았다. 발푸르기스 역시 쌍검을 뽑아든다.

"누구냐!"

그녀의 일갈에 그저 달그림자라고 생각했던 게 스르르 움직이더니 뭉치기 시작했다. 그리고 사람의 형상이 되었다. 매우 차가운 인상의 중년인으로, 얼굴에는 흉터가 가로질렀고 머리칼은 야인처럼 길게 길렀다.

낡은 갑옷을 입었으나 훌륭해 보이는 게 보통 신분의 사내가 아니라는 걸 짐작하게 했다. 또한 그에게선 막강한 어둠의 기운이 느껴졌다.

"이런, 이런. 날 못 알아보는 것이냐?"

그는 어째서인지 발푸르기스를 보며 웃어보였다. 차가운 인상에도 불구하고 최선을 다해 미소 짓는 것처럼.

"당신 같은 자는 알지 못 한다. 어서 정체를 밝혀라."

"…역시 그런가. 어릴 때 만났으니 그럴 수밖에."

어쩐지 예감이 안 좋았다. 발푸르기스도 그런 점을 느끼는 듯 입을 다물고 말이 없었다. 그 자는 한 걸음 앞으로 다가오더니 말했다.

"샤르티에. 너의 계부인 빌헬름이다. 네가 어릴 때 봤으니 정말 오랜만이구나. 보고 싶었단다. 얘야."

발푸르기스의 계부(季父-아버지의 막내동생)라고? 저 자가 그 반역의 주인공인 빌헬름이란 말인가. 발푸르기스는 순간 당황한 듯 보였다. 하지만 이내 검을 다시 추켜세운다.

"빌헬름! 그대가 본녀의 계부인지는 중요하지 않다. 이 칼 앞에선 그저 바이에른의 반역자일 뿐!"

빌헬름은 씁쓸한 표정을 짓는다. 그는 어둠에 물든 자가 틀림없지만 뭔가 인간적인 모습이 있었다. 차가운 인상과 반대로 꽤 살갑게 느껴지기도 했고. 겉으로 보기에는 정말로 조카에게 관심을 가진 것만 같다.

"크더니 정말 한 자루의 검 같은 성격이 됐구나. 어릴 때는 그렇게 귀엽더니. 하하하."

어쩔 수 없다는 고개를 절레절레 젓는 게 세월의 무상함을 느끼는 아저씨 같아 친근하다. 하지만 발푸르기스는 그런 태도에도 날이 선 자세를 버리지 않는다. 계부든 뭐든 그녀에겐 아버지 같은 숙부를 해하려 한 사람일 뿐이니까.

"차라리 잘 됐다! 이 자리에서 체포해 그대를 법정에 세우겠다."

"꼭 그리하겠다면 말리지 않겠다. 하지만, 사랑하는 조카야. 그 전에 이 계부의 말을 좀 들어보지 않겠니?"

그의 말투에 정말로 애정이 느껴졌기에 발푸르기스의 검끝이 주춤한다. 그녀는 결국 입을 다물어버렸다. 아무래도 혼란스럽겠지. 옆에서 제3자의 입장에서 보는 나도 판단이 제대로 안 섰다.

─ 장모님. 저 자는 어떤 사람입니까?

─ 아… 도련님은 정말 예전 그대로네요. 어쩌면 우리가 알던 게 잘못 됐을지도…. 흐윽.

아스비엘라는 소리죽여 울기 시작했다. 그녀에게서 걷잡을 수 없는 감정이 느껴졌다.

- 그게 무슨?

하지만 아스비엘라와 자세히 대화할 틈이 없었다. 빌헬름이 한숨을 내쉬더니 폭탄선언을 한 것이다.

"미안하구나, 사랑하는 샤르티에. 너를 혼란스럽게 해서. 나 역시 진실을 어디까지 말해야 하는지 고민스러웠지. 하지만 제대로 알려야 한다는 생각에 나섰다. 사실 지금 너와 이렇게 대화를 하고 있을 시간조차 많지 않구나."

아닌 게 아니라, 그는 쫓기는 사람처럼 자꾸 주위를 살피고 있었다.

"세월이 흐르며 많은 일이 있었다. 이 못난 계부는 복수를 위해 전력하다가 나락까지 떨어지고 말았지. 겨우 얼마 전에서야 지옥에서 돌아올 수 있었다. 그러니 이제 네게 꼭 알려야 한단다."

"무엇을 말입니까?"

발푸르기스의 목소리가 누가 들어도 알만큼 떨리고 있었다. 그러자 빌헬름은 정말 미안하다는 듯한 표정을 지으며 그녀의 가슴을 후벼 팠다.

"그날 네 아버지를 죽인 건… 바이에른 선제후다."

12. 개와 늑대의 차이

　아니, 그게 무슨 소리야? 저 계부라는 사람의 폭탄선언에 발푸르기스는 충격을 받은 듯했다. 나 역시 마찬가지다.

　본래 바이에른 선제후 가에는 삼형제가 있었다. 첫째가 요하네스, 둘째가 막시밀리언, 셋째가 빌헬름이다. 정리해 보면 다음과 같다.

　이렇게 된다. 그러니까 저 빌헬름의 말에 의하면 현 바이에른 선제후는 자기 형을 죽인 친족 살해자란 소리다. 당연히 발푸르기스는 크게 반발했다.

　"닥쳐라! 감히 그런 망발을!"

　흔들리는 것도 잠시, 그녀는 분노로 검끝이 파르르 떨리고 있었다. 그도 그럴 게, 바이에른 선제후는 그녀를 친딸처럼 아껴왔기 때문이다.

"역시 내 말은 믿지 않는구나. 받아들이기 어려운 걸 안다. 샤르티…."

부웅!

급기야 발푸르기스가 쌍검을 휘둘렀다.

"어이쿠! 이런."

빌헬름은 그 공격에 놀란 듯 몸을 피한다. 하지만 그는 여유가 있었다.

"훌륭한 기사가 됐구나, 샤르티에. 작은 공주님 같던 네가 이렇게 자랐을 줄이야. 큰형님께서도 기뻐하실 거다."

"감히 아버지를 그 입에 담아!"

나는 둘의 공방을 쳐다보면서 속으로 놀라움을 감출 수 없었다. 비록 발푸르기스가 아직 완성되지 않은 검이라 하나 대단한 실력을 갖고 있다.

하르프하임 전투에서 페자무트에게 한 방 먹이고 도망가기까지 했었다. 그런데 빌헬름은 그런 발푸르기스를 느긋하게 상대하고 있었다. 마치 조카와 놀아주는 게 기쁜 삼촌 같았다.

"이런, 더 어울리고 싶지만 바빠서 말이지. 후일 다시 만나자꾸나. 조카야."

"이대로 보낼 것 같은가!"

하지만 빌헬름은 발푸르기스의 검을 피해 그림자처럼 사라져버렸다. 정말 귀신같은 솜씨다. 곧 허공에서 목소리가 들려왔다.

"무슨 일이 있어도 나는 네 편이다. 샤르티에."

그렇게 빌헬름이 사라지자 발푸르기스는 검을 놓고는 숨을 몰아쉬었다.

"후우, 후우."

그녀답지 않게 지쳐버린 듯했다. 투구의 틈새로 하얀 입김이 계속 흘러나왔다.

"후우, 후. 숙부님께서 그러실 리가 없지. 그 사악한 반역자가 이 간계를 쓰는 게 틀림없다."

발푸르기스는 숨을 몰아쉬면서도 애써 스스로에게 다짐하는 것처럼 말하고 있었다. 그러다 그녀는 고개를 흔들더니 주변의 바위에 앉아 혼자 생각에 잠겼다. 머릿속이 복잡한 거 같았다. 그 사이 나는 아스비엘라와 얘기를 나눴다.

- 아까 빌헬름을 보고는 우리가 알고 있는 게 잘못됐을 수도 있다고 하셨죠. 그게 무슨 말씀이신가요?

- …정확한 건 아니에요.

17년 전에 발푸르기스의 친부인 요하네스가 죽었을 때, 막내아우인 빌헬름이 반란을 일으켰다. 세간에선 그가 선제후 자리를 노리고 야심과 함께 일어섰다고 했다. 아스비엘라 역시 그렇게 들었다고.

- 하지만 늘 이상했답니다. 도련님은 다정다감하고 권력욕과는 거리가 있는 사람이었어요. 느긋한 한량 같은 분이셨죠. 또한 큰형님을 무척이나 사랑하고 따랐답니다.

아스비엘라는 그런 빌헬름의 반역을 믿지 않았지만 할 수 있는 일은 없었다고 했다.

- 당시 남편이 죽고 가문에서 제 입지는 급속히 줄어들고 있었어요. 원래 마족 출신인지라 선제후 가문의 치부로 여겨지고 있던 저였답니다. 그나마 아이를 낳아서 약간이나마 인정받았지만, 남편이

죽자 고립됐죠. 궁전에는 온갖 소문이 돌았어요. 마족과 혼인해 저주를 받았다던가….

요즘에는 신흥가문에선 마족과 결혼하는 일도 종종 생겼다. 하지만 제국의 명가에선 여전히 그걸 터부시하고 있다. 하니 15년 전의 바이에른 선제후 가에서 아스비엘라를 어찌 봤을지는 짐작하기 어렵지 않다.

- 저는 샤르티에와 내궁에 반쯤 유폐된 상태로 지내고 있었어요. 도련님의 소식을 듣고 안타까웠지만 할 수 있는 게 없었죠. 당시에 저는 남편을 잃은 슬픔때문에 정신이 없기도 했고요.

문제는 그 반역의 끝쯤에 바이에른 선제후 가에 불행이 닥쳤다. 가문에 지독한 저주가 내린 게 그때다.

- 어떻게 그 저주가 내린 건지는 아무도 몰라요. 어느 날 도둑처럼 찾아왔죠. 심지어 어린 샤르티에까지 저주를 받았답니다. 당시에 선제후 가는 끝났다는 얘기가 돌 정도였어요. 모두 도련님이 죽어가면서 가문에 저주를 내렸다고 소곤거렸죠.

빌헬름이 반역에 실패하자, 죽기 전 자기 가문을 저주했다는 게 정설이다.

- 그렇다면 빌헬름이 형언할 수 없는 암흑의 힘을 빌려왔다는 건데… 여러 가지로 미심쩍군요.

- 저도 그렇게 생각해요. 도련님이 가문에 저주를 내릴 리가 없어요. 특히 샤르티에를 자기 자식만큼이나 예뻐하셨다고요.

- 그렇습니까?

- 늘 요람에 와서 작은 샤르티에의 볼을 손가락으로 콕콕 찔러보거나, 곁에서 책을 읽으며 아이를 봐주곤 했어요. 그게 제가 기억하

는 도련님의 모습이에요.

　이상하군. 그런 사람이 자기 조카까지 뒤집어 쓸 저주를 퍼부을 수 있을까?

　- 그래서 결국 스스로 희생하신 거군요? 딸을 살리기 위해.

　- 네….

　당시 아스비엘라는 가문의 오점이었다. 하여 저주가 휩쓰는 와중에 그녀와 그녀의 딸에게 관심을 기울여 주는 이는 없었다고.

　- 다들 저와 딸이 차라리 죽었으면 하는 분위기였어요. 딸을 살릴 수 있다면 할 수 있는 건 모두 하기로 했어요.

　탁월한 마도 지식을 가진 그녀는 결국 그 저주가 형언할 수 없는 암흑에게서 비롯된 것임을 깨달았다.

　- 악은 악으로 다스린다고 하죠. 저주를 깨기 위해서 형언할 수 없는 암흑에 버금가는 존재를 찾아야 했답니다.

　- 그래서 무덤에서 웅크리고 있는 자였군요. 발버둥치는 죽음은 봉인되어 힘을 제대로 못 쓰니까요.

　이 가여운 어머니는 딸을 위해 무덤에서 웅크리고 있는 자와 거래했다. 그 결과 내가 구해줄 때까지 고통 받고 있었다.

　- 딸을 구하면서 선제후 가문도 같이 구하셨군요? 원망이 크셨을 텐데요.

　- 괄시 받긴 했지만 그래도 그 사람의 가문인걸요. 그리고 내 딸이 살아갈 가문이었어요. 명가에서 딸이 자라나길 바라는 마음은 모든 어머니가 같을 거예요.

　결국 그녀의 바람대로 됐다. 작고 어린 샤르티에는 이제 바이에른의 후계자로 자라났다.

- 하지만 장모님, 그 위험은 사라지지 않고 물러난 것일 뿐이었습니다.

- 맞아요. 계절이 오는 것처럼 다시 찾아왔죠.

저주는 사라지지 않았다. 다만 억눌려 있을 뿐이었다. 지금 이대로라면 발푸르기스나 다른 선제후 가문의 친족들은 시한부 인생에 불과하다.

- 장모님, 15년 전의 일이 반복되고 있습니다. 가문을 덮친 저주부터 빌헬름의 반역까지요. 이번에는 다른 결말을 내야합니다. 불행을 반복되지 않으려면요.

- 정말 걱정이 되네요.

현재 진실은 알 수 없다. 바이에른 선제후 건은 그저 모함일 수도 있다. 사실 그 서글서글했다는 도련님이 속이 시커먼 악당일지도 모른다. 섣불리 한쪽 편을 들 수는 없다. 하지만 나는 크게 걱정하지 않았다.

- 너무 심려하실 것 없습니다. 제가 이런 상황을 헤쳐 나가는데 전문가입니다.

지난 경험에 의하면 답이 잘 안 보일수록 판이 크더라.

- 하긴 분명 은공이라면 뭔가 악랄한 방법으로… 아, 아니에요.

다 들렸습니다. 장모님.

- 그나저나 따님은 안 만나보셔도 되겠습니까?

- 오늘은 날이 아니에요. 놀라고 당황한 저 아이 앞에 15년 전 죽은 어머니가 갑자기 나타난다고 생각해 보세요.

역시 어머니구나 싶었다. 그리 애타게 만나고 싶어 했으면서 정작 딸 걱정이 우선이었다.

며칠 뒤, 바이에른의 가신단이 전부 모였다. 그간 마족들을 추국한 결과를 발표하고 앞으로의 결의를 다지기 위한 자리였다.

　"모두 들으라!"

　바이에른 선제후는 여전히 몸이 안 좋아보였지만 성난 곰처럼 으르렁댔다.

　"과인이 직접 놈들을 추국한 결과, 역시 마왕 파르자의 사주로 밝혀졌다! 과인은 절대 그 마왕 놈을 용서할 수 없다! 반역자이자 내 부끄러운 아우인 빌헬름을 지원하는 걸로도 부족해, 과인의 궁을 습격하다니!"

　여기저기서 분노에 찬 고성이 터져 나왔다. 바이에른 선제후는 가신들의 그런 반응에 만족해하며 외쳤다.

　"반드시 암흑창공의 마왕 파르자를 토벌하겠다! 바이에른의 이름을 걸고! 우리는 충분히 그럴 힘을 갖고 있다!"

　"와아아아아!"

　가신들은 분노에 차 소리를 질러댔다.

　"하여 과인이 바이에른의 모든 역량있는 가문에게 요청한다! 병사를 모아다오! 봄이 오면 반역자와 마왕의 무리를 과인이 직접 나서 쓸어버릴 터이니!"

　"와아아아아아ー!"

　봄의 전쟁은 정말 격렬하겠구나.

　"비텐바이어 변경백!"

마침 그때 바이에른 선제후가 나를 불렀다.

"그대는 과인의 가신은 아니지만 이번 일에 분노를 느끼는 건 같으리라 믿네. 봄에 과인을 위해 깃발 가득한 군대를 이끌고 와주겠나?"

그 요구에 나는 허리를 살짝 숙여 예를 표한 뒤 단언했다.

"고귀하신 전하. 물론 그럴 것입니다. 하지만 제게 한 가지 요구 사항이 있습니다."

내 말에 몰려든 가신 모두가 호기심 어린 표정을 지었다. 바이에른 선제후도 수염을 쓰다듬으며 그게 무엇이냐고 묻는다.

"니더바이에른 백작과 약혼을 요구합니다. 정식으로."

이 요구에 가신단 사이에 파문이 퍼져나갔다. 나는 지금까지는 그저 나름대로 존중받는 손님에 불과했다. 발푸르기스와 정식으로 약혼한 사이는 아니며 그저 암묵적으로 인정받은 수준이었다.

즉, 공식적인 건 아무 것도 없었다. 하지만 진짜 약혼을 하게 되면 나는 바이에른의 권력 구도의 한 가운데 뛰어들게 되는 것이다. 그래서인지 바로 반대 의견이 나왔다.

"전하. 비텐바이어 백작은 제국의 사방팔방에 자기 땅을 넓혀가는 야심만만한 자입니다. 만약 그를 사위로 맞아들이면 바이에른은 저 야심가의 속령 가운데 하나로 전락할 것입니다!"

어제까지 웃고 지내는 자들이 권력 구도가 지각변동을 일으키려 하지 입에 거품을 물고 나섰다. 물론 내게 호의적인 귀족들도 있었다. 곧 갑론을박이 벌어졌다. 그러거나 말거나 내 뜻은 단호했다.

"모두 들으시오! 분명히 선언하겠소! 약혼이 이뤄지지 않는다면 봄의 전쟁에 본인은 단 한 명의 병사도 보내지 않을 것이오."

황금연합은 무려 2만 5,000의 대군으로 자라나 있었다. 그리고 우리는 바이에른의 수도인 뮌헨의 턱밑에 주둔한 상태다.

만약 동맹을 맺지 못한다면, 단순히 아군을 놓치는 것 이상의 문제가 발생하게 된다. 원래 적과 아군은 종이 한 장 차이니까.

내 이런 태도에 바이에른 선제후도 꽤 놀란 얼굴이다. 발푸르기스의 표정은 투구 때문에 안 보이지만 그녀 역시 비슷한 감정이겠지. 설마 내가 이렇게 단호하게 약혼을 강행할 줄은 몰랐을 거다.

- 은공. 무리수를 두는 거 아닌가요?

상식적으로 확실히 무리한 부분이 없지 않다. 하지만 내가 바보도 아니고 괜히 그럴 리가 없잖은가.

- 이건 일종의 시험이기도 합니다. 만일 바이에른 선제후에게 좋지 않은 꿍꿍이가 있다면 절대 이 약혼은 이뤄지지 않을 겁니다. 차일피일 미루기만 하겠죠. 제가 공식적으로 약혼자가 된다면 그녀에게 엄청난 힘이 실릴 테니까요.

요즘 내 위세는 나는 새도 떨어뜨릴 정도니까.

- 확실히 그렇군요. 바이에른 선제후의 의중을 살피기 좋은 방법이에요.

- 그 외에 제가 그녀를 등에 업고 권력을 얻으려는 또 다른 이유도 있습니다.

- 뭔가요?

- 간단합니다. 지금 바이에른 선제후가 적인지 아군인지 알 수 없는 상황이죠. 그러니까 그냥 은퇴시킬 작정입니다.

- 네?

아스비엘라가 황당해 하는 기색이 역력했다.

- 장모님, 간단한 이치입니다. 만약 그가 배신자라면 실각시키는

건 매우 좋겠지요?

- 그렇죠. 하지만 아니라면요?

- 아니라도 별 문제 없습니다. 요즘 몸도 안 좋고 빌빌거리시는데 그냥 뒷방에서 좀 쉬시면 서로 좋잖습니까?

- ……

바이에른의 권력을 차지해야하는 내 간단한 이유에 아스비엘라는 말을 잃어버렸다.

- 장모님, 권력이란 돈과 같습니다. 많으면 많을수록 좋은 거죠. 뭐, 좀 넘치면 어떻습니까? 저야 손해 볼 거 없는데.

과연 가문을 배신한 게 바이에른 선제후인 막시밀리언이냐, 반역자인 빌헬름이냐, 그건 현 상황에서 알 수 없는 부분이다.

하면 내가 할 일은 간단하다. 그냥 둘 다 처리한다. 그렇게 위험을 제거하고 나서 시간이 나면 그때 생각해 보겠다.

- 바이에른 선제후를 뒷방으로 물러나게 한 뒤에 빌헬름이 이끄는 반란군도 모조리 격파할 겁니다. 하나는 충직한 개고, 다른 하나는 양을 탐내는 늑대죠. 하지만 둘 다 송곳니를 가지고 있는 건 같습니다. 그러니 두 마리의 송곳니를 모두 뽑은 뒤에 누가 개고 늑대인지 자세히 살펴볼 생각입니다.

한참 뒤에 아스비엘라가 겨우 대답해 왔다.

- …은공께선 정말 양파 같은 분이네요. 알만하다 싶었는데 까도 까도 끝이 없군요.

- 혹시 제게 실망하셨다면 안타깝군요. 하지만 장모님께 한 가지만은 약속드리겠습니다.

- 그게 뭔가요?

제 방법대로 하면 발푸르기스는 절대 안전할 겁니다. 양 옆에 얼쩡거리는 게 개든 늑대든 모조리 때려잡을 테니까.

<4권에서 계속>

글 : 빅제후 / 그림 : GAMBE
가격 : 10,000원

피도 눈물도 없는 용사 3

1판 1쇄 발행   2018년 01월 31일
1판 2쇄 발행   2018년 10월 25일

저자 박제후
그림 GAMBE

편집 전준호
디자인 윤아빈
주간 홍성완
마케팅 김정훈
발행인 원종우
발행처 (주)이미지프레임

주소 (13814) 경기도 과천시 뒷골1로 6, 3층
영업부 02- 3667- 2653   **편집부** 02- 3667- 2654   **팩스** 02- 3667- 2655
메일 edit03@imageframe.kr   **웹** vnovel.co.kr

ISBN 979- 11- 6085- 231- 8- 02810 (세트) 979- 11- 6085- 228- 8 02810